Diogenes Taschenbuch 22672

Hans Werner Kettenbach
Der Feigenblattpflücker

Roman

Diogenes

Die Originalausgabe erschien 1992
im Diogenes Verlag
Umschlagillustration von Manfred Deix

Veröffentlicht als Diogenes Taschenbuch, 1994
Alle Rechte vorbehalten
Copyright © 1992
Diogenes Verlag AG Zürich
100/94/24/1
ISBN 3 257 22672 1

I

Es war ein miserabler Roman. Das Manuskript, in der gestochenen Schrift eines Computers geschrieben, handelte unter dem Titel *Die Demaskierung* von einem Politiker namens Dr. Peter Stahl, der am Sitz der Bundesregierung seinen Geschäften nachging, oder eben nicht seinen Geschäften, sondern der Berufung, das Wohl des Volkes zu mehren, was diesem Stahl titanische Kräfte und Arbeitstage von sechzehn Stunden abverlangte. Die vielerlei machtgierigen Konkurrenten nämlich, die ihn umwimmelten, hatten nichts anderes im Sinn, als ihre politischen Ämter zu ihrem höchsteigenen Profit, wollte heißen: zum Schaden des Volkes zu nutzen.

Welches Amt der Romanheld selbst bekleidete, ließ sich dem Manuskript nicht eindeutig entnehmen. Vieles wies allerdings darauf hin, daß man sich Dr. Stahl als Staatssekretär oder gar Minister vorzustellen hatte. So verfügte er nicht nur über eine Entourage von Leibwächtern, Sekretärinnen und Referenten, sondern nahm auch regelmäßig an den Sitzungen des Kabinetts teil, während derer er in der Form des inneren Monologs das Auftreten und die Heuchelei anderer Teilnehmer scharf analysierte, zum Beispiel so:

Knebel scheint wieder nicht ausgeschlafen zu haben. Die neue Bettgenossin? Irgendwann wird der Kanzler den Sumpf erkennen, der sich hinter dieser ehrbaren Fassade suhlt, und dann ist es aus mit Herrn Bundesminister Knebel.

Daß es sich bei diesem Roman um das Machwerk eines Stümpers handelte, hatte Faber schon vermutet, als ihm bei seinem allwöchentlichen Besuch im Verlag *Die Truhe* das Manuskript mit zwei anderen zur Begutachtung ausgehändigt worden war. Das Epos von Peter Stahl, gut dreihundert Seiten auf mattgelbem, gediegenem Papier, war beim Verlag eingegangen mit einem Begleitbrief, dessen gedruckter Kopf als Absender einen Dr. Erwin Meier-Flossdorf auswies, Rechtsanwalt in der Provinzhauptstadt N., mit Angabe der Sprechstunden und der Bankverbindungen.

Meier-Flossdorf schrieb, er biete dem Verlag beigeschlossenen Roman *Die Demaskierung* im Auftrag des Autors zur Veröffentlichung an. Der Autor sei eine hochrangige Persönlichkeit, ein (um das hier ausnahmsweise angebrachte Modewort zu verwenden) Insider der Politik, der seine geheimen Kenntnisse in literarischer Form zu angebotenem Manuskript verarbeitet habe. Aus naheliegenden Gründen müsse die Identität des Autors unter allen Umständen verborgen bleiben. Dieserhalb dürfe der Roman nur unter dem gewählten Pseudonym – Helmut Michelsen – veröffentlicht werden. Kontakte zum Autor, auch die vertragliche Regelung der Veröffentlichung incl. des zu zahlenden Honorars etc. etc., seien einzig durch die Kanzlei des Unterzeichnenden vollziehbar, welcher über Generalvollmacht des Autors verfüge.

Seinen Zweifel daran, daß eine hochrangige Persönlichkeit dieser Art imstande sei, einen Roman zu schreiben, hatte Faber auf den ersten zehn Seiten des Manuskripts hinreichend bestätigt gefunden und alsbald begonnen, die Stichwörter für einen gnadenlosen Verriß zu notieren. Aber je mehr er las, um so mehr zweifelte er auch daran, daß hinter Helmut Michelsen sich ein Insider der Politik verbarg. Die Intrigen, die da geschildert wurden, waren zu hanebüchen, die Machtgier, Liebedienerei und Skrupellosigkeit der politischen Amtsträger zu hemmungslos, als daß sie Erfahrungen der Realität hätten entstammen können. Faber argwöhnte mehr und mehr, daß der Rechtsanwalt Meier-Flossdorf selbst diesen Roman ins Diktiergerät gesprochen und von seiner Sekretärin ins reine hatte schreiben lassen, ein lehrhaftes Schreckensbild der hohen Politik, wie ein in der Provinzhauptstadt residierender, von seiner Regierung enttäuschter Spießbürger es sich ausmalen mochte.

Auch diese Vermutung hatte Faber schon für seine Begutachtung notiert, als er, das Manuskript mit wachsendem Überdruß nur noch durchblätternd, eher zufällig auf eine Passage stieß, die jäh sein Interesse weckte. Es war die Schilderung eines Erlebnisses, das dem Dr. Stahl nicht am Sitz der Regierung, sondern in seinem Heimatort draußen im Lande widerfuhr, im behaglichen Wohnzimmer seines Hauses, an einem regnerischen Novemberabend, vor dem Kamin, in dem die Buchenscheite blutrot glühten und verstohlen knisterten: Der Sohn des Politikers, Rechtsreferendar Jürgen Stahl, kommt unerwartet zu Besuch und beichtet dem Vater zu dessen Erschütterung, daß er seiner Freundin, einer Schönheit mit dem ominösen Namen Eva, bei einer Abtreibung behilflich gewesen ist. Jürgen wollte das Kind, sein Kind, aber Eva, die als Model Karriere machen möchte, hat auf der Abtreibung bestanden, und seither zerquält sich Jürgen mit seiner Schuld als Komplize.

Am Ende dieser Beichte hatte der Autor des Romans seinen reuigen Sünder auch den Tatort beschreiben lassen:

Jürgen atmete schwer auf. »Ich mußte es dir sagen, Vater. Ich werde allein nicht fertig damit. Du kannst dir bestimmt nicht vorstellen, wie solltest du!, wie mir zumute war, als ich sie an der Schwelle dieser sogenannten Klinik abgeliefert habe. Ich bin vor dem Haus auf und ab gegangen, auf und ab, wie ein gefangenes Tier. Auch bin ich bis zur Telefonzelle an der Straßenecke gegangen, aber auf dem Fuße wieder zurück. Dieses Haus, ich werde es nie vergessen, Vater! Es ist aus Backsteinen errichtet, es trägt einen Giebel über dem Portal und rechts und links davon übereinander zwei Reihen von hohen, schmalen Fenstern. Vor dem Portal steht ein Weidenbaum, der im Regen stand. Der Regen tropfte von den fri-

schen, grünen Blättern – wie Tränen, Vater. Ich wußte, daß hinter einem dieser undurchsichtigen Fenster ein Mensch ermordet wurde, nein!, nicht ermordet – abgeschlachtet ist der richtige Ausdruck! Mein Sohn wurde da abgeschlachtet... oder war es meine Tochter? Egal, ich würde es nie erfahren! Verstehst du, was ich meine, Vater?«

Stahl strich Jürgen übers Haar. Wie einst, als Jürgen noch ein Kind war.

Faber hielt ein mit der Lektüre. Er kannte dieses Backsteinhaus mit den hohen, schmalen Fenstern. Es stand in einem Vorort von Venlo, Holland. Es war ein eher großes Haus, das nicht zwei, sondern vier Geschosse zählte. Aber in allen anderen Merkmalen deckte sich die Beschreibung mit der Realität dieses Hauses in Venlo. Faber war vor drei Jahren dort gewesen. Er hatte Kirsten in die Klinik gebracht, sie hinter der breiten Tür zu den Operationsräumen verschwinden sehen, hatte sich auf eine der Bänke im Flur gesetzt. Nach ein, zwei Minuten war er aufgestanden und hinausgegangen. Er hatte von der gegenüberliegenden Seite der schmalen Straße das Haus betrachtet, die Fassade aus rotbraunen Backsteinen, den Ziergiebel über dem Portal, die Fenster zur Rechten und zur Linken. Ein kalter Wind hatte die hängenden Zweige des Weidenbaums bewegt. Eine Frau war in die Telefonzelle an der Straßenecke gegangen und hatte endlos telefoniert.

Faber machte sich daran, das Manuskript noch einmal von der ersten Zeile an zu lesen, und las es bis zur letzten. Er achtete nicht mehr auf die stilistischen Mißgriffe des Autors, sondern legte ein Verzeichnis derjenigen Episoden an, in denen die gröbsten Verstöße der handelnden Personen gegen Sitte und Gesetz beschrieben wurden. Nach gut vier Stunden, in denen er von der Lektüre nicht abließ, notierte er als letzten Punkt seiner Liste, versehen mit zwei Ausrufezeichen, die pompöse Apotheose, in die das Werk gipfelte: Eine drohende

Staatskrise kann nur dank des Eingreifens von Stahl abgewendet werden. Dieser nämlich findet heraus, daß ein Mitglied des engsten Beraterkreises um den Regierungschef sich von einem internationalen Waffenkonzern hat bestechen lassen – ausgerechnet derselbe Berater, der zuvor den makellosen Stahl mit haltlosen Verdächtigungen beim Kanzler anzuschwärzen versuchte.

Stahl öffnet dem Kanzler die Augen. Der unwürdige Paladin wird, um katastrophale Folgen für das Ansehen der Republik zu vermeiden, unter dem Deckmantel von Krankheitsgründen vorzeitig pensioniert. Der Kanzler dankt Stahl mit einem stummen, aber ungewöhnlich langen Händedruck und geleitet ihn persönlich zum Portal des Kanzleramtes. Stahl schickt Fahrer und Leibwächter voraus und geht, die Brust in tiefen Atemzügen weitend, zu Fuß zurück zu seinem Amtssitz, zerschlagen und ermattet wie nach einem schweren Kampf, aber im Bewußtsein seiner Mission: *Es gab unendlich viel zu tun. Es war nicht vorüber. Es würde nie vorüber sein.*

Als Kirsten gegen sieben an Fabers Tür klingelte, war er dabei, das Manuskript noch einmal durchzublättern. Er ließ es liegen, half Kirsten bei der Vorbereitung des Abendessens, putzte das Gemüse, wusch Teller, Tassen und Gläser ab, die er seit zwei Tagen hatte stehenlassen, deckte den Tisch. Aber sobald sie gegessen hatten, holte er das Manuskript in die Küche und schlug die Stelle auf, an der die Beichte des Rechtsreferendars Jürgen begann. Er reichte Kirsten, die einen Stuhl herangezogen und die Beine darauf gelegt hatte, das aufgeschlagene Manuskript.

»Liest du das mal, wenn du nicht zu müde bist? Diese Seite und die nächste.«

»Was ist das?« Kirsten legte den Daumen zwischen die Blätter, schloß das Manuskript und las das Titelblatt.

Faber wies auf den Titel. »Ein Roman. Von Helmut Michelsen.«

»Das sehe ich. Muß ich Herrn Michelsen kennen?«

»Nein. Ich kenne ihn auch nicht.«

»Na, Gott sei Dank, das ist ja tröstlich.«

»Es ist auch ein ziemlich miserabler Roman. Aber vielleicht hat das Manuskript andere Qualitäten. Du brauchst nur diese beiden Seiten zu lesen.«

Kirsten seufzte. Sie schlug das Manuskript wieder auf und begann zu lesen. Nach einer Weile sah sie Faber an, dann las sie weiter. Sie las die beiden Seiten, schlug auch die folgende noch auf und überflog sie, schloß das Manuskript mit einer heftigen Bewegung und warf es auf den Tisch. Sie stand auf und verließ die Küche.

Faber folgte ihr. Sie hatte sich im Wohnzimmer aufs Sofa gelegt und die Augen geschlossen.

Er berührte ihre Schulter. »Was ist denn?«

Sie schlug die Augen auf. »Warum zeigst du mir diese widerliche Salbaderei? Findest du das etwa gut?«

»Natürlich nicht. Ich hab doch gesagt, es ist ein miserabler Roman.«

»Und warum sollte ich ausgerechnet diese miserable Stelle lesen?«

Faber hob die Schultern. »Weil ich mir darüber nicht sicher war. Es tut mir leid, ich hab nicht... Ich wollte nur wissen, ob du das Haus, das da beschrieben wird, und die Straße und das ganze Drum und Dran... ob das für dich genauso eindeutig erkennbar ist wie für mich.«

Kirsten wandte sich ab. Faber setzte sich neben ihre Füße. »Es gibt da ja merkwürdige Erfahrungen. Du liest die Beschreibung eines Ortes und bist fast sicher, ihn wiederzuerkennen. Aber was dir vorschwebt, ist ein ganz anderer Ort. Du verwechselst ihn nur, weil du vergessen hast, wie es tatsächlich war. Oder vielleicht hast du es auch verdrängt.«

Kirsten sagte: »Streng dich nicht an, ich kann dich beruhigen. Was dieser Schmierfink beschreibt, das ist die Klinik in Venlo. Ich hab's nicht vergessen und auch nicht verdrängt.«

Faber legte eine Hand auf ihr Knie. »Es tut mir wirklich

leid. Ich hätte dir vielleicht vorher sagen sollen, was mich an diesem Manuskript interessiert.«

Er wartete auf eine Reaktion, aber Kirsten rührte sich nicht. Faber sagte: »Es könnte ein Schlüsselroman sein, und zwar ein höchst brisanter. Er beschreibt Dutzende von geradezu unglaublichen politischen Skandalen. Und vor allem beschreibt er, wie sie vertuscht werden. Ich hab das anfangs alles für Quatsch gehalten. Das Produkt eines moralisierenden Phantasten. Aber als ich diese Stelle über Venlo gefunden habe, bin ich nachdenklich geworden.«

Kirsten schwieg. Faber stand auf und holte den Brief des Anwalts Meier-Flossdorf von seinem Schreibtisch. »Das solltest du auch noch lesen.«

Sie sah ihn an. »Reicht es dir noch nicht?«

»Ich will dir doch nur erklären, warum ich dich gebeten habe, diese Passage zu lesen.« Faber legte den Brief auf ihren Schoß und ging in die Küche. Er nahm die Weinflasche und die beiden Gläser, die auf dem Küchentisch standen, brachte sie ins Wohnzimmer und reichte Kirsten ihr Glas. Sie schüttelte den Kopf. Faber stellte das Glas ab und setzte sich mit seinem Glas wieder ans Fußende des Sofas.

Kirsten hob den Brief auf und las ihn. Sie stieß die Luft durch die Nase. »Eine hochrangige Persönlichkeit! Das könnte sogar stimmen.«

»Warum?«

»Weil es zu einer hochrangigen Persönlichkeit passen würde, sich so über eine Abtreibung auszuschleimen.« Sie ließ den Brief fallen. »Also gut. Dieser Autor hat einen Sohn, der mit seiner Freundin in Venlo war und dem Vater darüber berichtet hat. Und was ist daran interessant?«

»Denk doch mal nach.« Faber nahm einen Schluck Wein. »Über die Schleimerei brauchen wir nicht zu streiten, da sind wir uns einig. Wir beide wissen aber auch, daß die äußeren Fakten stimmen. Von der Zahl der Stockwerke einmal abgesehen. Und wenn nun unser unbekannter Autor sich in dieser

Episode im wesentlichen an die Fakten hält... ist es dann nicht vorstellbar, daß er auch in anderen Fällen die Realität beschrieben hat? So exaltiert oder so unglaublich die Beschreibung auch klingen mag?«

»In welchem Fall zum Beispiel?«

»Zum Beispiel bei dem Skandal, der den Höhepunkt dieses Elaborats darstellt.« Faber stand auf, er wollte in die Küche gehen und das Manuskript holen, hielt ein und setzte sich wieder. »Da geht es um einen Kanzlerberater, der sich hat bestechen lassen. Der Mann wird entlarvt, aber dann siegt wieder einmal die Staatsräson, der Skandal bleibt unter der Decke, der Mann wird vorzeitig pensioniert, angeblich, weil er an einer schweren Herzkrankheit leidet.«

Faber stand auf und goß sich Wein ein. »Ich bin mir nicht sicher, aber ich glaube mich zu erinnern, daß vor zwei oder drei Jahren tatsächlich ein Mann aus dem Kanzleramt vorzeitig pensioniert worden ist. Aus Gesundheitsgründen. Das müßte sich feststellen lassen.«

Kirsten sah ihn an. »Worauf willst du hinaus, Alex?«

»Worauf ich hinaus will?« Faber betrachtete den Wein in seinem Glas. »Stell dir vor, dieses Manuskript würde veröffentlicht.«

»Ich denke, es ist ein miserabler Roman?«

»Natürlich ist es das. Zumindest in der Form, die es jetzt hat.« Er sah sie an. »Aber als Schlüsselroman könnte das Buch eine Sensation werden.«

»Eine was?« Sie zog die Brauen zusammen.

Faber wußte, daß er die Deckung verlassen hatte. Das Reizwort Sensation, das ihr seit jeher zuwider war, trieb den Test in die entscheidende Phase. Eine Ausflucht gab es nicht mehr, er mußte in die Offensive gehen, mit allen Rechtfertigungen, selbst den erbärmlichsten, die sich auftreiben ließen, und ebendas wollte er. Faber wiederholte das obszöne Wort: »Eine Sensation.«

Nach einer Weile sagte sie: »Das könnte so ein Buch doch

nur werden, wenn nachgewiesen würde, daß der Autor tatsächlich ein Insider ist. Sonst ließe sich doch alles, was an Schweinereien darinstehen mag, als pure Phantasterei abtun.«

»Na ja, ganz so einfach wäre das wohl nicht. Wie will man denn in jedem Fall das Gegenteil beweisen? Aber im Prinzip hast du natürlich recht.« Faber lächelte. »Damit das Buch tatsächlich zur Sensation würde, müßte man schon den Autor identifizieren.«

Er sprach weiter, bevor sie antworten konnte. »Ein paar Ansatzpunkte gäbe es dafür. Dieser Rechtsanwalt zum Beispiel, er ist vermutlich ein guter Freund des Autors. Er muß sogar ein sehr guter, alter Freund sein, sonst hätte der Autor ihm nicht dieses Manuskript anvertraut. Vielleicht stammen sie beide aus N., vielleicht sind sie dort zusammen aufgewachsen oder zur Schule gegangen. Oder zur Universität.« Faber setzte sich wieder. »Man müßte feststellen, ob es einen Minister oder Staatssekretär gibt, der aus N. stammt. Und wenn man den findet, dann läßt sich auch feststellen, ob er einen Sohn hat. Der Sohn könnte einen weiteren Ansatzpunkt liefern.«

»Das meinst du doch wohl nicht ernst, Alex!« Kirsten nahm Meier-Flossdorfs Brief von ihrem Schoß, warf ihn neben sich auf das Sofa. »Willst du tatsächlich diesen Mann identifizieren?«

»Ich sage nicht, daß ich das will. Ich sage nur, daß es vielleicht möglich wäre. Und daß dann das Buch mit Sicherheit ein Renner würde.«

»Ein Renner! Die Rechnung geht doch hinten und vorn nicht auf. Der Mann würde das Manuskript doch gar nicht mehr erscheinen lassen, er würde es sofort zurückziehen, wenn er erführe, daß sein Pseudonym nichts mehr wert ist.«

»Natürlich würde er das.« Faber lachte. »Das wäre ja auch eine törichte Dramaturgie. Nein, nein... natürlich dürfte er vor der Veröffentlichung nicht erfahren, daß es jemandem gelungen ist, ihn zu identifizieren. Zuerst müßte das Buch auf dem Markt sein. Ein paar Tage vielleicht. Und dann erst dürfte man die Story über den Autor veröffentlichen.«

Kirsten stand auf. Sie nahm Meier-Flossdorfs Brief vom Sofa, legte ihn auf den Schreibtisch, wandte sich zurück zu Faber. »Mit dir stimmt was nicht, Alex. Und das Schlimme daran ist, daß du das gar nicht mehr zu merken scheinst.«

Faber schüttelte den Kopf. »Was soll *das* denn nun? Soll das ein Argument sein?«

»Nächsten Monat wirst du zweiundvierzig, Alex. Alt genug, um zu wissen, was man tut und was man läßt. Und was man kann und was man nicht kann. Aber du bist nicht zufrieden mit deinem Schicksal. Du träumst immer noch davon, deinen Namen unter einer Schlagzeile zu lesen. Der Aufreißer, der die Welt verändert. Die Feuilletons genügen dir nicht, die Buchbesprechungen, die Theaterkritiken, das, was du kannst und was du wirklich gut machst, erstklassig sogar. Nein, nein – eine Regierung müßte man stürzen, nicht wahr? Und da fällt dir nichts Besseres ein, als die Spur eines... eines Schweinehundes aufzunehmen, der ein paar andere Schweinehunde denunzieren möchte, und den jetzt du denunzieren möchtest. Darauf läuft es doch hinaus, das ist es doch. Willst du wirklich im Dreck wühlen, Alex? Willst du mit einer Enthüllungsstory berühmt werden?«

Faber lächelte. »War's das? Oder hast du noch mehr auf dem Herzen?«

»Ja, noch etwas, ich hätte es beinahe vergessen: Bist du nicht verpflichtet, alle Informationen, die du durch den Verlag bekommst, vertraulich zu behandeln? Willst du den Job bei Vogelsang loswerden? Bei dem dürftest du dich doch nicht mehr blicken lassen, sobald er erführe, daß du hinter einem Autor herspionierst. Einem Autor, der seine Identität nicht preisgeben will!«

»Das laß mal meine Sorge sein.« Faber stand auf und leerte den Rest der Flasche in sein Glas. »Und nun zu deiner Predigt.« Er setzte sich wieder, trank, lächelte Kirsten an. »Im

Dreck wühlen. Kann es sein, daß ich das schon einmal gehört habe?«

Faber tat sich schwer. In den vier Jahren, seit er Kirsten bei der Lesung eines Autors aus der DDR kennengelernt hatte, eines Autors, der aus Kirstens Heimatstadt stammte, hatte sie Faber immer wieder einmal die Perversionen der schreibenden Zunft im Westen vorgehalten, der Literaten, der Journalisten. Ja, ja, es war pervers genug, wie im Osten das Abbild der Welt, damit es in Druck gehen durfte, retuschiert und verschleiert werden mußte. Aber war es weniger pervers, wie die Zunft im Westen ohne Not dieses Abbild, um ein Gelüst darauf zu wecken, als Sensation aufputzte und verhökerte?

Faber hatte sich gelegentlich amüsiert über Kirstens Empörung, sobald irgendeine Zeitung einen seiner abgewogenen Berichte mit einer reißerischen Überschrift versehen hatte. Und doch hatte er sich durch solch zorniges Engagement bestätigt gefühlt, es hatte ihm wohlgetan. Es hatte den seit einiger Zeit immer empfindlicher nagenden Zweifel gelindert, ob das, was er schrieb, überhaupt einer pfleglichen Behandlung durch die Redaktionen wert war.

Mit Kirstens Empörung hatte er gerechnet, als er ihr darlegte, was sich aus dem Angebot des Dr. Meier-Flossdorf herausholen lasse. Aber er war nicht darauf vorbereitet, daß sie diese Spekulation, daß sie schon das bloße Nachdenken über einen solchen Coup als das Symptom einer Lebenskrise auslegen und ihn mit einer Diagnose konfrontieren würde, die er eher als Demütigung denn als Hilfe empfinden mußte. Faber vermied es, darauf einzugehen.

Er konzentrierte sich auf die Frage, ob er im Dreck wühlen wolle, versuchte, sie als naiv abzutun, als Floskel aus abgestandenen Predigten. Indessen merkte er, daß er selbst immer tiefer in eine Predigt hineingeriet. Er verbreitete sich über die Korruption, die doch offenkundig weithin (um ein Haar hätte er gesagt: wie ein Krebsgeschwür) wuchere, in der Politik wie in der Wirtschaft. Im Journalismus nicht? Na, bitte schön, auch im Journalismus. Aber wo auch immer: Gab es denn, um die Korruption zurückzudrängen, ein anderes Mittel, als sie bloßzustellen, durch Enthüllungsstorys, jawohl, durch Sensationen in Gottes Namen, und was war denn daran verwerflich, wenn die Veröffentlichung, so geschmacklos ihre Form auch sein mochte, dem Interesse der Allgemeinheit diente?

Sie stieß die Luft durch die Nase. »Interesse der Allgemeinheit! Kann es sein, daß ich das schon mal gehört habe?«

»Ja, das kann sein. Nur hast du anscheinend nicht lange genug darüber nachgedacht. Aber du hast ja noch Zeit, noch dreizehn Jahre, bis du so alt bist wie ich und wissen mußt, was man zu tun und was man zu lassen hat.«

Kirsten wandte sich ab und ging in die Küche. Nach einer Weile hörte Faber das Klappern des Geschirrs. Er folgte Kirsten, nahm eine Flasche Wein aus dem Kühlschrank und öffnete sie. »Laß das Geschirr, ich mach das nachher. Ich muß mir jetzt diese Talkshow ansehen.« Kirsten schwieg. Faber brachte den Wein ins Wohnzimmer, schaltete den Fernsehapparat ein und setzte sich mit seinem Notizblock davor.

Es fiel ihm schwer, sich auf die Sendung zu konzentrieren, ein chaotisches Gequatsche zwischen der Moderatorin, die ihre Respektlosigkeit inszenierte, einem angestrengt schlagfertigen Minister, einer gealterten Schauspielerin, der ein nervöses Lidzucken zu schaffen machte, einem noch nicht alten, aber bereits verfetteten Schlagersänger und einem sehr jungen Fußballprofi, der unlängst für eine Ablösesumme von etlichen Millionen Mark den Verein gewechselt hatte und jede zweite Antwort mit einem »Na ja, das ist richtig, aber...« einleitete. Während Faber eine Beurteilung des Ministers notierte, die er wegen ihres beleidigenden Charakters in seiner Besprechung nicht würde verwenden können, kam Kirsten herein. Sie küßte Faber auf die Stirn. »Es tut mir leid, Alex.« Er gab keine Antwort. Sie goß sich ein Glas Wein ein und setzte sich vor den Fernsehapparat.

Als die Sendung zu Ende war, schaltete Faber den Apparat aus. Er schrieb noch ein paar Sätze in seinen Notizblock, reckte sich und legte den Block beiseite. Kirsten sagte: »Ich verstehe ja, daß diese Arbeit dich manchmal ankotzt. Aber ist das nicht mit jeder Arbeit so?«

»Doch, doch. Das ist es wohl.«

»Warum bist du dann so unzufrieden, Alex? Es geht anderen doch auch nicht besser.«

Faber schwieg eine Weile. Dann sagte er: »Es tut mir leid, Kirsten, aber du hast nichts verstanden.«

»Ich habe dich sehr gut verstanden.«

»Du hast gar nichts verstanden.«

Kirsten trank ihr Glas leer, sie stellte es ab und stand auf.

Faber sagte: »Was sich hinter diesem schlechten, diesem widerlichen Manuskript versteckt, liebe Kirsten, das könnte die Welt sein, so wie sie ist. Und nur das ist das Interessante daran. Interessant ist dieses Manuskript nicht als Abbild der Welt, natürlich nicht, es ist nun mal ein miserabler Roman, darüber braucht man kein Wort zu verlieren. Leider wird mir ebendas nicht erspart bleiben, denn fatalerweise verdiene ich mein Brot dadurch, daß ich Worte verliere über Abbilder der Welt, die schlechten wie die guten, ich kann sie mir nicht aussuchen. Aber das können wir jetzt einmal außer Betracht lassen.«

Er versuchte einen neuen Anlauf. »Was du nicht verstanden hast, ist ganz einfach: Dieses Manuskript bietet eine Chance, sich die Wirklichkeit... anzueignen. Oder sagen wir einen Einstieg, um an die Wirklichkeit heranzukommen. Sich mit der Welt, so wie sie ist, auseinanderzusetzen, und nicht mit irgendeinem Abbild von ihr.«

Kirsten sagte: »Es bleibt also dabei: Du willst den Mann identifizieren.«

»Auch das hast du offenbar nicht verstanden. Oder du willst es nicht verstehen. Ich habe nichts anderes gesagt, als daß es vielleicht möglich wäre, die Identität des Autors aufzudecken. Und ich habe in der Tat einige Konsequenzen entwickelt, die sich daraus ergeben könnten.«

Kirsten ging hinaus. Faber lauschte, aber er konnte nicht erkennen, was sie tat. Er stand auf und folgte ihr. Sie hatte ihren Mantel angezogen, stand vor dem Garderobenspiegel, die Einkaufstasche in einer Hand, und richtete mit der anderen ihr Halstuch.

Faber räusperte sich. »Wolltest du nicht hierbleiben?«

»Heute nicht.« Sie küßte ihn auf die Wange. »Schlaf gut, Alex.« Bevor Faber ihr gute Nacht sagen konnte, zog sie die Wohnungstür hinter sich zu.

2

Am nächsten Morgen, die Fenster der Stadt funkelten in der Oktobersonne, fuhr Faber zur Redaktion der Zeitung, die die Fernsehkritik bei ihm bestellt hatte. Er brach schon vor zehn Uhr auf, wie stets darauf bedacht, seine Arbeit zu tun, während es noch still war in den Zimmern der Redaktion und niemand einem mit der Frage lästig fiel, wie lange man das Terminal noch brauche.

Vom Boten, der den Frühdienst versah und dabei war, die Post und die Zeitungen auf seinen Karren zu sortieren, ließ Faber sich den Hauptschlüssel der Kulturredaktion geben. Nachdem er in alle Zimmer des Ressorts hineingeschaut und sich mit Befriedigung vergewissert hatte, daß noch niemand außer ihm zur Arbeit erschienen war, setzte er sich an das Terminal des Musikredakteurs, zog seine Notizen heraus, sah sie durch und legte sie neben sich auf das Klappbrett des Terminals. Er stand noch einmal auf und sah aus dem Fenster hinunter auf die Einkaufsstraße vor dem Zeitungshaus. Die Kellnerin des Cafés gegenüber schloß die Glastür auf, trat hinaus und hielt das Gesicht in die Sonne, schloß die Augen und lächelte.

Faber überlegte, ob er, wenn der Konditor das schöne Wetter nutzen und vielleicht zum letztenmal in diesem Jahr die weißen Tische und Stühle vor die Tür stellen würde, einen Kaffee im Freien trinken sollte. Er schob die Entscheidung auf und setzte sich wieder ans Terminal. Nach zwanzig Minuten hatte er seine Besprechung der Talkshow geschrieben. Er warf einen Blick aus dem Fenster. Die Tische und Stühle waren bereits aufgebaut. Faber sah seinen Text auf dem Bildschirm noch einmal durch, legte ihn ab und schrieb eine Notiz an den Fernsehredakteur, die er auf dessen Schreibtisch hinterließ.

Er stand schon vor dem Café, hatte sich schon für einen Platz entschieden, an dem die warme Sonne ihm ins Gesicht scheinen würde, als er plötzlich umkehrte. Dieses Mal fuhr er mit dem Aufzug ein Stockwerk höher als zuvor. Er wanderte an den Türen der Sportredaktion vorbei, las die Namensschilder, blieb hier und da stehen, ging weiter bis zum Haupteingang der politischen Redaktion. An der Tür steckte der Schlüssel. Faber blickte zurück. Er war allein auf dem langen Flur.

Er klopfte an und öffnete die Tür. Wie er es gehofft hatte, fand er in dem weitläufigen Zimmer nur einen der vielen Schreibtische besetzt. Ein Nachrichtenredakteur, dessen Name Faber nicht einfiel, war dabei, einen dicken Packen von Agenturmeldungen durchzusehen und zu sortieren. Er hob die Augenbrauen und lächelte. »Das ist aber ein seltener Besuch. Wollen Sie fremdgehen?«

»Nein, nein.« Faber lachte. »So vermessen bin ich nicht. Ich suche nur eine Liste der Kabinettsmitglieder. Der gegenwärtigen und wenn möglich auch derjenigen, die bis vor zwei, drei Jahren dazugehörten. Haben Sie vielleicht so etwas?«

»Das denke ich aber doch. Wie wär's denn mit dem Handbuch der Bundesregierung?« Der Redakteur stand auf, nahm einen in Kunststoff gebundenen, kleinen Ordner vom Regal und gab ihn Faber. »Da stehen aber nur die gegenwärtigen drin, glaube ich. Sobald eine Ersatzlieferung kommt, fliegen normalerweise die alten raus. Sie können sich da niederlassen.« Er wies auf einen Schreibtisch am Fenster. »Die Kollegin kommt frühestens in einer Stunde.«

Faber setzte sich an den Schreibtisch. Er brauchte einige Zeit, um die losen, für eine rasche Auswechslung hergerichteten Blätter durchzugehen, auf denen die Mitglieder der Bundesregierung samt Foto, Wohnort und Geburtsort verzeichnet standen.

Einen Minister oder Staatssekretär, der in N. geboren war oder dort wohnte, fand er nicht. Auch von den leitenden Beamten stammte keiner aus N. Faber schlug die Blätter zurück und wollte sie noch einmal durchgehen, um sich zu vergewissern, daß er in den biographischen Abrissen nicht die Erwähnung eines Studiums an der Universität von N. übersehen hatte. Er gab das auf, weil ihn unversehens der Zweifel am Wert eines solchen Indizes überfiel.

Faber sah eine Weile hinaus auf die Dachgärten der Häuser gegenüber, die Sträucher, Pflanzen und kleinen Bäume, deren Blätter sich in einem sanften Wind bewegten. Als er merkte, daß der Nachrichtenredakteur ihm einen Seitenblick zuwarf, schlug er den Ordner zu, gab ihn zurück und bedankte sich. Auf dem Weg zum Aufzug begegnete ihm ein anderer Bote und die Sekretärin der politischen Redaktion. Faber beschleunigte seinen Schritt. Er drückte ein paarmal auf den Knopf des Aufzugs, der auf einer der unteren Etagen stand und sich nicht bewegen wollte. Faber fluchte. Nach einem Faustschlag auf den Knopf lief er die Treppen bis zum Souterrain hinunter. Er ging ins Archiv der Zeitung.

An einem kleinen Schreibtisch, der unter einem vergitterten Fenster zwischen zwei Bücherregalen stand, fand er den Archivar Engels. Der Archivar, einer der ältesten Mitarbeiter der Zeitung, ein kleiner, magerer Mann mit struppigen Haaren, der stets in einem weißen, glattgebügelten Kittel auftrat, war damit beschäftigt, ein Butterbrot zu essen. Vor ihm auf dem Schreibtisch standen auf einer Serviette die Butterbrotbüchse, eine Thermoskanne und ein Becher.

Faber, der mit Engels die zwiespältige Erfahrung gemacht hatte, daß dieser für einen freien Mitarbeiter nicht unwilliger, aber auch nicht williger tätig wurde als für einen Redakteur, näherte sich mit der gebotenen Rücksicht. »Morgen, Herr Engels. Ich wollte Sie aber nicht beim Frühstück stören.«

»Würden Sie sowieso nicht schaffen. Außerdem war das schon das zweite.« Engels steckte den Rest seines Butterbrots in den Mund. »Wer viel arbeitet, der muß auch viel essen.« Er trank den Becher leer, schraubte ihn auf die Kanne, schloß die Büchse und faltete die Serviette zusammen. »Wo brennt's denn?«

»Brennen tut's nicht. Ich wollte nur wissen, ob vor einiger Zeit... ich glaub jedenfalls, mich daran zu erinnern, daß vor nicht allzu langer Zeit ein Mann aus dem Kanzleramt vorzeitig pensioniert worden ist. Weil er krank war, glaube ich. Vor zwei oder drei Jahren.«

»Da haben Sie ausnahmsweise mal recht, Herr Faber.« Der Archivar verstaute seine Ausrüstung in einer Aktentasche, die er unter dem Schreibtisch hervorzog. »Der hatte was am Herz. Keinen Infarkt, aber irgendeine Krankheit haben sie bei einer Untersuchung gefunden, und da mußte er aufhören, von einem Tag auf den anderen.« Er schob die Aktentasche mit dem Fuß unter den Schreibtisch, legte Daumen und Finger um die Wangen. »Aber wie hieß der Kerl noch mal?« Er drückte die Wangen zusammen, ließ ein paarmal die Lippen schnappen. »Irgendwas mit Köhler.«

Faber folgte ihm zu den Schubkästen, in denen die Mappen der Mikrofilme aufbewahrt wurden. Engels fuhr einen der schweren Kästen auf seinen Rollen heraus, ließ den Finger durch die Reiter mit den Namensschildern wandern. »Seit wann schreiben Sie denn für die Politik?«

»Ich schreib nicht für die Politik. Der Fall interessiert mich nur.«

»Wenn Sie das bloß privat wissen wollen, darf ich Ihnen gar keine Auskunft geben.«

»Aber lieber Herr Engels...«

»Nix da, lieber Herr Engels. Beim nächstenmal kommen Sie und wollen wissen, wann Max Schmeling gegen Joe Louis gewonnen hat. Ich kenn das doch. Moment mal!« Er zog eine Mappe heraus, las die Aufschrift. »Das muß er sein. Wie bin ich denn auf Köhler gekommen? Kohlgrüber hieß der.«

Es war eine dünne Mappe. Faber sah dem Archivar über die Schulter. *Kohlgrüber, Traugott, Ministerialdirektor.*

Engels überließ ihm die Mappe nicht ohne ein mißbilligendes Kopfschütteln. Faber ging zu einem der Lesegeräte und legte das einzige Jacket von Mikrofilmen, das die Mappe enthielt, unter das Objektiv. Während er den Fokus scharf stellte, spürte er, daß sein Puls schneller ging.

Die ersten Meldungen über Kohlgrüber, die das Archiv registriert hatte, waren vor sieben Jahren veröffentlicht worden, durchweg Einspalter in verschiedenen Zeitungen, in denen zu lesen stand, der Ministerialdirigent Traugott Kohlgrüber (45) sei aus dem Verteidigungsministerium in die Planungsabteilung des Kanzleramtes versetzt worden. Kohlgrüber, der seine Laufbahn im Wirtschaftsministerium der Landesregierung in N. begonnen hatte, gelte als Experte in Rüstungsfragen. In seinem neuen Amt solle er vornehmlich den Bundeskanzler auf dem Gebiet der internationalen Rüstungskontrolle beraten.

In den folgenden Meldungen wurde Kohlgrüber jeweils nur beiläufig erwähnt. Die Meldungen waren unter seinem Namen wie unter anderen archiviert worden, weil er als Mitglied von Delegationen, die die Regierung zu internationalen Konferenzen entsandte, genannt worden war. Einmal tauchte er auch als Referent eines Symposiums über neue Strategien der Verteidigung auf.

Vor vier Jahren hatten, wiederum in Einspaltern, mehrere Zeitungen berichtet, Kohlgrüber sei zum Ministerialdirektor befördert worden. Eine Woche später war ein zweispaltiges Porträt veröffentlicht worden, das Kohlgrübers frühes Engagement in der Allianz, der Partei des Bundeskanzlers, erwähnte und ihn einen der Berater nannte, die entscheidend zur Urteilsbildung des Kanzlers beitrügen. Kohlgrüber meide, so hatte der Korrespondent der Zeitung geschrieben, das gesellschaftliche Leben. Nur selten einmal erscheine er mit seiner Frau auf einem der Empfänge der Hauptstadt. In seiner Freizeit widme er sich seiner einzig bekannten Leidenschaft, einer wertvollen Sammlung von Erstausgaben, mit der er schon als Schüler in der Kleinstadt Bracklohe begonnen habe.

Die letzten Berichte über Kohlgrüber waren an einem Tag im August des vorvergangenen Jahres erschienen. Darin hieß es im wesentlichen gleichlautend, der Ministerialdirektor könne sein Amt nicht mehr ausüben, weil er seit einiger Zeit an schweren Herzrhythmusstörungen leide. Er habe zum großen Bedauern des Bundeskanzlers seine Versetzung in den vorzeitigen Ruhestand beantragen müssen, die bereits bewilligt worden sei. Unterdessen habe Kohlgrüber eine klinische Behandlung angetreten. Nach deren Abschluß wolle er sich in sein Haus in Fahrenholz, einem ländlichen Ort nahe von N., zurückziehen. Er werde, wenn seine Gesundheit es erlaube, in besonderen Fällen aber auch weiterhin dem Bundeskanzler als Berater zur Verfügung stehen.

Faber schaltete das Lesegerät aus und ging zu Engels, der an einen großen Schreibtisch umgezogen war und eine Zeitung vor sich ausgebreitet hatte. »Kann ich mir ein paar Fotokopien machen, Herr Engels?«

»Stück zwei Mark fuffzig.«

Als Faber die letzte Seite des Jackets belichtete, kam Engels zu ihm. »Das sind doch mindestens zehn Blatt.«

Faber nahm die Kopien aus dem Apparat und zählte sie. »Das sind genau fünf. Und dafür wollen Sie Geld haben?«

»Gehen Sie ganz schnell. Aber beim nächstenmal bezahlen Sie, das sag ich Ihnen.«

Auf der Treppe zum Erdgeschoß blieb Faber stehen. Er nahm die Kopien aus der Tasche, faltete sie auf, überflog die ersten Blätter und las noch einmal die Berichte über Kohlgrübers Abschied. Erst als er Schritte hörte, die sich näherten, stieg er die letzten Stufen zum Erdgeschoß empor. Er hatte den Ausgang des Zeitungshauses schon erreicht, als er umkehrte. Die Tür des Aufzugs wollte eben zugleiten, Faber fing sie mit beiden Händen ab und zwängte sich hinein.

Die Tür zum Sekretariat der Kulturredaktion stand offen, schon auf dem Flur hörte Faber die Stimme der Sekretärin, die anscheinend einen lästigen Anrufer abzuwimmeln versuchte. Er trat ein, nickte der Sekretärin zu, die die Augen verdrehte, um ihm zu bedeuten, daß der Anrufer nicht lockerließ. Durch die offenstehende Tür zum Zimmer nebenan sah Faber den Ressortleiter März, der hinter seinem Schreibtisch saß und ebenfalls telefonierte. März hob die Hand, Faber erwiderte den stummen Gruß. Er beeilte sich, die Gelegenheit zu nutzen, gab der Sekretärin durch Gesten zu verstehen, daß er ein Telefongespräch führen müsse, sie nickte.

Faber ging zwei Zimmer weiter und setzte sich an den Schreibtisch des Fernsehredakteurs. Er zog sein Notizbuch heraus und wählte die Telefonnummer, die hinter dem Namen Manthey verzeichnet stand, dem Namen des Redakteurs, der das Kulturressort der Lokalzeitung von N. leitete und hin und wieder einen Beitrag von Faber druckte. Während er die Nummer wählte, versuchte Faber, die Erklärung des Anrufs, die er sich zurechtgelegt hatte, beschleunigt zu rekapitulieren und zu überprüfen. Er fühlte sich ertappt, als die saftige Stimme Mantheys sich sofort meldete.

»Tag, Manfred. Hier ist Alexander Faber.«

»Alex, mein Freund! Wie geht es dir? Hast du was Schönes anzubieten?«

»Im Augenblick nicht.« Faber räusperte sich. »Ich hab bloß

eine private Frage. Tut mir leid, daß ich dich damit so überfalle.«

»Das macht doch nichts. Solange du mich nicht anpumpen willst, stehe ich jederzeit zur Verfügung.«

»Nein, nein.« Faber lachte. »Es geht zwar um Geld, aber nicht um meins. Leider.«

»Aha. Und womit kann ich dienen?«

»Also, um dir erst mal zu erklären, um was es geht... Ich hab eine Bekannte, die eine Erbschaft gemacht hat.«

»Das möchte ich auch. Wo ist das Problem? Will sie dir nichts abgeben?«

»Langsam, langsam.« Faber lachte. »Es ist wirklich nur eine Bekannte. Irgendein alter Freund von ihr, der in der Nähe von N. gewohnt hat und vor ein paar Wochen gestorben ist, hat sie in seinem Testament bedacht. Aber da gibt's auch ein paar Großnichten und Großneffen und wer weiß was noch, und die fechten jetzt das Testament an.«

»Täte ich auch. Warum sollen die denn für die schönen Stunden büßen, die der alte Lustmolch sich genehmigt hat?«

Faber lachte. »Laß mich doch mal ausreden!«

»Rede, Alex, rede!«

»Meine Bekannte bekommt also mit dem Nachlaßgericht in N. zu tun. Und nun ist ihr ein Anwalt aus N. empfohlen worden, der angeblich in solchen Fällen sehr ordentlich arbeitet.«

»Wie heißt der Rechtsverdreher denn?«

»Einen Augenblick...« Faber tat, als blättere er nach dem Namen. Nach einer kleinen Pause sagte er: »Dr. Erwin Meier-Flossdorf.«

»Ach ja, Erwin! Das hätte ich mir fast denken können.«

»Kennst du den?« Faber griff nach einem Notizzettel und begann zu schreiben.

»Das bleibt einem in N. nicht erspart, mein Lieber. Erwin spielt hier den großen Zampano. Stadtverordneter der Allianz, Vorsitzender des Kulturausschusses, wuselt auch im

Landesvorstand der Partei, tanzt auf allen Hochzeiten. Wenn du dir nicht zu fein wärest, unsere schöne Stadt zu besuchen, könntest du ihn übrigens am übernächsten Wochenende in voller Größe besichtigen. Sag mal, das wäre doch überhaupt eine Gelegenheit, da könnten wir endlich mal wieder gemeinsam einen zur Brust nehmen!«

»Ja, das wäre nicht schlecht. Und wo könnte ich den Herrn besichtigen?«

»Auf dem Landesparteitag der Allianz, da bringt Erwin das sensationelle Kulturprogramm ein, Sekunde mal«, er ächzte, »irgendwo hab ich doch die Einladung herumliegen.«

»Was denn für ein Kulturprogramm?«

»Na, das ist doch überhaupt das Größte, seit zwei Jahren basteln die daran, als Landespartei, mußt du dir vorstellen, ja, hier hab ich's, hör dir das Motto an: *Ein Bundesland beweist Kultur*, damit wollten die sich ein ganzes Wochenende lang beschäftigen, aber jetzt ist ihnen ihr Landesvorsitzender weggestorben, sie müssen auf dem Parteitag einen neuen wählen und die Kulturdebatte abkürzen, Erwin wird stocksauer sein.«

Faber sah, daß März sich näherte. Er sagte: »Entschuldige, Manfred, aber ich muß Schluß machen. Kannst du mir ein paar Unterlagen über diesen Parteitag schicken?«

»Du bist aber wirklich ein bißchen pervers. Na bitte sehr, ich schick dir was, damit du dich daran weiden kannst.«

März blieb in der offenen Tür stehen, legte die Hand an den Rahmen.

Faber sagte: »Sehr schön. Ich bedanke mich, und bis bald mal wieder.« Er wollte den Hörer auflegen, als er Manthey schreien hörte: »He, he, was ist denn!« Faber nahm den Hörer wieder ans Ohr: »Ja?«

»Du wolltest doch wissen, ob ich Erwin deiner Freundin empfehlen kann, oder hast du das vergessen?«

»Nein, nein, natürlich nicht.«

»Warum willst du dann auflegen? Also, wenn du mich

fragst: Erwin würde ich nicht nehmen. Der macht viel zu viel. Und wahrscheinlich würde er zu so einem Fall ohnehin einen von seinen jungen Männern abkommandieren. Ich würde an deiner Stelle...«

Faber ließ ihn nicht ausreden. »Das hilft mir sehr. Noch einmal herzlichen Dank.« Er legte auf.

März kam herein. Faber sagte: »Entschuldigung, das ist ein sehr ergiebiger Informant, aber leider ziemlich zeitraubend.« März schüttelte den Kopf. »Nichts zu entschuldigen. Es tut mir leid, wenn ich Sie gestört habe. Aber ich muß zu einem Termin und wollte Sie vorher noch etwas fragen.«

»Ja?« Faber steckte sein Notizbuch und die Zettel, die er während des Telefonats beschrieben hatte, in die Tasche.

»Haben Sie morgen abend schon etwas vor?« März lächelte. »Ich weiß, es ist leider wieder mal der Samstagabend.«

»Ja.« Faber zögerte. Dann sagte er: »Nein, ich hab noch nichts vor.«

»Wunderbar. Das heißt, so wunderbar ist es natürlich nicht. Die Frau Rudolf ist krank geworden. Könnten Sie die Premiere im Studio übernehmen?«

Faber nickte. »Ja, gut. Mache ich.«

»Danke. Ich werde Herrn Leistenschneider Bescheid sagen. Der hat am Sonntag Dienst.« März hob die Hand und ging.

Faber blickte ihm nach. Dann nahm er die Zettel aus der Tasche. Er sah sie durch und machte sich daran, ein paar überhastet geschriebene Stellen, die schwer zu entziffern waren, zu verdeutlichen. Plötzlich sprang er auf, raffte die Zettel zusammen und ging eilig ins Sekretariat.

März stand bereits an der Tür. Faber fragte: »Haben Sie eigentlich den Parteitag in N. besetzt? Den von der Allianz?«

März sah ihn verständnislos an. »Parteitag in N.?«

»Ja, da soll doch ein Kulturprogramm verabschiedet werden. Ich find das ganz interessant, daß eine Landespartei ein eigenes Kulturprogramm entwickelt.«

»Ach richtig!« März schüttelte den Kopf. »Na, sagen Sie mal, ist das denn nicht eine abstruse Idee?«

»Finden Sie?«

März lächelte. »Ich muß gestehen, ich hab die Einladung weggeworfen. Allerdings bin ich auch davon ausgegangen, daß der Herr Knabe für die Politik da hingeht, der hat sein Büro ja in N. Und wahrscheinlich wird der auch was über dieses Kulturprogramm machen.«

»Na gut. Ich wollte Sie nur gefragt haben.« Während März noch nachdachte, sagte Faber: »Ich bin drauf gekommen, weil mich zwei Sender angerufen haben, die an einem Kommentar oder einem Feature interessiert wären.«

März hob die Schultern: »Also, wenn Sie sowieso hinfahren, dann können Sie uns natürlich auch was anbieten.«

Faber nickte. »Gern. Wenn ich tatsächlich hinfahre. Ich muß zuvor noch einiges klären.«

3

Was immer es zu klären gab, Faber schob es auf. Die unangenehme Vermutung, daß er nicht nach Hause gehen wollte, weil er fürchtete, Kirsten könne auf den Gedanken kommen, ihn anzurufen, um ihn ins Verhör zu nehmen, verdrängte er, indem er sich durch einen Blick aus dem Fenster davon überzeugte, daß die Sonne noch immer schien und es dringend geboten war, das schöne Wetter zu nutzen. Er ließ sich im Botenzimmer eine Zeitung geben, ging hinaus auf die Straße und setzte sich an einen der Tische des Cafés.

In der Zeitung fand er die Anzeige eines Films, von dem sich behaupten ließ, er müsse ihn gesehen haben. Die nächsterreichbare Vorstellung begann in einer halben Stunde, und da Faber ohnehin nicht allzu lange vor den Fenstern der

Redaktion wie ein Müßiggänger, der sich um seinen Broterwerb nicht zu kümmern braucht, in der Sonne sitzen wollte, ließ er es bei einem Cappuccino bewenden, zahlte und machte sich auf den Weg zum Kino.

Der Film, dessen Qualitäten er schon nach der ersten Viertelstunde erheblich überschätzt fand, bot ihm nicht die Ablenkung, die er davon erhofft hatte. Zwar gelang es Faber einige Male, das Rätsel, in welchem Zusammenhang Kohlgrüber, Meier-Flossdorf und der Schöpfer des Dr. Stahl stehen mochten, als zur Stunde nicht lösbar abzuschieben. Aber um so nachdrücklicher meldete sich plötzlich die Erinnerung, daß er sich verpflichtet hatte, der Redaktion einer Wochenzeitung für deren nächste Ausgabe einen Beitrag zum 80. Geburtstag eines Literaturwissenschaftlers zu liefern, zu dessen Schülern Faber gehört hatte, bevor er sein Studium abbrach. Zwei Drittel des Artikels hatte er schon vor ein paar Tagen geschrieben, die Arbeit, die ihn deprimierte, dann jedoch liegengelassen, und wenn er halbwegs sichergehen wollte, daß der Brief spätestens zum Redaktionsschluß am Montag eintreffen würde, mußte er ihn an diesem Abend noch aufgeben.

Faber blieb desungeachtet eine Weile sitzen. Er sah auf die Leinwand, ohne den Film wahrzunehmen. Unverhofft hatte ihn ein neuer Gedanke zuversichtlicher gestimmt, die Überlegung nämlich, Kirstens schroffe Reaktion auf seine Analyse der Möglichkeiten, die in dem Epos von Peter Stahl steckten, wäre weniger schroff, weniger verletzend ausgefallen, wenn er ihr zur Einleitung nicht ausgerechnet die Passage über die Klinik in Venlo zu lesen gegeben hätte. Er hatte offenbar unterschätzt, wie schwer die Erinnerung an dieses Haus Kirsten belastete.

Freilich war es ihre Entscheidung gewesen, die Schwangerschaft abzubrechen, er hatte ihr weder den Vorschlag gemacht noch ihr zugeredet, wenn auch der bloße Gedanke an die Komplikationen, mit denen er hätte fertig werden müssen, wenn das Kind geboren worden wäre, ihm Angst eingejagt hatte. Er hatte ihr lediglich nicht widersprochen, als sie zugleich mit der Eröffnung, sie sei schwanger, ihm ihre Entscheidung mitteilte. Wie hätte er denn auch die Begründung widerlegen können, sie müsse, wenn sie die Schwangerschaft nicht abbreche, ihr Examen auf unbestimmte Zeit aufschieben, wenn nicht für immer darauf verzichten?

Er hatte ihr auch nicht widersprochen, als sie von dem ersten Termin bei einem Arzt, den sie um die Anerkennung einer sozialen Indikation des Abbruchs gebeten hatte, voller Empörung zurückkam und erklärte, einer solchen Demütigung werde sie sich nicht ein zweitesmal aussetzen. Er hatte durchaus verstanden, daß sie die Aufforderung des Arztes, sie solle sich die Tragweite eines solchen Schrittes doch noch einmal gründlich überlegen, als Bevormundung empfand, als die beleidigende Unterstellung, sie habe sich zuvor keine Gedanken darüber gemacht. Und nicht zuletzt hatte er verstanden, daß sie über ein Recht, das der Staat, in dem sie aufgewachsen war, ihr gewährt hätte, nicht mit sich handeln lassen mochte.

So war er dann auch nur ihrem Wunsch und ihrer eigenen Entscheidung gefolgt, als er die Regelung des Problems in die Hand genommen und die Adresse in Holland ausfindig gemacht hatte. Die Konditionen und den Termin des Eingriffs hatte hinwiederum nicht er, sondern Kirsten selbst mit dem Sekretariat der Klinik verabredet. Er hatte sie lediglich nach Venlo gebracht und dort gewartet, bis sie wieder ins Auto steigen konnte. Seine eigenen Empfindungen während der Wartezeit waren zu verworren gewesen, als daß er darüber hätte sprechen wollen. Und daß sie selbst weder auf der Rückfahrt noch später einmal sich äußerte über das, was sie bei dieser Reise nach Venlo erlebt hatte, war ihm nicht nur der Bequemlichkeit halber willkommen gewesen; er hatte es auch als den zu respektierenden Beschluß verstanden, das Thema als erledigt zu betrachten und es der Vergangenheit zu überantworten.

Er mußte sich getäuscht haben. Sie trug offenbar noch immer an dieser Erinnerung, vielleicht sogar um einiges schwerer als er selbst.

Faber verließ das Kino und fuhr nach Hause. Er fühlte sich ermutigt durch die Hoffnung, Kirsten werde, wenn er sich noch einmal und diesmal verständnisvoller für sein unbedachtes Vorgehen entschuldigte, in der Lage sein, über sein Gedankenexperiment mit diesem fragwürdigen Roman in Ruhe und sachlich zu diskutieren. Immerhin hatte er mittlerweile den so plötzlich pensionierten Kohlgrüber aufgespürt, seine Spekulation war also offenbar nicht so schockierend haltlos, wie sie ihr in der gefühlsbeladenen Situation des Vorabends erschienen sein mochte.

Fabers Hoffnung verlor sich, je näher die Stunde rückte, in der Kirstens Dienst im Büro eines Architekten in der Regel beendet war. Wenn sie tatsächlich anrufen sollte, würde sie – die Vermutung beunruhigte ihn immer mehr – vor allem anderen ihn fragen, ob er noch immer plane, die Identität von Helmut Michelsen zu enthüllen. Faber konzentrierte sich darauf, seinen Artikel für die Wochenzeitung möglichst schnell zu beenden. Er begnügte sich immer häufiger schon mit der ersten Formulierung, die ihm einfiel, unterdrückte, als er die letzte Zeile in den Computer geschrieben hatte, den Gedanken, es müsse sich ein besserer Schluß finden lassen, druckte den Artikel aus, überflog ihn, steckte ihn in den Umschlag und verließ damit die Wohnung.

Auf der Treppe glaubte er das Rufzeichen des Telefons zu hören. Er kehrte noch einmal zurück, lauschte an der Wohnungstür und stellte erleichtert fest, daß er sich getäuscht hatte.

Der Himmel war noch immer klar, aber es dämmerte schon. Faber brachte den Brief zu einem Kasten, der am nächsten Morgen geleert werden würde. Er blieb eine Weile vor dem Briefkasten stehen, sah die Straße auf und ab, in der die Menschen unterwegs waren, um ihre Einkäufe fürs Wochenende zu erledigen. Faber überlegte, was er selbst noch bis zum Montag brauche. Ihm fiel einiges ein, aber schließlich wandte er sich in die Richtung, die von seiner Wohnung wegführte, und ging an allen Läden vorbei.

In einer Seitenstraße kehrte er in eine Kneipe ein, die er schon seit einiger Zeit nicht mehr besucht hatte, weil Kirsten das Publikum nicht mochte und insbesondere die Wirtin nicht, eine schwarzhaarige Endvierzigerin, mit der Faber gelegentlich geschlafen hatte. Er setzte sich zu einem Regisseur, der ein halbes Dutzend Leute vom Theater und vom Fernsehen um sich versammelt hatte, an den Tisch. Kaum hatte er Platz genommen, begann er mit dem Regisseur, der prompt die Kritiker insgesamt der Ignoranz beschuldigte, eine boshaft stichelnde Diskussion. Er fühlte sich wohl, zumal er einige Lacherfolge verbuchen konnte. Nach einer Stunde und dem vierten Schoppen Wein verspürte er Hunger, er bestellte gemeinsam mit dem Regisseur eine Grillplatte für zwei Personen.

Gegen eins in der Nacht, nachdem die Wirtin zum drittenmal Feierabend geboten hatte, suchten Faber und der Regisseur das Pissoir auf. Sie standen eine Weile stumm, mit gesenkten Köpfen und verhalten schwankend nebeneinander. Dann sagte der Regisseur: »Warum schreibs du nich selbs mal ein Stück?«

»Ich?« Faber lachte.

»Was gibbes denn da zu lachen? Du kenns doch den Mist, der angebon wird.« Der Regisseur schnaufte schwer.

Faber legte eine Hand auf die Wand, um festeren Stand zu gewinnen. »Soll ich den Haufen noch größer machen?«

»Quatsch. Du has doch mehr drauf. Has doch wenigsen schreiben gelernt.«

»Ja, ja.«

»Immer nur Kritik, das is doch ... is doch die pure Wichserei.«

»Hab ich schon mal gehört.« Faber nahm die Hand von der Wand und machte sich daran, seine Hose zu schließen.

»Ich kann das auch gebilder... bildeter sagen.« Der Regisseur sah mit schwankendem Kopf Faber an. »Ein Kritiker is dumm, wenn er nix als kritisieren kann. Kenns du das?«
»Ja, ungefähr so. Steht bei Kerr.«
»Genau. Und der verstan was davon.«
»Ja, ja.«
»Sag nich ja, ja. Schreib wenigsen mal ein Exposé. Seh ich mir an, und dann machen wir was draus.«
Faber griff nach dem Arm des Regisseurs, der bei der Bemühung, seine Hose zu schließen, ins Taumeln geraten war. Der Regisseur sagte: »Mann, Mann!« Er stützte sich mit beiden Händen auf Fabers Schultern, schnaufte schwer, versuchte, seine Augen auf Fabers Augen zu fixieren. »So viel hab ich lang nich mehr gesoffen.« Er lächelte. »War 'n netter Abend.«
Faber fuhr mit einem Taxi nach Hause. Er hatte Schwierigkeiten mit den Türschlössern, schaffte es aber, sich auszuziehen, bevor er ins Bett fiel. Er richtete sich noch einmal auf, stopfte die Kissen am Kopfende des Betts zusammen und begab sich in eine halb sitzende Position. Während der Nacht wurde er wach, weil ihn fröstelte. Er kroch unter die Decke und schlief sofort wieder ein.
Am Samstag morgen klingelte es an der Wohnungstür, die Klingel schlug dreimal an und nach einer Pause abermals dreimal. Faber, der beim erstenmal geglaubt hatte, er träume, schlug nach dem zweiten Signal die Augen auf. Das Klingeln wiederholte sich nicht noch einmal. Faber sah auf die Uhr. Es ging auf halb neun. Er stand auf, öffnete die Wohnungstür einen Spaltbreit und blickte hinaus. Niemand war im Treppenhaus zu sehen.
Er ging zurück und setzte sich auf den Rand des Betts, betrachtete die zerwühlten Kissen, kratzte sich den Kopf und die Brust. Nach einer Weile beschloß er, sich nicht wieder ins Bett zu legen und das Risiko verworrener, betäubender Träume einzugehen, sondern den Tag als begonnen anzu-

sehen. Unter der Dusche freute er sich auf ein kräftiges und ausgedehntes Frühstück mit den Wochenendzeitungen.

Als er hinunterging, um die Zeitungen zu holen, entdeckte er schon von der Treppe aus den gelben Zettel, der am Briefkasten klebte, und den breiten Umschlag, der aus dem Schlitz hervorsah. Die Erwartung, die ihn jäh belebte, bestätigte sich: Manthey hatte Wort gehalten, er hatte, wenn vermutlich auch nur, um Fabers Interesse zu persiflieren, die Unterlagen über den Parteitag in N. sogar per Eilboten auf den Weg gebracht.

Faber widerstand der Versuchung, den Umschlag aufzureißen, während er noch vor dem Briefkasten stand. Er trug den Brief mit den Zeitungen hinauf, brachte ihn ins Wohnzimmer und schlitzte ihn säuberlich mit dem Brieföffner auf. Obenauf hatte Manthey einen von Hand ausgefüllten Laufzettel seiner Redaktion gelegt: *An: Faber. Von: Manthey.* Darunter hatte er die Rubrik *Zur sofortigen Bearbeitung* angekreuzt und am unteren Rand des Zettels hinzugefügt... *damit das Wochenende ein genußvolles wird.*

Faber blätterte die Unterlagen durch. Sie enthielten nicht nur die Einladung zum Parteitag, sondern auch das Kulturprogramm, welches der Landesvorstand den Delegierten zur Beschlußfassung vorzulegen gedachte, die übrigen Anträge, die von den Kreis- und Ortsverbänden an den Parteitag gestellt worden waren, sowie die Kopien mehrerer Zeitungsartikel, darunter eine Würdigung des Dr. Meier-Flossdorf und seines unermüdlichen Einsatzes für ein wegweisendes Kulturprogramm des Landesverbandes der Allianz. Das inmitten des Textes veröffentlichte Foto zeigte einen Glatzkopf mit dunkler Hornbrille und gepunkteter Fliege, der die Hand zu einer beredten Geste erhoben hatte.

Faber stand schon im Begriff, sich am Schreibtisch niederzulassen, aber er ermahnte sich zur Geduld. Er ging in die Küche, frühstückte ausgiebig, sah dabei die Zeitungen durch und begann zu lesen, was ihn interessierte. Nach einer Stunde hielt er die Spannung nicht mehr aus. Er zog mit einer frischen

Tasse Kaffee an seinen Schreibtisch um. Während er die Unterlagen zurechtrückte und ein paar Blätter für seine Notizen bereitlegte, wunderte er sich über das Gefühl, das ihn beflügelte und das er seit einiger Zeit, er wußte nicht, wie lange schon, vermißt hatte: die Vorfreude auf eine Arbeit, den Schaffensdrang, die Lust, mit Wörtern umzugehen.

Die Würdigung des Rechtsanwaltes, die Faber vor allem anderen interessierte, bereitete ihm eine erste, irritierende Enttäuschung. Über die Person Erwin Meier-Flossdorfs hatte der Autor, außer der beiläufigen Altersangabe, der 59jährige beeindrucke unverändert durch seine Vitalität, nichts Konkretes mitzuteilen gewußt. Man erfuhr nicht einmal, ob der Mann verheiratet oder Junggeselle war, geschweige denn, ob er Freunde hatte und wer dazu gehörte. Aus einer verhaltenen Formulierung war allerdings herauszulesen, daß es in der Partei auch Widersacher gab, die ihm seinen Erfolg neideten.

Im übrigen erschöpfte sich der Artikel, nach ein paar Allgemeinplätzen über das frühe Engagement Meier-Flossdorfs in der Allianz und seine Verdienste als Kommunalpolitiker in N. sowie als Landespolitiker, in einer dürftigen Inhaltsangabe des Kulturprogramms, einer Aneinanderreihung von Zitaten, die Fabers Sprachgefühl malträtierten. Um diesen Punkt abhaken zu können, nahm er sich als nächstes den vollen Wortlaut des Kulturprogramms vor, das er jedoch nach der Lektüre von sechs der sechzehn Seiten aufgebracht zur Seite warf.

Den Nachruf auf den Landesvorsitzenden, dessen Tod durch Gehirnschlag seine Partei ungeachtet seines Alters von immerhin 74 Lebensjahren anscheinend unvorbereitet getroffen und nachhaltig erschüttert hatte, überflog Faber nur noch. Der Autor des Artikels bedauerte die Konsequenz, von der Manthey mit einer Schadenfreude, die Faber nachzuempfinden begann, am Telefon bereits berichtet hatte: daß die Debatte des Kulturprogramms auf dem Parteitag nun wegen der erforderlich werdenden Nachwahl eines neuen Vorsitzenden abgekürzt werden müsse.

Faber blätterte, wenngleich ihm der Aufwand schon überflüssig erschien, auch noch die übrigen Anträge durch, mit denen der Parteitag sich zu befassen hatte. Die Themen, die da breitgetreten wurden, bestätigten seinen frustrierenden Eindruck, daß diese Veranstaltung allenfalls die direkt Beteiligten interessieren konnte. Er stutzte, als er auf fünf Anträge *Zur Reform des Paragraphen 218 StGB* stieß. Aber nachdem er zweimal die fast gleichlautende Begründung gelesen hatte, der Schutz des werdenden Lebens sei seit der Vereinigung Deutschlands bedroht durch die Überreste der menschenfeindlichen Ideologie der ehemaligen DDR und müsse mit aller Entschiedenheit verstärkt werden, legte er auch diese Unterlage beiseite.

Er ging in die Küche, räumte das Geschirr vom Tisch und begann, die Filmseite der Lokalzeitung zu lesen. Nach fünf Minuten ließ er die Zeitung fallen und kehrte an seinen Schreibtisch zurück. Aus einer Schublade holte er die Mappe hervor, in der er die Fotokopien der Berichte über Kohlgrüber verwahrt hatte. Er las sie noch einmal, blieb eine Weile davor sitzen, stand dann auf und blickte aus dem Fenster. Plötzlich wandte er sich zurück, er raffte die Fotokopien mit Mantheys Unterlagen zusammen und stopfte sie hastig, als wolle er sich ihrer entledigen, in das Regal, in dem er seine Archivalien aufbewahrte.

Er setzte sich an den Schreibtisch und wählte Kirstens Telefonnummer. Kirsten meldete sich nicht. Faber griff nach den drei Manuskripten, die ihm bei seinem jüngsten Besuch im Verlag *Die Truhe* zur Begutachtung ausgehändigt worden waren. Den Roman des Autors, dessen verborgene Identität ihn so sehr gereizt hatte, legte er zurück. Er las die Begleitschreiben und überflog die ersten Seiten der beiden anderen Manuskripte, entschied sich für das eines Autors, der in einem anderen Verlag bereits einen Band von Erzählungen veröffentlicht hatte, und begann, es zu lesen. Er war dabei, schon zum drittenmal eine positive Anmerkung zu notieren, als das Telefon klingelte. Kirsten meldete sich.

»Hast du vorhin hier angerufen?«

»Ja.« Faber lächelte. »Ich wollte dir guten Morgen sagen.«

»Ich stand gerade unter der Dusche.«

Er schlug einen scherzhaft tadelnden Ton an. »Was denn, so spät?«

»Was heißt denn ›so spät‹? Ich hab mal ausgeschlafen. Oder darf ich das nicht?«

»Um Gottes willen, ich hab's doch nicht bös gemeint.« Als sie keine Antwort gab, sagte er: »Ich war auch nicht sehr früh auf den Beinen.« Er lachte. »Um die Wahrheit zu sagen, ich war ziemlich kaputt heute morgen.«

Sie fragte nicht nach dem Grund. Faber sagte: »Es ist ziemlich spät geworden gestern. Und wie war's bei dir?«

»Danke. Ich wollte dir nur schnell Bescheid sagen, daß ich heute und morgen unterwegs bin.«

Faber griff nach seinem Schreibstift, dann legte er ihn wieder ab. »Wohin denn?«

»Ich fahre mit Barbara in die Datsche, die ihr Vater gekauft hat. Ich hab dir doch davon erzählt, oder nicht?«

»Doch, davon hast du mir erzählt.«

»Ich wollte dir schon gestern abend Bescheid sagen, aber du warst ja nicht zu Hause.«

»Ja.« Als sie schwieg, sagte er: »Dann wünsche ich eine schöne Reise. Und gute Erholung.«

»Danke. Vielleicht ruf ich dich morgen abend mal an, wenn wir früh genug zurückkommen.«

»Ja.«

»Mach's gut, Alex.« Sie legte eine kleine Pause ein. »Und strapazier dich nicht zu sehr.«

»Ach wo. Ich werd's überleben.«

Sie schwieg einen Augenblick. Dann sagte sie: »Wiedersehen, Alex.« Sie legte auf.

Faber blieb ein paar Minuten lang sitzen, spielte mit seinem Schreibstift, blätterte in dem Manuskript, ließ die Augen über die Seiten wandern, ohne zu lesen, was er sah. Plötzlich sprang er auf, er ging mit langen Schritten ins Schlafzimmer, zog die Wäscheschubladen auf und zählte die Hemden, die gebügelt darin lagen, musterte auch seinen Vorrat an Unterwäsche und Socken. Er stieß die Schubladen zu und ging zurück an seinen Schreibtisch.

Mit einer ausholenden Handbewegung schob er das aufgeschlagene Manuskript zur Seite, es fiel vom Schreibtisch, Faber ließ es liegen. Er stellte seinen Laptop auf, schaltete ihn ein und programmierte ihn. Während noch die Meldung des Ladeprozesses auf dem Bildschirm ablief, griff er nach dem Manuskript des Epos von Peter Stahl. Er zog die Blätter heraus, die er während der Lektüre beschrieben hatte, und sah sie durch. Er las sowohl die vernichtenden Urteile, die er bei der ersten Beschäftigung mit dem Manuskript formuliert, als auch die Liste, die er beim zweiten Durchgang angelegt hatte, das Verzeichnis der unglaublichen politischen Skandale, die der Autor schilderte. Dann begann er, sein Gutachten über diesen Roman in den Computer einzugeben.

Faber schrieb, nachdem er die Handlung skizziert hatte, es spreche einiges dafür, daß sich hinter dem Pseudonym Helmut Michelsen tatsächlich ein »Insider der Politik« verberge, wie der Rechtsanwalt Meier-Flossdorf als Beauftragter des Autors diesen gekennzeichnet habe. Die stilistischen Mängel des Manuskripts ließen jedenfalls darauf schließen, daß der Autor über keinerlei Erfahrung mit literarischen Formen verfüge. Zudem erinnere die Diktion in vielem an die eines Politikers, sie sei durchsetzt mit Floskeln und Allgemeinplätzen. Dort, wo der Autor sich um die Darstellung von Charakteren bemühe, müsse er sich häufig mit Banalitäten behelfen oder gerate in Schwulst.

Faber fügte einige Zitate aus dem Manuskript als Belege an. Dann schrieb er, auf der anderen Seite könne der Titel *Die*

Demaskierung eine durchaus ernstzunehmende Bedeutung haben. Das Manuskript entwickele gerade durch die offenkundige Unerfahrenheit des Autors als Schriftsteller und seine mutmaßliche Bewandtnis als Politiker einen ungewöhnlichen Reiz, nämlich den eines potentiellen politischen Schlüsselromans. Selbst zu dem unglaublichsten der Skandale, die es beschreibe (der Bestechung eines Kanzlerberaters und deren Vertuschung), lasse sich ein realer politischer Vorgang finden, der möglicherweise Modell gestanden habe (die vorzeitige Pensionierung des Ministerialdirektors Traugott Kohlgrüber im August des vorvergangenen Jahres).

Zusammenfassend schrieb Faber, nach literarischen Kriterien sei das Manuskript für eine Veröffentlichung nicht zu empfehlen, jedenfalls nicht in der vorliegenden Form. Jedoch könne der mögliche, wenn nicht sogar mutmaßliche Wahrheitsgehalt vieler seiner Episoden bei einer entsprechenden Werbung beträchtliches Aufsehen erregen und dem Buch ein breites Publikum verschaffen. Natürlich müsse das Manuskript zuvor stilistisch gründlich überarbeitet werden. Das vorausgesetzt, schlage er es zur Veröffentlichung vor.

Faber ging dieses Gutachten auf dem Bildschirm noch einmal durch, fand aber nichts Wesentliches, das er hätte berichtigen müssen. Während er den Text ausdruckte, schlug er seinen Terminkalender auf. Die Verpflichtungen, die er für die nächste Woche eingegangen war, ließen sich aufschieben. Auch der Verleger Vogelsang würde, da Faber ihm doch ein erfolgversprechendes Projekt vorzuschlagen hatte, auf die Besprechung der beiden anderen Manuskripte bis zum übernächsten Mittwoch warten können.

Faber wollte den Terminkalender schon zuschlagen, als er die Notiz fand, die er auf den Samstag der nächsten Woche eingetragen hatte: *14.00 Judith Groß-Hirschbach.* Ihm war völlig entfallen, daß er seiner Tochter versprochen hatte, mit ihr und zwei ihrer Freundinnen zu einem Spiel der Handball-Bundesliga zu fahren, einem Auswärtsspiel der ersten Mannschaft des Vereins, in dessen Schülerinnen-Mannschaft Judith Handball spielte.

Nachdem er eine Weile auf den Terminkalender gestarrt hatte, stand Faber auf. Er legte den Ausdruck seines Gutachtens ungelesen beiseite, beschäftigte sich damit, den Laptop wegzuräumen und im Schlafzimmer, in der Küche und im Bad für Ordnung zu sorgen. Sobald diese Arbeit getan war, öffnete er den Schuhschrank. Er begann, ein Paar Schuhe zu putzen, aber unvermittelt ließ er sie liegen und ging zurück an den Schreibtisch.

Er schlug den Autoatlas auf und suchte den Weg nach Groß-Hirschbach. Die Route war kompliziert, sie führte über Nebenstraßen. Während er sie studierte, merkte Faber, daß er müde wurde. Er schloß den Atlas, blieb ein paar Minuten lang untätig sitzen. Dann ging er ins Schlafzimmer, deckte das Bett auf und zog sich aus.

Sein Kopf war benommen, als der Radiowecker um vier am Nachmittag ansprang. Faber tastete nach dem Knopf, schaltete die penetrante Musik ab und zog die Decke über den Kopf. Als er wieder wach wurde, dämmerte es schon. Er sah auf die Uhr. Allzuviel Zeit blieb bis zum Beginn der Premiere nicht mehr übrig. Er stand auf, duschte, zog sich an und machte sich auf den Weg zu Judith.

4

Das Schaufenster von Uschis Boutique war erleuchtet. Faber ging mit einem flüchtigen Seitenblick daran vorbei, trat in den Hauseingang nebenan und wollte auf den Knopf der Wohnungsklingel drücken, zögerte und ging zurück. Er spähte durch die Glastür der Boutique. Im Hinterzimmer schien die Lampe zu brennen. Faber klopfte an die Tür. Der Vorhang am Eingang des Hinterzimmers bewegte sich, Uschi sah hinaus. Sie kam zur Tür, schloß auf und ließ Faber ein.

»Das nenn ich aber eine Überraschung.« Sie war wie immer makellos frisiert und geschminkt. Faber roch ihr Parfum.

»Es tut mir leid, ich hab mir's zu spät überlegt.« Er berührte mit den Lippen ihre Wange, sie deutete einen Kuß auf seine Wange an. »Ich war schon unterwegs, sonst hätte ich angerufen.«

Sie schloß die Tür ab. »Gibt es etwas Besonderes?«

»Nein. Ich wollte nur mal guten Tag sagen. Und sehen, wie es dir und Judith geht.«

»Sie ist oben.« Uschi ging ins Hinterzimmer. Faber folgte ihr. Sie setzte sich an den Schreibtisch, auf dessen Glasplatte ein Karteikasten stand und Papiere ausgebreitet lagen, hob ein Blatt, warf einen Blick darauf und legte es wieder ab. »Willst du dich setzen?«

»Ich hab leider nicht viel Zeit, ich muß zu einer Premiere.«

Uschi nickte. »Dann geh doch gleich rauf.« Sie griff in den Karteikasten, suchte und zog eine Karte heraus.

Faber fragte: »Wie geht es dir?«

»Danke. Ich bin zufrieden.«

»Die Überweisung ist übrigens unterwegs.«

»Sie ist gestern eingegangen.«

»Ah ja?«

Sie stellte die Karteikarte zurück, zog die nächste heraus. Er sagte: »Entschuldige die Verzögerung. Bei mir ist eine Reihe von Honoraren später eingegangen, als ich dachte.«

Sie warf ihm einen Blick zu, nickte. Faber trat hinter sie, legte beide Hände auf ihre Schultern. Sie strich eine Notiz auf der Karteikarte durch, schrieb etwas dahinter.

Er wandte sich ab und öffnete die Tür, die in den Hausflur führte. »Dann bis zum nächstenmal.«

Sie nickte. »Ja. Bis zum nächstenmal.«

Faber schloß die Tür hinter sich und stieg die Treppe empor. Auf dem ersten Absatz blieb er stehen, knöpfte seinen

Mantel auf, zog sein Portemonnaie hervor und blätterte die Geldscheine durch. Er nahm einen Fünfzigmarkschein heraus, betrachtete ihn, schob ihn zurück und nahm einen Hundertmarkschein heraus. Er faltete den Schein zusammen und steckte ihn in die Jackentasche.

Die Wohnungstür stand offen, der Flur dahinter lag im Dunkeln. Faber ging hinein, er rief: »Hallo?«, tastete nach dem Lichtschalter. Plötzlich wurde die Tür zugeschlagen, sie traf Faber am Arm, jemand sprang ihm auf den Rücken, er stolperte gegen die Wand, zwei Arme schlangen sich um seinen Hals, er hörte dicht an seinem Ohr eine Grabesstimme: »Jetzt wirst du abgemurkst!«

»Bist du verrückt geworden?« Faber schaltete das Licht ein. »Laß sofort los!«

»Nein!« Judith kicherte. »Wenn du mich nicht in mein Zimmer trägst, wirst du abgemurkst!« Sie zog sich auf Fabers Rücken hoch und begann, an seinem Ohr zu nagen.

»Na gut. Der Klügere gibt nach.« Er trug sie in ihr Zimmer, in dem die Lampe auf dem kleinen Schreibtisch brannte. »Woher hast du denn überhaupt gewußt, daß ich das war?«

»Die Mami hat mich angerufen.« Sie ließ noch immer nicht locker, nagte weiter an seinem Ohr.

Er sagte: »Hör mal, das ist sehr schön, was du da machst. Aber jetzt würde ich dich gern mal ansehen.«

»Du kannst mich ja auf die Liege fallen lassen.«

Faber trat rückwärts an die Liege, wollte ihre Arme lösen, aber unversehens stieß sie ihm ihre Füße in die Kniekehlen, riß ihn nach hinten. Er fiel mit ihr auf die Liege. Sie rollte sich über ihn, lachte laut und küßte sein Gesicht ab. »Na, wie war der Trick?«

»Fabelhaft. Beim nächstenmal wirst du mir den Hals brechen.«

»Ich doch nicht.« Sie lächelte ihn an. »Dazu hab ich dich doch viel zu lieb.«

Faber, auf dem Rücken liegend, faßte sie an beiden Ohren,

schob ihr Gesicht ein wenig auf Distanz, richtete seine Augen auf ihre Nase. »Ich glaube, du lügst. Deine Nase wird schwarz.«

»Wäh, glaubst du etwa, du kannst mich immer noch verkohlen? Ich bin dreizehn, merk dir das mal!«

Er lachte, zog sie fest an sich und küßte sie aufs Ohrläppchen. Er flüsterte: »Ich hab dich sehr lieb, du alte Hexe.«

Sie lag eine Weile still in seinem Arm. Unversehens riß sie sich los, sprang auf, rückte einen Stuhl an die Wand, die bis hoch hinauf mit Fotos, Postern und Transparenten bedeckt war. Sie stieg in ihren dicken Socken auf den Stuhl und hob vorsichtig das schräg gestreifte Trikot ab, das auf einem breiten Bügel zuoberst hing. »Sieh mal, was ich hier habe.« Sie zeigte ihm die Rückseite des Trikots, die eine große 7 trug, wendete das Trikot und hielt es sich vor die Brust.

Faber richtete sich auf. »Was ist das?«

»Das ist das Trikot von Knut Sigurdsson.«

»Und wer ist Knut Sigurdsson?«

»Du hast wirklich keine blasse Ahnung.« Sie sagte mit Nachdruck: »Knut Sigurdsson ist unser Torjäger.« Sie hob das Trikot zur Seite, warf einen Blick darauf, sah Faber an. »Und das ist das Trikot, in dem er vor zwei Wochen elf Dinger versenkt hat. Er hat es mir geschenkt.«

»Donnerwetter.«

»Das kannst du wohl sagen. Und am nächsten Samstag werden wir auch Groß-Hirschbach abkochen. Wenn es sein muß, macht Knut das im Alleingang.«

Sie wandte sich zur Wand und hängte das Trikot an seinen Platz. Faber sah ihr zu, wie sie die Ärmel behutsam zurechtzupfte. Er rieb sich übers Gesicht, räusperte sich. Dann sagte er: »Hör mal, Judith. Ich hatte dir ja versprochen, mit dir nach Groß-Hirschbach zu fahren.«

Sie drehte sich langsam um, sah ihn an. »Sag ja nicht, daß das nichts wird!«

»Ich weiß es noch nicht. Kann sein, daß ich verreisen muß.«

»Oh, Mann!« Sie sprang von dem Stuhl, lief hinaus, Faber folgte ihr. Sie schlug die Tür des Badezimmers vor ihm zu und sperrte ab. Faber beugte sich zu der Tür und sagte: »Komm doch raus, bitte.« Sie gab keine Antwort.

Er ging zurück in ihr Zimmer, legte sich auf die Liege und schloß die Augen. Nach einer Weile sah er auf die Uhr. Er stand auf und ging zur Tür des Badezimmers. »Bitte, komm raus, Spätzchen! Ich muß leider gehen.«

»Dann geh doch! Und sag nicht Spätzchen zu mir!«

Faber sagte: »Ich wollte dir doch noch etwas geben.«

Er wartete. Als er noch einmal auf die Uhr sah, wurde die Tür des Badezimmers aufgeschlossen, Judith kam heraus, ging auf den dicken Socken an ihm vorbei und verschwand in ihrem Zimmer. Faber folgte ihr, blieb an der Tür stehen. Sie hatte sich an den Schreibtisch gesetzt, die Ellbogen aufgestützt und die Hände um die Wangen gelegt. Er sah den schmalen Rücken, die mageren Schultern, die blonden Haare, die sie in einem kurzen Zöpfchen nach hinten gebunden trug.

Als er neben sie trat, sah er die dicke Träne, die zwischen ihren Fingern verschwand. Er sagte: »Vielleicht kann ich die Reise noch absagen. Ich weiß es nicht. Ich wollte dir auf jeden Fall früh genug Bescheid sagen.«

Sie gab keine Antwort. Faber zog den Hundertmarkschein aus der Tasche. »Ich hätte dir gern was Schönes mitgebracht. Aber die Zeit war zu knapp, ich hab nichts richtig Schönes gefunden.« Er legte den Schein auf den Schreibtisch. »Vielleicht kannst du dir selbst etwas kaufen, was du gern hättest.«

Sie rührte sich nicht. Faber bückte sich und küßte sie auf den Scheitel. »Auf Wiedersehen, mein Schatz. Ich hab dich sehr lieb.«

Er ging. Die Wohnungstür zog er hinter sich zu, als dürfe es niemand hören.

Er quälte sich durch die Premiere. Das Stück, eine verquaste Dreiecksgeschichte, die im zweiten Akt mit dem Mann als Frau und den beiden Frauen als Männern parodiert wurde, hätte ihn auch dann strapaziert, wenn er sich weniger elend gefühlt hätte. Faber schlug schon in der Pause die Einladung des Dramaturgen aus, sich nach der Vorstellung auf ein Glas mit ihm und vielleicht auch den Darstellern und dem Regisseur zusammenzusetzen. Er sagte, er fühle sich, als sei eine Grippe im Anzug, wahrscheinlich habe er Fieber. Der Dramaturg wich einen Schritt zurück.

Als Faber auf die Straße trat, hatte es zu regnen begonnen. Er blieb einen Augenblick lang unter dem Baldachin des Theaters stehen, streckte die Hand aus und spürte die dünnen, kalten Tropfen auf seiner Haut. Das Gedränge unter dem Baldachin nahm zu, Faber wurde Ohrenzeuge eines Gedankenaustauschs, der in seinem Rücken über das Stück und dessen abgründigen Witz geführt wurde. Er schlug den Mantelkragen hoch und lief zum Parkhaus. Seine Haare waren durchnäßt, als er zu Hause ankam.

Er zog sich aus, nahm ein Bad, zog Wollsocken und seinen Bademantel an, öffnete eine Flasche Wein. Nachdem er einige Formulierungen für seine Kritik der Premiere notiert hatte, ließ er sich im Sessel nieder und schaltete den Fernsehapparat ein. Der alte Western, der zu seinen Lieblingsfilmen gehörte, wurde nur hin und wieder überlagert von dem Bild Judiths, wie sie vor ihrem Schreibtisch gesessen hatte, ein Kind, das sich verlassen fühlte. Faber blieb sitzen, als der Western zu Ende war und ein anderer Spielfilm begann. Die Uhr stand auf zwei, als er im Sessel wach wurde. Er schaltete den Fernsehapparat aus und ging ins Bett.

Gegen vier Uhr in der Frühe weckte ihn Stimmengewirr auf der Straße, Gelächter und das laute Schlagen von Autotüren. Faber lauschte mit offenen Augen, überlegte mit wachsendem Zorn, ob er aufstehen, das Fenster öffnen und Ruhe gebieten solle. Die Stimmen verloren sich, am Ende war nur noch das Rieseln des Regens zu hören. Faber drehte sich herum, zog das Deckbett hoch und schloß die Augen.

Die Hoffnung, er könne wieder einschlafen, schien schon

in Erfüllung zu gehen, als er spürte, wie in ihm eine Hitze aufstieg, die er vergeblich zurückzudrängen versuchte. Der Schweiß brach ihm aus. Er stand auf, schüttelte Kissen und Deckbett auf, wanderte eine Weile in der dunklen Wohnung herum, bevor er sich wieder hinlegte. Erst nach einer langen Zeit, in der ihn Bilder und Gedanken ein paarmal aus dem Halbschlaf schreckten, nickte er ein.

Eine blasse Sonne schien durch die Vorhänge, als er am späten Sonntag morgen wach wurde. Er bettete sich auf den Rücken, blieb ein paar Minuten lang mit offenen Augen liegen. Dann stand er auf, zog den Bademantel und die Wollsocken an, setzte die Kaffeemaschine in Gang, ging ins Wohnzimmer und baute den Laptop auf. Daneben legte er das Manuskript des Romans *Die Demaskierung* und die Blätter mit seinen Notizen. Er begann mit einer neuen Rezension des Romans.

Faber schrieb, es sei leider sehr plausibel, daß sich hinter dem Pseudonym Helmut Michelsen ein »Insider der Politik« verberge, wie der Rechtsanwalt Meier-Flossdorf als Beauftragter des Autors diesen tituliert habe. Nur handele es sich dabei wohl eher um einen Provinzpolitiker, möglicherweise den Rechtsanwalt selbst. Die wuchernden Stilblüten ließen jedenfalls darauf schließen, daß der Autor, wenn überhaupt, dann nur als enthusiasmierter, aber unverständiger Leser mit literarischen Texten umgehe. Dafür sprächen auch die gekünstelten Charaktere, die er beschäftige; er zeichne sie durchweg platt, grell und oft unfreiwillig komisch.

Hier fügte Faber einige Zitate aus dem Manuskript als Belege an. Dann schrieb er, die dem Begleitschreiben zu entnehmende Behauptung des Anwalts, daß der Autor über Einblick in die politischen Verhältnisse am Regierungssitz verfüge oder dort gar – wie der Held dieses Romans – bestimmenden Einfluß ausübe, sei rundum lächerlich. Eine Art von Politiker als Urheber lasse sich in der Tat hinter den massenhaft auftretenden Floskeln und Allgemeinplätzen des Textes vermuten. Aber die nicht abreißende Kette von Skandalen, mit denen der Autor seine Geschichte aufgedonnert habe, sei ohne Zweifel einer überhitzten Phantasie entsprungen – wahrscheinlich eben der eines moralinsauren Provinzpolitikers, der mit der Regierungspraxis seiner Partei unzufrieden sei, hinter jedem ausdeutbaren Vorgang in der Hauptstadt Verrat und Korruption wittere und die Ehrvergessenen an den Pranger stellen wolle.

Zusammenfassend schrieb Faber, das Manuskript sei für eine Veröffentlichung absolut untauglich.

Nachdem er dieses Gutachten noch einmal auf dem Bildschirm durchgesehen hatte, druckte er den Text aus. Die Empfehlung, das Manuskript zu veröffentlichen, die er am Vortag geschrieben hatte, schob er in die Mappe mit Mantheys Unterlagen und den Fotokopien der Berichte über Kohlgrübers Karriere. Dann wählte er Uschis Telefonnummer.

Die kühle Stimme meldete sich. »Uschi Faber.«
»Hallo. Ich bin's, Alex.«
Als die Antwort auf sich warten ließ, sagte er: »Hoffentlich störe ich nicht.«
»Um was geht's denn?«
»Ach, ich wollte nur mal kurz Judith sprechen.«
»Sie ist nicht da.«
»Wo ist sie denn?«
»Sie ist heute morgen zu einem Turnier gefahren.«
»Und wann kommt sie zurück?«
»Das weiß ich nicht.« Als Faber schon überlegte, ob es Sinn habe, diese Art von Gespräch fortzuführen, fügte sie hinzu: »Vor drei wird sie wohl kaum zu Hause sein.«
»Könntest du ihr etwas ausrichten?«
»Natürlich.«
»Ich muß gleich in die Redaktion. Aber spätestens um fünf bin ich wieder zu Hause.«

Während er noch nach einer Formulierung suchte, schickte

sie sich an, das Gespräch zu beenden: »Ich werd's ihr ausrichten.« Faber sagte hastig: »Einen Augenblick, das war's doch noch nicht!«

Sie wartete. Faber räusperte sich. »Sag ihr bitte, daß ich jetzt doch mit ihr nach Groß-Hirschbach fahren kann.« Er zögerte, dann sagte er: »Ich habe meine Dienstreise abgesagt.«

Sie fragte: »Groß-Hirschbach – ist das dieses Spiel am nächsten Samstag?«

»Ja. Ich hatte ihr versprochen, mit ihr dahin zu fahren.«

Sie sagte: »Ich bin mir nicht sicher, aber ich glaube, sie hat schon jemand anderen gefunden, der sie mitnimmt. Sie hat gestern abend ein paarmal telefoniert, aber ich habe nicht richtig zugehört.«

Faber verschlug es einen Augenblick lang die Sprache. Er faßte sich an die Stirn, rieb darüber. Dann räusperte er sich. »Sag ihr doch bitte, sie soll mich mal anrufen.«

»Ich werd's ihr ausrichten.«

»Spätestens um fünf bin ich wieder zu Hause.«

»Ja, das hab ich verstanden.« Sie legte auf.

Nachdem er geduscht und im Stehen eine Scheibe Toast gegessen hatte, fuhr Faber in die Redaktion. Er fragte den Redakteur Leistenschneider, der vor einem Stück Torte saß und, als Faber eintrat, einen mißbilligenden Blick auf die Uhr warf, wieviel Text über die Premiere er gebrauchen könne. Leistenschneider erwiderte, nichts würde er Faber lieber sagen als ebendas, nur wisse er es leider selbst noch nicht, weil nämlich in diesem Haus bekanntlich gar nichts funktioniere, und solange der Bote nicht geruhe, ihm die Fotos zu bringen, könne er auch den Seitenspiegel nicht machen, was Faber allerdings nicht davon abhalten solle, schon einmal rüstig zu schreiben, aber nach Möglichkeit, wenn die unbescheidene Bitte erlaubt sei, nicht wieder ins Uferlose, denn so, wie es aussehe, seien mehr als zweihundert Millimeter Text keinesfalls unterzubringen.

Faber unterdrückte seinen Zorn. Er setzte sich an ein Terminal weit weg von Leistenschneider, fluchte anhaltend, während er seine Notizen durchsah, und murmelte etwas von einem dummdreisten Nichtstuer, tröstete sich schließlich, nachdem er auf die Uhr gesehen hatte, mit dem Gedanken, daß er an diese Premiere, wenngleich sie einen ausführlichen Verriß verdient gehabt hätte, nun wenigstens nicht allzuviel Zeit würde verschwenden müssen.

Die Hoffnung ging ihm verloren, je länger er schrieb. Es fiel ihm immer schwerer, sich zu konzentrieren, er fand die knappen Formulierungen nicht, die geboten waren, schweifte ab in komplizierte Sätze und sah, als er endlich eine abschließende Pointe gefunden und der Computer den Text verarbeitet hatte, daß er auf weit über dreihundert Millimeter gekommen war. Faber packte seine Notizen, knüllte sie zusammen und warf sie in den Papierkorb. Dann machte er sich daran, den Text zu kürzen.

Er war damit fast fertig, als Leistenschneider zu ihm trat, ein Foto, das er bereits für die Reproduktion eingerichtet hatte, in der Hand. Der Redakteur hielt das Foto vor den Bildschirm, auf dem Faber gerade einen sinnentstellenden Fehler beim Kürzen beseitigen wollte, und fragte, als sei er von Neid erfüllt: »Ist das die Dame, die Sie gestern abend bewundern durften?«

»Ja, eine von den beiden.«

»Gut schaut sie aus.« Leistenschneider betrachtete mit funkelnden Brillengläsern das Foto.

»Wollen Sie etwa dieses Foto in den Artikel stellen?«

»Freilich will ich das.« Er lächelte. »Oder haben Sie was gegen schöne Frauen?«

»Ich hab überhaupt nichts gegen Frauen. Aber davon gibt es zwei in dem Stück...«

»Die andere kennt doch keiner.«

»Hören Sie, das ist ein Drei-Personen-Stück, und eine Rolle ist so wichtig oder so unwichtig wie die andere! Und von den Darstellern war auch keiner besonders gut oder besonders schlecht!«

»Das ist doch dem Leser völlig Wurst. Ein schönes Weib will er sehen.« Leistenschneider ging. In der Tür wandte er sich zurück. »Ach so, es kann jetzt doch etwas mehr werden. Ich hab Sie mit dreihundertachtzig Millimetern eingespiegelt.«

Faber starrte den Redakteur an. Leistenschneider sagte: »Deshalb stelle ich auch das Foto rein, damit Sie Ärmster nicht noch mehr schreiben müssen. Tut mir leid, aber der Herr Ressortleiter hat übersehen, daß ein Artikel, den ich unbedingt ins Blatt heben sollte, erst morgen geliefert wird. Ich hab's Ihnen doch gesagt: Nichts funktioniert in diesem Haus.« Er verschwand.

Faber schlug mit der Faust auf das Terminal. Eine Weile gab er sich dem übermächtigen Wunsch hin, die Arbeit einzustellen und dem Redakteur im Hinausgehen zu sagen, er solle sich seine dreihundertachtzig Millimeter aus der Nase ziehen oder sonstwoher. Dann stand er auf, öffnete das Fenster, atmete ein paarmal tief durch, schloß das Fenster und setzte sich wieder ans Terminal. Er ging seinen Text durch, von dem wenig mehr als zweihundert Millimeter übriggeblieben waren. Den Versuch, aus dem Gedächtnis die Formulierungen wiederherzustellen, die er zusammengekürzt hatte, gab er alsbald auf.

Er ging an den Anfang des Textes zurück, überlegte nur kurz, schrieb dann in einem Zug eine ausholende, allgemeine Einleitung über die fatale Neigung mancher Theater, bei der Gestaltung ihres Spielplans um jeden Preis Originalität unter Beweis stellen zu wollen. Er belegte das mit einigen Beispielen von Stücken, die kaum eine Spielzeit überstanden hatten, bevor sie in der Versenkung verschwunden waren. Nachdem er dem Stück, das es zu rezensieren galt, das gleiche Schicksal prophezeit hatte, schloß er seinen alten Text an diese Einleitung an.

Das Gesamtwerk las sich nicht einmal übel. Faber kürzte die wenigen Millimeter heraus, um die es zu lang geraten war, druckte den Artikel aus und ging mit dem Ausdruck zu Leistenschneider, der vor dem Bildschirm saß und einen Text redigierte.

»Wollen Sie noch einmal drübersehen? Für den Rest des Tages bin ich nicht mehr ansprechbar.«

Leistenschneider winkte ab, ohne den Blick vom Bildschirm zu wenden. »Ich auch nicht. Gehen Sie, gehen Sie mit Gott! Ich werd's schon richten.«

Faber steckte den Ausdruck ein. Er wartete nicht auf den Aufzug, sprang die Treppen hinunter, um auf dem schnellsten Weg ins Freie zu kommen.

Das Bedürfnis, ein Stück über die Straße zu bummeln, auf der die Spaziergänger unterwegs waren, unterdrückte er nach einem Blick auf die Uhr. Als er zu Hause ankam, war es zehn nach fünf. Er wählte Uschis Telefonnummer. Niemand meldete sich.

Er setzte sich eine Weile in den Sessel, streckte die Beine von sich, schloß die Augen und wartete. Um halb sechs rief er wieder bei Uschi an, auch diesmal wurde der Hörer nicht abgehoben.

Faber nahm sich das Manuskript vor, das er am Vortag nach Kirstens Eröffnung, sie reise in die Datsche, vom Schreibtisch gefegt hatte. Hin und wieder mußte er zurückblättern, weil er sich nicht erinnern konnte, was er in den Minuten zuvor gelesen hatte. Er rief noch ein paarmal bei Uschi an, aber weder sie noch Judith meldeten sich.

Um acht Uhr öffnete er eine Flasche Wein. Sie war leer, als er gegen halb zehn die letzte Seite des Manuskripts gelesen hatte. Er legte das Manuskript und seine Notizen beiseite, stützte die Ellbogen auf den Schreibtisch, den Kopf in die Hände und schloß die Augen.

Nach ein paar Minuten griff er zum Telefon, er wählte Kirstens Nummer. Sie meldete sich nicht. Er wählte auch noch einmal Uschis Nummer, aber niemand antwortete.

Faber warf den Hörer auf die Gabel und verließ die Wohnung. Gegen zwei in der Nacht kam er zurück. Er schlief unruhig, wachte am Montag morgen um halb neun auf, das Bett war feucht von seinem Schweiß. Er holte die Zeitungen herauf. Als er auf der ersten Seite der Lokalzeitung die Meldung vom unerwarteten Tod eines Star-Dirigenten fand, ließ ihn die Fußnote *Siehe Feuilleton* Böses ahnen. Er schlug den Kulturteil auf.

Leistenschneider hatte, um Platz zu schaffen für die Würdigung des Dirigenten, die er kurzerhand von einer Nachrichtenagentur übernommen hatte, Fabers Artikel um gut die Hälfte gekürzt. Die Zusammenhänge waren zerrissen, der Artikel las sich, als habe ein Betrunkener ihn zusammengestammelt.

Faber warf die Zeitung zu Boden, ging ins Schlafzimmer und riß den Koffer vom Schrank. Er packte die Unterwäsche ein, wollte nach den Hemden greifen, ließ den Koffer stehen und rief März zu Hause an. Der Ressortleiter versuchte ihn zu beruhigen, er bat um Verständnis dafür, daß Herr Leistenschneider mutmaßlich in großer Zeitnot habe handeln müssen. Er werde aber ein deutliches Wort mit ihm reden, er sei mit der Seite auch nicht zufrieden.

Faber packte den Koffer fertig. Obenauf legte er das Manuskript des Romans *Die Demaskierung* mit seinen Notizen, dazu die Mappe mit Mantheys Unterlagen und den Berichten über Kohlgrüber. Dann wählte er die Telefonnummer, die auf Meier-Flossdorfs Brief als Anschluß der Kanzlei in N. angegeben war.

Eine Sekretärin beschied ihn, Dr. Meier sei bei Gericht. Als Faber sagte, er sei freier Journalist, arbeite für mehrere Redaktionen und wolle Herrn Dr. Meier um ein Interview über das Kulturprogramm der Allianz bitten, fragte die Sekretärin, wo sie ihn erreichen könne. Faber antwortete, er sei noch unterwegs. Die Sekretärin empfahl ihm, es um drei Uhr noch einmal zu versuchen, dann werde Dr. Meier höchstwahrscheinlich zu sprechen sein.

Faber fuhr, nachdem er sein Gepäck und den Laptop ins Auto geladen hatte, zu einer kleinen Kopieranstalt in einem Vorort der Stadt und ließ eine Fotokopie des Romans anfertigen. Die Kopie verschloß er in seinem Koffer, das Original des Manuskripts gab er mit dem Gutachten, in dem er es zur Veröffentlichung empfahl, im Sekretariat des Verlags *Die Truhe* ab. Er bat Vogelsangs Sekretärin, dem Verleger auszurichten, daß er auf ein paar Tage verreisen müsse. Es war eine halbe Stunde vor Mittag, als er auf die Autobahn fuhr und die Reise nach N. antrat.

5

In einer Seitenstraße der Innenstadt von N. fand Faber unweit der Kanzlei Meier-Flossdorf ein altes, sorgfältig renoviertes Hotel, für das er sich kurzerhand entschied, obwohl der Zimmerpreis gesalzen war. Es ging auf drei am Nachmittag, er wollte keine Zeit verlieren. Zudem vermutete er, daß der Anwalt ihn nach seinem Logis fragen und, wenn er eine weniger respektable Adresse nennen müßte, allenfalls noch auf das Kulturprogramm und die Leistungen des Dr. Meier-Flossdorf ansprechbar, aber zum Plaudern nicht mehr bereit sein würde.

Um drei Uhr auf die Minute ließ Faber den halb ausgepackten Koffer stehen und rief die Kanzlei an. Er wurde sofort mit Meier-Flossdorf verbunden, der zunächst seine Bewunderung für die Zuverlässigkeit und Pünktlichkeit mancher, wenn leider auch nicht aller Journalisten zum Ausdruck brachte, alsbald jedoch Faber nach den Medien fragte, die er vertrete, und nach gegebener Auskunft, die ihn zu befriedigen schien, im Ton eines hilfsbereiten Ortskundigen die Frage anschloß, ob Faber denn schon ein Hotel gefunden habe.

Auf den Namen des Hotels reagierte er mit einem wohlgefälligen »Ah ja, ah ja!«, kam dann ohne weiteren Verzug zur Sache: Er schlage vor, daß Faber, da er doch nur einen Katzensprung von der Kanzlei entfernt sei, schon bald vorbeikomme, einen Augenblick bitte, der Anwalt ließ einen dreifachen, absteigenden Summlaut hören und raschelte mit Papieren, ja, sagte er, bis halb vier werde er das Dringendste erledigt haben und könne sich alsdann die Zeit für ein Gespräch nehmen, wenn es Faber recht sei.

Faber packte eilig den Rest des Koffers aus, überprüfte sein Tonbandgerät, wusch die Hände und wechselte Hemd, Anzug und Schuhe. Bevor er sich auf den Weg machte, nahm er aus seinen Unterlagen das Kulturprogramm und die Einladung zum Parteitag der Allianz. Die Mappe mit den restlichen Unterlagen und die Kopie des Manuskripts legte er wieder in den Koffer, den er abschloß.

Meier-Flossdorf ließ ihn drei Minuten in seinem Vorzimmer warten, in dem zwei Sekretärinnen tätig waren, öffnete nach diesem mutmaßlich kalkulierten Ritual persönlich seine gepolsterte Tür und näherte sich Faber mit ausgestreckter Hand. Er erkannte sofort das Kulturprogramm, das Faber zusammengerollt in der Linken trug, wies darauf, »Ah, Sie haben sich bereits gründlich informiert!«, schloß die Tür hinter Faber und geleitete ihn zur Sitzecke in tiefbraunem Leder. Nachdem Faber die Frage bejaht hatte, ob er einen Kaffee trinken wolle, ging der Anwalt zu dem gewaltigen Schreibtisch aus dunkler Eiche, drückte die Sprechtaste und gab die Bestellung auf. Dann ließ er sich Faber gegenüber auf dem Sofa nieder.

Er griff an die gepunktete Fliege, strich sich über die Glatze, lächelte, wies auf das Kulturprogramm und fragte: »Nun, was halten Sie davon?«

Faber, dem erst beim Aufbruch aus dem Hotel eingefallen war, daß er nur sechs der sechzehn Seiten gelesen hatte, äußerte sich in allgemeiner Form über die unbestreitbar sehr interessanten und anregenden Gedanken des Programms, leitete dann beschleunigt zu der Frage über, ob Meier-Flossdorf nicht große Widerstände zu überwinden gehabt habe, da doch der Einwand sich anbiete, ein wohlfeiler Einwand freilich, die Kultur orientiere sich nicht an den Grenzen der Bundesländer und wer ein Kulturprogramm speziell für ein Bundesland verwirklichen wolle, fördere eher den Provinzialismus als die Kultur. Noch während Faber diese Frage extemporierte, begann der Anwalt heftig zu nicken, zu lächeln und mehrfach den Mund zu öffnen, er rutschte auf dem Sofa nach vorn.

Bevor er ihn zur Antwort kommen ließ, fragte Faber, ob er das Tonbandgerät einschalten dürfe. »Natürlich, natürlich, Sie haben die Kernfrage gestellt, und was ich darauf zu antworten habe, das können einige Leute sich getrost hinter den Spiegel stecken!«

In die ellenlange Antwort streute Faber, um seine Aufmerksamkeit zu beweisen, gelegentlich eine Zwischenfrage ein, er sah sich zu seiner Erleichterung aber nicht genötigt, dieses Interview in Gang zu halten. Der Anwalt eilte, während er unablässig weiterredete, zum Schreibtisch, kehrte mit seinem persönlichen, in eine Ledermappe gehefteten Exemplar des Kulturprogramms zurück, das von Unterstreichungen, Ausrufezeichen und Anmerkungen wimmelte, schlug hier eine Seite auf und da eine andere und schob sie jeweils vor Faber, mit einem dicken, dunkel behaarten Finger ihm die einschlägige Stelle weisend.

Mehr und mehr fühlte Faber, der auf die Sprache dieses redseligen Selbstdarstellers lauschte, sich beunruhigt. Meier-Flossdorfs Neigung zu tönenden Allgemeinplätzen war auffällig, er kennzeichnete Menschen, zumal seine Widersacher, durch pathetische Urteile, aus denen moralische Wertungen durchklangen, und nicht selten verunglückten ihm gerade dann, wenn er seine kulturellen Interessen und sein geistiges Niveau demonstrieren wollte, die Sätze und die Bilder. Es war durchaus vorstellbar, daß ein Mann, der sich so ausdrückte, daß also der Anwalt selbst der Autor des Romans war und diesen nur vorgeblich im Auftrag eines anderen angeboten hatte.

Faber, der überdies zu fürchten begann, daß die beruflichen Pflichten Meier-Flossdorf einholen und diesem Interview ein plötzliches Ende setzen könnten, entschloß sich zu handeln. Als der Anwalt zum wiederholten Male darlegte, daß Kultur ihm seit jeher nicht nur einen nie versiegenden Quell der Freude bedeutet habe, sondern auch die Richtschnur, die den Menschen zutiefst innerlich emporreiße, ergriff Faber die Gelegenheit. Er fragte: »Wann und wo hat sich Ihnen denn zum erstenmal diese Kultur erschlossen? Ich nehme an, Sie sind hier in N. geboren, einer Großstadt, die natürlich...«

Meier-Flossdorf fiel ihm ins Wort, er warf lächelnd die Hände empor. »Nein, nein, da irren Sie! Geboren und aufgewachsen bin ich in Bracklohe, das ist eine Kleinstadt, gut vierzig Kilometer von hier, eine wunderschöne kleine Stadt, aber da gab es in meiner Jugendzeit keinerlei kulturelle Einrichtung, wenn Sie mal vom Gymnasium und der Pfarrbibliothek absehen. Daß sich da mittlerweile einiges geändert hat, das ist nicht zuletzt mein Verdienst. Nein, nein, ich mußte mir ohne führende Hand meinen Weg zur Kultur suchen.«

»Hatten Sie denn wenigstens Freunde, Gleichaltrige, die Ihre Interessen teilten?«

Meier-Flossdorf verzog wie abwägend den Mund, schüttelte den Kopf. »Ach nein, das kann man so nicht sagen. Freunde hatte ich natürlich. Aber da gab es nur ganz wenige, die Verständnis für dieses zutiefst innerliche Bedürfnis aufbrachten.«

»Und wie ist das jetzt? Gibt es unter Ihren politischen Freunden Menschen, denen die Kultur so viel bedeutet wie Ihnen? Die vielleicht sogar das Bedürfnis nach kultureller Praxis verspüren?«

Der Anwalt rückte die Brille zurecht. »Wie meinen Sie das?«

»Nun, die Kultur lebt ja nicht nur in der Arbeit der berufsmäßigen Künstler. Ich denke an die Ärzte, von denen manche sehr respektabel musizieren, auch Anwälte. An andere, die malen. Es gibt sicher auch Politiker, die in ihrer Freizeit sich einer solchen Liebhaberei widmen, Bilder malen zum Beispiel. Oder vielleicht als Schriftsteller sich von ihrem Tagewerk erholen.«

Der Anwalt sagte: »Das mag es geben.« Er sah auf seine Armbanduhr. »Aber unterschätzen Sie nicht das Tagewerk eines Politikers. Da bleibt nicht viel Kraft übrig.«

Faber versuchte einen neuen Anlauf, aber nur um so deutlicher ließ Meier-Flossdorf erkennen, daß er das Gespräch beenden wollte. Schließlich stand Faber auf, bedankte sich für das Interview und entschuldigte sich, daß er einen so viel beschäftigten Mann so lange in Anspruch genommen habe. Meier-Flossdorf begleitete ihn zur Tür, legte die Hand auf die Klinke, blieb aber stehen. Er sah Faber lächelnd an. »Wieso sind Sie eigentlich schon so früh hierher gekommen? Der Parteitag findet doch erst am Wochenende statt?«

Faber antwortete, er sei ohnehin unterwegs gewesen und wolle das Interview vielleicht für eine Vorberichterstattung verwenden. Aber er trage sich auch mit dem Gedanken, noch ein paar Tage Urlaub einzulegen. Er habe gehört, daß die Umgebung von N. zumal im Herbst sehr reizvoll sei.

Er war gespannt, ob Meier-Flossdorf ihm Bracklohe empfehlen werde. Aber der Anwalt antwortete, rings um die Stadt werde er in der Tat eine reiche Auswahl finden, und wünschte ihm gute Erholung. Während er Faber die Tür öffnete, bemerkte er, er gehe davon aus, daß er das, was Faber veröffentliche, zu sehen bekomme. Faber sagte, er werde dafür sorgen, und verabschiedete sich.

Vor der Haustür blieb er stehen. Der Name Bracklohe hatte eine vage Erinnerung in ihm geweckt, die er jedoch nicht einzuordnen wußte. Er betrachtete abwesend die Straße, über die sich schon der Berufsverkehr wälzte. Die Redaktion von Mantheys Zeitung war nicht weit von hier, aber den Gedanken, eine Begegnung mit dem neugierigen Manthey zu riskieren, um sich die Information zu verschaffen, die ihm weiterhelfen konnte, verwarf Faber sofort. Er ging in eine Telefonzelle, schlug die Nummer der Stadtbibliothek nach und rief dort an. Die Auskunft lautete, die Bibliothek werde bis sieben Uhr geöffnet sein.

Im Lesesaal ließ Faber sich das Handbuch der Bundesregierung geben. Er nahm sich die Zeit, jedes einzelne Blatt von der ersten bis zur letzten Zeile zu lesen. Aber er fand weder einen Minister noch einen Staatssekretär, noch einen leitenden Beamten, der in Bracklohe geboren war.

Nachdem er noch eine Weile ziellos herumgeblättert hatte, gab er das Handbuch zurück. Er machte sich zu Fuß auf den Weg zum Hotel. Unterwegs sah er ein paarmal auf die Uhr. Als an einer Ampel neben ihm ein freies Taxi hielt, stieg er wider Willen ein. Es ließ sich nicht länger aufschieben, Kirsten und Judith anzurufen.

Er hatte, auf dem Hotelbett sitzend, schon begonnen, Kirstens Nummer zu wählen, als er den Hörer wieder auflegte. Er griff nach der Weinliste, die auf dem kleinen Schreibtisch lag, entschied sich, nachdem er stirnrunzelnd die Preise studiert hatte, für einen Rotwein und rief den Zimmerservice an.

Der Wein war gut. Faber trank das erste Glas, bevor er wieder den Telefonhörer abhob. Dieses Mal wählte er Uschis Nummer. Er räusperte sich, als Uschi sich meldete. »Guten Abend, Uschi. Ich bin's, Alex.«

»Ja?«

»Könntest du Judith noch mal was ausrichten?«

»Sie ist da, du kannst mit ihr sprechen.«

Faber sagte hastig: »Ich bin in Eile, ich muß zu einem Termin. Ich wollte dich nur bitten, ihr zu sagen, daß ich nun leider doch diese Dienstreise machen mußte.«

»Das sag ihr mal selbst.«
Faber hörte ein rumpelndes Geräusch, er rief »Hallo?«, aber sie hatte den Hörer schon abgelegt. Er fluchte unterdrückt, fühlte sich versucht, den Hörer aufzulegen, wartete dann aber. Es dauerte lange, bis er Judiths Stimme hörte.
»Ja?«
»Ich bin's, Papi.«
»Hallo, Papi.«
»Hallo, Judith. Wie geht es dir?«
»Och, geht schon so.«
»Hast du Kummer?«
»Nein.«
Faber wollte nach dem Glas greifen, zog die Hand zurück.
»Warum hast du denn gestern nicht mehr angerufen?«
»Gestern?«
»Ja. Ich hatte Mami doch gebeten, dir zu sagen, daß du mich anrufen solltest.«
»Wegen Groß-Hirschbach?«
»Ja.«
»Du brauchst mich nicht zu fahren. Katharinas Vater bringt uns hin.«
»Ach ja. Na, da bin ich aber froh. Weißt du, ich hab nämlich doch verreisen müssen. Heute morgen schon.«
»Hab ich mir gedacht.«
Faber unterdrückte einen Anflug von Empörung. Wäre er denn nicht zu Hause geblieben und hätte er sie nicht zum Auftritt ihres Torjägers gefahren, wenn sie ihn angerufen hätte? Während er noch mit diesem Gedanken beschäftigt war, sagte sie: »Vielen Dank für die hundert Mark.«
»Ja.«
Sie schwieg. Fabers Gefühl, er werde ungerecht behandelt, wurde plötzlich verdrängt von der Angst, sie könne auflegen, bevor er ihr klargemacht hatte, wie sehr er sich danach sehnte, sie in den Arm zu nehmen. Er sagte: »Aber beim nächstenmal fahre ich dich ganz bestimmt.«

»Okay.«

»Ich werd alles absagen, was etwa dazwischenkommen könnte.«

»Okay. Mach's gut, Papi.« Sie legte auf.

Faber trank das Glas leer, bevor er Kirstens Nummer wählte. Er fühle sich erleichtert, als sie, sobald er sich gemeldet hatte, in unverkennbar besorgtem Ton fragte: »Wo steckst du denn bloß?«

»Ich bin in N.«

Sie seufzte. Er sagte: »Es hat sich zufällig ergeben. Die Allianz macht hier einen Parteitag, das Hauptthema ist ein Kulturprogramm, nicht uninteressant. März hat mich jedenfalls gefragt, ob ich für ihn darüber berichten kann.«

»Und wie lange willst du da bleiben?«

»Bis nächsten Sonntag denke ich.« Er fuhr fort, bevor sie etwas sagen konnte: »Es tut mir leid, ich wollte dir gestern abend Bescheid sagen, aber du bist wohl erst spät nach Hause gekommen.« Als sie nicht antwortete, sagte er: »Und heute morgen ist alles drunter und drüber gegangen.«

»Ist das denn üblich, daß ein Parteitag eine ganze Woche dauert?«

Er lachte. »Nein, nein, der Parteitag findet erst am Wochenende statt. Aber März wollte einen Vorbericht haben, und deshalb will ich versuchen, jetzt schon mit ein paar von den Leuten zu reden, die sich dieses Kulturprogramm ausgedacht haben.«

Sie schwieg. Faber sagte: »Ich muß dir auch gestehen, daß ich ganz einfach das Bedürfnis hatte, mal rauszukommen. Ich weiß nicht, ob du schon die Premierenkritik gelesen hast, die heute in der Zeitung steht. Dieser unsägliche Leistenschneider hat meinen Text so kleingehackt, daß nur noch Nonsens übriggeblieben ist, absoluter Nonsens. Wer das liest, muß glauben, ich hätte nicht mehr alle Tassen im Schrank. Ich war... also gut, das hat mir den Rest gegeben. Ich mußte einfach mal raus. Vielleicht suche ich mir hier in der Umgebung ein ruhiges Quartier und schlafe mich mal aus oder gehe spazieren oder sonst was.«

Er atmete schwer auf, als habe er sich von einer Last befreit, die ihn bedrückte, wartete gespannt auf ihre Reaktion. Sie fragte: »Und hast du schon den Rechtsanwalt aufgetrieben?«

»Wen?«

»Den Rechtsanwalt, der Vogelsang diesen Roman angeboten hat.«

Faber zögerte einen Augenblick, dann antwortete er: »Nein.«

»Aber du wirst zu ihm gehen.«

Er schwieg eine Weile, bevor er sagte: »Ich werd's vielleicht tun müssen.«

»Und warum?«

»Weil er an diesem Kulturprogramm mitgearbeitet hat. Er hat sogar die Federführung gehabt.«

Sie sagte: »Paß auf dich auf, Alex. Und tu nichts, was du hinterher bereuen müßtest.«

Faber unterdrückte das jäh sich regende Bedürfnis, ihr zu gestehen, daß er schon mit Meier-Flossdorf gesprochen hatte, denn in demselben Augenblick wurde ihm die Konsequenz klar, die er bei einem wahrheitsgetreuen Bericht hätte aussprechen müssen: daß er seine Hoffnung, er könne anhand eines Manuskripts die Realität des politischen Geschäfts dingfest machen, bereits begraben hatte, weil offenbar nicht ein Politiker von Rang dieses Manuskript verfaßt hatte, sondern nur ein Wichtigtuer aus der Provinz.

Er versuchte, das Gespräch ohne weitere Verwicklungen zu beenden, versicherte Kirsten, sie brauche sich keine Sorgen zu machen, und versprach ihr, sich am nächsten Tag wieder zu melden. Sobald er ihr gute Nacht gesagt und aufgelegt hatte, spürte er den heftigen Wunsch, sie noch einmal anzurufen. Er ließ, auf dem Bett sitzend und mit sich kämpfend, den Blick durch das Zimmer wandern.

Auf dem dunklen Schirm des Fernsehapparats spiegelten

sich die gelben Lichtkegel der Schreibtischlampe und der Nachttischlampe, verkleinerte und verkrümmte Abbilder der Wirklichkeit, die den Betrachter zu verhöhnen schienen wie die grotesken Visagen in einem Spiegelkabinett. Faber fühlte sich an die Träume erinnert, die ihn hin und wieder gegen Morgen heimsuchten, Alpträume, die ihn aussetzten in eine Welt verzerrter Perspektiven, auf weite, menschenleere, von fernen, schiefen Fassaden begrenzte Plätze in fahlem Licht.

Er ließ sich auf das Kissen sinken und betrachtete die Decke des Zimmers, deren Ecken im Halbdunkel lagen. In unregelmäßigen Abständen hörte er von der Einmündung zur Hauptstraße das wischende Geräusch eines Autos, das vorüberfuhr. In den Pausen, die immer länger zu werden schienen, sank die Stille schwer auf seine Ohren. Er begann, auf seinen Herzschlag zu lauschen.

Unversehens fühlte er sich in einen der vielen anderen Abende zurückversetzt, an denen er sich allein in einem Hotel wiedergefunden hatte. Er grub in seiner Erinnerung, aber er fand nicht heraus, wo es gewesen war. Schließlich glaubte er, es müsse in Lima gewesen sein, während der drei Jahre, in denen er sich nach dem Abbruch des Studiums in Lateinamerika herumgetrieben hatte. In Lima hatte er in einer Pension gewohnt, in einer Seitenstraße, die auf die Hauptstraße mündete. Es mußte einer der Abende gewesen sein, an denen er die Hoffnung aufgegeben hatte, er brauche nur vor die Tür zu gehen, um sich aus der lähmenden Einsamkeit zu befreien.

Als er auf dem Flur Stimmen hörte, das Lachen einer Frau, stand er auf. Er zog den Mantel an, verließ nach einem Blick in die dämmrige Bar, in der zwei halblaut sich unterhaltende Männer die einzigen Gäste waren, das Hotel, wanderte eine Weile durch ausgestorbene Straßen, in denen ein empfindlich kalter Wind wehte, und ging schließlich in eine Gaststätte, deren Speisekarte moderate Preise auswies.

Im Hinterzimmer, an dessen mit Papier gedeckten Tischen außer ihm niemand saß, wurde ihm das Eisbein mit Sauerkraut serviert, das als einziges Gericht noch zu haben war. Faber verzichtete darauf, den Schoppen Wein zu versuchen, der auf der Karte stand, er trank zum Essen, das er nur zur Hälfte bewältigte, ein Glas Bier. Als die Kellnerin, die ein paarmal um die Ecke geblickt hatte, sich auf knarrenden Dielen näherte und fragte, ob er noch ein Bier wolle, bedankte sich Faber und zahlte.

In der Bar des Hotels saßen zwei Frauen am Tresen. Faber ließ sich, einen Hocker freilassend, neben ihnen nieder und bestellte eine halbe Flasche Weißwein. Er warf, nachdem der Barkeeper ihm eingegossen und er den ersten Schluck getrunken hatte, einen Seitenblick auf das Bein der ihm zunächst sitzenden Frau, ein rundes Bein in einem dunklen dünnen Strumpf. Die andere Frau registrierte den Blick und lächelte. Faber lächelte sie an, sie gab das Lächeln zurück, bevor sie das Gespräch mit ihrer Nachbarin fortsetzte.

Er lauschte, um einen Ansatzpunkt zu finden, an dem er sich hätte einschalten können, als zwei Männer in Mänteln die Bar betraten. Sie begrüßten die beiden Frauen mit Wangenküssen, legten die Mäntel ab und setzten sich mit den Frauen an einen Tisch in einer der Nischen. Faber blieb noch eine Weile sitzen, er trank seinen Wein, aber er trank ihn schnell und ging auf sein Zimmer.

Als er die Hose in den Schrank hängte, fiel sein Blick auf den Koffer, der auf dem Bock daneben stand. Er schloß den Koffer auf, legte die Kopie des Manuskripts von Helmut Michelsen und die Mappe mit den Unterlagen aufs Bett und begann zu packen. Eine Weile überlegte er, welches Hemd er auf der Heimreise anziehen solle. Er konnte sich nicht entscheiden, warf schließlich das Manuskript und die Mappe wieder in den Koffer und schlug den Deckel zu.

Mitten in der Nacht wurde er wach. Er überlegte eine Weile, ob es ein Geräusch gewesen war, das ihn geweckt hatte. Während er schon wieder eindämmerte, tauchte aus den Bildern und Wörtern, die in seinem Kopf durcheinanderschwammen, plötzlich das Wort Bracklohe auf, der Name der Kleinstadt, in der Meier-Flossdorf geboren war. Faber blieb liegen, er starrte mit weit geöffneten Augen ins Dunkel. Nach ein paar Sekunden sprang er auf, schaltete das Licht ein und nahm die Mappe mit seinen Unterlagen aus dem Koffer. Er wühlte ungeduldig in den Papieren, bis er das Porträt gefunden hatte, das nach Kohlgrübers Ernennung zum Ministerialdirektor erschienen war.

Die vage Erinnerung an das Wort Bracklohe, die er nach dem Besuch bei Meier-Flossdorf nicht hatte einordnen können, hatte ihn nicht getrogen. Auch Traugott Kohlgrüber war in Bracklohe geboren.

6

Am Dienstag morgen stand Faber um sieben Uhr auf. Er las beim Frühstück, das er im Restaurant des Hotels einnahm, die Zeitungen, ging dann zurück auf sein Zimmer, stellte den Laptop auf und schrieb einen Bericht über sein Gespräch mit Meier-Flossdorf.

Er schrieb, es geschähe wohl nicht zum erstenmal, daß ein Politiker aus der vermeintlichen Provinz seinen Kollegen aus der Hauptstadt etwas vormache. Ob das auch dem Allianz-Politiker Erwin Meier-Flossdorf aus N. gelinge, bleibe abzuwarten. Auszuschließen sei jedenfalls nicht, daß das ambitionierte Kulturprogramm, das Meier-Flossdorf konzipiert habe und auf einem Landesparteitag am kommenden Wochenende durchbringen wolle, über die Grenzen seines Bundeslandes hinaus ein Echo finden werde.

Faber fuhr fort mit einer Charakterisierung Meier-Flossdorfs, eines rührigen Rechtsanwalts, der eine vielköpfige Praxis leite und desungeachtet sich unermüdlich seiner großen

Leidenschaft, der Kulturpolitik widme. Dem 59jährigen, der in einer Kleinstadt ohne anregendes kulturelles Angebot aufgewachsen sei und sich allein einen Weg zur Kultur habe suchen müssen, tue man wahrscheinlich unrecht, wenn man ihn mit den landläufigen Kulturpolitikern über einen Kamm schere. Sein emotionales Engagement gehe über das Übliche jedenfalls weit hinaus.

Den nächsten Abschnitt des Artikels bestritt Faber mit einem Abriß des Meier-Flossdorfschen Programms, aus dem er einige halbwegs vernünftig klingende Sätze zitierte. Abschließend setzte er sich mit dem Argument auseinander, daß ein Kulturprogramm, das speziell und ausschließlich auf ein Bundesland abhebe, eher den Provinzialismus fördere als die Kultur. Das sei, schrieb Faber, gewiß ein ernstzunehmendes Argument, aber den wackeren Anwalt beeindrucke es nicht im geringsten. Und wer fair sei, werde Erwin Meier-Flossdorf auch zugestehen müssen, daß sich über dieses wie über andere die traditionellen Kategorien mißachtende Programme ein endgültiges Urteil erst dann werde fällen lassen, wenn der Grad seiner Tauglichkeit sich in der Praxis erwiesen habe.

Nachdem Faber den Artikel durchgesehen und hier und da korrigiert hatte, rief er die Niederlassung der Firma an, aus deren Produktion sein Laptop stammte. Er fragte, ob er dort einen Artikel ausdrucken könne, den er per Post einigen Redaktionen schicken müsse. Der Repräsentant, mit dem er sprach, knurrte eine Weile, erklärte sich schließlich aber zu diesem Kundendienst bereit.

Faber packte den Koffer fertig, bezahlte das Zimmer und fuhr zu der Niederlassung. Einen der Ausdrucke brachte er zur Kanzlei Meier-Flossdorf. Er bat die Sekretärin, ihn dem Anwalt, der wieder bei Gericht weilte, zu übergeben. Dann fuhr er zur Landesgeschäftsstelle der Allianz, um sich für den Parteitag akkreditieren zu lassen.

Die Büros der Partei waren auf den oberen Etagen eines

akribisch renovierten, massigen Altbaus untergebracht, in dem auch zwei Versicherungen und mehrere Ärzte residierten. Faber ging, nachdem er sich vom Pförtner hatte Auskunft geben lassen, zu den Aufzügen. Er hielt die Tür eines Aufzugs fest, die sich gerade schließen wollte, die Tür glitt zurück, Faber stieg ein.

An der Wand des Aufzugs lehnte, den Kopf gesenkt, eine Frau von etwa Mitte oder Ende Dreißig, in blauem Stoffmantel und mit einer großen weinroten Schultertasche. Sie nickte, als Faber sich entschuldigte, aber sie sah ihn nur flüchtig an. Faber warf, während die Tür des Aufzugs zuglitt, einen Seitenblick auf die Frau.

Sie hatte sich aufgerichtet, die Schulter von der Wand des Aufzugs gelöst, aber sie hielt noch immer den Kopf gesenkt. Faber sah den Ansatz der dunkelblonden kurzgeschnittenen Haare in ihrem Nacken. Ihre Augen blieben nach unten gerichtet, als betrachte sie die Spitzen ihrer weinroten Schuhe. Ihr Mund, dessen Lippenstift Ton in Ton zur Farbe der Tasche und der Schuhe paßte, bewegte sich leicht, sie nagte an der Unterlippe.

Faber hatte seinen Blick abgewandt und auf die voranspringenden Leuchtziffern über der Tür gerichtet, als der Aufzug sich plötzlich schüttelte und mit einem heftigen Ruck stehenblieb. Die Tür blieb geschlossen. Faber drückte auf den Knopf, mit dem sich die Tür bewegen ließ. Die Tür reagierte nicht. Faber, der unter den Achseln und auf der Oberlippe einen jähen Schweißausbruch spürte, zwang sich zu einem Lachen und sah die Frau an. »Sieht so aus, als wären wir...«

Er verstummte, als er ihren Blick sah. Sie starrte ihn mit weit aufgerissenen Augen an, dunklen Augen, in denen unverhüllt die Panik stand. Ihr Mund war verzerrt. Die Schultertasche hatte sie mit beiden Händen gepackt, sie preßte sie an die Hüfte.

Faber sagte: »Sie brauchen aber keine Angst zu haben, ich hab das schon ein paarmal...« Er wandte sich ab, drückte nacheinander auf sämtliche Etagenknöpfe. Der Aufzug bewegte sich nicht. »Scheint nicht zu funktionieren. Na gut, dann werden wir mal Alarm schlagen.« Er drückte den Alarmknopf. Ein widerliches, lautes Blöken hallte durch den Aufzugsschacht. Faber, der unversehens den finsteren, steilen Schlund unter seinen Füßen zu sehen glaubte, mußte sich überwinden, ein zweitesmal auf den Alarmknopf zu drücken. Er vermied es, die Frau anzusehen, lachte. »Also, das ist ja nun wirklich nicht zu überhören.«

Die Frau fragte mit einer gepreßten Stimme: »Wie hoch sind wir?« Faber sah auf die Zeile der Ziffern über der Tür. Die Vier flackerte. »Kurz vor der vierten Etage, denke ich. Oder vielleicht ein wenig darüber.« Als er ein lautes Schlukken hörte, sah er die Frau an. Ihr Hals bewegte sich krampfhaft. Auf ihrer Stirn glänzte der Schweiß. Die dunklen Augen, das Rot des Lippenstifts wirkten wie derbe Farbkleckse in dem kreidebleichen Gesicht.

Faber sagte: »Sie brauchen wirklich keine Angst zu haben. Wir sitzen hier bombenfest.« Er lachte. »Leider. Aber immerhin haben wir uns eine gute Zeit ausgesucht. Das wird nicht lange dauern. Während der Nacht oder am Wochenende ist das schon schwieriger. Ich hab mal...« Er unterbrach sich, wischte sich wie beiläufig über die Oberlippe, um den Schweiß zu entfernen, den er dort spürte. »Wenn es Sie beruhigt, kann ich ja noch mal auf die Tute drücken.«

Die Frau sagte: »Ich glaube, mir wird schlecht.« Faber, der einen Anflug von Panik niederkämpfen mußte, drückte zweimal auf den Alarmknopf. Die Frau lehnte sich mit beiden Schultern gegen die Wand, ihr Kopf sank zurück, ihre Augen, weit geöffnet, ließen Faber nicht los. Als er sah, daß ihre Schultern ein wenig abwärts glitten, trat er an sie heran, schob beide Hände unter ihre Achseln und hielt sie fest. »Atmen Sie tief durch. Ganz tief. Sie brauchen wirklich keine Angst zu haben.«

Die Frau legte beide Hände auf Fabers Schultern. Sie atmete tief. Faber spürte, wie ihre Hände seine Schultern umklammerten. Er roch ihr Parfum, sah die halb geöffneten Lippen, unter seinen Händen fühlte er durch den Stoff des Mantels ihren warmen Körper. Der Wunsch, sie zu küssen, verdrängte plötzlich die diffuse Empfindung von Angst, der peinlichen Betroffenheit, einen wildfremden Menschen seine Schwäche so rückhaltlos offenbaren zu sehen, und Ratlosigkeit. Während Faber sich noch mühsam zur Ordnung rief, begann der Lautsprecher zu rauschen.

»Hallo! Hier spricht der Hausmeister! Können Sie mich hören?«

Faber rief über die Schulter: »Ja, wir hören Sie!«

»Bleiben Sie ganz ruhig, Sie können gleich aussteigen.« Das Rauschen des Lautsprechers brach ab.

Faber lächelte die Frau an. »Sehen Sie. Wir haben's gleich hinter uns.« Sie ließ seine Schultern nicht los. Erst nach einer Weile wandte sie das Gesicht ab. Faber sagte: »Ich werde meinen Mantel ausziehen. Sie können sich darauf setzen, wenn Sie wollen.« Sie schüttelte den Kopf.

Faber begann, ihr von seinen Erfahrungen in Aufzügen, die steckengeblieben waren, zu erzählen, kein Grund zur Aufregung, wie sich immer wieder herausgestellt habe, und in New York, wo er einmal im 28. Stockwerk festgesessen habe, sei ihm auf seinen Wunsch danach auch die Technik erklärt worden, die Technik sei wirklich absolut sicher. Als er ansetzte, ihr die Technik, die er weder damals noch später verstanden hatte, zu erklären, unterbrach sie ihn: »Bitte nicht.«

»Okay, okay.«

Nach einer Weile sagte er: »Ich werd Sie ganz einfach festhalten, bis die Tür wieder aufgeht. Ist das in Ordnung so?« Sie nickte.

Er betrachtete ihre dichten, kräftigen Haare, die runde Wange, die er von der Seite sah, das Ohrläppchen, an dem sie einen schlichten Anhänger trug. Plötzlich fürchtete er, sie könne den wandernden Blick spüren. Er wandte den Kopf zur Seite und sah auf die Zeile der Ziffern, in der die Vier stetig flackerte.

Als seine Arme, auf denen noch immer ihr Gewicht lastete, zu schmerzen begannen, setzte sich der Aufzug mit einem Ruck in Bewegung, blieb dann wieder stehen. Sie hob den Kopf und sah Faber an, dem der Schreck durch die Glieder fuhr. Er versuchte, der Panik, die ihr Gesicht verzerrte, mit einem Lächeln standzuhalten. Der Aufzug bewegte sich abermals, Faber glaubte zu spüren, daß der Boden unter seinen Füßen ruckweise sank.

Sie flüsterte mit weit aufgerissenen Augen: »Das geht doch runter! Rutschen wir ab?«

Faber sagte: »Nein, nein. Das ist immer so.« Seine Stimme klang heiser.

Als der Aufzug mit einem Ruck sich ein weiteres Stück abwärts bewegte, beugte sich Faber vor und legte seine Wange an die ihre. Sie wich nicht zurück. Faber spürte, daß ihr Atem sich beruhigte. Sie blieben so stehen, bis die Tür des Aufzugs aufglitt.

Faber führte die Frau hinaus. Erst als sie vor dem Aufzug standen, löste sie die Rechte von seiner Schulter. Sie strich sich über die Stirn, versuchte zu lächeln. »Es tut mir sehr leid. Ich habe mich benommen wie ein Kind. Entschuldigen Sie bitte.«

Faber sagte: »Da gibt es doch nichts zu entschuldigen. Kann ich noch irgend etwas für Sie tun?«

»Nein, danke.« Sie sah auf ihre Armbanduhr.

Faber lächelte. »Ich hab mich nicht einmal vorgestellt. Ich bin Alexander Faber.«

Sie nickte. »Wiltrud Spengler. Auf Wiedersehen, Herr Faber. Und vielen Dank.« Sie wandte sich ab und ging die Treppe hinauf. Auf der dritten Stufe griff sie nach dem Geländer.

Faber zog sein Taschentuch und wischte sich den Schweiß

von der Oberlippe, von Stirn und Nacken. Einen dickbauchigen Mann, der in Hemdsärmeln vorüberkam, fragte er, wo er die Landesgeschäftsstelle der Allianz finde. Der Mann wies zur Treppe: »Ein Stockwerk höher.« Faber stieg mit schweren Beinen die Treppe empor.

Nachdem eine junge Sekretärin in Jeans und Pullover ihn in die Liste der zum Parteitag akkreditierten Journalisten eingetragen und ihm einige Unterlagen, die Faber flüchtig durchblätterte, ausgehändigt hatte, fragte er: »Kennen Sie Frau Spengler, Wiltrud Spengler?« Die Sekretärin sah ihn mit einem strengen Blick an. »Kennen Sie die etwa nicht?«

»Doch, ich bin eben mit ihr im Aufzug steckengeblieben. Aber viel mehr weiß ich nicht über sie.«

Die Sekretärin lachte. »Das sollten Sie aber, wenn Sie über den Parteitag berichten wollen.« Sie ging an ein Regal, zog nach kurzem Suchen ein paar Papiere und Broschüren heraus und reichte sie Faber. »Frau Doktor Spengler ist eine von unseren Abgeordneten im Bundestag. Die beste sogar, wenn Sie mich fragen.«

»Aha.« Faber betrachtete den Umschlag einer der Broschüren. Unter dem Titel *Eine Frau, die ihren Mann steht* war ein Foto Wiltrud Spenglers abgebildet. Die dunklen Augen blickten freundlich und gelassen.

Die Sekretärin sagte: »Außerdem ist sie die Kreisvorsitzende von Klosterheide. Und am Wochenende kandidiert sie für den Vorsitz der Landespartei.«

»Richtig, der Vorsitzende ist ja so plötzlich gestorben!«

»Na, Sie wissen ja immerhin etwas.«

»Sehr freundlich. Ich wüßte aber gern noch mehr.« Faber sah die Sekretärin an. »Wo ist Frau Spengler denn jetzt?«

»Sie hat eine Sitzung. Und das kann lange dauern. Vor Mittag wird das kaum zu Ende sein. Möchten Sie ein Interview mit ihr machen?«

Faber blätterte in der Broschüre. Dann sagte er: »Ja, das möchte ich.«

»Ich werd's ihr sagen. Wo sind Sie denn zu erreichen?«
Faber zog sein Notizbuch und eine Visitenkarte heraus.
»Die können Sie ihr schon mal geben. Ich hab noch keine Adresse hier. Sagen Sie mir doch bitte die Telefonnummer von Frau Spengler.«
Die Sekretärin studierte die Visitenkarte. »Sie können mich später anrufen. Ich sag Ihnen dann, ob Frau Spengler Zeit hat.« Sie wies auf die Unterlagen. »Da ist ein Hotelverzeichnis dabei. Oder soll ich versuchen, für Sie ein Zimmer zu bekommen?«
»Nein, danke. Ich will noch ein paar Tage weg.« Er sah sie an. »Nach Bracklohe.«
Sie verzog den Mund, als habe sie auf etwas Ekliges gebissen. »Bracklohe? Was wollen Sie denn da?«
»Was haben Sie gegen Bracklohe? Ist das so anrüchig?«
»Na, anrüchig bestimmt nicht. Aber ziemlich tot.«
»Das ist genau das, was ich suche.«
Während Faber aus der Stadt hinaus und auf die Landstraße nach Bracklohe fuhr, beschäftigten ihn Wiltrud Spenglers biographische Daten, die er, im Auto sitzend, noch auf dem Parkplatz der Parteizentrale in den Unterlagen gesucht und gefunden hatte. Geboren 1953 in Klosterheide, Mitglied der Allianz seit 1970, nach dem Abitur 1972 Studium der Betriebs- und Volkswirtschaftslehre in N., Paris und Köln, Promotion 1980, Assistentin des Bundestagsabgeordneten Schweikart am Sitz des Parlaments, Examen als Steuerberaterin 1983, seit 1984 Teilhaberin einer Steuerberatungspraxis in Klosterheide, über die Landesliste 1987 in den Bundestag gewählt.
Den Namen Klosterheide hatte Faber noch nie gehört, aber wenn es da eine Steuerberatungspraxis mit verschiedenen Teilhabern gab, konnte die Örtlichkeit nicht gerade hinter dem Mond liegen. Provinz freilich mußte es sein, und daß sie sich damit nicht hatte zufriedengeben wollen, ließ schon der Ausflug nach Paris vermuten.

Ihr Vater, vielleicht der Bürgermeister oder der Apotheker von Klosterheide, hatte wahrscheinlich um die gedeihliche Entwicklung der Tochter und den Leumund der Familie gefürchtet und sich einem solch schillernden Studienort widersetzt – vergeblich, da die Tochter ihm damals schon, ohne daß er es bis dahin bemerkt hätte, über den Kopf gewachsen war. Wiltrud hatte ihren Willen durchgesetzt.

Aber warum war sie dann von Paris über die Hauptstadt nach Klosterheide zurückgekehrt?

Weil dieser Bundestagsabgeordnete, ein großspuriger Faulenzer, sie als Requisiteurin seiner Auftritte ausgebeutet hatte. Oder weil sie endlich einmal richtiges Geld hatte verdienen wollen und nicht nur Brosamen. Weil der Chef der Steuerberatungspraxis, reich geworden bei der Umwandlung landwirtschaftlicher Nutzflächen in Industriegelände, schon hinter ihr her gewesen war, als sie noch zur Schule ging, und ihr die Teilhaberschaft in der Hoffnung angeboten hatte, sie endlich kirre zu machen. Aber auch dieser Vertreter des Honoratiorenstandes hatte die kleine Wiltrud unterschätzt.

Sie hatte ihm, sobald sie ihren Teilhabervertrag in der Tasche hatte, auf die Finger geklopft. Sie war, mit der florierenden Praxis im Rücken, zu einer politischen Karriere angetreten. Der Bundestagsabgeordnete, der sie zuvor genötigt hatte, ihm bei der Unterbringung einiger Leichen im Keller behilflich zu sein, hatte sich wohl oder übel durch Rat und Tat revanchieren müssen. Und noch weitaus wirksamer, weil aus lodernder Überzeugung, war die Frauenriege der Partei für ihre Wiltrud in den Ring gestiegen.

So hatte sie ihre Gegner ausschalten, sich auf den aussichtsreichen Listenplatz für die Bundestagswahl durchboxen können, das Mandat gewonnen. Und so würde sie am Wochenende auch den Sessel des Landesvorsitzenden der Partei erobern.

Faber hatte die Ausläufer der Stadt, flache, langgestreckte Fabrikhallen und Supermärkte, bereits hinter sich gelassen,

Wiesen und Wälder, Gehöfte und Koppeln schoben sich zu beiden Seiten der Straße heran, als ihm bewußt wurde, daß die berechnende, vor Durchstecherei und Erpressung nicht zurückschreckende politische Karrierefrau, deren Bild er sich immer lustvoller ausgemalt hatte, aus dem Roman des Helmut Michelsen hätte stammen können. Ihm wurde auch bewußt, daß sein Erlebnis im Aufzug mit diesem Bild nur schwer zu vereinbaren war.

Würde die Karrierefrau, die doch darauf trainiert sein mußte, zu jeder Zeit und an jedem Ort souverän und ihrer selbst sicher zu wirken, sich so gehenlassen, würde sie ihre Schwäche und ihr hilfloses Entsetzen so hemmungslos entblößen?

Faber brauchte eine Weile, bis er die Erklärung fand. Vermutlich litt sie schlicht unter Klaustrophobie oder einer ähnlichen Neurose, Höhenangst, die sie normalerweise zu beherrschen verstand. Wahrscheinlich war sie übernächtigt gewesen, überarbeitet, angeschlagen von den Vorgefechten um den Parteivorsitz, in die sie ja schon seit geraumer Zeit verwickelt sein mußte. Und es war schließlich kein Wähler gewesen, der sie kannte, sondern ein wildfremder Mensch, dem sie sich in ihrer Panik an den Hals geworfen und den sie nach überstandener Gefahr auch prompt hatte stehenlassen.

War es übrigens auszuschließen, daß sie, als sie Fabers Hände unter ihren Achseln spürte, als sie ihre Hände in seine Schultern grub, als sie seine Wange an der ihren ruhen ließ, den gleichen Reiz empfunden hatte wie er selbst? In ihren biographischen Daten stand nichts über eine Ehe zu lesen, aber natürlich mußte das nicht bedeuten, daß Wiltrud Spengler gegen die Anziehungskraft eines Mannes gefeit, zu einem kleinen Abenteuer nicht hin und wieder aufgelegt war. Wahrscheinlich war nur der Mann noch nicht erfunden, um dessentwillen Wildtrud Spengler bereit gewesen wäre, ihre Karriere einzuschränken, von Kindern ganz zu schweigen.

Gegen Mittag sah Faber, nachdem die Landstraße ihn auf

die Höhe eines langgestreckten, bewaldeten Hügels geführt hatte, Bracklohe vor sich, eine Ansammlung von verschachtelten roten Dächern, aus der drei Kirchtürme herausragten. Er fuhr hinab ins Tal, folgte am Ortseingang, an dem eine Umgehungsstraße von der alten Route abbog, dem Wegweiser *Zentrum* und landete nach einem verwinkelten Umweg durch Einbahnstraßen schließlich auf einem engen Marktplatz, dessen Kopfsteinpflaster von vier Zeilen steiler Giebel eingerahmt war. Vor der Filiale einer Bank, die ihre schmale spiegelnde Fassade zwischen zwei Fachwerkhäusern errichtet hatte, fand er einen Parkplatz. Als er ausstieg, läuteten die Glocken zum Angelus.

Faber nahm den *Brackloher Boten* von einem der Zeitungsständer, die den Eingang eines Tabakladens flankierten, und trat ein, die Glocke scheppterte. Die Luft stand dick und süß unter der niedrigen Decke. Hinter der Theke, auf der die Gasflamme am Zigarrenabschneider brannte, wachte eine Frau mit ausladendem Busen in schwarzer Kittelschürze. Faber bezahlte die Zeitung und fragte, wo er Informationen über Bracklohe bekommen könne. Die Frau bewegte den Mund, antwortete aber nicht. Faber hörte ein Knarren. Ein glatzköpfiger Mann in Strickweste, der auf einem Sessel im Winkel hinter dem Drehständer mit Ansichtskarten verborgen gesessen hatte, beugte sich vor und fragte: »Was wollen Sie denn wissen?«

Faber lächelte. »Alles, wenn's geht.«

Der Mann betrachtete ihn. Dann sagte er: »Für Auskunft müssen Sie ins Rathaus gehen.«

»Und wo ist das?«

»Gleich gegenüber. Die Steintreppe, an der Sie vorbeigegangen sind.«

Faber bedankte sich. Als er die Tür schon geöffnet hatte, sagte der Mann: »Aber die haben bis ein Uhr Mittagspause.«

An der Ecke einer engen Seitenstraße fand Faber eine Weinstube, in der ihm ein Wurstsalat serviert wurde. Er trank dazu eine halbe Flasche Wein und las den *Brackloher Boten*, der das Gastspiel eines Operettentheaters in der Aula des Nikolaus-von-Kues-Gymnasiums ankündigte.

Faber spürte, daß er müde wurde, er trank den Wein aus, bezahlte und wanderte durch die ausgestorbenen Gassen, die hinter dem Marktplatz lagen. Die Luft war kühl. Eine Weile blieb er vor dem schmalen Fenster stehen, in dem ein Installateur ein Waschbecken und einige polierte Armaturen ausgestellt hatte. Als er sich umdrehte, sah er, wie die Gardine, die hinter einem Fenster gegenüber angehoben worden war, zurückfiel.

7

Es schlug von den Kirchtürmen ein Uhr, als Faber die doppelflügelige Steintreppe vor dem Rathaus emporstieg. In der dämmrigen Halle hinter dem Portal war niemand zu sehen, die Pförtnerloge war leer. Faber ging die breiten dunkelbraunen Türen ab, fand die Stadtkasse, auch das Grünflächen- und Friedhofsamt, klopfte schließlich an eine Tür unter dem ausladenden Treppenbogen, deren Schild verhieß, daß dahinter *Fr. Oehmke, St.-Ob.insp.*, und *Frl. Koslowski, Verw.ang.*, zu finden waren.

An den Schreibtischen hinter einem brusthohen Tresen saßen zwei Frauen. Die eine trug die silbergrauen Haare in einer aufgetürmten Lockenfrisur, die andere, die Anfang Zwanzig sein mochte, hatte dichte dunkle Brauen und dunkelbraune Haare, sie sah Faber aus braunen neugierigen Augen an. Die Frau mit den silbergrauen Locken fragte, ohne von ihren Papieren aufzusehen: »Ja, bitte?«

Faber trug seinen Wunsch nach Informationsmaterial über Bracklohe vor. Die Frau, hinter der Faber die Stadt-Oberinspektorin Frau Oehmke vermutete, sagte: »Da sind Sie hier falsch. Prospekte gibt es in der Registratur.«

Die Jüngere sagte: »Aber die Frau Pape ist doch krank.«

»Das weiß ich. Und deshalb gehen Sie mal mit dem Herrn und suchen ihm was zusammen. Die Prospekte liegen in dem Ständer hinter der Tür.« Sie zog eine Schublade ihres Schreibtischs auf und reichte der Jüngeren einen Schlüssel mit einem länglichen Anhänger aus Metall.

Die Jüngere sagte: »Sie können mir auch den Schrankschlüssel geben. Da hat sie noch mehr von dem Zeug.«

»Woher wollen Sie denn wissen, daß das den Herrn interessiert?«

Faber lächelte. »Wenn es Ihnen nichts ausmacht, würde ich mir alles, was Sie über Bracklohe haben, ganz gern mal ansehen.«

Die Ältere griff in die Schublade und schob, ohne aufzusehen, einen kleineren Schlüssel über den Schreibtisch. Die Jüngere schnitt ihr eine Grimasse, nahm die beiden Schlüssel und führte Faber hinaus.

Während sie zielsicher in den Ständer mit den Prospekten griff, fragte sie: »Sind Sie vom Fernsehen?«

»Nein. Wie kommen Sie darauf?«

»War nur so eine Idee. Was wollen Sie denn in Bracklohe?«

Faber betrachtete die pummelige kleine Gestalt. Sie war in die Hocke gegangen, um ein paar Prospekte aus dem untersten Fach des Ständers aufzusammeln. Die Jeans spannten sich über dem runden Gesäß, der Pullover war hochgerutscht und gab einen Streifen Haut frei, der Faber an Babyspeck denken ließ. Er sagte: »Ich bin Theaterkritiker. Ich will mir die Operette ansehen.«

Sie richtete sich auf und sah ihn an, die dichten Brauen zusammengezogen. »Und dafür kommen Sie nach Bracklohe?«

»Warum denn nicht?«

Sie zog die Brauen hoch, wandte sich stumm ab und schloß

den Schrank auf, begann darin zu suchen. Nach einer Weile sagte sie: »Sie glauben wohl, Sie können mich für dumm verkaufen.«

»Das sollte ein Scherz sein. Es tut mir leid.«

Sie warf ihm, während sie eine Broschüre aus dem Schrank nahm, unter hochgezogenen Brauen einen Seitenblick zu. Faber sagte: »Ich bin tatsächlich Theaterkritiker. Aber ich will mich hier nur ein paar Tage ausruhen.«

»Und dafür brauchen Sie Informationsmaterial?«

»Na ja, vielleicht schreibe ich eine Geschichte über Bracklohe. Das ist doch eine interessante kleine Stadt. Oder finden Sie nicht?«

»Schon möglich.«

Faber beugte den Kopf um die Schranktür. »Jetzt seien Sie mal nicht so beleidigt. Es war doch nur ein Scherz.«

»Für dumm verkaufen lasse ich mich nicht.«

»Ich hab mich doch entschuldigt. Ich tu's auch nie mehr wieder. Also, wie wär's, wenn Sie mir jetzt ein schönes Quartier empfehlen würden? Was halten Sie von dem Hotel am Marktplatz?«

Sie ließ ein paar Sekunden verstreichen, bevor sie sagte: »Viel zu teuer. Außerdem schmeckt das Essen nicht.«

»Gut, daß Sie mir das sagen. Aber Sie wissen bestimmt was Besseres.«

Sie schloß den Schrank ab, legte die Papiere, die sie gesammelt hatte, auf dem Tresen auseinander, sah ihn an. »Ausruhen wollen Sie sich?«

»Ja. Mal richtig faulenzen.«

»Warum gehen Sie nicht in den Waldwinkel?«

»Und was ist das? Eine Pension?«

»Doch keine Pension!« Sie schüttelte, als amüsiere sie sich über so viel Ignoranz, den Kopf. »Das sind Ferienhäuser, ein halbes Dutzend. Ein Stück den Grafenberg rauf und gleich am Wald. Mit allem Komfort, aber um diese Jahreszeit kriegen Sie so ein Haus ganz billig. Vielleicht wohnt da jetzt schon gar keiner mehr. Außerdem können Sie sich selbst verpflegen, die Küchen sind tipptopp eingerichtet.«

»Klingt nicht schlecht.« Faber lehnte den Ellbogen auf den Tresen. Sie schlug einen Stadtplan auf, griff nach dem Schreibstift, der in einem Ständer angekettet auf dem Tresen stand, beugte sich vornüber und trug auf dem Stadtplan zwei Kreuze ein. Faber beobachtete die kleinen molligen Finger, an denen sie ein Sammelsurium dünner silberner Ringe trug. Sie setzte den Stift auf das erste Kreuz. »Wir sind jetzt hier. Und so kommen Sie zum Waldwinkel.«

Während sie auf dem Stadtplan eine sich windende Linie zog, die an dem zweiten Kreuz endete, beugte Faber sich über sie. Sie roch, als sei sie eben der Badewanne entstiegen, nach einer Seife, die vermutlich pinkfarben oder veilchenblau glänzte.

»Und hier wohnt der Vermieter, Finkenweg 9.« Sie trug unweit des zweiten Kreuzes ein drittes ein. »Dem gehören die ganzen Häuser.« Sie richtete sich auf, ihre Haare streiften wie zufällig über Fabers Wange. Die braunen Augen sahen ihn an. »Soll ich den mal anrufen?«

Faber lächelte. »Nicht so hastig. Ich müßte mir das ja wenigstens mal ansehen.«

»Na klar, aber das können Sie nur, wenn er Ihnen aufschließt.«

Faber mochte sie nicht noch einmal enttäuschen. Er sagte: »Okay, rufen Sie ihn an.« Er verfluchte sich, als der Vermieter sich meldete und sich bereit erklärte, dem Interessenten sofort den Waldwinkel vorzuführen.

Während sie die Tür der Registratur abschloß, öffnete sich die Tür unter dem Treppenbogen. Frau Oehmke trat heraus. Sie warf ihrer jüngeren Kollegin einen bohrenden Blick zu, ging wieder in ihr Zimmer, ließ die Tür aber offenstehen. Die jüngere Kollegin streckte ihr, sobald Frau Oehmke den Rücken gewandt hatte, die Zunge heraus.

Faber lächelte. »Sie sind Fräulein Koslowski?«

»Ja. Und das«, sie wies mit dem Kopf hinter sich, »ist Feldwebel Oehmke. Sie können aber Astrid zu mir sagen.«

»Okay, Astrid. Ich bin Alexander Faber.« Er gab ihr eine Visitenkarte. Sie las die Karte, sah ihn an. »Wieso steht denn hier Journalist und nicht Theaterkritiker?«

»Weil ich beides bin.« Er lächelte. »Sie trauen mir aber noch immer nicht.«

Sie lachte. »Mal sehen. Wiedersehen, Alexander. Oder kann man Sie auch Alex nennen?«

»Das können Sie machen, wie Sie wollen.«

»Dann sag ich Alex.« Sie schob die Visitenkarte in die Tasche der Jeans. Es machte ihr Mühe, die Finger in den Schlitz der Tasche zu zwängen. »Wiedersehen, Alex.«

»Wiedersehen, Astrid.«

Auf der Fahrt zum Finkenweg beschlich Faber der Verdacht, daß Fräulein Astrid Koslowski erheblich reifer war, als sie aussah, und für die Anwerbung von Gästen der Feriensiedlung Waldwinkel Provision kassierte. Er ließ sich von Herrn Oldenburg, dem Eigentümer und Vermieter, der ihn in Hut, Mantel und Schal, einen Spazierstock in der Hand, auf dem Gehsteig vor seinem Haus erwartete, nur noch notgedrungen auf eine schmale Schotterstraße lotsen, die zwischen Gärten bergan führte und auf einem Parkplatz unter mächtigen alten Tannen endete.

Sobald er ausgestiegen war, spürte Faber jedoch, wie seine Stimmung sich wandelte. Die Ferienhäuser, solide Blockhütten, die hinter Büschen und Bäumen halb verborgen und den Hang hinauf bis zum Waldrand gestaffelt lagen, muteten ihn an wie stille Inseln in einem grünen, ruhig atmenden Meer. Ein leichter Wind strich durch die Tannen, Vögel antworteten. Die kühle Luft roch würzig.

Herr Oldenburg, der sich schon im Auto beiläufig nach dem Wohnort Fabers und seinem Beruf erkundigt hatte, ließ zwar eine gewisse Enttäuschung erkennen, als Faber ihm sagte, daß er allein reise und allenfalls bis Montag morgen bleiben könne, führte ihn alsdann aber, auf den Spazierstock gestützt, zu dem Haus hinauf, das unmittelbar am Waldrand lag. Dieses Haus, sagte Herr Oldenburg, während er die Tür aufschloß, biete alle Bequemlichkeiten für ein Ehepaar mit zwei Kindern, es sei andererseits jedoch nicht zu groß für eine einzelne Person.

Nachdem Faber das breite Sofa, die einladenden Sessel und den Kamin gesehen hatte, neben dem die Holzscheite gestapelt lagen, zögerte er keinen Augenblick länger. Er akzeptierte, ohne zu handeln, Herrn Oldenburgs angeblichen Kulanzpreis, obwohl er für das gleiche Geld in einem Hotel der Mittelklasse Übernachtung samt Halbpension hätte haben können, und schrieb einen Scheck aus, dessen Nummern und Unterschrift Herr Oldenburg sorgfältig mit den Eintragungen der Scheckkarte verglich.

Während Faber den Vertrag, den Herr Oldenburg am Eßtisch ausgefüllt hatte, unterschrieb, versicherte der Mietsherr, daß binnen einer Stunde das Bett bezogen, Küche und Bad mit Wäsche ausgestattet und der Fernsehapparat aufgestellt sein werde. Faber sagte, das genüge völlig, er habe ohnehin noch einiges zu besorgen. Er setzte Herrn Oldenburg vor dessen Haus ab, sah hinter einem Fenster des Erdgeschosses die Gardine, die angehoben worden war, zurückfallen, und fuhr ins Zentrum.

Die Weinstube war geschlossen, aber in dem Feinkostladen neben dem Rathaus fand Faber einen passablen Rotwein, er kaufte drei Flaschen und dazu Brot, Käse und Kaffee. Den Gedanken, die Steintreppe hochzusteigen und sich bei Fräulein Koslowski für den guten Tip zu bedanken, verwarf er.

Als er auf dem Parkplatz des Waldwinkels anlangte, war die Luft diesig geworden. Faber musterte, während er mit dem Koffer, dem Laptop, dem Tonbandgerät und der Einkaufstüte zu seiner Insel hinaufstieg, die anderen Häuser. Anscheinend war keines davon bewohnt. Kein Laut war zu hören. Während er noch überlegte, ob die Vögel schon so früh zur

Ruhe gingen, hörte er aus dem Wald einen klagenden Schrei, der sich wiederholte. In den Tannen ringsum brach ein Gezeter von Vogelstimmen aus. Was war das für ein Waldtier, das so schrie?

Die Tür zur Schlafkammer, die Herr Oldenburg nach der Besichtigung hatte offenstehen lassen, war geschlossen. Faber stellte sein Gepäck ab, lauschte, öffnete dann mit einem jähen Griff die Tür der Kammer. Die untere Matratze des schmalen Etagenbetts war frisch bezogen, mit zwei Kopfkissen und einer dicken Decke ausgestattet. Als Faber sich zurück ins Wohnzimmer wandte, entdeckte er auf dem Wandbrett neben dem Kamin den Fernsehapparat. Der elektrische Heizofen unter der Fensterbank war eingeschaltet.

Faber packte seinen Koffer und die Einkäufe aus, legte das Informationsmaterial, mit dem Fräulein Koslowski ihn versorgt hatte, auf den Eßtisch, öffnete eine Flasche und kostete den Rotwein. Mit dem Glas in der Hand trat er noch einmal vor die Tür. Von der Straße am Fuß des Hanges hörte er ein schwaches Geräusch, es klang, als wäre eine Autotür zugeschlagen worden. Er lauschte, aber er konnte nicht hören, daß ein Auto abfuhr. Er ging zurück ins Haus und schloß die Tür ab.

Eine Weile blätterte er in den Prospekten. Er fand das Programm der Festwoche des vergangenen Sommers, ein Werkverzeichnis des Heimatdichters Karl Lilienthal, der 1911 in Bracklohe geboren und dort, da das Todesdatum fehlte, offenbar noch immer tätig war, schließlich eine angeblich kurzgefaßte Chronik, die mit der Besiedlung des Tals am Fuße des Grafenbergs durch Schnurkeramiker begann und in Fettdruck heraushob, daß dem Markt Bracklohe bereits 1539 die Stadtrechte verliehen worden waren.

Über die Auswahl prominenter, aus Bracklohe stammender Gestalten der Gegenwart schienen sich – von Lilienthal abgesehen, der mit seinem Hauptwerk, dem historischen Roman *Die Gräfin vom Grafenberg*, auch in der Chronik zitiert wurde – die Verantwortlichen des Fremdenverkehrsamtes nicht einig geworden zu sein; der letzte in der Chronik namentlich erwähnte bedeutende Sohn Bracklohes war der Generalleutnant Franz-Karl Müller, der 1916 in der Schlacht von Verdun eine Infanteriedivision befehligt hatte. Über das Wirken Erwin Meier-Flossdorfs oder Traugott Kohlgrübers gab weder die Chronik noch eine der übrigen Informationsschriften eine Auskunft.

Faber schob die Prospekte von sich, stützte den Kopf in die Hände und schloß die Augen. In dem Halbschlaf, der ihn überkam, erinnerte er sich an Wiltrud Spenglers Parfum. Er bewegte die Nasenflügel. Nach einer Weile stand er auf. Er ging in die Schlafkammer, zog sich aus und bettete sich. Anfangs fröstelte ihn unter dem kühlen Bezug der Wolldecke, aber dann spürte er, wie die Wärme sich ausbreitete.

Es dunkelte schon, als er plötzlich wach wurde. Er blieb mit angehaltenem Atem liegen. Ihm schien, als habe ein Geräusch ihn geweckt, ein Krachen oder lautes Knacken. Er stand auf, öffnete das schmale Fenster der Schlafkammer und sah hinaus. Das dichte dunkle Gehölz des Waldrandes stand nur auf Armeslänge entfernt. In dem engen Durchlaß zwischen dem Gehölz und der Rückwand des Hauses wucherte der Farn, einer der Wedel an der Ecke des Hauses schien zu schwanken. Vielleicht hatte ein Tier ihn bewegt.

Faber verriegelte das Fenster. Er ging zur Vorderseite des Hauses, öffnete die Tür und trat hinaus. Im Tal brannten die ersten Lichter. Obwohl die kalte Luft ihn in die nackte Haut von Brust und Beinen biß, blieb er stehen. Er glaubte, ein sich entfernendes Knirschen zu hören, als ginge jemand die Schotterstraße hinab.

Eine Weile lauschte er noch, dann verschloß er die Tür und schaltete die Lampen im Wohnzimmer ein. Sein Blick fiel auf den Fernsehapparat. Er drückte die Tasten, probierte die Kanäle aus, fühlte sich durch das laute Gekreische in einem Trickfilm gestört und schaltete den Apparat wieder aus.

Die Überlegung, ob er ein Glas Wein trinken oder eine Tasse Kaffee aufgießen solle, beschäftigte ihn eine gute Minute lang. Schließlich ging er in die Küche, ließ Wasser in den Boiler über der Spüle laufen und schaltete den Boiler ein. Er hatte ein Stück Brot und ein Stück Käse abgeschnitten und den ersten Biß getan, als er plötzlich ins Wohnzimmer zurückging. Er griff nach dem Telefonbuch, suchte und wählte die Nummer der Stadtverwaltung.

Es dauerte lange, bis eine Männerstimme sich meldete: »Pförtner Rathaus.«

Faber fragte den Pförtner, ob er ihn mit Fräulein Koslowski verbinden könne. Der Pförtner antwortete mit deutlichem Tadel: »Aber doch jetzt nicht mehr. Um sechzehn Uhr ist Dienstschluß.« Faber sah auf die Uhr, es war kurz nach fünf. Der Pförtner sagte: »Rufen Sie morgen früh um halb acht noch mal an, dann sind die Büros besetzt.« Er legte auf.

Faber fluchte. Er schlug in dem Telefonbuch den Namen Koslowski nach, obwohl er bezweifelte, daß dieses Baby über einen eigenen Telefonanschluß verfügte. Unter fünf Koslowskis fand er wider Erwarten eine Astrid. Er wählte die Nummer, aber niemand antwortete.

Nachdem er, in der Küche stehend, den Kaffee getrunken, Brot und Käse gegessen hatte, ging er wieder ans Telefon. Eine Weile kämpfte er mit der Furcht, die Hoffnungslosigkeit seines Unternehmens eingestehen zu müssen, dann rief er in Kirstens Wohnung an. Als sie sich nach dem dritten Rufzeichen noch nicht meldete, legte er auf und wählte sofort wieder Astrids Nummer. Der Hörer wurde abgehoben.

»Ja, bitte?«

»Sind Sie's, Astrid? Hier ist Alex.«

Seine unbestimmte Erwartung, sie werde sich geschmeichelt fühlen, weil er sie anrief, wurde enttäuscht. Jedenfalls schien sie weder überrascht, daß er ein Haus im Waldwinkel bezogen hatte, noch daß er sich bei ihr meldete. Faber, der nicht wußte, ob er sich über so viel Selbstbewußtsein ärgern oder amüsieren sollte, bedankte sich für die Vermittlung, auch für das Informationsmaterial, das sehr interessant sei.

Sie fiel ihm ins Wort: »Halten Sie das Zeug wirklich für gut?«

»Sie nicht?«

»Das ist doch alles kalter Kaffee.« Mit einem warnenden Unterton fügte sie hinzu: »Versuchen Sie nicht schon wieder, mich auf den Arm zu nehmen!«

»Jetzt hören Sie doch mal auf damit! Ich will Sie nicht auf den Arm nehmen. Ich wollte Sie fragen, ob Sie mir ein bißchen helfen können.«

»Wobei?«

Faber kratzte sich die Wange. »Ich will was über Bracklohe schreiben.«

»Und was soll das werden?«

»Vielleicht das Porträt einer kleinen Stadt.« Faber räusperte sich. »Mich interessieren zum Beispiel die prominenten Leute, die hier geboren sind. Leute, die auf die eine oder andere Art was Besonderes geworden sind, verstehen Sie?«

»Natürlich verstehe ich das. Meinen Sie die, die in der Chronik stehen?«

»Na, das sind ja wohl nicht alle gewesen. Mich interessieren vor allem die Leute, die noch leben, Leute, meine ich, die nicht zu den Allerweltsmenschen gehören.«

»Da gibt's aber kaum einen.«

Faber unterdrückte ein Stöhnen, er ließ sich in die Sofaecke fallen. »Wie wär's denn, wenn Sie mir die Namen sagen, die Ihnen einfallen?«

»Ich überleg ja gerade.« Nach einer Pause sagte sie: »Ich weiß nicht, ob der Karl Lilienthal prominent ist. Ich glaub, der ist seine Bücher nur in Bracklohe losgeworden. Wir haben auch einen Maler hier, Hajo Schneidewind. Aber von dem hab ich noch nie gehört, daß er irgendwas verkauft hat.«

Als sie wieder eine Pause einlegte, fragte Faber: »Und wie sieht's mit Politikern aus?«

»Politiker? Sie meinen doch wohl nicht die trüben Tassen im Stadtrat?«
»Natürlich nicht.« Faber richtete sich auf. »Aber haben Sie noch nie was von Traugott Kohlgrüber gehört?«
»Ist das der, der mal beim Bundeskanzler war?«
»Genau der.«
»Aber der hat doch mit Bracklohe schon lange nichts mehr zu tun.«
Faber ließ sich zurückfallen. »Das spielt doch keine Rolle!«
»Wie soll ich das denn wissen?« Sie war offenbar gekränkt. »Wenn Sie mir nicht genau sagen, worum's Ihnen geht, dann kann ich Ihnen auch keine Antwort geben!«
»Natürlich, Entschuldigung.« Faber versuchte, seine Ungeduld zu bändigen. Nach einer Weile, in der sie schwieg, fragte er: »Von dem Herrn Meier-Flossdorf wissen Sie sicher mehr?«
»Erwin? Na, wenn Sie den für was Besonderes halten, dann können Sie gleich auch unseren Bundestagsabgeordneten dazuzählen.«
Faber horchte auf. »Und wer ist das?«
»Schweikart. Nikolaus Schweikart. Aber dann gehört auch der Professor von der Heydt dazu, der hat an der Universität in N. immerhin einen Lehrstuhl.«
Faber war aufgestanden. Er ging zum Eßtisch, zog die Schnur des Telefons hinter sich her, suchte mit einer Hand in seinen Papieren nach den biographischen Daten Wiltrud Spenglers. »Und wo wohnt der Bundestagsabgeordnete?«
»Der wohnt sogar in Bracklohe. Wenn er nicht im Bundestag rumsitzt. Und der von der Heydt wohnt auch hier. Die wohnen beide irgendwo in der Gartenstadt.«
Faber hatte den biographischen Abriß gefunden. Nikolaus Schweikart war der Abgeordnete, bei dem Wiltrud Spengler als Assistentin gearbeitet hatte.
»Schweikart mit k und mit t?«
»Ich glaube. Ich kann ja mal im Telefonbuch nachsehen.«

»Danke, ist nicht nötig, ich hab selbst eins hier. Sagen Sie, Astrid...«, Faber ging zurück zum Sofa und griff nach dem Telefonbuch, »wissen Sie, ob die beiden befreundet sind, der Schweikart und der Meier-Flossdorf, meine ich?«

»Keine Ahnung. Wär schon möglich. Die mimen doch beide in der Allianz herum.«

Faber bedanke sich und sagte gute Nacht. Als er merkte, daß er sie mit dieser abrupten Verabschiedung kränkte, sagte er, er werde sie am nächsten Tag wieder anrufen. Sie legte auf.

Er blätterte hastig durch die Seiten des Telefonbuchs. Sein Herz begann zu klopfen, als er unter dem Namen Schweikart zwei Einträge fand. Vor *Schweikart Nikolaus Dipl. Volksw.* stand *Schweikart Lukas Dr. Stud. Ass.* Er suchte die beiden Adressen auf dem Stadtplan, sie lagen nicht weit auseinander.

Faber zog sich an, griff nach seinem Mantel und löschte das Licht. An der Tür blieb er stehen, kehrte zurück, schaltete die Lampen wieder ein und zog die Vorhänge zu. Nachdem er die Tür verschlossen und an der Klinke gerüttelt hatte, stieg er hinab zu seinem Auto. Es war noch nicht sechs, aber schon dunkel wie bei Nacht. Die Schattenrisse der Häuser und der Tannen standen schwarz vor dem blassen Lichtschimmer, der über dem Tal schwebte.

Das Haus Nikolaus Schweikarts lag in einer Villenstraße, in der nur wenige Laternen brannten. Faber hielt, während er am Zaun des Vorgartens entlangging, vergeblich Ausschau nach einem Kamin. Hinter dem breiten Fenster im Erdgeschoß, das als einziges erleuchtet war, versperrten Vorhänge die Sicht. Er fand das Namensschild auf einem der brusthohen, gemauerten Pfeiler der schmiedeeisernen Gittertür zum Vorgarten. Die Tür war verschlossen. Faber drückte auf den Klingelknopf und beugte sich hinab zu dem Lautsprecher, der in den Pfeiler eingelassen war. Es dauerte eine Weile, bis der Lautsprecher knackte.

»Ja, bitte?«

Es war nicht zu erkennen, ob ein Mann oder eine Frau

sprach. Faber sagte: »Guten Abend. Entschuldigen Sie bitte, wenn ich um diese Zeit störe. Mein Name ist Alexander Faber, ich bin Journalist. Ist Herr Schweikart vielleicht zu sprechen?«

»Um was geht es denn?«

»Ich wollte ihn um ein Interview bitten.«

»Mein Mann ist nicht zu Hause.«

»Wann kommt er denn zurück?«

»Das weiß ich nicht.«

Bevor Faber einen neuen Anlauf unternehmen konnte, knackte der Lautsprecher. Faber rief: »Hallo?«, aber er erhielt keine Antwort mehr. Er fluchte unterdrückt, starrte auf das Haus, ging schließlich zu seinem Auto. Im Schein der Innenbeleuchtung suchte er auf dem Stadtplan den Weg zur Adresse des Studienassessors Schweikart.

Auch Lukas Schweikart wohnte in einem Haus, das hinter den Büschen und Bäumen eines Vorgartens verborgen lag. Aber in diesem Haus waren fast alle Fenster erleuchtet. Faber drückte die Klinke der Gartentür hinab, die Tür ließ sich öffnen. Er blieb eine Weile stehen, die Klinke in der Hand, und überlegte. Am Ende schob er alle Bedenken beiseite. Er trat in den Vorgarten ein, ging zur Haustür und klingelte.

8

Eine Frau öffnete ihm. Sie mochte Ende Zwanzig sein, trug eine buntgemusterte Schürze und hielt in der Hand einen Schaumbesen. Ein paar Strähnen der blonden, nach hinten frisierten Haare hatten sich gelöst, sie hingen ihr über die Schläfen und in die Stirn. Ein Kind von zweieinhalb oder drei Jahren kam auf Pantoffeln hinter ihr hergeschlurft, es starrte Faber an, steckte die Finger einer Hand in den Mund und griff mit der anderen nach der Schürze der Frau.

Faber stellte sich vor und fragte, ob er Herrn Schweikart sprechen könne. Die Frau rief über die Schulter: »Lukas? Kommst du mal, bitte?« Ein zweites Kind, das etwa vier Jahre alt war, lugte um die Küchentür, trat dann heraus. Die Frau bat Faber einzutreten, schob ihre Kinder zurück in die Küche und rief noch einmal: »Lukas?« Sie sah die Treppe zum Obergeschoß hinauf.

Auf dem Treppenabsatz erschien ein Mann von Anfang Dreißig, in Strickjacke und mit Krawatte. Er beugte den Kopf vor und musterte Faber, bevor er in die Diele herunterkam. Nachdem Faber sich vorgestellt hatte, hob Lukas Schweikart die Schultern, rückte die Brille zurecht. »Ja, und ... was kann ich für Sie tun?«

Faber sagte, er beabsichtige, ein Porträt von Bracklohe zu schreiben. Er sei zum erstenmal hier, aber auf den ersten Blick schon sehr angetan sowohl von der Stadt wie von ihrer Umgebung, nicht zuletzt von der Geschichte Bracklohes, über die er sich, wenn auch in der Kürze der Zeit natürlich nur kursorisch, informiert habe. Er suche Gesprächspartner, die ihm ein Bild der Stadt vermitteln könnten, einer Kleinstadt, die entgegen den gängigen Vorurteilen offenbar einige sehr interessante Persönlichkeiten hervorgebracht habe.

Während Faber sprach, hatte die Frau die Küchentür hinter sich geschlossen. Lukas Schweikart dachte offenbar nicht daran, Faber einen Blick in sein Wohnzimmer zu gestatten. Er fragte: »Und wie kommen Sie da auf mich?«

Faber ahnte, daß seine Offensive sehr bald steckenbleiben und der Rückzug sich als problematisch erweisen würde. Er sagte, das Porträt einer Stadt, wie er es plane, lasse sich natürlich nur aus vielen Einzelgesprächen gewinnen, Gesprächen, wie er eines bereits mit Herrn Dr. Meier-Flossdorf in N. geführt habe, dem er auch den Hinweis auf Bracklohe verdanke.

Schweikart runzelte die Stirn. »Hat Herr Meier-Flossdorf Ihnen meinen Namen genannt?«

Nein, nein, sagte Faber, den Namen Schweikart habe er in einer der Unterlagen gefunden, die er sich besorgt habe.

»In welcher Unterlage?«

Faber rieb sich die Stirn, er lächelte. »Da bin ich jetzt wirklich überfragt. Kann es die Chronik gewesen sein, die das Fremdenverkehrsamt herausgegeben hat?«

»Bestimmt nicht. Ich nehme an, Sie verwechseln mich mit meinem Vater.« Schweikart rückte die Brille zurecht. »Mein Vater ist Bundestagsabgeordneter. Ich bin Lehrer.«

Faber nutzte die Chance, den Rückzug halbwegs geordnet anzutreten. Er schüttelte den Kopf, lachte. »Mein Gott, da muß ich mich aber wirklich entschuldigen! Ich war tatsächlich auf der Suche nach dem Bundestagsabgeordneten.«

Schweikart schwieg. Faber sagte: »Was nicht heißen soll, daß Sie kein interessanter Gesprächspartner für mich wären. Wenn Sie vielleicht eine halbe Stunde Zeit hätten?«

»Nein, tut mir leid.« Nach einem Blick auf die Uhr wies Schweikart auf das Telefon, das auf einer Konsole der Garderobe stand. »Sie können aber meinen Vater fragen, ob er Zeit für Sie hat. Er wohnt nicht weit von hier.« Schweikart sah Faber an. »Ich weiß allerdings nicht, ob er zu Hause ist.«

»Nein, nein, danke.« Faber sah auf die Uhr. »Es ist wohl doch ein wenig zu spät jetzt. Ich werde es morgen bei ihm versuchen.«

Schweikart öffnete Faber die Tür. Er blieb stehen, während Faber durch den Vorgarten zur Straße ging. Seine Silhouette war zwischen den Büschen und Bäumen noch immer sichtbar, als Faber ins Auto stieg.

Dem Bedürfnis, zunächst einmal sitzen zu bleiben und die Muskeln zu entspannen, gab Faber nach einem Blick zurück nicht nach. Er fuhr los, fuhr ziellos durch einige der schwach beleuchteten Straßen des Villenviertels und hielt erst an, als er eine Telefonzelle sah. Er überlegte eine Weile, dann stieg er aus, ging in die Zelle und wählte Astrids Nummer. Sie meldete sich.

»Hallo, Astrid! Ich bin's schon wieder, Alex!«
»Hallo, Alex. Ich hab gerade an Sie gedacht.«
»Aha. Und was haben Sie gedacht?«
»Das wüßten Sie wohl gern?«

Faber fürchtete, daß sie diese Art von Konversation noch eine Weile fortsetzen wollte. Er sagte: »Na, hoffentlich war's was Gutes. Hören Sie, Astrid... Kennen Sie Schweikarts Sohn? Den Sohn des Bundestagsabgeordneten, meine ich, Lukas Schweikart.«

»Das hab ich schon begriffen. Natürlich kenn ich den. Das ist ein noch größerer Angeber als sein Vater. Ich hab ihn zum Glück in der Schule nicht mehr erlebt, aber meine kleine Schwester hat bei ihm Französisch. Was haben Sie denn mit dem zu tun?«

»Gar nichts. Mich interessiert nur, ob der...«, Faber überlegte, wie er die Frage formulieren konnte, ohne weitere lästige Gegenfragen auszulösen, »ob der irgendwann mal mit einem Model liiert war, ich meine, ob der was mit einem Fotomodell oder so was Ähnlichem gehabt hat?«

»Der Lukas Schweikart?« Sie lachte. »Das wär dem schon zuzutrauen. Das ist so ein verkappter Lustmolch, verstehen Sie. Tut so, als hätte er nur die Schule im Kopf und Literatur, aber faßt die kleinen Mädchen an, wenn keiner hinsieht. Und wenn der was mit einem Fotomodell gehabt hat, dann hat er das bestimmt auch heimlich gemacht. Ich hab jedenfalls noch nie was davon gehört.«

Faber überlegte. Sie fragte: »Sagen Sie mal, wollen Sie jetzt was über die Fotomodelle von Bracklohe schreiben? Da können Sie aber lange suchen.«

»Quatsch.«
»Warum werden Sie denn so böse?«
»Ich werd nicht böse.«
»Werden Sie doch. Und wenn Sie was über Modelle wissen wollen, bin ich sowieso die falsche Adresse. Da fragen Sie besser Hajo Schneidewind.«

»Wer war das noch mal?«
»Der Maler. Das hab ich Ihnen doch gesagt. Haben Sie das schon vergessen?«
Faber holte tief Atem. »Nein. Ich bin nur nicht drauf gekommen. Aber ich wollte Sie noch was anderes fragen.«
»Was nutzt das denn, wenn Sie mir doch nicht zuhören?«
Faber wurde laut. »Mein Gott, jetzt hören Sie doch mal auf mit dieser Quengelei!«
Zu seiner Überraschung lenkte sie ein: »Entschuldigung. Ich wollte Ihnen nicht auf die Nerven gehen.« Sie schnaufte. »Also, was wollen Sie wissen?«
Faber fühlte sich versucht, ihr zu sagen, daß es ihm leid tat, so grob geworden zu sein. Er ließ es bleiben und fragte: »Können Sie herausfinden, ob Schweikart, der alte, meine ich, und Meier-Flossdorf zusammen zur Schule gegangen sind?«
Sie dachte nach. »Das wird schwer. Aber ich werd's versuchen. Ich hab eine Freundin im Schulamt. Vielleicht kann die mal nachschauen.«
»Danke, Astrid.« Faber sah hinaus auf die Straße, zwischen deren Hecken und Zäunen kein Mensch zu sehen war. Plötzlich schreckte ihn der Gedanke, in den Waldwinkel zurückzufahren und sich allein vor den Fernsehapparat zu setzen. Er sagte: »Wie wär's, wenn wir zusammen essen gingen? Ich möcht Sie einladen.«
Sie schwieg einen Augenblick lang. Dann antwortete sie: »Ich hab schon zu Abend gegessen. Und ich hab meiner Mutter versprochen, daß ich noch vorbeikomme.«
Faber wunderte sich über die Enttäuschung, die er empfand. Er sagte: »Okay. Dann vielleicht morgen abend. Gute Nacht, Astrid. Und danke schön.«
»Gute Nacht, Alex. Passen Sie schön auf sich auf.«
Eine Weile blieb er in der Telefonzelle stehen. Als eine Frau, die einen Hund an der Leine führte, zum zweitenmal an der Zelle vorbeiging und ihn durch die Scheiben musterte,

ging er zu seinem Auto und stieg ein. Aber er fuhr nicht ab. Er versuchte sich klarzumachen, daß das Gefühl, er sei gestrandet, habe das Ziel aus den Augen verloren, werde weit und breit niemanden finden, der ihm über den Abend und durch die Nacht helfen könnte, ganz unbegründet und töricht war.

Als er im Rückspiegel die Frau sah, die sich zum drittenmal näherte und sich zu der Nummer seines Autos hinabbeugte, stieg er aus. Er sagte: »Passen Sie auf, daß Ihr Hund sich nicht erkältet«, und trat in die Telefonzelle. Während er die Tür zuschob, blickte er zurück. Die Frau, die ihn wie erstarrt angesehen hatte, ging beschleunigt weiter. Er schlug im Telefonbuch Hajo Schneidewinds Adresse nach und wählte die Nummer. Nach einer langen Zeit, in der nur das Freizeichen zu hören war, legte er auf. Er zögerte, dann warf er ein Markstück ein und wählte Kirstens Nummer.

Als sie sich meldete, sagte er nach einem bemüht munteren Hallo und der Frage, ob sie wohlauf sei, es tue ihm leid, er habe es schon einmal vergeblich versucht und nun müsse er sich beeilen, er sei unterwegs zu einem Termin, rufe aus einer Telefonzelle an und habe kein Kleingeld mehr. Sie fragte, wie es ihm gehe. Gut, antwortete Faber, er werde sich so bald wie möglich wieder melden. Sie wollte wissen, wo er denn sei und ob er ihr nicht wenigstens sein Hotel nennen wolle. Faber sagte, er wohne vorübergehend in Bracklohe, in einer Ferienunterkunft. Sie fragte, ob er da kein Telefon habe. Doch, erwiderte er, aber die Nummer wisse er nicht auswendig, er werde versuchen, sie im Telefonbuch zu finden.

Er legte den Hörer ab und blätterte geräuschvoll im Telefonbuch. Dabei beobachtete er die Anzeige des Telefons. Als die Sprechzeit zu Ende ging, griff er nach dem Hörer, sagte hastig, er könne die Nummer nicht finden, aber er werde sie ihr beim nächstenmal geben. Während sie fragte, wo denn dieses Bracklohe liege, brach die Verbindung ab.

Als Faber ins Auto stieg, sah er die Frau mit dem Hund zurückkehren. Sie hielt einen Mann untergefaßt, der einen

Hut trug, aber keinen Mantel. Faber schaltete die Innenbeleuchtung ein und suchte auf dem Stadtplan Hajo Schneidewinds Adresse. Der Mann und die Frau blieben in einiger Entfernung hinter seinem Auto stehen. Faber ließ sich Zeit. Schließlich faltete er den Stadtplan zusammen, schaltete die Innenbeleuchtung aus und fuhr ab.

Die Straße, in der Schneidewind wohnte, lag am Rand der Stadt. Alte, mehrstöckige Häuser und schiefe Fachwerkbauten wechselten ab mit Gärten, in denen sich die verästelten Silhouetten von krummgewachsenen, kleinen Obstbäumen ausmachen ließen. Unter der Hausnummer, die im Telefonbuch angegeben war, fand Faber ein dreistöckiges, freistehendes Haus aus schmutzigen Backsteinen, dessen schmale Fenstersimse abbröckelten. Fünf Namen standen auf dem Klingelbrett neben der Haustür, doch ein Schneidewind war nicht verzeichnet.

Faber trat zurück auf die Straße und suchte die Fassade des Hauses ab. Hinter den vier Fenstern im Erdgeschoß brannte das Licht, aber verschlissene Vorhänge verwehrten den Einblick. Auf der einen Seite des Hauses lag ein Garten, auf der anderen zwischen der Flanke des Hauses und dem Zaun wiederum eines Gartens ein hohes zweiflügeliges Gittertor. Ein Flügel stand offen, der andere hing schief in den Angeln. Die Einfahrt dahinter war ungepflastert und schlammig, ein paar schimmernde Pfützen verloren sich im Dunkeln.

Faber wollte schon zur Tür des Hauses zurückgehen, als er auf der Backsteinwand neben dem Tor ein verdrecktes Schild entdeckte. Die Aufschrift, die kaum noch zu entziffern war, lautete *Paul Schneidewind Kunstschlosserei*. Ein gewinkelter Pfeil wies in die Einfahrt. Faber folgte dem Pfeil, er versuchte die Pfützen zu umgehen, aber schon nach wenigen Metern trat er im Dunkeln daneben, Nässe drang in seine Schuhe. Er tastete sich am Zaun des Gartens entlang bis in einen Hof, an dessen rückwärtiger Seite ein breites, mittelhohes Gebäude stand, das als Werkstatt gedient haben mochte.

Durch einige der vielen kleinen Scheiben der Eisenfenster schimmerte ein schwaches Licht. Faber erkannte das Tor der Werkstatt, in das eine Tür eingelassen war. Er trat mit tastenden Schritten heran, fand aber weder Klingel noch Namensschild. Er klopfte an die Tür. Niemand antwortete. Er klopfte noch einmal, und als sich noch immer nichts regte, trat er an das Fenster neben der Tür und versuchte, durch die kleinen Scheiben zu lugen.

Hinter sich hörte er ein Geräusch. Er drehte sich um. Nicht weit entfernt stand ein Mann, der in der Hand einen Gegenstand hielt, den Faber nicht erkennen konnte. Der Mann fragte: »Was suchen Sie denn da?«

»Ich suche Herrn Schneidewind.«

Der Mann hob den Arm. Plötzlich wurde Faber geblendet. Der Mann hatte eine Taschenlampe eingeschaltet. Faber sagte wütend: »Nehmen Sie die Lampe weg! Was soll das?«

Der Mann erwiderte: »Wie, ›was soll das‹? Wenn Sie hier im Dunkeln herumschleichen, wird man ja wohl mal fragen dürfen, was Sie hier suchen.«

»Ich hab Ihnen doch schon gesagt, daß ich zu Herrn Schneidewind will.«

»Das kann jeder sagen.«

»Jetzt nehmen Sie endlich die Lampe weg! Sind Sie etwa Herr Schneidewind?«

Der Mann lachte. »Das fehlte mir noch.« Er schaltete die Lampe aus. »Der Herr Schneidewind ist nicht da. Oder er pennt. Warum kommen Sie nicht bei Tageslicht, wenn Sie was von ihm wollen?«

Faber wandte sich ab. Er tastete sich im Dunkeln zurück zu der Einfahrt. Der Mann folgte ihm in einiger Entfernung, er schaltete die Taschenlampe wieder ein, aber er hielt sie vor seine eigenen Füße. Faber trat zweimal in eine Pfütze, das Wasser schwappte über den Rand seiner Schuhe. Der Mann blieb vor dem Tor stehen und beobachtete, wie Faber ins Auto stieg und abfuhr.

Es ging auf halb acht zu, als Faber das Auto auf dem Marktplatz abstellte. Nur drei der anderen Parkplätze waren besetzt. Zwei aufwärts gerichtete Scheinwerfer, die hinter der Balustrade der Steintreppe verborgen standen, beleuchteten die verschnörkelte Fassade des Rathauses. Im Schaufenster des Tabakladens brannte eine rötlich glimmende Lampe. Die Auslagen des Kaufhauses und des Feinkostladens waren hell erleuchtet, aber außer einem Paar, das Arm in Arm die Textilien betrachtete, die das Kaufhaus aus seiner Winterkollektion anbot, sah Faber niemanden.

Er schritt den Platz ab, blieb vor dem Hotel *Zum Löwen von Bracklohe* stehen und studierte die Speisekarte, die hinter Glas in einem beleuchteten Kasten neben der breiten, doppelflügeligen Holztür ausgehängt war. Die Sprossenfenster im Erdgeschoß des Hotels schimmerten matt, die Vorhänge dahinter waren geschlossen. Faber sog die Luft durch die Nase. Er glaubte, einen vagen Geruch von Markklößchen in Fleischbrühe wahrzunehmen.

Nach einem Blick ringsum ging er weiter, blieb eine Weile vor der Weinstube stehen, hinter deren dunkelgrün leuchtenden Butzenscheiben keine Bewegung zu erkennen und kein Laut zu hören war, wanderte dann ein Stück in die Straße hinein, die er am Mittag auf dem Weg zum Marktplatz durchfahren hatte. Beleuchtet fand er noch die Passage eines Schuhgeschäfts, eine Buchhandlung, die eines ihrer beiden Schaufenster der Ausstellung von Devotionalien gewidmet hatte, und eine Espresso-Bar, in der ein halbes Dutzend Jugendlicher herumalberten.

Er suchte die Fenster in den Obergeschossen, den Dachgeschossen zu beiden Seiten der Straße ab. Hinter einigen brannte Licht, aber es gab keines, dessen Vorhänge nicht zugezogen waren. Ein Traum kam Faber in Erinnerung, den er vor Jahren immer wieder einmal geträumt hatte, der Traum von einem rätselhaften Stadtviertel, in dessen Zugang, einen engen dunklen Durchlaß zwischen schwarzen Mauern, er beim erstenmal hineingeraten war, ohne zu wissen, wohin er ihn führte.

Es war ein Viertel, das irgendwo in der nächtlichen Stadt wie unter einer Tarnkappe liegen mußte. Auf keinem Stadtplan stand es verzeichnet, keine der schmalen, verwinkelten Gassen zwischen den niedrigen Häusern trug einen Namen, aber wann immer Faber im Traum sich in diesem Viertel wiedergefunden hatte, drang warmes Licht durch die Vorhänge der Fenster zu ebener Erde. Männern war Faber dort nie begegnet. Hinter den Vorhängen, die sich bewegten, wenn er vorbeiging, hinter den Türen, die sich halb öffneten, hatte er immer nur Frauen gesehen, und er hatte durch die halb geöffneten Türen den Geruch der warmen Höhlen wahrgenommen, in die sie ihn aufnehmen wollten.

Er hatte sich nie damit abfinden mögen, daß es schlicht männlicher Wahn, der Druck sexueller Bedürfnisse gewesen sei, der ihm im Schlaf den Zugang zu einem Paradies solcher Art eröffnet hatte. Ein Paradies war es, ohne Zweifel, und er hatte immer wieder einmal danach gesucht, in den vielen Städten, in die es ihn verschlagen hatte. Er hatte wider alle Vernunft geglaubt, sein Traum könne verursacht sein durch einen mysteriösen, nur während des Schlafes funktionierenden Wahrnehmungsapparat, der ihm bei Nacht die Botschaft einer fremden, faszinierenden Welt übermittelte, einer verborgenen Welt, die desungeachtet nicht nur auffindbar war, sondern darauf wartete, gefunden zu werden, von ihm, ihm allein.

Faber ging zurück zum Marktplatz, streifte am Bordstein den gröbsten Schlamm von seinen Schuhen und trat in das Hotel *Zum Löwen von Bracklohe* ein. Von den mit schweren weißen Tüchern gedeckten Tischen des Restaurants waren drei in verschiedenen Ecken besetzt, einer mit zwei Paaren, die beiden anderen mit je einem Paar. Faber ließ sich an dem freien Tisch in der vierten Ecke nieder, bestellte eine Fleischbrühe mit Markklößchen, ein Steak und eine halbe Flasche

Wein. Das Gespräch an den anderen Tischen, das bei seinem Eintritt erstorben war, wurde halblaut wieder aufgenommen.

Er zog sein Notizbuch heraus, dachte nach und begann zu schreiben: *Diese Stadt ist so tot wie Meier-Flossdorfs Roman. Wenn M-F der Autor, vergiß es. Phantasien aus d. Provinz. Aber wenn Nik. Schweikart? Schon besser: Gehört zur Hauptstadt-Clique (»Insider«). Und hat den Sohn! (Hat M-F keinen?) Nur: Lukas u. ein Model? Paßt nicht. Aber: Lukas und d. Todsünde der Abtreibung – das könnte passen.*

Faber sah auf. Der Mann am Vierertisch, der mit dem Rücken zu ihm saß und über die Schulter geblickt hatte, wandte sich ab. Faber schrieb: *Muß an Nik. Schweikart ran (Vorsicht: Nik. könnte erfahren, daß ich bei Lukas falschgespielt habe). Und muß an Wiltrud ran, natürlich. Weiß wahrsch. mehr über Schweikart als andere. Und an Kohlgrüber ran, wenn möglich. Kohlgr. verfeindet mit Schweik.? Das wäre Indiz wie aus d. Bilderbuch.*

Der Kellner brachte die Suppe, Faber steckte das Notizbuch ein. Als er das Steak gegessen hatte und noch eine halbe Flasche Wein bestellte, erhob sich das letzte Paar, das an den anderen Tischen übriggeblieben war, und verließ das Restaurant. Faber, der hinter der Frau hergeblickt hatte, zog sein Notizbuch und schrieb: *Help me make it through the night.* Er strich den Satz durch und schrieb: *Was soll das? Wenn der Min. dir. Kohlgr. dem Herrn Abgeordn. Schweikart einen Tort angetan hat, dann könnte Schweik. Rache genommen, den Roman geschr., seine Inform. ausgeplaudert haben, um K. an den Pranger zu stellen. Und dann würden das Buch u. die Story dazu eine Sensation! Tut mir leid, Kirsten.*

Als der Kellner zum zweitenmal durch das Restaurant schlenderte, hier und da mit seiner Serviette eine Tischecke abklopfte und die Teller zurechtrückte, verlangte Faber die Rechnung, zahlte und ging. Die Scheinwerfer vor dem Rathaus waren ausgeschaltet worden. Am Fuß der Steintreppe parkte ein Streifenwagen. Faber glaubte, hinter dem Steuer einen Schattenriß zu sehen. Er überquerte den Platz in gemächlichem Tempo, stieg in sein Auto und fuhr ab. Als er um die Ecke bog, blickte er in den Rückspiegel. Der Streifenwagen verharrte am Fuß der Treppe, die Standlichter brannten wie zuvor.

Auf dem Weg zum Waldwinkel ließ Faber die Straße hinter sich nicht aus den Augen, aber niemand folgte ihm. Er blieb, nachdem er auf dem Parkplatz der Feriensiedlung ausgestiegen war, das Auto abgeschlossen und den Verschluß des Kofferraums kontrolliert hatte, eine Weile in der Dunkelheit stehen, sah um sich und lauschte. Der Wind hatte sich gelegt, die Tannen rührten sich nicht.

Faber stieg hinauf zu seinem Haus, dessen Lampen durch die Vorhänge schienen. Er verschloß die Tür, warf einen Blick in die Schlafkammer und entkorkte eine Flasche Wein. Den Gedanken, sich noch einmal seine Materialien und das Manuskript des Helmut Michelsen vorzunehmen und nach Hinweisen zu suchen, die er vielleicht übersehen hatte, verwarf er. Er schaltete den Fernsehapparat ein und ließ sich mit dem Wein davor nieder.

Am Mittwoch morgen wurde Faber gegen zehn Uhr wach. Er setzte sich auf den Bettrand, rieb sich lange den Kopf, ging dann auf bloßen Füßen und mit halbgeschlossenen Augen zur Tür des Hauses. Unterwegs stieß er heftig gegen den Eßtisch, er fluchte, öffnete die Tür und sah hinaus.

Auf dem Vorplatz saß ein schwarzweiß gefleckter Köter mit Schlappohren, der ihn schwanzwedelnd begrüßte. Faber ging in die Küche und schnitt ein Stück Käse ab. Als er sich umwandte, stand der Köter bereits im Wohnzimmer, der Schwanz wedelte heftig. Faber sagte: »Du bist unverschämt, mein Lieber. Hast du keine Erziehung genossen?« Er kraulte den Köter zwischen den Ohren. Dann lockte er ihn mit dem Käse zur Tür, warf den Käse hinaus, der Köter sprang hinterher, Faber schloß die Tür.

Nachdem er unter der Dusche versucht hatte, seine Gedanken zu ordnen, ließ er sich von der Auskunft die Nummer des Bundestages in der Hauptstadt geben, rief dort an und fragte nach dem Abgeordneten Schweikart. In dessen Büro meldete sich ein Mitarbeiter, der Faber die Auskunft gab, Herr Schweikart sei im Ausschuß und werde erst am Nachmittag ins Büro zurückkehren. Faber legte auf und wählte die Nummer der Landesgeschäftsstelle der Allianz in N.

Die junge Sekretärin sagte ihm, Frau Spengler habe heute in Klosterheide zu tun, schlage Faber aber vor, morgen nach vierzehn Uhr im Hotel *Deutscher Kaiser* in N. nach ihr zu fragen, dann könne sie eine halbe Stunde erübrigen. Die Sekretärin wollte wissen, wo sie Faber, falls sich daran etwas ändere, erreichen könne. Er gab ihr seine Telefonnummer im Waldwinkel. Die Sekretärin fragte: »Und wie ist das da in Bracklohe?«

Faber sagte: »Toll. Ich möchte wissen, wie Sie auf den Gedanken gekommen sind, das sei nicht anrüchig hier.« Sie lachte und legte auf.

Faber trank eine Tasse Kaffee, zog sich an und machte sich auf den Weg nach Bracklohe. In dem Tabakladen am Marktplatz kaufte er einen Packen Zeitungen. Während die Frau in der schwarzen Kittelschürze ihm das Wechselgeld herausgab, knarrte der Sessel hinter dem Drehständer, der Mann in der Strickweste beugte sich vor und fragte: »Sind Sie von der Presse?«

»Ja. Warum?«

»Hat mich nur mal interessiert.« Der Mann verschwand wieder.

Faber setzte sich in das Café neben dem Rathaus, aß ein Brötchen und blätterte die Zeitungen durch. Dem Impressum des *Brackloher Boten* entnahm er, daß in dem schmalbrüstigen Fachwerkhaus gegenüber, über dessen Schaufenster ein Schild mit dem Titel der Zeitung angebracht war und das er für den Sitz einer Geschäftsstelle des Blatts gehalten hatte, die Redaktion selbst residierte.

Er stand schon vor dem Schaufenster, als er umkehrte und in den Feinkostladen eintrat. Er kaufte einen Karton des Rotweins, drei Büchsen mit Fertigsuppen, Obst, ein kleines Steinofenbrot und dreierlei Käse. Nachdem er die Einkäufe im Auto verstaut hatte, ging er noch einmal in den Laden, fragte nach der billigsten Hartwurst und ließ sich ein fingerlanges Stück davon abschneiden.

Die Redaktion des *Brackloher Boten* zählte drei Türen, die an einem langen, schmalen Flur hinter dem Tresen und den beiden Schreibtischen des Vorderzimmers lagen. Herr Großschulte, der im Impressum als Chefredakteur verzeichnet stand, amtierte hinter der letzten Tür. Die Tür stand offen. Das Mädchen, das Faber den Flur hinabgeführt hatte, klopfte an den Rahmen, beugte den Kopf vor und sagte: »Hier ist ein Herr Faber, der Sie sprechen möchte.« Faber trat ein.

Das kleine Zimmer war vollgestopft mit Möbeln, ein alter eichener Bücherschrank, der eine Seitenwand ausfüllte, reichte hinauf bis zu der niedrigen Decke. Hinter dem Schreibtisch, der mit Zeitungen und Papieren überladen war, saß ein breitschultriger Mann Mitte Sechzig. Der blaue Rauch aus seiner Pfeife schwebte langgestreckt über seinen struppigen grauen Haaren. Stapel von Zeitungen und Papieren waren auch auf den kniehohen Fensterbänken aufgeschichtet. Durch die Scheibengardinen der beiden Fenster war ein enger Hof zu sehen, über dessen Mauer die Zweige eines alten Lindenbaums hingen.

Der Mann legte die Pfeife ab, stand auf und reichte lächelnd die Hand über den Schreibtisch.

»Willkommen in Bracklohe! Na, wie gefällt's Ihnen im Waldwinkel?«

Faber nahm die Hand, hielt sie verblüfft einen Augenblick lang fest. »Woher wissen Sie denn, daß ich im Waldwinkel wohne?«

Der Mann schloß die Tür, wandte sich lächelnd zurück.

»Lieber Herr Kollege, auch in Bracklohe gibt es Journalisten. Oder haben Sie geglaubt, wir wissen nicht, was in unserer Stadt vorgeht?«

9

Während Faber sich in den Armstuhl vor dem Schreibtisch hineinwand, dachte er angestrengt über die Quelle nach, der Herr Großschulte seine Information verdanken mochte. Außer dem Vermieter Oldenburg wußte in Bracklohe nur das hilfsbereite Fräulein Koslowski, wo Faber wohnte. War es vorstellbar, daß die kleine Astrid sich nicht nur bei Herrn Oldenburg, sondern auch bei Petrus Großschulte hin und wieder ein Informationshonorar verdiente?

Der Chefredakteur ließ sich hinter dem Schreibtisch nieder, hielt ein Streichholz an die Pfeife, sah Faber paffend an. »Was kann ich denn für Sie tun?«

Faber spulte seine Geschichte ab, aber er hütete sich, die Reize Bracklohes, die ihm den Gedanken eingegeben hätten, das Porträt einer Kleinstadt zu schreiben, allzu dick aufzutragen. Er hob statt dessen den Anlaß hervor, der ihn nach Bracklohe geführt habe, nämlich den Parteitag der Allianz und nicht zuletzt das Meier-Flossdorfsche Kulturprogramm, über das er nach einem Interview mit dem Urheber bereits berichtet habe und am Wochenende weiter berichten werde. Dem Rechtsanwalt übrigens verdanke er auch den Hinweis auf Bracklohe, das er bis dahin, um die Wahrheit zu gestehen, gar nicht gekannt habe.

Als Faber zum erstenmal den Namen Meier-Flossdorf nannte, nahm Großschulte die Pfeife aus dem Mund und nickte beifällig. Er paffte wieder, nachdem Faber seine Geschichte in die Zielkurve gelenkt hatte und darlegte, daß eines der reizvollen Motive des Porträts, das ihm vorschwebe, wenn nicht das reizvollste überhaupt, natürlich die prominenten politischen Charaktere seien, die Bracklohe hervorgebracht habe. Als Faber nach der abermaligen Erwähnung Meier-Flossdorfs auch Traugott Kohlgrüber als ein Beispiel solcher Prominenz anführte, nahm Großschulte zum zweitenmal die Pfeife aus dem Mund. Aber dieses Mal gab er kein Zeichen der Zustimmung; er betrachtete vielmehr die Glut im Pfeifenkopf, griff nach dem Stopfer und stopfte die Pfeife nach.

Faber wartete. Großschulte sagte: »Kohlgrüber, na ja.«
»Wie meinen Sie das?«
Großschulte lächelte. Faber setzte nach: »Kohlgrüber hat nie Schlagzeilen gemacht, das ist sicher richtig. Aber zu seiner Zeit war er doch zweifellos ein bedeutender Mann?«
»Und schon vorher ein großer Intrigant.« Großschulte sah Faber an. »Darüber könnte Dr. Meier Ihnen was erzählen, da würden Ihnen aber die Haare zu Berg stehen.«
»Erzählen Sie doch mal.«
Großschulte stand auf, ging an einen Archivkasten in der Ecke, zog eine der unteren Schubladen heraus, suchte eine Weile in den Mappen, kam schließlich mit einem leicht lädierten Blatt zurück, das er Faber reichte. Auf das Blatt war ein Zeitungsartikel aufgeklebt, ein Ausschnitt der Titelseite des *Brackloher Boten* vom 6. September 1971. Die Schlagzeile lautete:

Dr. Meier unterliegt bei
Kampfabstimmung ehrenvoll
Nur 14 Stimmen fehlten ihm zum Landesvorsitz

Großschulte setzte sich wieder hinter den Schreibtisch, griff nach seiner Pfeife. Er deutete auf das Blatt. »Das hat Kohlgrüber gefingert. Der war damals Landesvorsitzender der Jungen Allianz. Und da hat er mit Lügen und mit den gemeinsten Tricks seine Leute so lange bearbeitet, bis die alle für Hermstorff gestimmt haben, das war der Gegenkandidat. Dr. Meier hat damals überlegt, ob er Kohlgrüber wegen übler Nachrede verklagt. Das hätte er besser mal getan.«

Faber starrte tief enttäuscht auf das Blatt.

Großschulte sagte: »Außerdem ist Kohlgrüber kein echter Brackloher. Nicht nur wegen dieser Geschichte. Der hat in Ihrem Porträt nichts zu suchen, wenn Sie mich fragen. Der ist doch schon vor dem Abitur von hier weggegangen, und danach hat er sich nie mehr blicken lassen. Für Bracklohe hat der nie einen Finger gerührt. Da war der Dr. Meier aus anderem Holz geschnitzt. Der hat sich bei jeder Gelegenheit für Bracklohe eingesetzt.«

Faber raffte sich auf. Er fragte: »Und wie war das mit Nikolaus Schweikart?«

»Schweikart?« Großschulte griff nach dem Pfeifenstopfer. »Na, der hat für Bracklohe nicht weniger getan.« Er sah Faber an. »Aber das versteht sich doch von selbst. Herr Schweikart ist ja schließlich unser Bundestagsabgeordneter.«

»Natürlich. Nein, ich wollte wissen, ob Kohlgrüber auch Herrn Schweikart geschadet hat?«

»Schweikart geschadet?« Großschulte lächelte schief. »Nein, nein. Dafür war der Herr Kohlgrüber nun doch eine Nummer zu klein.«

Das Telefon klingelte, Großschulte hob ab. »Ja?« Er hörte eine Weile zu, dann sagte er: »Ja, geht in Ordnung. Ich rufe zurück.« Er legte auf.

Faber wollte noch nicht aufgeben. Er fragte: »Auf wessen Seite stand Herr Schweikart denn damals?«

»Wann damals?«

»Bei der Auseinandersetzung zwischen Kohlgrüber und Dr. Meier. Oder war Schweikart daran gar nicht beteiligt?«

»Wissen Sie, wenn Sie das eine Auseinandersetzung nennen, tun Sie dem Herrn Kohlgrüber aber zuviel Ehre an.« Großschulte sah auf die Uhr. »Auf der Seite von Kohlgrüber standen nur diejenigen, denen Dr. Meier zu intelligent war und zu tüchtig.«

Faber, dessen Hoffnungen sich bereits aufgelöst hatten, entschloß sich zu einem letzten, gezielten Schuß. Er fragte: »Sind Herr Schweikart und Dr. Meier alte Freunde, ich meine, so, wie ich es von echten Bracklohern erwarten würde?«

Großschulte lächelte. »Ich weiß nicht, was Sie von den echten Bracklohern erwarten. Was meinen Sie denn mit alten Freunden?«

»Na ja, Freunde, die seit jeher miteinander durch dick und dünn gehen. Verschworene Kumpane.«

Großschulte legte die Pfeife ab. »Wissen Sie, ich bin ein Journalist der alten Schule. Ich kümmere mich um die Politik, aber nicht um das Privatleben der Politiker.« Er sah wieder auf die Uhr, sah dann Faber an. »Warum fragen Sie nicht die beiden selbst? Sie haben doch sicher auch zu Herrn Schweikart schon Kontakt aufgenommen?«

»Ich denke, daß ich ihn heute nachmittag im Bundeshaus erreichen kann.«

»Na, das wird für Sie sicher ein interessantes Gespräch werden.« Großschulte stand auf. »Tut mir leid, Herr Faber, aber ich muß jetzt was tun. Wir sind zwar nur eine kleine Zeitung, aber auch wir müssen jeden Tag rechtzeitig fertig werden.«

Faber überlegte, als er wieder auf dem Marktplatz stand, ob er ins Rathaus gehen und Astrid fragen solle, wieviel Herr Großschulte ihr für die kleinen Informationen bezahle. Aber die Vorstellung, er könne sie in Verlegenheit bringen, bereitete ihm ein Unbehagen. Er stieg ins Auto und fuhr in den Waldwinkel. Als er mit den Einkäufen, die Zeitungen unter den Arm geklemmt, zu seinem Haus hinaufstieg, trat der Köter ihm schwanzwedelnd entgegen. Faber sagte: »Du hast mir gerade noch gefehlt.«

Er schlug die Tür mit dem Fuß hinter sich zu, brachte die Einkäufe in die Küche, blieb stehen und lauschte. Vom Vorplatz hörte er ein dünnes Fiepen. Faber seufzte. Er packte die Hartwurst aus, schnitt eine Scheibe davon ab und ging damit zur Tür. In einiger Entfernung saß der Köter. Als er Faber sah, begann er wie wild mit dem Schwanz zu wedeln, fuhr sich mit der Zunge über die Lefzen, hob abwechselnd die Vorderläufe an.

Faber sagte: »Also, das ist jetzt noch mal eine Ausnahme. Danach gibt es nichts mehr.« Er warf dem Köter die Wurstscheibe zu, der Köter schnappte sie in der Luft auf und schlang sie hinunter. Faber wies ihm mit ausgestrecktem Arm den Weg. »Ab jetzt, mach, daß du nach Hause kommst! Pack dich!« Der Köter sah ihn aus den großen feuchten Augen an, wandte sich ab, lief den Abhang hinunter und verschwand.

Faber ging zurück in die Küche. Er zögerte, entkorkte dann eine Flasche Wein und trank einen Schluck. Mit dem Glas ging er ins Wohnzimmer. Er setzte sich an den Eßtisch und schlug sein Notizbuch auf.

Nachdem er gelesen hatte, was ihm am Vorabend noch als hoffnungsträchtiges Kalkül erschienen war, schrieb er: *Ein Indiz wie aus dem Bilderbuch. Richtig. Ende d. Fahnenstange. Diesen Roman hat M-F fabriziert, d. Erbfeind von Kohlgrüber. Ich könnte noch herausfinden, ob auch M-F einen Sohn hat. Hat er wahrscheinlich. Aber ich kann genausogut n. Hause fahren.*

Während Faber den letzten Satz schrieb, schlug vor dem Haus eine Fahrradklingel an, das schrille Scheppern wiederholte sich ein paarmal, dann klopfte jemand an die Tür. Faber öffnete. Vor ihm stand Astrid Koslowski, sie lehnte das Fahrrad an die Wand und lachte Faber an.

»Hab ich Sie beim Mittagsschläfchen gestört? Tut mir leid, aber um eins muß ich wieder im Büro sein.« Sie sah sich im Wohnzimmer um, warf einen Seitenblick auf das Weinglas, beugte den Kopf zur Seite, um in die Küche hineinzusehen, und legte einen großen Umschlag, den sie aus ihrer Schultertasche zog, auf den Eßtisch. »Ich hab Ihnen was mitgebracht. War nicht einfach auf die Schnelle, aber vielleicht können Sie ja was damit anfangen.«

Faber öffnete den Umschlag. Er enthielt ein Bündel von Fotokopien zumeist von Ausschnitten aus dem *Brackloher Boten*. Ein Interview mit dem Professor Gisbert von der Heydt war dabei, auch eine Notiz unter der Überschrift *Kunstmaler von der Polizei abgeführt*, Artikel über den Chefarzt des Kreiskrankenhauses, der auf einem internationalen Kongreß von Proktologen ein Referat gehalten hatte, und einen Radsportler der RSG Bracklohe, der bei den Deutschen Meisterschaften der Querfeldein-Fahrer Zweiter geworden war.

Sie sagte: »Das haben wir alles im Stadtarchiv. Nicht schlecht, was?« Faber gab keine Antwort. Er hatte einen drei Wochen alten Artikel gefunden, dessen Überschrift lautete: *Abg. Schweikart bewirbt sich um Landesvorsitz der Allianz*.

Faber überflog den Text. Der Autor, der mit *pgs* zeichnete, war nach dem Vorspann auf den überraschenden Tod des ehemaligen Landesvorsitzenden Heinrich Hermstorff eingegangen, der mit großem Erfolg neunzehn Jahre lang die Partei geführt habe, aber schon in den vergangenen fünf Jahren von Schweikart als einem der stellvertretenden Vorsitzenden tatkräftig unterstützt worden sei. Auch deshalb, so argumentierte *pgs* im folgenden, nicht zuletzt aber wegen der herausragenden Führungsqualitäten Schweikarts dränge sich seine Wahl zum Nachfolger Hermstorffs geradezu auf. Zusätzlich falle ins Gewicht, daß der Abgeordnete bekanntlich nach einundzwanzig Jahren verdienstvoller Arbeit im Parlament der Hauptstadt sich bei der bevorstehenden Bundestagswahl nicht mehr um das Direktmandat des Wahlkreises Bracklohe bewerbe, seine Kräfte also uneingeschränkt in den Dienst der Landespartei stellen könne und dies gewiß auch tun werde.

Von Wiltrud Spengler und ihrer Bewerbung um den Landesvorsitz war in dem Artikel nicht die Rede.

»Ist das interessant?« Sie war neben ihn getreten, Faber

roch die Baby-Seife. Er sagte: »Das weiß ich nicht. Kann sein.« Er sah sie an. Ihre Arme hatte sie über dem Parka verschränkt, der sie noch ein wenig rundlicher aussehen ließ. Sie lächelte mit unverkennbarem Stolz. »Aber das Beste haben Sie noch gar nicht gesehen.«

Faber sah den Rest der Blätter durch. Zuunterst fand er die Kopie eines Aktenstücks, das den Kopf *Städtisches Nikolaus-von-Kues-Gymnasium zu Bracklohe* trug. Es war die Namensliste des Abiturjahrgangs 1950. In der alphabetischen Reihenfolge standen sowohl Meier-Flossdorf, Erwin Theodor, als auch Schweikart, Nikolaus Cyprian, verzeichnet.

»Wissen Sie, wie ich darauf gekommen bin?« Die braunen Augen funkelten. »Ich hab nachgesehen, wann Schweikart geboren ist. Und dann brauchte meine Freundin im Schulamt nicht mehr lange nachzuschlagen.« Sie zog die dichten Brauen hoch. »Aber das dürfen Sie keinem zeigen, sonst bekommt meine Freundin Ärger!«

»Natürlich nicht. Das bekommt keiner zu sehen.«

Sie nickte. »Okay, ich verlaß mich auf Sie.«

Faber sagte: »Entschuldigen Sie, ich hab Ihnen nicht mal einen Stuhl angeboten.«

Sie zog den Parka aus, warf ihn über den Sessel und ließ sich am Eßtisch nieder, zupfte den Pullover über den runden Brüsten locker. »Aber viel Zeit hab ich nicht mehr.«

Faber zögerte, dann fragte er: »Möchten Sie ein Glas Wein?« Sie zog die Brauen hoch, schüttelte den Kopf. »Doch nicht um diese Zeit.« Sie sah Faber zweifelnd an. »Können Sie denn danach noch arbeiten?«

»Warum denn nicht?« Er schob die Papiere zusammen. Sie sah ihm schweigend zu. Faber fragte: »Oder möchten Sie vielleicht was essen?«

»Was haben Sie denn da?«

»Käse, Brot. Oder wie wär's mit einer Fertigsuppe?«

»Ach nein, lieber nicht!« Sie wedelte abwehrend mit den

molligen kleinen Händen, lachte. »Ich muß sowieso abnehmen.«

Faber schüttelte lächelnd den Kopf, als sehe er diese Notwendigkeit nicht ein.

»Aber einen Apfel würde ich essen, wenn Sie einen dahaben.«

»Hab ich.« Faber ging in die Küche und holte einen Apfel. Sie biß ein großes Stück ab. Als Faber sich zu ihr gesetzt hatte, sagte sie mit vollem Mund: »Ich hab noch was.«

»Was denn?«

»Gestern abend ist bei mir der Groschen nicht gefallen. Mit Lukas Schweikart, meine ich. Ich hab immer nur an ein richtiges Fotomodell gedacht, mit Titelbildern und so.«

»Und woran denken Sie jetzt?«

Sie sah auf den Apfel, als suche sie die beste Stelle für den nächsten Biß. »Der Lukas Schweikart ist mal mit einer Verkäuferin aus dem Schreibwarenladen in der Klopstockstraße gegangen. Ziemlich lange, aber das ist schon ein paar Jahre her, da hat er noch studiert.« Sie biß in den Apfel.

»Eine Verkäuferin?«

Sie kaute. Dann sagte sie: »Ja, eine Verkäuferin. Aber soviel ich weiß, hat die dem Hajo Schneidewind schon mal Modell gestanden.« Sie wischte sich mit dem Fingerrücken über den Mundwinkel. »Nackt.«

Faber griff nach dem Weinglas.

Sie sagte: »Aber da war die Sache mit Lukas Schweikart schon vorbei. Da war der schon verheiratet, glaube ich.«

»Und wie heißt die Verkäuferin?«

»Weiß ich nicht mehr. Die ist auch schon lange weg von Bracklohe. Weiß gar nicht, wohin die gegangen ist.«

Sie biß in den Apfel. Faber, der angestrengt nachdachte, schwieg. Er trank ein paar Schlucke Wein. Nach einer Weile sagte sie: »Glauben Sie mir etwa nicht?«

Er sah sie an. »Warum soll ich Ihnen nicht glauben?«

»Frag ich mich auch.«

Faber stand auf. Er sah aus dem Fenster, wandte sich dann zurück. »Herrn Großschulte kennen Sie?«

»Den Pe-Ge-Es? Natürlich kenn ich den.«

»Aber Sie arbeiten nicht für ihn?«

Sie ließ die Hand mit dem Rest des Apfels sinken. »Für den Kotzbrocken? Wie kommen Sie denn darauf? Ich arbeite bei der Stadtverwaltung, das wissen Sie doch!«

»Ja, das weiß ich. Aber können Sie mir mal erklären, wieso Herr Großschulte weiß, daß ich hier wohne?«

Sie starrte Faber an. Plötzlich sprang sie auf, sah auf ihre Hand, lief in die Küche und warf den Rest des Apfels in den Abfalleimer. Sie kam zurück, riß den Parka vom Sessel und lief zur Tür. Faber holte sie ein, er hielt die Tür fest, während sie an der Klinke zerrte.

Faber sagte laut: »Jetzt machen Sie doch nicht so ein Theater, verdammt noch mal! Ich werd Sie doch mal was fragen dürfen!«

»Sie wollten mich doch gar nichts fragen! Sie glauben, ich hab dem Pe-Ge-Es gesteckt, wo Sie wohnen!« Ihre Lippen waren halb geöffnet, sie zitterten. Die braunen Augen füllten sich mit Tränen.

»Mein Gott, ich hab's nicht bös gemeint!« Faber holte tief Atem. »Ich hab mich nur gewundert, woher der weiß, daß ich hier wohne.«

»Das weiß ich doch nicht, woher der das weiß!«

»Ja, ja, ist ja gut.«

Zwei Tränen kullerten über die runden Wangen. Faber wischte sie ihr mit dem Handrücken ab. Er sagte: »Wahrscheinlich hat er es von Herrn Oldenburg erfahren. Wäre doch möglich, oder?«

Sie gab keine Antwort. Sie nahm die Hand von der Klinke, schob die Finger in die Tasche ihrer Jeans, zog ein kleines blütenweißes Taschentuch heraus und tupfte sich die Augen.

Faber sah ihr zu. Dann sagte er: »Wie wär's denn, wenn wir heute abend essen gingen?«

Sie wischte sich die Augenwinkel aus, sah auf das Tuch, faltete es sorgfältig zusammen. Schließlich sah sie Faber an. »Um wieviel Uhr denn?«

»Vielleicht um sieben?«

Sie steckte das Tuch ein, klopfte auf die Tasche. Faber gab die Tür frei, als sie wieder nach der Klinke griff. Sie öffnete die Tür und sagte: »Ich weiß noch nicht, ob ich kann. Ich ruf Sie an.« Sie ging hinaus.

Auf dem Vorplatz saß der Köter. Sie schwenkte heftig die Hand. »Hau ab, Berni!« Der Köter wich zurück, hob einen Vorderlauf und bellte.

Faber trat auf den Vorplatz. »Kennen Sie den Hund?«

»Ja, das ist Berni.« Sie streifte den Parka über. »Der gehört den Krögers unten im Lerchenweg. Aber die lassen ihn den ganzen Tag herumlaufen. Ich nehm ihn mit.«

Sie schwang sich auf ihr Fahrrad, stellte sich auf den Rücktritt und hoppelte den Hang hinunter, scheuchte mit einer Hand den Köter. »Los, komm, Berni! Hier gibt es nichts zu fressen. Komm mit mir! Happi, happi!« Der Köter blickte noch einmal zu Faber zurück, dann lief er neben dem Fahrrad her, sah zu ihr auf.

Faber blieb auf dem Vorplatz stehen, bis er die helle Stimme, die immer wieder den Köter antrieb, nicht mehr hören konnte. Dann setzte er sich an den Eßtisch und sah die Unterlagen noch einmal durch. Nach einer Weile griff er nach seinem Notizbuch und schrieb: *Ruhe! Nicht so schnell aufgeben! Eine Verkäuferin: Das macht Sinn. Nicht ein Model hat Lukas, sondern L. hat eine Verk. zur Abtreib. genötigt. Sie war ihm lästig geword. Und natürl. hat der Alte in s. Roman auch diese Geschichte verdreht u. geschönt: Der Frau d. Schuld in d. Schuhe geschob.! Den Sohn entlastet!*

Unversehens stand Faber auf, ging ans Telefon und wählte Schneidewinds Nummer. Der Anschluß war besetzt. Er versuchte es nach ein paar Minuten wieder, aber noch immer war das Besetztzeichen zu hören.

Nachdem er den Artikel über Schweikarts Kandidatur abermals gelesen hatte, dachte er eine Weile nach. Schließlich ging er ans Telefon und rief die Auskunft an. Er fragte nach der Nummer von Traugott Kohlgrüber in Fahrenholz. Es dauerte einige Zeit, bis die Telefonistin sich wieder meldete. Sie sagte: »Es tut mir leid, aber ich kann Ihnen die Nummer des Teilnehmers nicht geben.«
»Und warum nicht?«
»Das ist eine Geheimnummer.«
Faber ging mit dem Weinglas in die Küche, wollte das Glas füllen, zögerte, kehrte um und wählte Schneidewinds Nummer. Der Anschluß war noch immer besetzt. Faber warf den Hörer auf die Gabel. Er zog Jacke und Mantel an, verließ das Haus und fuhr zu Schneidewinds Adresse.
Vor dem alten Backsteinhaus spielten ein paar Kinder, als er aus dem Auto stieg. Sie folgten ihm bis zu dem Gittertor der Einfahrt, blieben dort stehen und beobachteten kichernd, wie er zwischen den schlammigen Pfützen seinen Weg in den Hinterhof suchte. Im Garten neben der Einfahrt arbeitete breitbeinig gebückt eine Frau. Sie richtete sich auf und blickte hinter Faber her.
Auf der altersdunklen Backsteinwand neben dem Tor der Werkstatt entdeckte er ein kleines blankes Messingschild mit dem gravierten Namen *Hajo Schneidewind*, das er im Dunkeln übersehen hatte. Er klopfte ein paarmal an das Tor, aber in der Werkstatt regte sich nichts. Faber unterdrückte das unbehagliche Gefühl, daß er aus den Hoffenstern des Backsteinhauses beobachtet werde, er drehte sich nicht um. Nachdem er noch einmal vergeblich geklopft hatte, drückte er auf die Klinke der kleinen Tür im Werkstattor. Die Tür ließ sich öffnen. Faber trat ein und rief: »Hallo? Herr Schneidewind?«, aber er erhielt keine Antwort.
Ein helles, grauweißes Licht fiel durch die breiten Scheiben, die in die rückwärtige Hälfte des Satteldachs eingesetzt waren. An der linken, fensterlosen Wand der Werkstatt hing

eine riesige Leinwand, davor standen eine Treppenleiter und eine breite Werkbank, die eine buntscheckige Ansammlung von Farbtöpfen, Tiegeln und Flaschen trug. Die Leinwand war von Rand zu Rand in Blau und Rot grundiert, nur in der linken, oberen Ecke waren helle, zerplatzende Farbkompositionen, die die Assoziation von Explosionen hervorriefen, auf die Grundierung aufgetragen. Eine Grundierung in Blau und Rot trugen auch zwei kleinere Leinwände, die unter den Dachfenstern auf Staffeleien standen. An der Wand eines Verschlags auf der rechten Seite der Werkstatt lehnte senkrecht ein Stapel von Bildern in verschiedenen Größen.

Die Tür, die in den Verschlag führte, stand offen. Faber rief: »Herr Schneidewind?« Als er wieder keine Antwort erhielt, trat er an die Tür des Verschlages. Im Halbdunkel hinter den geschlossenen Fenstervorhängen brannte eine Stehlampe. Faber sah auf der Ecke eines Tisches, der mit Töpfen, schmutzigen Gläsern und Tellern, Büchern, Zeitungen, Tassen und Flaschen beladen war, das Telefon. Der Hörer war ausgehängt, er lag neben dem Apparat.

Faber spürte, daß sein Hals trocken wurde. Er räusperte sich zweimal. Dann raffte er sich zusammen und tat einen Schritt in den Verschlag hinein.

Auf einem breiten, mit bunten Kissen und Wolldecken vollgestopften Bett lag rücklings in Hose und Hemd ein bärtiger Mann von Mitte Vierzig. Seine Augen waren geschlossen, der Mund stand offen, sein rechter Arm hing über den Rand des Bettes. Faber lauschte, aber er konnte den Mann nicht atmen hören. Er sagte: »Herr Schneidewind?«

Der Mann bewegte sich nicht. Faber räusperte sich und trat noch einen Schritt vor.

Der Mann öffnete die Augen und sah Faber an. »Was willst du?« Die Stimme klang belegt, aber keineswegs so, als sei der Mann eben erst erwacht.

Faber tat einen tiefen Atemzug, dann lachte er. »Na, Gott sei Dank, ich hab schon gedacht, Sie sind tot.«

»Was willst du?«
»Tut mir wirklich leid, wenn ich Sie gestört habe. Mein Name ist Alexander Faber, ich bin Journalist...«
»Das weiß ich. Ich hab dich gefragt, was du willst.«
Faber fixierte den Mann. Der Mann gab den Blick zurück, ohne eine Regung zu zeigen. Faber sagte: »Wenn Sie wissen, wer ich bin, dann wissen Sie ja wahrscheinlich auch, was ich will.«
»Warum sagst du's mir nicht selbst?«
Faber unterdrückte die Wut, die in ihm aufstieg. »Ich glaube nicht, daß das einen Sinn hätte. Ich wünsche weiterhin angenehme Ruhe.« Er wandte sich zur Tür.
Der Mann sagte: »Du willst was Süffiges über Bracklohe schreiben. Und da fällt dir nichts Besseres ein, als die kleine Astrid loszuschicken.«
Faber blieb stehen. »Hat sie Ihnen von mir erzählt?«
»Natürlich hat sie das. Oder meinst du, ich quetsch sie nicht aus, wenn sie versucht, mich auszuquetschen?« Schneidewind angelte nach einer Weinflasche, die neben dem Bett stand, setzte die Flasche an den Mund und trank. Er setzte die Flasche ab. »Warum willst du wissen, wo die Freundin von Lukas Schweikart abgeblieben ist? Willst du diesem Arschkneifer was anhängen?«
Faber fragte: »Wo ist die Freundin denn abgeblieben?«
Schneidewind sagte: »Mach, daß du rauskommst.«
»Und warum wollen Sie mir nicht sagen, wo sie abgeblieben ist?«
»Ich kenne euch Brüder doch. Man kann euch erzählen, was man will, und am Ende schreibt ihr doch nur Scheiße.« Er richtete sich auf, stützte sich auf den Ellbogen, sah Faber an, der den Blick zurückgab. Unversehens schrie Schneidewind: »Du sollst machen, daß du rauskommst!«
Faber sagte: »Leck mich am Arsch.« Er ging und schlug die Tür der Werkstatt hinter sich zu.
Die Frau im Garten nebenan richtete sich wieder auf, als

Faber vorüberging. Die Kinder waren verschwunden. Faber blieb eine Weile im Auto sitzen. Schließlich nahm er den Autoatlas heraus und suchte die Route nach Fahrenholz. Die Fahrt dorthin mußte in längstens zwei Stunden zu schaffen sein.

Es ging auf vier Uhr zu, als Faber in Fahrenholz eintraf. Er fuhr bis ans Ende des Dorfs, wendete auf der Landstraße und fuhr zurück. Einen alten Mann, der mit einem Reisigbesen die Einfahrt eines Hofs kehrte, fragte er, wo Herr Kohlgrüber wohne, Traugott Kohlgrüber. Der alte Mann wies ihn in eine Seitengasse.

Faber folgte der Gasse, die sich zwischen Backsteinmauern und grüngestrichenen Holztüren aus dem Dorf hinauswand, kam auf einen Feldweg und fand nach dreihundert Metern das Haus, einen alten, säuberlich renovierten Bauernhof hinter Bäumen und einer dichten Hecke. Er rangierte das Auto auf den Wegrand, stieg aus und trat an die Hecke.

Nicht weit entfernt sah er eine Leiter, die in die Krone eines der Bäume hinaufreichte, und auf der Leiter ein paar Gummistiefel. Er rief: »Hallo!« Die Gummistiefel bewegten sich.

Ein grauhaariger Mann mit einem zerfurchten Gesicht kam die Leiter herabgestiegen. Er blieb am Fuß der Leiter stehen. Faber suchte nach einer Ähnlichkeit mit den wenigen Zeitungsfotos, die von Kohlgrüber veröffentlicht worden waren, aber er fand sie nicht.

Der Mann setzte sich in Bewegung und kam langsam heran. Als er die Hecke erreicht hatte, sagte Faber: »Entschuldigen Sie bitte, sind Sie Herr Kohlgrüber?«

»Ja. Um was geht's denn?«

Faber stellte sich vor. Als Kohlgrüber begann, den Kopf zu schütteln, sagte Faber beschleunigt, er sei eigentlich nach N. gekommen, um über das Kulturprogramm von Herrn Meier-Flossdorf zu berichten, aber mittlerweile erscheine ihm die Auseinandersetzung um den Landesvorsitz der Partei sehr viel interessanter, zumal er nun auch Frau Doktor Spengler kennengelernt habe. Und er habe gehofft, daß er, Kohlgrüber, als Kenner der Partei ihm ein wenig mehr über die Konkurrenz zwischen Frau Spengler und Herrn Schweikart sagen könne, vielleicht auch das eine oder andere, das sich in einer Vorschau auf den Parteitag verwerten lasse.

Kohlgrüber sah auf seine Gummihandschuhe. Nach einer Weile hob er den Blick. »Für wen berichten Sie denn?«

Faber zählte die Redaktionen auf, deren Feuilletons er belieferte. Er fügte zwei hinzu, die ihm den letzten Beitrag vor gut einem Jahr abgenommen hatten.

Kohlgrüber, der sich wieder seinen Gummihandschuhen zugewendet hatte, sah Faber an. »Dann kommen Sie mal rein.« Er zog die Handschuhe aus.

10

Kohlgrübers Arbeitszimmer, zu dem die ehemalige Remise des Hofs umgebaut worden war, ähnelte einer Bibliothek. In die Toröffnung war ein hohes Fenster eingesetzt worden, dahinter standen ein breiter Schreibtisch und eine Sesselgruppe mit einem geräumigen Sofa, das mit seinen Decken und Kissen als bequeme Liegestatt geeignet war, aber die übrige Einrichtung bestand im wesentlichen aus Bücherregalen, die ringsum bis zu der Holzdecke hinaufreichten. In halber Höhe unter der Decke war an den Regalen entlang ein Wandelgang aus massiven Dielen eingezogen, zu dem eine schmale Stiege hinaufführte.

Faber blieb vor der Vitrine stehen, die zur Rechten des Schreibtischs in die Regalwand eingebaut war. Auf den Glasböden der Vitrine standen und lagen in einer offenbar sorgfältig arrangierten Ordnung Bücher, von denen die meisten die Spuren eines hohen Alters trugen. Bei einigen waren die

Titelblätter aufgeschlagen. Faber überflog die Titel, er fand die Namen Gellert, Klopstock, Schubart, Zinzendorf. Er wandte sich um zu Kohlgrüber, der einen Wandschrank geöffnet hatte und darin hantierte.

»Ich hab gelesen, daß Sie Erstausgaben sammeln. Aber ich hab nicht geahnt, daß Sie eine solche Menge von Kostbarkeiten zusammengetragen haben.«

»Ich hab vor vierzig Jahren damit angefangen.« Kohlgrüber stellte zwei Tassen auf den Sofatisch. »Verstehen Sie was davon?«

»Leider nicht viel. Ich hab zwei Semester lang bei den Bibliothekaren reingerochen.« Faber lachte. »Aber ein gutes Stück besitze ich immerhin.«

»Was ist das?«

»Eichendorff, *Ahnung und Gegenwart*.«

»Lassen Sie mich raten.« Kohlgrüber, der an den Wandschrank zurückgekehrt war, sah über die Schulter. »Nürnberg, achtzehnhundertfünfzehn?«

»Donnerwetter, ja!«

»Wie sind Sie daran gekommen?«

»Sie werden's vielleicht nicht glauben.« Faber lachte. »Ich hab's in einem Antiquariat in Quito gefunden. Es hat mich fünf Dollar gekostet.«

»Beneidenswert. Das sind die Erfolgserlebnisse, die einen mit dem Leben versöhnen.«

»Aber Sie können doch jetzt ganz gezielt auf die Suche gehen.« Faber beobachtete Kohlgrüber, der ihm den Rücken zuwandte. »Ich stelle mir das herrlich vor, im Ruhestand zu leben und uneingeschränkt einer solchen Leidenschaft frönen zu können.«

»Ja, das hab ich mir auch mal so vorgestellt.« Kohlgrüber stellte ein Stövchen auf den Sofatisch und zündete das Teelicht an. »Aber mit der Leidenschaft, das ist so eine Sache. Die Leidenschaft mag Ihnen erhalten bleiben. Aber das Lustvermögen schwindet.«

Er lächelte. Dann trat er neben Faber an die Vitrine, musterte die Bücher. »In den vergangenen Jahren ist nicht mehr viel dazugekommen.« Er sah Faber an und begann zu zitieren:

> *Der Mensch von schweren Lasten*
> *Der Arbeit unterdrückt,*
> *Begehret auszurasten,*
> *Steht schläffrig und bedrückt.*

Faber schwieg eine Weile, dann fragte er: »Von wem ist das?«
»Zinzendorf.« Kohlgrüber wies in die Vitrine. »Aus den Teutschen Gedichten. Abend-Gedanken, im Oktober.« Er wandte sich ab. »Warum setzen wir uns nicht? Der Tee ist gleich fertig.«
Er ließ sich gegenüber von Faber nieder, beugte sich noch einmal vor und prüfte mit den Fingerspitzen die Temperatur des Stövchens, lehnte sich schließlich zurück und sah Faber an.
»Was haben Sie in Quito gemacht?«
»Ich bin drei Jahre lang durch Lateinamerika getrampt.«
»Also nicht als ständiger Korrespondent?«
»Nein, nein. Ich hab frei gearbeitet, Reportagen geschrieben.« Faber lachte. »Irgendwann sind sie auch gedruckt worden. Aber das hat lange gedauert.«
Kohlgrüber nickte. Die wasserblauen Augen ließen Faber nicht los. »Und nach N. sind Sie jetzt gekommen, um über das Kulturprogramm von Herrn Meier-Flossdorf zu berichten?«
»Ja. Das war der Ausgangspunkt.«
Kohlgrüber schlug die Beine übereinander. »Wenn ich das richtig verstehe, sind Sie von Hause aus kein politischer Journalist?«
»Von Hause aus nicht.« Faber lachte. »Das heißt, wenn Sie die Kulturpolitik nicht zur Politik rechnen wollen.«

Kohlgrüber reagierte nicht. Faber, dem klar wurde, daß er bei dieser Art Verhör in eine peinliche Enge geraten könnte, versuchte den Ausbruch. Er sagte: »Ich habe mich immer zwischen den Ressorts bewegt. Ich weiß nicht, wie Sie darüber denken, aber die strikte Trennung zwischen der Politik, einer Politik im eingeschränkten Sinne, meine ich, und der Kultur halte ich für... unproduktiv.«

»Warum das?«

»Weil es weder den Politikern noch den Künstlern, oder sagen wir: den Kulturschaffenden, bekommt, wenn sie sich gegeneinander abschotten. Oder wenn sie sich damit begnügen, daß sie von dem, was die jeweils anderen da treiben, ohnehin nichts verstehen. Ich weiß nicht, ob Sie mir zustimmen, aber ein Politiker, der von der Kultur keine Ahnung hat, ist doch ebenso unerträglich wie ein Künstler, der sich nur für sein Werk interessiert.«

Faber überlegte noch, wie er diese Banalitäten auffüllen und ihnen ein größeres Gewicht verleihen könne, als Kohlgrüber, statt zu antworten, die nächste Frage stellte: »Und wie haben Sie Frau Spengler kennengelernt?«

»Ich bin mit ihr im Aufzug steckengeblieben.« Faber lachte. »Tatsächlich. Gestern morgen, in der Landesgeschäftsstelle der Allianz. Aber ich hätte sie bei der Vorbereitung auf den Parteitag natürlich auch ohne diesen Zufall kennengelernt. Und für morgen nachmittag bin ich mit ihr verabredet.« Als Kohlgrüber schwieg, fragte Faber: »Wie schätzen Sie denn ihre Chancen ein?«

Kohlgrüber rieb sich das Kinn. Er ließ einige Zeit vergehen, bevor er sagte: »Wenn es nach der Qualifikation geht, wird sie die Wahl gewinnen.«

»Sie halten Herrn Schweikart für weniger qualifiziert?«

Kohlgrüber stand auf. Während er den Tee eingoß, fragte er: »Haben Sie schon mit Herrn Schweikart gesprochen?«

»Nein, noch nicht.« Faber sah auf die Uhr. Ihm fiel ein, daß er Schweikart um diese Zeit hätte anrufen sollen. »Er ist im

Bundestag noch beschäftigt, aber ich hoffe, daß ich ihn bald erreichen und ein Gespräch verabreden kann.«
»Er wird sich nicht lange bitten lassen.«
Faber schöpfte Hoffnung, er wollte diese offenkundig abfällige Bemerkung aufgreifen, aber Kohlgrüber stellte abermals eine Frage: »Und wie sind Sie auf mich gekommen?« Er ließ sich nieder, sah Faber an.
Der kritische Punkt war erreicht, aber diese Frage traf Faber nicht unvorbereitet. Er sagte: »Ich kenne Ihren Namen natürlich aus Ihrer Zeit im Kanzleramt.« Alsdann entfaltete er die Antwort, die er sich auf der Fahrt nach Fahrenholz zurechtgelegt hatte und die ihm sowohl halbwegs plausibel als auch provokant genug erschienen war.
Er sagte, er habe in Bracklohe, auf das Herr Meier-Flossdorf ihn aufmerksam gemacht habe, Logis genommen, um vor dem Parteitag noch ein paar Tage auszuspannen, aber dann sei ihm, nachdem er sich ein wenig umgesehen habe, der Gedanke gekommen, eine Reportage über Bracklohe zu schreiben, eine jener Reportagen übrigens, die zwischen den Ressorts angesiedelt seien und die er besonders gern schreibe. So sei er zum *Brackloher Boten* gegangen und habe dort von Herrn Großschulte erfahren, daß neben Herrn Meier-Flossdorf und Herrn Schweikart auch der Ministerialdirektor Kohlgrüber in Bracklohe geboren sei.
Kohlgrüber lächelte, als Faber den Namen Großschulte nannte. Faber sagte, einiges an den Auskünften des Chefredakteurs habe ihn allerdings merkwürdig berührt, von ein paar sibyllinischen Andeutungen zur Person Herrn Kohlgrübers, die er nicht verstanden habe, einmal ganz abgesehen.
So sei Herr Großschulte beharrlich seiner Frage ausgewichen, ob Meier-Flossdorf und Schweikart enge politische Freunde seien, einer Frage, die doch zur Einschätzung der Mehrheitsverhältnisse bei der Wahl des neuen Parteivorsitzenden interessant und eigentlich ganz unverfänglich sei. Auch habe Großschulte die Kandidatur von Frau Spengler

mit keinem Wort erwähnt. Da er auf der anderen Seite Herrn Kohlgrüber als einen Mann von großem Einfluß in der Partei geschildert habe, sei er, Faber, kurzerhand nach Fahrenholz gefahren, um sich solidere Informationen zu beschaffen, nicht zuletzt über Frau Spengler, die er für eine ausgezeichnete Kandidatin halte.

Faber lehnte sich zurück, lächelte, breitete die Hände aus und ließ sie auf die Oberschenkel fallen. »Ja, und so sitze ich jetzt mit einigen Hoffnungen vor Ihnen.«

Kohlgrüber nahm einen Schluck Tee. Dann fragte er: »Was waren das denn für Andeutungen zu meiner Person?«

Faber schüttelte den Kopf. »Ich hab das, wie gesagt, nicht verstanden, vielleicht hab ich's auch mißverstanden. Ich will Herrn Großschulte nicht unrecht tun, aber es klang so, als wolle er andeuten, daß Sie... oder sagen wir: daß bei Ihrer Entlassung in den Ruhestand nicht nur gesundheitliche Gründe eine Rolle gespielt haben.«

Faber wartete gespannt. Unversehens durchfuhr ihn die Furcht, Kohlgrüber könne ans Telefon gehen und Großschulte unverzüglich zur Rede stellen. Aber Kohlgrüber blieb sitzen. Nach einer Weile schüttelte er den Kopf. Er sagte: »Das ist und bleibt ein gefährlicher Schwätzer.«

Faber hob die Hände. »Es war nichts Greifbares, verstehen Sie? Und vielleicht hab ich ihn ja auch völlig mißverstanden.«

»Kann schon sein. Aber das gehört zu den Methoden von Herrn Großschulte. Er liebt es, sich mißverständlich auszudrücken.« Kohlgrüber stand auf, ging zum Fenster, wandte sich nach einem Blick hinaus zurück zu Faber. »Ich nehme an, er hat Ihnen auch seine Version meiner Auseinandersetzungen mit Meier-Flossdorf und Schweikart aufgetischt?«

Faber versuchte, seine jähe Hoffnung zu kontrollieren. Er sagte: »Was Meier-Flossdorf angeht, ja, sogar ziemlich ausführlich. Aber Ihr Verhältnis zu Schweikart hat er mehr oder weniger abgetan.«

»Was hat er denn dazu gesagt?«

Faber lächelte. »Ich bitte Sie um Ihr Verständnis, Herr Kohlgrüber...«

»Ja, ja, schon gut. Aber dann sollen Sie auch meine Version erfahren.« Er setzte sich wieder, lehnte sich zurück, stützte die Ellbogen auf die Sessellehnen und legte die Fingerspitzen aneinander. »Meier und Schweikart, diese beiden Freunde aus Bracklohe, haben schon vor Jahrzehnten versucht, die Partei unter ihre Fuchtel zu bringen. Als Schweikart sich im Jahre neunundsechzig zum erstenmal um das Direktmandat bewarb, bin ich dagegen aufgestanden, aber ich bin auf die Nase gefallen, er hat das Mandat bekommen und die Wahl gewonnen. Was übrigens kein Kunststück war, denn Bracklohe ist seit jeher ein bombensicherer Wahlkreis für die Allianz gewesen.«

Er griff in die Hosentasche, zog ein Taschentuch heraus und fuhr sich damit über den Nacken. »Als zwei Jahre später auch noch Meier-Flossdorf antrat und Landesvorsitzender werden wollte, bin ich wieder aufgestanden. Und diesmal hab ich es geschafft, er ist durchgefallen, zum Segen der Partei, obwohl das Problem damit nicht ausgestanden war.«

Er sah auf das Taschentuch, steckte es ein, holte tief Atem. Dann griff er in die Jackentasche, brachte eine kleine Dose hervor, die er aufschnappen ließ, steckte mit zwei Fingern eine Pille in den Mund und trank die Teetasse leer.

Faber, der zu sehen glaubte, daß das zerfurchte Gesicht an Farbe verlor, sagte: »Fühlen Sie sich nicht gut? Ich muß mich entschuldigen, ich wollte Sie nicht strapazieren.«

»Nein, nein, ich muß nur ab und zu meine Pille nehmen.« Er schloß den Deckel der Dose und steckte sie ein. »Und was nun diesen Parteitag am Wochenende angeht, da sind die Verhältnisse ebensoklar. Die Vertreterversammlung im vergangenen Sommer hat Herrn Schweikart nicht mehr als Direktkandidaten im Wahlkreis Bracklohe aufgestellt, und der Platz auf der Landesliste, der für ihn übriggeblieben ist, reicht wahrscheinlich auch nicht für den Bundestag. Das ist bitter für Herrn Schweikart, das verstehe ich. Aber daß er jetzt, bloß um nicht aufs Altenteil zu geraten, Landesvorsitzender werden will, das ist für die Partei keine Lösung. Die Lösung wäre Frau Spengler, eine hervorragende Lösung sogar.«

Er beugte sich vor, streckte den Arm nach der Teekanne aus und füllte seine Tasse. Er hielt Faber die Kanne entgegen. »Wollen Sie auch noch?«

»Nein, danke.«

Kohlgrüber trank in kleinen Schlucken die Tasse leer.

Faber sagte: »Ich weiß nicht, aber es muß für Herrn Schweikart ja auch sehr bitter sein, daß seine ehemalige Mitarbeiterin gegen ihn antritt.«

»Das freut ihn ganz bestimmt nicht, aber glauben Sie nur ja nicht, daß *ihr* das leichtfällt. Das Mädchen mußte zum Jagen getragen werden.«

»Und Sie waren dabei?«

»Ja, ich war dabei.« Kohlgrüber stand auf. »Ich weiß nicht, was Sie schreiben werden, aber wenn Sie mich zitieren sollten, werde ich jedes Wort bestreiten.«

Faber lachte. »Nein, nein, ich werde Sie nicht zitieren. Es ging mir wirklich nur um den Hintergrund.« Er gab Kohlgrüber die Hand. »Ich bin Ihnen sehr dankbar.«

Sobald Faber die dunkelnde Landstraße hinter Fahrenholz erreicht hatte, spähte er aus nach einer Gelegenheit zum Parken. Er fand die Einfahrt einer Baumschule, eine breite Ausbuchtung, in der er anhielt. Er schaltete die Innenbeleuchtung ein, schlug sein Notizbuch auf und notierte in Stichworten, was Kohlgrüber ihm gesagt hatte. Aus dem Gedächtnis fügte er einige Formulierungen Kohlgrübers im Wortlaut ein, er notierte auch die Beobachtungen, die er im Haus und während des Gesprächs gemacht hatte.

Als er sicher war, alles Wesentliche festgehalten zu haben, blätterte er in seinen Notizen zurück. Dann schrieb er an das Ende des neuen Eintrags: *Ein Indiz wie aus dem Bilderbuch?! Aber gewiß doch! Der Herr Abgeordnete hat den Roman*

*geschrieben! Der hatte mind. ebensoviel Ärger mit Kohlgr.
wie sein Freund M-F, und noch dazu die Informationen!
Wahrscheinl. hat Kgr. auch mitgemischt, als Schw. abgesägt
wurde. Das hat das Faß z. Überl. gebr.*

Er steckte das Notizbuch ein und fuhr ab. Nach einigen hundert Metern begann er zu pfeifen, eine improvisierte, triumphierende Melodie, zu der er mit der Rechten auf dem Armaturenbrett einen Rhythmus schlug.

Als er im Waldwinkel eintraf, war der Nachthimmel klar, Sterne funkelten über den Tannen. Faber stieg pfeifend hinauf zu seinem Haus.

Plötzlich blieb er stehen. Ihm war, als habe er ein Geräusch gehört. Er versuchte, die Dunkelheit zu durchdringen. Unter dem Dach des Vorplatzes nahm er eine Bewegung wahr. Eine schattenhafte Gestalt stand in der Tür des Hauses.

Als er einen Schritt zurücktrat, hörte er die helle Stimme: »Alex? Sie brauchen keine Angst zu haben, ich bin's, Astrid!«

Faber fluchte unterdrückt, er holte tief Atem, dann stieg er hinauf zu ihr. Das Fahrrad lehnte an der Hauswand, die Tür des Hauses stand offen. Faber wurde wütend. »Wie zum Teufel sind Sie denn da reingekommen?«

»Ich hab mich doch nur reingesetzt, um aufzupassen.« Ihre Stimme klang jämmerlich, sie hatte die Schultern hochgezogen und beide Hände tief in die Taschen des Parkas gesteckt, als schicke sie sich an, ein Unheil wehrlos über sich ergehen zu lassen. Sie schluckte laut, dann sagte sie: »Die Tür stand offen, als ich ankam. Die hat einer aufgebrochen.« Sie wies, ohne den Blick von Fabers Augen zu wenden, mit dem Ellbogen auf die Tür. »Das Schloß ist kaputt.«

11

Faber schaltete das Licht ein, blieb stehen und sah sich im Wohnzimmer um. Sie kam hinter ihm her, schloß die Tür. Sein Blick fiel auf die Unterlagen, die er auf dem Eßtisch hatte liegenlassen. Ihm schien, als hätten einige Papiere zuvor anders gelegen. Er blätterte hastig die Unterlagen durch. Es schien nichts zu fehlen. Er fand auch die Liste der Abiturienten, in der er die Namen von Meier-Flossdorf und Schweikart unterstrichen hatte.

Sie hatte die Vorhänge zugezogen, stand nun mit hängenden Armen neben dem Tisch und sah ihn mit weit geöffneten Augen an. »Glauben Sie, daß die deswegen eingebrochen haben?«

Faber schüttelte den Kopf. »Ich weiß nicht.« Plötzlich fiel ihm das Manuskript des Romans ein, jähe Hitze durchfuhr ihn. Er ging mit schnellen Schritten in die Schlafkammer, zog den Koffer unter dem Bett hervor, schloß ihn auf und klappte den Deckel zurück.

Das Manuskript lag auf dem Beutel mit schmutziger Wäsche. Faber glaubte sich zu erinnern, daß er es unter den Beutel geschoben hatte. Er untersuchte die Schlösser des Koffers, aber er fand nichts Auffälliges.

Erst als er den Koffer wieder unters Bett schob, merkte er, daß sein Laptop, den er ans Fußende des Bettes gestellt hatte, fehlte. Er suchte die Schlafkammer ab, warf einen Blick in alle Ecken des Wohnzimmers, aber den Laptop fand er nicht.

Sie war ihm bis zur Tür der Schlafkammer gefolgt, war zurückgewichen, als er zurückkam, stand in ihrem Parka klein und rund neben der Tür der Kammer und folgte mit großen Augen seiner Suche. Sie flüsterte: »Fehlt was?«

»Ja, mein Laptop.« Faber fuhr sich durch die Haare.

»Was ist das?«

»Ein tragbarer Computer. Zum Schreiben.«

»Ist der teuer?«
»Ziemlich.«
»Aber das können Sie von der Versicherung zurückverlangen!« Sie schien aufzuleben. »Der Oldenburg ist doch versichert!«
»Das will ich hoffen.« Faber ging in die Küche, goß Wein ein und trank. Als er das Glas ansetzte, sah er die große Tasche, die auf der Anrichte stand.
»Das ist meine.« Sie war ihm in die Küche gefolgt. Sie zögerte, dann fragte sie: »Haben Sie denn noch keinen Hunger?«
Er schüttelte den Kopf. »Ich werd jetzt mal Herrn Oldenburg anrufen. Und die Polizei.«
»Da kommt doch keiner mehr. Der Oldenburg ganz bestimmt nicht, der sitzt jetzt vor der Glotze. Und wenn Sie die Polizei anrufen, dann kommt der Streifenwagen wahrscheinlich erst, wenn Sie gerade im Bett liegen.«
Faber sah auf die Uhr. Sie sagte: »Und vor morgen früh kriegen Sie sowieso keinen, der Ihnen ein neues Schloß einsetzt.«
Er trank das Glas leer und goß nach. Ihm fiel ein, daß er sie zum Abendessen eingeladen hatte. Er sah sie an. »Es tut mir leid, aber mit unserem Essen, das wird heute wohl nichts mehr.«
»Warum denn nicht?« Sie lachte, wies auf die Tasche. »Ich hab alles mitgebracht. Wenn Sie wollen, kann ich uns was kochen.«
Faber stellte das Glas ab und holte Luft. Er wollte sie rüffeln, ihr klarmachen, daß sie reichlich dreist werde, und ihr sagen, daß sie ihn gefälligst fragen solle, bevor sie sich zum Kochen bei ihm einlade. Aber der erwartungsvolle Blick der braunen Augen ließ ihn schweigen.
Sie fragte: »Mögen Sie Filet auf chinesische Art?«
Zu seiner Verwunderung spürte er, daß ungeachtet der beunruhigenden Frage, was sie wohl unter Filet auf chinesi-

sche Art verstehen mochte, ihm das Wasser im Mund zusammenlief. Er schnaufte. »Na, dann in Gottes Namen.«

Sie zog den Parka aus, warf ihn über einen Stuhl und packte die Tasche aus. Faber sah jetzt erst, daß sie einen knielangen, dunkelblau gemusterten Rock trug, dünne, matt glänzende Strümpfe und rotbraune Halbschuhe mit goldfarbenen Spangen. Statt des Pullovers hatte sie eine weiße Bluse angezogen, darüber eine dunkelblaue Weste.

Sie hatte eine Schürze mitgebracht, die sie sich umband, ein großes, gut aussehendes Stück Rinderfilet, einen Beutel mit Gewürzen, ein Glas mit süß-saurem Gemüse, Reis und zwei Becher mit vorfabrizierter Schokoladenmousse. Während sie sich daran machte, das Fleisch zu schnetzeln, sagte sie: »Auf den Schreck könnte ich jetzt auch ein Glas Wein vertragen.«

Faber holte ein Glas und goß ihr ein. Sie hob das Glas, lachte ihn an und sagte: »Prost!«

Er blieb neben ihr stehen und sah ihr zu. Die molligen kleinen Finger hantierten emsig und geschickt. Faber roch den Duft der Seife. Vielleicht war es auch ein frisches Parfum.

Nach einer Weile sagte sie: »Sie trauen mir wohl nicht zu, daß ich vernünftig kochen kann?«

»Doch, doch. Sie machen das sehr gut.«

Sie griff nach dem Glas und prostete ihm zu. Nachdem sie sich wieder ihrer Arbeit zugewandt hatte, sagte sie: »Warum räumen Sie nicht schon mal den Papierkram vom Tisch?«

Er ging ins Wohnzimmer, packte die Unterlagen zusammen und deckte den Tisch. Sie rief aus der Küche: »Jetzt haben Sie aber genug getan, Alex! Den Rest mache ich!«

Faber zögerte, dann holte er sein Notizbuch, setzte sich in den Sessel, las seine Notizen und dachte nach. Noch vor dem Essen öffnete er die nächste Flasche. Sie wedelte abwehrend mit der Hand, als er ihr eingießen wollte, lachte. »Jetzt noch nicht, sonst kann ich nicht mehr kochen!«

Als sie die Schürze abgelegt und mit Faber am Tisch Platz genommen hatte, schob sie ihm ihr Glas hin. »So, jetzt kann's weitergehen.« Sie prostete ihm zu. Faber trank, er spürte warm den Wein in den Gliedern. Sie beobachtete ihn verstohlen, als er das Fleisch kostete. Er nickte anerkennend und sagte, sie könne offenbar vorzüglich kochen, es schmecke sehr gut. Sie lächelte ihn an, aß schweigend weiter.

Nach einer Weile hob sie den Kopf. »War das schlimm, daß ich Hajo Schneidewind gesagt habe, wer Sie sind?«

Faber blickte auf. Sie hatte die Gabel sinken lassen, sah ihn aus weit geöffneten Augen an. Er fragte: »Warum haben Sie's ihm denn gesagt?« Sie hob die Schultern. »Ich wollte doch für Sie herausfinden, wo die Verkäuferin abgeblieben ist. Und weil die nach dem Lukas Schweikart auch was mit Schneidewind gehabt hat, hab ich gedacht, der weiß es vielleicht. Und dann hat er gesagt, er sagt mir das nur, wenn ich ihm sage, wofür ich das brauche.«

»Und dann hat er es Ihnen trotzdem nicht gesagt?«

»Nein, eben nicht, das war ja die Gemeinheit!« Sie warf die Gabel auf den Teller. »Er hat sich Ihren Namen von mir geben lassen, und dann hat er gesagt, so weit käme das noch, daß er einem Kerl von der Zeitung hilft.«

Faber nickte. Sie beugte sich vor. »Dafür weiß ich jetzt aber, wie die Verkäuferin heißt.«

»Ach, das hat er Ihnen gesagt?«

»Nein, natürlich nicht. Aber es ist mir wieder eingefallen.« Nach einer kleinen Pause sagte sie: »Erika Mahnke heißt die. Können Sie damit was anfangen?«

»Ich weiß nicht.«

Nach dem Essen räumte sie das Geschirr zusammen. Faber sagte, sie solle alles stehenlassen, er werde später abwaschen. Ja, ja, sagte sie, sie wolle auch nur die Reste wegpacken. Er half ihr, das Geschirr in die Küche zu tragen, öffnete, während sie ihre Schürze anzog, eine neue Flasche Wein und ging damit ins Wohnzimmer.

Als er sich in der Sofaecke niederließ, spürte er eine wohlige Müdigkeit. Er schloß die Augen und fiel in einen Halbschlaf.

Nach einer Weile hörte er ihre Schritte. Er hob die Augenlider ein wenig. Sie hatte die Schürze abgelegt. Sie griff nach einem der hochlehnigen Stühle am Eßtisch, trug ihn zur Tür und versuchte, die Lehne unter die Klinke zu klemmen. Nachdem sie den Stuhl ein paarmal hin und her gerückt hatte, fragte Faber: »Wozu soll das denn gut sein?«

»Na, damit niemand reinkommt.« Sie rüttelte an der Klinke und an dem Stuhl, betrachtete ihr Werk und sagte befriedigt: »So, die kriegt keiner auf.« Sie nahm ihr leeres Glas vom Eßtisch, kam zum Sofa, ließ sich neben Faber nieder, zog die Schuhe aus und schlug die Beine unter. Ihre Knie berührten seine Schenkel.

Faber tastete mit halbgeschlossenen Augen nach der Weinflasche, die er mit seinem Glas auf dem Telefontisch neben der Sofalehne abgestellt hatte. Sie sagte: »Lassen Sie mal, ich mach das schon.« Sie beugte sich mit dem Glas in der Hand über Faber, schien das Gleichgewicht zu verlieren, fiel mit ihrem Bauch auf seine Beine und begann zu lachen. »Momentchen, ich bin gleich wieder weg!«

Im Liegen stellte sie das Glas auf dem Telefontisch ab, griff nach der Flasche und füllte das Glas. Er spürte den warmen, festen Bauch auf seinen Schenkeln, er sah die matt glänzenden Strümpfe, über denen der Rock hochgerutscht war. Sie fragte: »Bin ich Ihnen auch nicht zu schwer?«

»Nein.« Er legte die Hand auf ihren Rücken, ließ die Hand unter die Weste und vom Rücken zur Hüfte tasten. Sie lachte. »Vorsicht, sonst geht das schief!« Sie stützte sich mit einer Hand auf die Sofalehne, richtete sich auf und balancierte das volle Glas über Fabers Schoß hinweg. »Prost!« Während sie trank, sah sie ihn über den Rand des Glases an. Sie stellte das Glas auf dem Sofatisch ab, schlug die Beine wieder unter und rückte eng an Faber heran. »So, jetzt können Sie wieder.«

Faber fragte: »Was hast du vor?«

»Ich?« Sie lächelte. »Was soll ich denn vorhaben?« Sie näherte ihr Gesicht dem seinen, zog die Brauen zusammen und sah ihm prüfend in die Augen, als wolle sie herausfinden, was er meine. Faber roch den frischen Duft, ihm schien, daß es weder eine Seife war noch ein Parfum, sondern ihre glatte, ungeschminkte Haut selbst. Er strich mit der Fingerspitze über die dunklen dichten Härchen der Brauen. Dann zog er sie an sich und küßte sie.

Sie begann, sein Hemd aufzuknöpfen. Nachdem sie den letzten Knopf über dem Gürtel geöffnet hatte, zog sie das Unterhemd hoch und schob die Hand darunter. Sie ließ die Finger aufwärtswandern.

Faber fragte: »Wie alt bist du eigentlich?«
»Fünfundzwanzig. Aber ich seh jünger aus, stimmt's?«
»Ja. Tust du so was gern?«
Sie sah ihn an. »Möchtest du das jetzt lieber nicht?«
»Ich weiß gar nicht, was ich möchte.« Er schloß die Augen.

Sie legte den Kopf an seine Wange. »Du hast zuviel getrunken.«
»Ja, kann sein.«
»Möchtest du schlafen?«
»Das wäre auch nicht schlecht, ja.«
Sie stand auf, hob seine Beine und schwenkte sie auf das Sofa, schob ihm ein Kissen unter den Nacken und legte sich neben ihn auf den Rand des Sofas. Als sie die Hand auf seinen Bauch legte, berührte sie die nackte Haut. Sie stopfte das Unterhemd in die Hose und legte die Hand auf seine Brust.

Faber wurde wach von einem sanften Kuß. Sie hatte den Parka angezogen und stand mit der großen Tasche in der Hand vor dem Sofa. »Du mußt den Stuhl wieder unter die Klinke stellen, wenn ich draußen bin.«
»Ja, ja, mach ich.«
»Und wenn du morgen Oldenburg und die Polizei anrufst, dann sag nicht, daß ich hier war.«
»Warum denn nicht?«

»Weil sonst das große Getratsche losgeht. Du kannst doch einfach sagen, du bist mitten in der Nacht nach Hause gekommen, und da hat die Tür aufgestanden.«

Faber sah sie an. Sie sagte: »Ich mach mal gerade das Licht aus. Du kannst es ja wieder anmachen, wenn ich weg bin.« Sie beugte sich über ihn und küßte ihn noch einmal.

Als sie das Licht ausgeschaltet hatte und die Tür öffnete, sagte Faber: »Danke schön für das Abendessen.«

Sie flüsterte: »Das hat mir doch Spaß gemacht.«

Er blieb noch eine Weile im Dunkeln liegen und lauschte. Schließlich stand er auf, tastete sich zur Tür und warf einen Blick hinaus. Vor dem klaren, von den Sternen aufgehellten Nachthimmel waren die Wipfel der Tannen zu erkennen, aber darunter verschmolzen die Bäume und die Blockhütten in tiefem Schwarz.

Faber fröstelte. Er schloß die Tür, schaltete das Licht ein und schob die Lehne des Stuhls unter die Klinke. Die Vorrichtung, die er zustande brachte, erschien ihm alles andere als zuverlässig. Er ging in die Küche, holte die Pfanne aus dem Schrank und rückte sie auf dem schrägstehenden Stuhlsitz so lange hin und her, bis er sicher war, daß sie bei der geringsten Bewegung des Stuhls zu Boden fallen würde.

Er setzte sich noch einmal aufs Sofa und blieb dort sitzen, bis die Flasche leer war. Als ihm kalt wurde, konnte er der Versuchung nicht widerstehen, seine Hand auf die Stelle zu legen, an der sie gesessen hatte, und nach ihrer Wärme zu suchen.

Am Donnerstag morgen gegen zehn weckte ihn das Telefon. Faber fuhr aus einem dumpfen, von wirren Träumen durchflackerten Schlaf empor, blieb ein paar Sekunden lang wie gelähmt auf dem Bett sitzen.

Kirsten fiel ihm ein, er wollte sich zurechtlegen, was er ihr erzählen könnte, gab das auf, stieg aus dem Bett und nahm den Hörer ab.

»Ja, bitte?«

Eine volltönende Stimme antwortete ihm. »Hier Nikolaus Schweikart. Spreche ich mit Herrn Alexander Faber?«

»Ja.« Faber raffte sich zusammen. »Guten Tag, Herr Schweikart.«

»Guten Tag, Herr Faber. Mein Mitarbeiter hat mir ausgerichtet, daß Sie ein Interview mit mir machen möchten. Ich habe gestern nachmittag schon einmal versucht, Sie anzurufen, aber Sie waren offenbar nicht in Ihrem Haus.«

»Nein, ich war unterwegs und bin erst spät zurückgekommen.« Irgend etwas irritierte Faber, aber er bemühte sich vergeblich, den Grund herauszufinden.

Schweikart sagte: »Na, das spielt ja auch keine Rolle. Es sei denn, Sie wollten mich gleich telefonisch interviewen?«

»Nein, das muß nicht sein.« Faber räusperte sich. »Ein Gespräch in aller Ruhe wäre mir lieber.«

»Aha, aha.« Nach einer kleinen Pause fragte Schweikart: »Würde es Ihnen etwas ausmachen, Herr Faber, mir noch einmal die Medien zu nennen, die Sie vertreten?«

Faber zählte die Redaktionen auf. Schweikart murmelte »O ja, o ja«, deutete abermals an, daß er auch zu einem sofortigen telefonischen Interview bereit sei, erklärte aber, nachdem Faber wiederholt hatte, daß er lieber in aller Ruhe mit ihm sprechen wolle, davon halte auch er in der Tat mehr. Er sagte, er habe allerdings noch bis morgen früh im Parlament zu tun, komme dann jedoch nach N., wo am Abend zur Vorbereitung des Parteitages der Landesvorstand tage, dem er zur Zeit ja kommissarisch vorsitze. Und ob denn Faber vor Beginn der Sitzung mit ihm vielleicht eine Kleinigkeit essen wolle? Um halb sieben finde er wahrscheinlich die Zeit dazu, dann könnten sie doch das Nützliche mit dem Angenehmen verbinden?

Faber sagte ja, sehr gern. Während Schweikart ihm ein Restaurant in der Innenstadt von N. vorschlug und ihm erklärte, wie er von Bracklohe am bequemsten dorthin gelange, wurde Faber klar, was ihn irritiert hatte: Er erinnerte sich mit

Gewißheit, daß er dem Mitarbeiter Schweikarts zwar gesagt hatte, er rufe aus Bracklohe an, daß er aber weder seine Adresse im Waldwinkel noch die Telefonnummer hinterlassen hatte.

Als Schweikart seine Hoffnung auf ein ergiebiges Gespräch ausdrückte und sich anschickte, das Telefonat zu beenden, fragte Faber: »Woher wußten Sie übrigens meine Telefonnummer?«

Schweikart lachte. »Sie kennen Bracklohe noch nicht sehr gut, Herr Faber. Das ist eine kleine, quicklebendige Stadt. Da können Sie nicht untertauchen.« Er sagte: »Bis morgen abend dann« und legte auf.

Faber wollte seine Gedanken ordnen und die wesentlichen Ergebnisse notieren, auch die Vermutungen nachtragen, die ihn seit dem Einbruch beunruhigten, aber nach einem Blick auf die Uhr schob er das auf. Er duschte, zog sich an und wählte, nachdem er im Stehen eine Tasse Kaffee getrunken hatte, die Nummer von Herrn Oldenburg.

Der Mietsherr zeigte sich deutlich befremdet, er hob hervor, daß es in den sechs Jahren seit der Eröffnung des Waldwinkels dort noch nie einen Einbruch gegeben habe. Als Faber kurzerhand erwiderte, er habe um zwei einen Termin in N. und gehe davon aus, daß noch vor seiner Abfahrt die Tür mit einem neuen Schloß ausgestattet werden könne, fragte Herr Oldenburg spitz, warum er denn nicht früher angerufen habe. Faber antwortete, er habe den Einbruch erst in der Nacht entdeckt, als er von einem Termin nach Hause gekommen sei, habe ihn nicht mehr stören wollen und heute morgen leider verschlafen. Er legte auf und rief die Polizei an.

Kaum hatte er das Bett gemacht, die Unterlagen zu dem Manuskript in den Koffer gelegt und den Koffer abgeschlossen, in Wohnzimmer und Küche hier und da etwas weggeräumt oder zurechtgerückt und sich mit seinem Notizbuch an den Eßtisch gesetzt, als er vom Parkplatz ein Motorengeräusch, alsdann das Schlagen von Autotüren hörte. Er öffnete die Tür und sah hinaus. Drei uniformierte Polizisten kamen den Hang heraufgestiegen.

Der älteste, ein breitschultriger Mann, der die Dienstmütze kerzengerade aufgesetzt hatte, stellte sich als Hauptwachtmeister Kleinschmidt vor. Die beiden jüngeren, einer davon ein Milchgesicht mit weißblondem Flaum auf der Oberlippe, der andere ein dunkelhäutiger Typ mit einem kurzgeschnittenen pechschwarzen Bart, blieben hinter Kleinschmidt stehen und musterten Faber.

Kleinschmidt bückte sich und betrachtete das Schloß. Faber sagte: »Wenn Sie da Fingerabdrücke abnehmen wollen, das wird nicht viel bringen. Ich hab die Klinke angefaßt.«

Der Polizist mit dem Bart lachte. Kleinschmidt sagte: »Das würde sowieso nichts helfen. Das waren wahrscheinlich Burschen, die herumreisen und sich nach einer günstigen Gelegenheit umsehen. Die kommen und sind gleich wieder über alle Berge.« Er richtete sich auf und sah Faber an: »Oder haben Sie einen bestimmten Verdacht?«

»Ich? Einen Verdacht? Wie kommen Sie denn darauf?«

»Hätte ja sein können.«

Kleinschmidt ging an Faber vorbei ins Haus. Die beiden jüngeren Polizisten folgten ihm. Kleinschmidt blieb in der Mitte des Wohnzimmers stehen, hob die Hand und sagte: »Seht euch mal um hier.« Der Polizist mit dem Bart ging in die Küche, das Milchgesicht in die Schlafkammer.

Faber, der seinen Zorn zu beherrschen versuchte, fragte: »Sagen Sie mal, was soll das? Was wollen Sie denn da finden?«

Kleinschmidt sah ihn an, als verstehe er die Frage nicht. »Spuren natürlich. Oder sind Sie nicht daran interessiert, daß wir die Burschen schnappen?«

»Ich bin vor allem daran interessiert, daß Sie den Fall aufnehmen, weil sonst nämlich die Versicherung nicht zahlt.«

»Ja, ja, nun werden Sie mal nicht ungeduldig. Wir sind ja gekommen, um den Fall aufzunehmen.«

Der Polizist mit dem Bart kam aus der Küche. Er trat an die

Tür der Schlafkammer und schaute hinein. Dann wandte er sich um zu Faber. »Was haben Sie denn in dem Koffer?«

»Also, jetzt reicht's aber! Das geht Sie doch nichts an, was ich in meinem Koffer habe!«

»Moment, Moment, immer mit der Ruhe!« Kleinschmidt trat an die Tür der Schlafkammer, sah hinein. Er fragte: »Was ist mit den Schlössern?« Faber hörte das Milchgesicht antworten: »Die sind in Ordnung. Beide abgeschlossen.« Kleinschmidt wandte sich um zu Faber. »Der Kollege wollte Sie doch nur fragen, ob Sie aus dem Koffer auch was vermissen.«

Bevor Faber antworten konnte, öffnete sich die Tür. Herr Oldenburg erschien in Begleitung eines Mannes in blauem Arbeitsanzug, der einen Werkzeugkasten trug. Oldenburg, der mit Hut, Mantel, Schal und Handschuhen bekleidet war und sich auf seinen Spazierstock stützte, bückte sich und betrachtete von beiden Seiten das Schloß. Er schüttelte den Kopf.

Kleinschmidt grinste. »Jetzt bist du deinen Bonus bei der Versicherung los, Wilhelm.«

»Und du hast endlich mal was zu tun.« Oldenburg begrüßte Faber mit einem knappen Nicken, warf einen Rundblick durch das Wohnzimmer und setzte sich aufs Sofa. »Habt ihr denn wenigstens was gefunden?«

»Wir sind noch nicht ganz durch.« Kleinschmidt winkte dem Milchgesicht. »Nimm du mal das Protokoll auf.« Zu dem schwarzbärtigen Polizisten sagte er: »Und du siehst dich draußen um. Aber gründlich.«

Das Milchgesicht setzte sich an den Eßtisch und zog ein Formular heraus. Der bärtige Polizist stieg über die Füße des Schlossers, der vor der geöffneten Tür kniete, und verschwand.

Kleinschmidt, Oldenburg und offensichtlich auch der Schlosser hörten aufmerksam zu, als Faber die Fragen zur Person, die das Milchgesicht von seinem Formular ablas, beantwortete. Alsdann schaltete Kleinschmidt sich ein, er stellte Fragen nach der Zeit, zu der Faber den Einbruch entdeckt hatte, den Umständen der Entdeckung und der Art des entwendeten Gegenstandes. Das Milchgesicht fragte, wie sich Laptop schreibe. Als Faber auf die sich anschließende Frage nach der Seriennummer des Laptops erklärte, die wisse er nicht, er werde sie nachliefern, merkte Kleinschmidt an, es sei immer ratsam, sich so etwas zu notieren, zumal, wenn man verreise.

Nachdem Faber das Protokoll unterschrieben hatte, räumte das Milchgesicht seinen Platz am Eßtisch; Oldenburg, der die Handschuhe ausgezogen, den Schal gelockert und ein anderes Formular herausgezogen hatte, ließ sich in Hut und Mantel dort nieder. Kleinschmidt traf keinerlei Anstalten zum Aufbruch. Als Oldenburg nach dem Beleg über den Einkauf des Laptops fragte und Faber die Gegenfrage stellte, ob Herr Oldenburg glaube, den führe er ständig mit sich, sagte der Hauptwachtmeister, die quittierte Rechnung müsse er der Versicherung aber vorlegen, sonst werde die bestimmt nicht zahlen.

Faber fixierte Kleinschmidt: »Worauf warten Sie eigentlich noch? Ich habe das Protokoll doch unterschrieben.«

»Ich weiß gar nicht, warum Sie so nervös sind.« Kleinschmidt nahm die Mütze ab, kratzte sich auf der Glatze und setzte die Mütze wieder auf. »Wir warten auf unseren Kollegen. Das ist doch in Ihrem Interesse, wenn wir auch draußen nach Spuren suchen.«

Faber wandte sich Herrn Oldenburg zu und sagte, er werde ihm von zu Hause eine Kopie des Belegs schicken. Als Oldenburg ihm die Schadensanzeige zur Unterschrift über den Tisch schob, kam der bärtige Polizist herein.

Kleinschmidt fragte: »Hast du was gefunden?«

»Nichts Besonderes.« Der Polizist grinste. »Aber rat mal, wer da kommt.«

»Wer denn?«

»Schneidewind.«

Kleinschmidt zog die Augenbrauen hoch, Herr Oldenburg, der die Schadensmeldung zusammenfalten wollte, hielt ein. Der Schlosser sah über die Schulter nach draußen.

Den Hang hinauf erschallte eine laute Stimme: »Faber? Was ist los da oben? Wollen sie dich verhaften? Warte, ich komme!«

Der Schlosser trat beiseite. In der Tür erschien Hajo Schneidewind, in Turnschuhen, Jeans und einem grob gestrickten, weiten dunkelblauen Pullover. An der Hand trug er eine Jutetasche. Er trat ins Wohnzimmer, musterte die Versammlung, kämmte sich mit den Fingern der Rechten durch den Bart und lächelte. »Sieh mal an, das ist ja ein richtiger Stoßtrupp!«

»Nimm dich bloß zusammen, Hajo!« Kleinschmidt sah Faber an. »Na, da werden wir jetzt mal gehen, Herr Faber. Ich hoffe, daß Sie in Bracklohe nicht noch mehr Ärger bekommen. Angenehmen Aufenthalt.« Er legte die Finger an den Mützenschirm und ging. Die beiden Polizisten folgten ihm, der Schwarzbärtige schob die Schulter dicht an Schneidewind vorbei.

Herr Oldenburg steckte die Schadensmeldung ein. Er blieb im Hinausgehen vor Faber stehen, nickte wiederholt und erklärte schließlich bedeutungsschwer: »Ich kann das nur wiederholen, was Herr Kleinschmidt Ihnen gesagt hat!« Er wandte sich ab und ging. Der Schlosser rief: »Warte, Wilhelm, ich bin fertig!« Er warf Feilen und Schraubenzieher in den Werkzeugkasten, verschloß und öffnete die Tür zweimal, reichte Faber einen Schlüssel und folgte Oldenburg.

Schneidewind fragte: »Was war denn hier los? Haben sie dir etwa die Bude aufgebrochen?«

Faber fixierte den Maler. »Was geht das dich an? Was willst du?«

»Na, hör mal! Ein bißchen freundlicher könntest du schon sein. Du bist bei mir ja auch ohne Anmeldung reingeplatzt!«

»Ja, und du hast dich benommen wie eine gesengte Sau!«

Schneidewind lächelte. »Deshalb bin ich ja hier. Ich wollte mich mit dir versöhnen.« Er hob die Tasche hoch. »Sieh mal, was ich dir mitgebracht habe.« Er griff in die Tasche und stellte zwei Flaschen Wein auf den Eßtisch.

»Ich kann mir meinen Wein selber kaufen. Ist das alles, was du willst?«

»Mal sehen.« Schneidewind ließ sich in einem Sessel nieder. Er streckte die Beine aus, verschränkte die Hände über dem Bauch, sah Faber lächelnd an.

Faber sagte: »Also raus damit. Was willst du?«

Schneidewind legte eine kleine Pause ein. Dann fragte er: »Kann es sein, daß du gar nicht hinter Lukas Schweikart her bist? Sondern hinter Kohlgrüber?«

Faber starrte ihn an. Schneidewind hob die Hand und wies auf die Flaschen. »Sollen wir den Wein nicht wenigstens mal kosten?«

12

Der Wein war gut. Faber ließ sich mit seinem Glas auf dem Sofa nieder. Schneidewind trank, hielt das Glas vor die Augen. Nach einer Weile fragte Faber: »Willst du jetzt den großen Schweiger spielen?«

»Wieso ich? Jetzt bist du doch erst mal dran.«

Faber stellte sein Glas ab. »Wie kommst du auf Kohlgrüber?«

»Hältst du mich für blöd?« Schneidewind lächelte. »Du hast doch mit Erwin gesprochen.«

»Mit welchem Erwin?«

»Mit welchem Erwin!« Er sah Faber an. »Mit Erwin Meier-Flossdorf, dem Politstar aus Bracklohe.«

»Und woher weißt du das?«

Schneidewind lachte. »Ich höre bei der Arbeit viel Radio, verstehst du? Manchmal gibt's da interessante Sachen.« Er trank sein Glas leer. »Gestern abend hab ich deinen Bericht über Erwin und sein Kulturprogramm gehört. Wirklich umwerfend.« Er grinste. »Erwin wird auf Wolken gehen.«

»Und was hat das mit Kohlgrüber zu tun?«

»Du hältst mich tatsächlich für blöd.« Schneidewind griff nach der Flasche und füllte sein Glas. Dann sagte er, den Wein im Glas betrachtend: »Ich gehe jede Wette ein, daß Erwin dich auf Kohlgrüber scharf gemacht hat.«

Faber schüttelte den Kopf, er beugte sich vor. »Womit denn? Glaubst du etwa, ich will die uralten Stänkereien aufwärmen?«

Schneidewind sah ihn an. »Du fragst sehr viel und sagst sehr wenig.«

»Was soll ich denn sagen, wenn du hier bloß herumspinnst?«

Nach einer Weile, in der er abwechselnd trank und das Glas vor die Augen hielt, fragte Schneidewind: »Und was wäre, wenn Kohlgrüber ein krummes Ding gedreht hätte?«

»Kohlgrüber? Was für ein krummes Ding soll der denn drehen? Der ist doch schon lange im Ruhestand.«

»Zwei Jahre. Und warum ist er so plötzlich abserviert worden?«

»Weil er krank war. Er hatte Herzrhythmusstörungen.«

»Die Zeitungen lese ich auch.« Er lächelte Faber an. »Aber ich wette, daß Erwin über diese Pensionierung ganz anderer Meinung ist. Und daß er dir das gesteckt hat, sobald er sein Kulturprogramm an den Mann gebracht hatte.«

»Wie zum Teufel kommst du auf diese Idee? Er hat kein Wort über Kohlgrüber verloren.«

Schneidewind kämmte sich mit den Fingern der Rechten den Bart. Er blickte auf zur Decke. »Ich will dir mal was sagen. Wenn ein Saukerl wie du sich nach Bracklohe verirrt und hier herumschnüffelt, dann kann es sich nur um Kohlgrüber handeln. Das war doch die einzige aufregende Figur, die dieses Kaff hervorgebracht hat. Außer mir natürlich. Jedenfalls ist er die einzige Figur, die sich zu einer saftigen Story ausschlachten läßt. Alles andere hier ist für deine Zunft doch uninteressant.«

Faber fragte scharf: »Hast du Saukerl gesagt?«

»Ja. Hab ich dich beleidigt? War nicht persönlich gemeint.«

Faber griff nach der Flasche und füllte sein Glas. Schneidewind trank aus und hielt sein Glas über den Tisch, Faber füllte es. Schneidewind prostete ihm lächelnd zu. »Hab ich recht?«

»Nein.« Faber trank, setzte sein Glas ab. »Kapierst du nicht, daß ich für meine Arbeit auch Hintergründe brauche? Und daß zum Beispiel der Hintergrund von Meier-Flossdorf oder der von Schweikart mir den einen oder anderen Hinweis liefern kann? Ich bin hierher gekommen, weil ich über den Parteitag berichte. Und da spielen die beiden immerhin eine beachtliche Rolle.«

Schneidewind winkte ab. »Quatsch! Über dieses Gespann kannst du doch schreiben, was du willst, das interessiert doch keine Sau. Damit kannst du nicht das große Geld verdienen.« Er trank, schüttelte den Kopf, sah Faber an. »Deshalb ist mir auch immer noch schleierhaft, warum du wissen wolltest, wo die Freundin von Lukas Schweikart abgeblieben ist.«

Faber sah auf die Uhr. Die Zeit, zu der er aufbrechen mußte, wenn er die Verabredung mit Wiltrud Spengler nicht verpassen wollte, rückte nahe. Er entschloß sich, dieses Gelaber, bevor es zu einer bloßen Sauferei verkommen würde, so oder so durch einen unverblümten Vorstoß zu beenden. Er fragte: »Stimmt es, daß Lukas Schweikart diese Freundin geschwängert hat und daß die Geschichte durch eine Abtreibung zu Ende gegangen ist?«

»Was, Lukas Schweikart?!« Schneidewind brach in ein

lautes und langes Gelächter aus. »Dieser kleine Arschkneifer?« Er beugte sich vor, wischte sich die Augen. »Der hätte sich bei der Erika doch am liebsten noch vor jedem Küßchen den Gummi angezogen!«

»Und warum ist die Geschichte zu Ende gegangen?«

»Weil er nach dem Studium standesgemäß heiraten wollte. Und da konnte er mit dieser Verkäuferin aus dem Schreibwarenladen nun wirklich nichts mehr anfangen. Die hat seinem Alten sowieso schon immer gestunken.« Schneidewind lehnte sich zurück, trank. Plötzlich richtete er sich auf, fixierte Faber. »Sag mal, hast du etwa vorgehabt, dem Lukas eine Abtreibung nachzuweisen, um den Alten in Verschiß zu bringen?«

Faber schwieg.

Schneidewind fragte: »Hab ich vorhin Saukerl gesagt?« Er beugte sich vor, füllte sein Glas und trank. Nach einer Weile sagte er: »Ich hab einen guten Tip für dich.«

Faber starrte ihn an. Schneidewind sagte: »Kümmer dich doch mal um den Sohn von Erwin.«

Der Zorn, der in Faber aufgekocht war, fiel jäh in sich zusammen. Zurück blieb nur die Enttäuschung, die schon bei Schneidewinds Lachanfall an ihm zu nagen begonnen hatte. Er raffte sich mühsam zu der Frage auf, die doch schon beantwortet war: »Hat Meier-Flossdorf denn einen Sohn?«

»Sogar zwei. Der eine ist ziemlich nach dem Vater geraten. Aber der jüngere ist genau das, was du suchst. Der hat sich überall durchgevögelt, auch in Bracklohe. Ich weiß nicht, ob auch ein Fotomodell dabei war, aber das wirst du ja wohl herausfinden können, du bist doch Journalist.« Schneidewind lächelte böse. »Frag doch mal bei seinen abgelegten Freundinnen nach. Vielleicht findest du da eine Abtreibung, mit der du Erwin die Schau vermasseln kannst. Wär doch auch nicht übel.«

»Diesen Blödsinn muß ich mir wohl nicht länger anhören. Warum säufst du so viel, wenn du's nicht verträgst?« Faber stand auf, leerte den Rest der Flasche in sein Glas und trank es aus. Er sah Schneidewind an. »Wenn ich Schweikart oder Meier-Flossdorf was anhänge, dann bestimmt nichts, was ihre Söhne zu verantworten haben.«

»Ich will es hoffen, mein Lieber, ich will es hoffen.« Schneidewind trank aus und stand auf. Plötzlich griff er nach Fabers Schultern, sah ihm in die Augen. »Über Bracklohe gäbe es eine Menge zu schreiben, da liegst du nicht mal so falsch. Aber ich weiß nicht, ob du der Richtige dafür bist.«

Faber sagte: »Danke für den Wein. Ich werd mich revanchieren.«

»Arschloch.«

Sie gingen zusammen hinunter zum Parkplatz. Schneidewind stieg in ein altes, an den Rändern der Kotflügel rostendes Auto, ließ den Motor an, der ein paarmal spuckte, bevor er auf Touren kam, winkte Faber und fuhr ab.

Nachdem Faber das Tonbandgerät hinter dem Fahrersitz verstaut hatte, nahm er aus der Dose im Handschuhfach ein Pfefferminz und begann es intensiv zu lutschen. Er sah sich, während er durch ausgestorbene Seitenstraßen seinen Weg auf die Landstraße nach N. suchte, nach dem Hauptwachtmeister Kleinschmidt und seinen jungen Leuten um, aber der Streifenwagen tauchte nicht auf. Auch die Polizei schien die Mittagsruhe einzuhalten.

Das Hotel *Deutscher Kaiser* in N. hatte seine rotbraune Sandsteinfassade mit der Bundesflagge und der Landesflagge geschmückt. Unter den halbrunden, mit bauchigen Gitterstäben verzierten Balkonen der ersten Etage waren zwei breite Stofftransparente angebracht worden. Das Transparent zur Linken des gestreiften Baldachins über dem Entree annoncierte mit den Daten des Wochenendes den Landesparteitag der Allianz, das zur Rechten verkündete das Motto des Meier-Flossdorfschen Programms: *Ein Bundesland beweist Kultur*.

Faber warf einen Blick in das gut besetzte Restaurant, in

dem strapazierte Kellner und Kellnerinnen umhereilten, sah ein, daß die Zeit für eine ausgewachsene Mahlzeit nicht mehr reichte, und stieg die Treppe zur Bierstube hinab, an deren derben Holztischen nur drei debattierende, rotgesichtige Männer hinter ihren Bier- und Schnapsgläsern hockten. Faber nahm eine Gulaschsuppe, schwankte einen Augenblick, bestellte dann zu der Suppe ein Mineralwasser.

Um fünf nach zwei fragte er an der Rezeption nach Frau Dr. Spengler. Sie war nicht auf ihrem Zimmer, das Mädchen hinter dem Tresen, ein überarbeiteter Teenager in weißer Bluse und blauer Livreejacke, wußte nicht zu sagen, wo sie sein könnte. Faber studierte die Tafel neben der Rezeption, auf der die Termine für die Besetzung der Säle und Konferenzzimmer des Hotels angezeigt standen. Er fand eine ihm bislang nur vom Hörensagen bekannte Organisation, die sich Frauenallianz nannte und laut der Anzeige sich um 12.00 Uhr im Grünen Salon hatte versammeln wollen.

Faber folgte dem Wegweiser. Er lauschte an der weißen Doppeltür des Salons, konnte aber nur ein undeutliches Gemurmel wahrnehmen. Er klopfte an und öffnete, als niemand antwortete, die Tür, schob den Kopf durch den Spalt. An weißgedeckten, in Hufeisenform zusammengestellten Tischen saßen ausschließlich Frauen. In der Mitte, unter einem großformatigen Schlachtgemälde, sah Faber Wiltrud Spengler, sie hatte die Wange in die Hand gestützt und den Blick gesenkt. Die Frau neben ihr sagte mit erhobener Stimme: »Ich bitte Sie, liebe Kolleginnen und Freundinnen, wir können jetzt die Diskussion doch nicht wieder von vorn beginnen!«

Eine der Frauen, eine hochgewachsene Blondine mit einem üppigen Haarknoten, die der Tür zunächst saß und Faber einen scharfen Blick zugeworfen hatte, stand auf und kam zu ihm. Sie legte die Hand auf seinen Oberarm, schob ihn vor die Tür und schloß die Tür hinter sich. »Sie können da jetzt nicht hinein, das ist eine geschlossene Gesellschaft.«

Faber sagte, er habe um zwei eine Verabredung mit Frau Dr. Spengler gehabt.

Die Blondine schüttelte den Kopf. »Frau Spengler ist jetzt nicht abkömmlich, und das kann noch eine ganze Weile dauern.«

Faber unterdrückte die Frage, ob er das Vergnügen mit der Gouvernante von Frau Spengler habe. »Wären Sie denn vielleicht so freundlich, ihr meine Karte zu geben?«

Die Blondine sah auf die Karte. »Ich kann Ihnen nichts versprechen, aber vielleicht ergibt sich später eine Gelegenheit.« Sie wies auf die Sesselgruppe in einer Nische des Flurs. »Sie können ja hier warten.«

»Sehr freundlich.«

Die Blondine ging, während sie noch einmal einen Blick auf die Karte warf, zurück in den Salon und schloß die Tür hinter sich. Faber fluchte.

Er ließ sich in einem Sessel nieder, stellte das Tonbandgerät ab und streckte die Beine aus. Während er vor sich hindöste, kamen ein paar Frauen halblaut diskutierend an der Nische vorüber und gingen in den Salon. Einige Zeit später verließen ein paar andere Frauen den Salon, zwei davon kehrten alsbald zurück.

Faber war in einen Halbschlaf gefallen, als ein kraushaariger, dunkelhäutiger Kellner in weißer Jacke einen Servierwagen mit Kannen und Tassen vorbeirollte. Faber sprang auf und fragte, ob er einen Kaffee haben könne. Der Kellner schüttelte den Kopf. »Geht nicht, alles bestellt.« Als er zwanzig Minuten später mit dem Wagen zurückkehrte, lächelte er Faber an, hob die Schulter. »Alles ausgetrunken.« Faber schlug sein Notizbuch auf und schrieb: *Ich beantrage hiermit, daß die Frauenallianz zu einer terroristischen Vereinigung erklärt wird.*

Um halb vier öffneten sich die Türen des Salons, die Frauen kamen in kleinen Gruppen heraus und wandelten langsam den Flur hinunter. Als eine der letzten kam Wiltrud Spengler.

Sie trug ein rostbraunes Kostüm, eine weiße Bluse mit einem Stehkragen und Schuhe aus rostbraunem Wildleder. Unter dem Arm hielt sie eine verschließbare Ledermappe. Sie hielt den Kopf schräg zur Seite und hörte einer älteren, sorgfältig frisierten Frau in einem dunkelgrünen Hosenanzug zu, die mit gestikulierenden Händen auf sie einsprach.

Die beiden beachteten Faber nicht, der aufgestanden war, sie gingen an ihm vorüber. Er griff nach dem Tonbandgerät und schloß mit ein paar schnellen Schritten an Wiltrud Spenglers Seite auf.

»Entschuldigen Sie ... Frau Doktor Spengler?«

Sie blieb stehen und sah ihn an. Ihre Augen weiteten sich, sie legte die Fingerspitzen an die Wange.

»Alexander Faber.« Er lächelte. »Erinnern Sie sich?«

»Ja, natürlich.« Faber glaubte zu sehen, daß eine leichte Röte in ihre Wangen stieg. Sie nickte. »Wir hatten doch einen Termin ausgemacht.«

»Ja. Für heute mittag um zwei. Ich war um diese Zeit auch hier und habe eine der Damen gebeten, Ihnen meine Karte zu geben.«

»Das muß sie wohl vergessen haben. Es tut mir wirklich leid, Herr Faber.« Sie hob die Schultern. »Aber ich hätte auch nicht früher kommen können.«

»Und wie sieht es jetzt aus?«

Die Frau im Hosenanzug legte die Hand an Wiltrud Spenglers Arm. »Sehen Sie zu, daß Sie ein bißchen Ruhe bekommen.« Sie sah auf ihre Armbanduhr. »Viel Zeit bleibt Ihnen ohnehin nicht mehr. Ich hole Sie auf Ihrem Zimmer ab, wenn der Wagen da ist.« Sie nickte Faber zu und ging den Flur hinunter.

Wiltrud Spengler blickte ihr nach. Sie nagte an ihrer Unterlippe.

Faber sagte: »Es wird ziemlich viel von Ihnen erwartet.« Er beobachtete die Bewegungen der Unterlippe.

Sie sah ihn an, versuchte zu lächeln. Faber erwiderte das

Lächeln. »Ich hätte sehr gern mit Ihnen gesprochen. Aber wenn Sie jetzt mal verschnaufen möchten, hätte ich dafür volles Verständnis.« Er legte eine kleine Pause ein. »Ich kann auch warten, wenn es Ihnen irgendwann später lieber ist.«

Sie sah den Flur hinunter. Die Frau im Hosenanzug warf, bevor sie in den Aufzug stieg, einen Blick zurück.

Wiltrud Spengler sagte: »Nein, kommen Sie. Ich muß nur noch mal telefonieren.«

Faber ging vor der Telefonzelle auf und ab. Er warf, so oft er vorbei kam, einen Seitenblick durch das kreisrunde Fenster. Sie hielt den Kopf gesenkt, sprach auf den Hörer hinab. Einmal sah Faber, wie sie den Kopf hob, die Augen schloß und mit Daumen und Fingern die Schläfen rieb, während sie zuhörte.

Die ältere der beiden Kellnerinnen, die in dem ausgestorbenen Restaurant begonnen hatten, die Tische für das Abendessen zu decken, ließ sich von Faber überreden, ihnen einen Tisch in einer entfernten Ecke zu überlassen und ganz ausnahmsweise noch einen Kaffee zu servieren. Als Faber das Tonbandgerät auf den Tisch stellte, wies Wiltrud Spengler mit dem Finger darauf. »Muß das sein?«

»Nein, natürlich nicht. Es genügt, wenn ich mir ein paar Notizen machen darf.«

Sie nickte. Faber zog sein Notizbuch heraus, legte es vor sich auf den Tisch, schlug es aber nicht auf. Er sah auf das Notizbuch, strich mit der Hand darüber. Dann sagte er: »Das Metier, das ich ausübe, ist manchmal wirklich ekelhaft.«

Faber hob den Blick. Sie sah ihn erstaunt an. Er schüttelte den Kopf. »Nun ja, man ist gezwungen... oder man läßt sich zwingen, anderen Menschen lästigzufallen. Eigentlich noch schlimmer: ihnen zuzusetzen. Um etwas aus ihnen herauszuholen, koste es, was es wolle.«

Sie lächelte. »Das hört man aber nicht oft von einem Journalisten.«

Faber lachte. »Ich werd's auch nie wieder sagen. Das muß

ein unverantwortlicher Schwächeanfall gewesen sein.« Er sah sie lächelnd an.

Die dunklen Augen gaben den Blick zurück. Sie setzte einen Ellbogen auf den Tisch, stützte das Kinn zwischen Daumen und Zeigefinger. »Heißt das, daß Schwächeanfälle einem Journalisten nicht gestattet sind?«

»Sind sie einem Politiker gestattet? Oder einer Politikerin?«

»Sie sollten nicht Fragen mit Gegenfragen beantworten.«

»Auch das gehört zu diesem Metier.« Faber lachte, er schüttelte den Kopf. »Nein, Sie haben natürlich recht.« Er strich über das Notizbuch. »Ich denke, daß jeder Mensch ein Recht auf Schwächeanfälle hat. Ich halte das sogar für ein Grundrecht, wenn Sie so wollen.«

Sie sah ihn eine Weile schweigend an, dann lehnte sie sich lächelnd zurück. »Also, was wollen Sie aus mir herausholen?«

»Alles natürlich.« Er lachte wieder, schüttelte den Kopf. »Entschuldigung, ich höre jetzt sofort auf mit diesem Unsinn. Ich stehle Ihnen nur Ihre Zeit.«

Sie sagte: »Ich finde das sehr erholsam.« Bevor Faber seine Überraschung bewältigt hatte und sich schlüssig wurde, wie dieser Bodengewinn am besten zu nutzen sei, richtete sie sich auf. »Aber deshalb wollten Sie nicht mit mir sprechen.« Sie sah auf ihre Armbanduhr. »Wie lautet die erste Frage?«

Faber sah sie lächelnd an. Die dunklen Augen wichen nicht aus, aber ihm schien, als wollten sie diesmal seinen Blick eher zurückweisen. Er schlug sein Notizbuch auf und versuchte, sich zu konzentrieren. Dann fragte er: »Wann haben Sie Ihre Kandidatur für den Landesvorsitz angemeldet?«

»Heute vor einer Woche.«

»War das eine Reaktion auf die Kandidatur von Herrn Schweikart?«

»Ach, wissen Sie...« Sie schüttelte den Kopf. »Es ist doch immer wünschenswert, daß eine Partei die Wahl zwischen zwei Kandidaten hat. Mindestens zwei Kandidaten.«

Faber wartete darauf, daß sie die Litanei von der Demokratie aufsagen würde, deren Wesen ja gerade im Angebot der Auswahl zwischen personellen Alternativen und so weiter und so fort. Aber sie sagte nichts dergleichen. Er entschloß sich, die Gangart ein wenig zu verschärfen.

»Aber ausgerechnet gegen Herrn Schweikart zu kandidieren... das kann Ihnen doch nicht leicht gefallen sein? Ich meine, Sie waren doch ziemlich lange seine Mitarbeiterin?«

»Ja, das war ich.« Nach einer Weile sagte sie: »Man kann sich so etwas nicht immer aussuchen.«

Die Kellnerin brachte den Kaffee. Faber wollte die beiden Tassen bezahlen, aber Wiltrud Spengler legte das Geld für ihren Anteil auf den Tisch. Faber trank einen Schluck, dann sagte er: »Ich habe gehört, daß es große Mühe gekostet hat, Sie zu dieser Kandidatur zu bewegen.«

»Von wem haben Sie das gehört?«

»Von Herrn Kohlgrüber.«

Sie sah Faber erstaunt an. »Er hat Ihnen ein Interview gegeben?«

»Kein Interview. Ich hatte ihn um ein Hintergrundgespräch gebeten. Ich hab mich allerdings selbst gewundert, daß er dazu bereit war.« Als sie schwieg, fügte er hinzu: »Ich hatte den Eindruck, daß er es Ihretwegen getan hat. Er schätzt Sie offenbar sehr.«

Sie trank einen Schluck Kaffee. Faber nutzte die Pause, um den nächsten Zug seines Angriffs auszuwählen. Als sie die Tasse abgestellt hatte, sagte er: »Ich hab mich übrigens auch gewundert, daß Herr Kohlgrüber offenbar noch immer über soviel Einfluß in der Partei verfügt.«

»Was wundert Sie daran?«

»Nun... schließlich ist er wegen seiner schweren Krankheit pensioniert worden. Außerdem...«

Bevor Faber die ein wenig längere Pause, die ihm taktisch geboten schien, beenden konnte, fragte sie: »Warum sprechen Sie nicht weiter?«

Faber hob die Schultern. »Ich kann das als Außenstehender wirklich nicht beurteilen. Ich hab mich nur gefragt, ob die Partei völlig immun ist gegen das Gerücht, Herr Kohlgrüber sei... nun ja, er sei nicht nur aus gesundheitlichen Gründen so plötzlich pensioniert worden.«

Sie sah Faber an, als habe es ihr die Sprache verschlagen. Dann lehnte sie sich zurück, legte die Hand über die Augen und schüttelte den Kopf. Nach einer Weile sagte sie: »Mein Gott... das ist alles... das ist alles so widerlich! So ekelhaft!«

Faber mußte an sich halten, um seinen jäh aufkeimenden Triumph zu verbergen. Wenn er Wiltrud Spenglers Reaktion richtig deutete, dann gab es tatsächlich ein Gerücht über Kohlgrüber, ein Gerücht, wie er, Faber, es doch nur auf gut Glück als Testsonde konstruiert hatte, und dann gab es nicht nur in Helmut Michelsens Roman einen Kanzlerberater, dem Übles nachgesagt wurde und sich nachsagen ließ, sondern es gab ihn in der Realität, nämlich den Ministerialdirektor a. D. Traugott Kohlgrüber.

Faber sagte: »Sie dürfen mich bitte nicht mißverstehen, ich kenne Herrn Kohlgrüber nur als absolut integren Mann, ich habe ihn sogar als einen sehr sympathischen Mann kennengelernt, und es erscheint mir geradezu absurd, daß ein solcher Mann sein Amt zur persönlichen Bereicherung mißbraucht haben soll. Ich habe nur wiedergegeben, was ich gehört habe.«

Sie nahm die Hand von den Augen. »Macht es Ihnen Spaß, so etwas aus den Menschen herauszuholen?«

Faber tat einen tiefen Atemzug. Er blickte aus dem Fenster, dann sah er sie an. Die dunklen Augen musterten ihn. Faber sagte: »Nein, es macht mir keinen Spaß. Es kotzt mich an, wenn Sie den Ausdruck verzeihen. Aber vielleicht sollten Sie den Journalisten etwas zugute halten, was das Publikum oft übersieht.«

Er steckte sein Notizbuch ein, atmete noch einmal durch, als müsse er die Brust von einem schweren Gewicht befreien.

Dann sagte er: »Sie müssen so etwas gar nicht aus den Menschen herausholen. Die Menschen kommen ungefragt zu den Journalisten und bieten sich ihnen an. Sie lassen ihr Feigenblatt freiwillig fallen. Man braucht sich gar nicht die Mühe zu machen, die Feigenblätter zu pflücken.«

Sie senkte den Blick. Nach einer Weile, in der Faber hoffte, sie werde ihn nicht in eine Diskussion über dieses abenteuerliche Extempore verwickeln, sah sie ihn an. »Ich muß ein bißchen an die frische Luft gehen. Kommen Sie mit?«

In der Empfangshalle des Hotels standen einige Herren im Gespräch beisammen. Das Gespräch erstarb, die Herren neigten grüßend die Köpfe, als Wiltrud Spengler an der Seite von Faber die Halle durchquerte. Einer der Herren löste sich von den anderen, er kam mit ausgestreckter Hand auf Wiltrud Spengler zu. »Frau Spengler, vorab schon einmal meinen Glückwunsch! Ich finde das ganz ausgezeichnet, daß Sie für eine Alternative sorgen wollen! Aber wir sollten unbedingt noch einmal miteinander reden, wenn möglich heute noch.«

»Es tut mir leid, ich kann jetzt nicht.« Sie nickte dem Herrn zu und ging weiter. Faber warf, als die gläserne Flügeltür vor ihnen auseinanderfuhr, einen Blick zurück. Der Herr war stehengeblieben, er sah mit hochgezogenen Augenbrauen hinter ihnen her. Einer der anderen Herren ließ ein Lachen hören.

Die Oktobersonne war schon hinter den Häusern auf der gegenüberliegenden Straßenseite verschwunden. Ein kühler Luftzug ließ die Blätter der Bäume rascheln. Faber, der sich dem ausgreifenden Schritt Wiltrud Spenglers anpaßte, fragte: »Wird Ihnen das nicht zu kühl ohne Mantel?«

»Nein, das tut mir gut.« Sie sah ihn an. »Wenn Sie wollen, gehen wir in den Park. Da könnten wir sogar noch ein bißchen Sonne finden.«

»Ja, sehr gern.«

Während sie sich dem Park näherten, überlegte Faber angestrengt, auf welche Weise er sein Gerücht über Kohlgrüber noch einmal ansprechen könnte, ohne sich dem Verdacht auszusetzen, es gehe ihm nur um die Bestätigung einer dubiosen Information. Aber die Ansätze, die ihm dazu einfielen, erschienen ihm alle zu riskant, geschweige denn, daß sie sich unverfänglich zu der Frage hätten ausbauen lassen, ob nicht ein Parteifreund, ob zum Beispiel nicht Meier-Flossdorf aus alter Feindschaft der Urheber einer solch schweren Beschuldigung Kohlgrübers und womöglich sogar imstande sein könnte, aus dem Hinterhalt für deren öffentliche Verbreitung zu sorgen.

Es war jedoch nicht nur dieses Risiko, das Faber schweigen ließ. Als er der Bäume des Parks ansichtig wurde, deren Wipfel in der tiefstehenden Sonne schimmerten, ergriff ihn eine jener Verwandlungen, die er immer wieder einmal erlebte, der von einer Sekunde zur anderen eintretende, lautlose Austausch von Raum und Zeit, der ihn in eine längst vergangene Konstellation seines Lebens zurückversetzte.

Vor drei Tagen war es das Hotelzimmer in N. gewesen, in dem seine Erinnerung ihn zu der Seitenstraße in Lima zurückgeführt hatte. Jetzt, beim Anblick des Parks, fand er sich wieder auf einem Hügel über dem Rhein, als wäre er noch das Kind, das dort herumgestiegen war. Die späte Herbstsonne ließ die Wipfel der Obstbäume aufleuchten, die sich den Hügel hinab bis zu den roten Dächern erstreckten. Er glaubte, den kühlen Luftzug des nahenden Abends auf seinem Gesicht und seinen nackten Knien zu spüren, den säuerlichen Hauch der Äpfel zu riechen.

Faber raffte sich zusammen. Es galt, die Gunst der Stunde zu nutzen. Er überlegte nur kurz, dann sagte er, als wolle er Wiltrud Spengler trösten und aufmuntern: »Am Sonntag ist der Streß vorbei.«

Sie warf ihm einen Blick zu, lächelte. »Glauben Sie?«

»Ich bin ganz sicher. Es wird Herrn Schweikart nicht gelingen, Sie auszumanövrieren. Weder Herrn Schweikart noch Herrn Meier-Flossdorf.«

Sie sah ihn an. Er sagte: »Die Wahl gewinnen Sie, nach allem, was ich bisher gehört habe.«

Sie dachte einen Augenblick nach, bevor sie erwiderte: »Und dann ist der Streß vorbei, glauben Sie.«

»Nun ja... ganz ohne Streß wollen Sie doch gar nicht leben, vermute ich. Oder hätten Sie sich sonst für eine politische Karriere entschieden?«

Sie gab keine Antwort. Als sie den Park erreicht hatten, verlangsamte sie ihren Schritt. Nach einer Weile fragte sie: »Sind Sie verheiratet?«

»Ja.« Faber, den die unerwartete Frage verwirrte, erinnerte sich plötzlich an das Gefühl in seinen Händen, als er sie im Aufzug gestützt und durch den Mantel ihren warmen Körper gespürt hatte. Er sagte: »Aber ich lebe von meiner Frau getrennt.«

Sie nickte. Dann fragte sie: »Haben Sie Kinder?«

»Ja. Das heißt, nur eins. Eine Tochter. Sie wohnt bei meiner Frau.«

Sie blieb stehen, verschränkte die Arme über der Ledermappe und sah Faber an. »Wie alt ist sie?«

»Dreizehn.« Er lächelte. »Ein ziemlich kritisches Alter. Ein bißchen töricht, natürlich. Und sehr aufsässig.«

Sie nickte, lächelte, wandte den Blick ab. Dann sah sie Faber wieder an. »Aber ich bin sicher, sie liebt Sie sehr.«

Faber sagte, dessen könne man leider ja nie sicher sein, nicht einmal bei einem Kind. Aber gut, was Judith angehe... doch, doch, er glaube schon, daß er ihr etwas bedeute.

Sie lächelte. »Sie sollten nicht so bescheiden sein. Erzählen Sie mir ein wenig mehr von Ihrer Tochter?«

Faber, der vergeblich versuchte, sich auf diese Wende des Gesprächs einen Reim zu machen, empfand ein wachsendes Unbehagen, er fühlte sich schmerzhaft an einem wunden Punkt berührt. Natürlich, antwortete er, täte er nichts lieber als das, welcher Vater sei nicht versessen darauf, von seinem Kind zu erzählen. Aber ob sie denn nicht allmählich zum Hotel zurückgehen müsse? Er sah auf seine Uhr.

»Das hat Zeit.« Sie ging ein paar Schritte weiter, blieb auf einem Fleck des Weges stehen, den die Sonne noch erreichte, hielt das Gesicht in die Sonne. »Also, dann erzählen Sie mal. Wie sieht sie aus? Und was tut sie so?«

Der schmale Rücken, die mageren Schultern. Das viel zu kurze, erbarmenswerte blonde Zöpfchen. Die dicken Socken an den spillrigen Beinen. Faber, der niemals ein Wort darüber hatte preisgeben wollen, ertappte sich bei einer Beschreibung Judiths, die das Bild des Kindes wiedergab, wie er es vom Abschied in ihrem Zimmer mitgenommen hatte. Er versuchte, das zu konterkarieren, indem er mit sanfter Ironie von Judiths Leidenschaft für den Handballsport berichtete, auch von dem Torjäger Asgeir Svensson oder so ähnlich, mit dessen durchschwitztem Trikot sie ihr Zimmer geschmückt habe. Aber bevor er es sich versah, ging ihm die ironische Distanz verloren, geriet ihm auch diese Beschreibung zu einer Offenbarung, er erschrak, als er sich sagen hörte, Judith sei wohl die beste Rückraumspielerin in ihrer Mannschaft, und ihm zugleich klar wurde, daß er gar nicht hätte erklären können, was eine Rückraumspielerin war.

Faber hielt ein. Er lächelte, hob die Schultern. »Nun ja, ich nehme an, andere Kinder haben andere Qualitäten. Ich fürchte, jetzt habe ich Sie gelangweilt.«

»Nein, gar nicht. Das war sehr schön.« Sie schwieg eine Weile, dann sagte sie: »Danke.« Sie sah auf ihre Uhr. »Ich muß jetzt gehen.« Sie gab ihm die Hand.

Faber hielt die Hand fest. »Ich bringe Sie doch zurück. Ich hab Zeit.«

»Nein, bitte nicht. Ich möchte allein gehen. Aber bevor ich gehe, möchte ich Ihnen noch einmal danken für ... für Ihre Hilfe im Aufzug.« Sie lächelte. »Und dafür, daß Sie mir das Recht auf einen Schwächeanfall zugestanden haben.«

»Dafür brauchen Sie mir nicht zu danken.« Er lächelte, drückte ihre Hand sehr sanft. »Wenn ich die Wahrheit sagen soll... Ich hab diese Begegnung im Aufzug wie ein Geschenk empfunden.«

Sie lächelte, dann zog sie ihre Hand zurück. »Auf Wiedersehen, Herr Faber.«

13

Faber blickte ihr nach. Er musterte ihre Beine, deren Bewegung sich unter dem Rock bis zu den Hüften fortsetzte. Als ihm ein älteres Paar, das ihr entgegenkam und sie tappend passierte, die Sicht verdeckte, tat er ein paar schnelle Schritte voran und folgte ihr, darum bemüht, sie nicht aus den Augen zu verlieren, bis zum Hotel.

Sie war nicht mehr zu sehen, als er in die Empfangshalle eintrat. Faber blieb einen Augenblick lang stehen, dann schob er kurz entschlossen die Frage beiseite, wie er den Mietvertrag mit Herrn Oldenburg vorzeitig und ohne ruinöse Verluste auflösen könnte. Er ging zum Tresen der Rezeption, hinter dem ein livrierter Glatzkopf in Papieren blätterte, und sagte, er möchte für eine Nacht, vielleicht aber auch bis zum Montag, ein Zimmer haben.

Der Glatzkopf schüttelte lächelnd den Kopf. »Tut mir leid, aber wir sind bis unters Dach ausgebucht. Zwei Messen und ein Parteitag gleichzeitig, da geht leider gar nichts mehr.«

Faber zog einen Zwanzigmarkschein heraus und schob ihn unter der ausgebreiteten Hand über den Tresen. »Vielleicht schauen Sie noch mal nach.«

Der Glatzkopf steckte den Schein in die Jackentasche. »Danke sehr. Ich will das gerne tun, aber ich kann Ihnen leider keine Hoffnung machen.« Er bediente den Computer, der neben ihm auf dem Tresen stand, beugte sich vor und sah auf den Bildschirm, schüttelte den Kopf. »Nein. Nein. So gern ich Ihnen helfen würde. Das heißt, am Sonntag wird einiges frei, da kann ich Sie unterbringen.«

Faber sagte, das nütze ihm nichts. Der Glatzkopf hob bedauernd die Schultern. Dann sagte er: »Vielleicht fragen Sie später noch einmal. Falls jemand vorzeitig abreist, würde ich versuchen, das Zimmer für Sie zu reservieren. Garantieren kann ich Ihnen natürlich nichts.«

Faber bedankte sich. Er wollte schon gehen, als er sich zurückwandte. »Welche Zimmernummer hat Frau Spengler, Wiltrud Spengler?«

»Frau Doktor Spengler wohnt auf Zimmer zweihundertsieben. Sie ist gerade raufgegangen.« Der Glatzkopf streckte die Hand nach dem Telefon aus. »Möchten Sie sie anrufen?«

»Nein, danke, jetzt nicht.«

Faber ging in die Bar, in deren Halbdunkel nur wenige Gäste saßen, ließ sich an einem Ecktisch nieder und bestellte eine Karaffe Weißwein. Er zog sein Notizbuch heraus, aber er schlug es nicht auf. Während er das erste Glas in kleinen, schnellen Schlucken trank, ging er mit sich steigernder Lust der Überlegung nach, was geschehen wäre, wenn er Wiltrud Spengler gefragt hätte, ob er sie zu dem Termin, zu dem die Dame im Hosenanzug sie abholen wollte, begleiten dürfe.

Wer sagte denn, daß es schon wieder eine vertrauliche Beratung in einem Parteizirkel war, Analyse der Lage und Verabredung der Strategie, mittels derer sich eine Mehrheit der Delegierten für die Kandidatin Spengler gewinnen und der Kandidat Schweikart sich aufs Haupt schlagen ließe? Vielleicht handelte es sich diesmal um eine Diskussion mit Unternehmern, nein, auch die würde ja hinter verschlossenen Türen stattfinden. Aber ein Gespräch mit der Schulpflegschaft des ältesten, traditionsreichen Gymnasiums von N. konnte es sein. Oder mit den Bewohnern eines Altenheims, einer Einrichtung der Hildegard-von-Bingen-Stiftung, seht her, diese noch junge Kandidatin interessiert sich gleichwohl für die Probleme unserer Senioren.

Die alten Leute sitzen da an den Tischen ihres Speisesaals, auf denen nach der Veranstaltung die Teller mit Brot und kaltem Braten, die Kannen mit Pfefferminztee, die Schälchen mit Quark-Dessert aufgetragen werden, das gemäß Hausordnung zeitige Abendessen, an dem unsere Frau Doktor Spengler leider nicht mehr teilnehmen kann, weil sie an diesem Tage noch einige politische Verpflichtungen zu erfüllen hat. Die zitternden Köpfe, die grauen Gesichter haben sich Faber zugewandt, als die Dame im Hosenanzug ausdrücklich den Herrn von der Presse begrüßt, über dessen Erscheinen sie sich besonders freue, weil viele Journalisten sich bedauerlicherweise weitaus mehr für Sensationen als für die alltäglichen Sorgen unserer älteren Mitbürger interessierten.

Beifälliges Nicken. Wiltrud senkt den Kopf und streicht mit den Fingerspitzen über die Augenbraue. Am Ende dieser Veranstaltung, der Wortmeldungen brüchiger Stimmen, des Hüstelns und Räusperns empfindet sie das gleiche wie Faber: den Drang, so schnell wie möglich diese Gruft zu verlassen, sich dem faden Geruch absterbender Leiber zu entziehen, das Leben auszukosten, solange es sich regt, einen Menschen zu umschlingen, der noch im vollen Fleische steht, seine glatte, durchblutete Haut an der eigenen Haut sich reiben zu spüren.

Eine kurze, halblaute Absprache auf dem Gehsteig zwischen Ausgang und Dienstwagen, während die Dame im Hosenanzug nur zwei Armlängen entfernt sich von der Leiterin des Altenheims verabschiedet. Camouflierender Floskeln bedarf es nicht mehr, man weiß, was man einvernehmlich will: Wie geht's weiter mit uns beiden? Das Abendessen ist leider vergeben, der Vorstand der Wirtschaftsvereinigung hat eingeladen. Aber danach müßte sich Zeit finden. Wann? Wiltrud wirft einen Blick über die Schulter. Dann sagt sie: »Klopfen Sie doch um zehn mal an meine Tür. Zimmer zweihundertsieben.«

Sie öffnet sofort. Das Kostüm hat sie abgelegt, sie trägt Jeans und eine Bluse, Pantoletten an den nackten Füßen. Sie schließt die Tür hinter Faber, bleibt vor ihm stehen, die dunklen Augen blicken in seine Augen. Als er die Arme hebt, um sie zu umarmen, schlingt sie die Arme um seinen Hals.

Der Barmann trat an Fabers Tisch, er leerte den Rest der Karaffe in Fabers Glas. »Möchten Sie noch etwas?«

»Ja, bringen Sie mir noch eine, bitte.«

Faber schlug sein Notizbuch auf. Er blätterte eine Weile ziellos darin herum, dann las er, was er zuletzt eingetragen hatte. Schließlich begann er zu schreiben: *Unziemliche Träume. Schon möglich, daß sie sich erfüllen. Aber deshalb bin ich ja nicht hier. Wie also lautet das bish. Ergebnis?*

Der Barmann brachte die Karaffe. Faber leerte sein Glas und ließ sich ein neues einschenken. Dann schrieb er weiter: *Nicht Schweik., sondern M-F hat d. Roman geschr. Nicht Lukas, sondern M-Fs Jüngster hat d. Model geschwängert. Ist das Projekt damit geplatzt? Mitnichten: Kohlgr. hat Dreck am Stecken (sh. Wiltruds Reaktion)! Und* DAS *ist die Sensation – egal, ob Schw. oder M-F der Autor ist!*

Während er schrieb, glaubte Faber plötzlich zu spüren, daß er beobachtet wurde. Er kümmerte sich nicht darum, weil er daran gewöhnt war, mit der Neigung, seine Eindrücke und Überlegungen auch in der Öffentlichkeit festzuhalten, die Aufmerksamkeit anderer zu erregen. Als er den letzten Satz seiner Notiz geschrieben hatte, schaute er auf.

Im Eingang der Bar stand der Chefredakteur Großschulte, den Blick auf Faber gerichtet. Er hob die Hand, lächelte und winkte, kam dann zu Fabers Tisch. »Hallo, Herr Kollege! Wie ich sehe, bereiten Sie Ihren nächsten Artikel vor. Das nenne ich einen fleißigen Journalisten, der sich nicht mal in der Bar eine Pause gönnt.«

Faber klappte das Notizbuch zu, steckte es ein und nahm ohne große Bemühung, seinen Widerwillen zu verbergen, die breite Hand, die Großschulte ihm entgegenstreckte. Der

Chefredakteur ließ sich nieder. »Darf ich mich einen Augenblick zu Ihnen setzen?« Über die Schulter rief er dem Barmann zu: »Für mich ein Bier, bitte!« Er wandte sich zurück zu Faber, lächelte. »Nun... Sie haben mittlerweile sicher viel Neues und Interessantes ausgegraben.«

Faber trank einen Schluck Wein. »Ich vermute mal, daß alles, was ich hier ausgraben kann, Ihnen schon lange bekannt ist.«

Großschulte hob abwehrend beide Hände. »Aber, aber, Herr Kollege, nun stellen Sie doch Ihr Licht nicht unter den Scheffel! Wenn ein Journalist von Ihren Qualitäten so beharrlich ein Thema recherchiert, dann tut er das doch nicht ohne Grund.«

Faber sagte: »Sehr freundlich.«

»Ehre, wem Ehre gebührt.« Großschulte öffnete seine Pfeifentasche und begann, eine Pfeife zu stopfen. »Also, zumindest mit einer Information könnten Sie mir weiterhelfen.«

»Und das wäre?«

»Wie war das denn mit dem Einbruch bei Ihnen?« Er sah von seiner Pfeife auf. »Sobald ich davon erfahren hatte, habe ich einen meiner jungen Mitarbeiter zu Ihnen raufgeschickt. Sehr begabter Reporter. Aber er ist zu spät gekommen.« Großschulte drückte den Tabak glatt. »Er hat nur noch Hajo Schneidewind wegfahren sehen, und gleich danach Sie.«

Faber gab keine Antwort. Der Chefredakteur griff nach dem Bier, das der Barmann vor ihn stellte, trank und wischte sich mit dem Handrücken über den Mund. Dann sah er Faber an. »Was ist denn gestohlen worden?«

»Mein Laptop. Aber das wissen Sie doch schon, nehme ich an.«

»Ja, das habe ich von der Polizei erfahren. Und sonst haben diese Burschen tatsächlich nichts mitgehen lassen? Keine wichtigen Unterlagen oder dergleichen?«

»Was denn für Unterlagen?«

Großschulte lachte. »Nun, wir Journalisten können es

doch nicht lassen, alles zu Papier zu bringen, was wir erfahren.« Er zündete die Pfeife an. Nachdem er eine Weile gepafft hatte, fragte er: »Was machen Sie denn jetzt ohne den Apparat?«

Faber, der mit zunehmender Beunruhigung überlegte, was dieser Chefredakteur im Schilde führen mochte, beschränkte sich auf die Antwort: »Kein Problem.«

»Natürlich.« Großschulte nickte. »Man kann ja immer noch telefonieren.« Er lachte. »Und schreiben kann man notfalls auch mit der Hand, wie in der guten alten Zeit.« Nach ein paar neuerlichen Zügen an der Pfeife fragte er und zeigte dabei auf Fabers Brusttasche: »Haben Sie Ihr Interview mit Frau Spengler schon formuliert?«

Faber zog die Augenbrauen zusammen. »Woher wissen Sie denn, daß ich mit Frau Spengler gesprochen habe?«

Großschulte lachte. »Lieber Herr Kollege! Ich habe Ihnen doch schon einmal gesagt, daß wir Journalisten hier auch nicht gerade hinter dem Mond leben. Aber nichts für ungut!« Er hob begütigend die Hand. »Ich wollte nicht indiskret sein.«

»Das weiß ich zu schätzen.«

Großschulte nickte lächelnd, griff nach seinem Bier und trank. Dann sah er Faber an. »Aber eine Frage hätte ich doch noch.«

Faber gab den Blick schweigend zurück. Großschulte sagte: »Dieser junge Mitarbeiter, von dem ich gesprochen habe... er ist tatsächlich hoch begabt. Schreibt nicht nur für die Zeitung, sondern hat auch eine ausgeprägte literarische Ader. Also, er hat einen Roman geschrieben. Nicht sehr lang, mehr eine Erzählung. Aber bemerkenswert gut, wie mir scheint. Nur verstehe ich leider nicht allzuviel davon, da mangelt es mir nun doch an Erfahrung. Und deshalb habe ich mich gefragt, ob nicht vielleicht Sie mal einen kritischen Blick darauf werfen könnten. Würde Sie wahrscheinlich nicht viel mehr als eine Stunde kosten.«

Faber spürte eine plötzliche Hitze. Er fragte: »Wie kommen Sie denn darauf, daß ich davon mehr verstehe als Sie?«
»Also, jetzt übertreiben Sie aber die Bescheidenheit!« Großschulte lächelte. »Es ist mir zu Ohren gekommen, daß Sie einen großen Namen als Kritiker haben. Theater, Literatur, alles, was es so gibt. Oder hat man mich da etwa falsch informiert?«

Manthey. Das mußte ihm Manthey eingebrockt haben. Es war durchaus möglich, daß er diesen Chefredakteur kannte. Vielleicht übernahm der *Brackloher Bote* hin und wieder einen Artikel von ihm. Und Manthey quatschte gewohnheitsmäßig alles aus, was er wußte. Der Verdacht drängte sich geradezu auf, daß Großschulte ihn nach Faber gefragt und daß Manthey bereitwilligst Auskunft gegeben hatte.

Großschulte sagte: »Es wäre ein Glücksfall für diesen jungen Mann, wenn ein Kritiker, ein Lektor von Ihrem Rang ihm sagen würde, was von seinem Roman zu halten ist. Ich will Ihnen natürlich nicht Ihre Zeit stehlen, Sie haben sich ja auch mit diesem Parteitag viel vorgenommen. Es sollte nur mal eine Frage sein.«

Faber sah auf die Uhr. »Sie erinnern mich daran, daß ich noch einiges zu erledigen habe.« Er griff nach dem Tonbandgerät und stand auf. »Tut mir leid. Ich hoffe, Sie verstehen, daß ich Ihren Wunsch nicht erfüllen kann.«

Großschulte erhob sich. »Aber natürlich, natürlich. Ich will Sie auch nicht länger aufhalten. Ich nehme an, wir sehen uns spätestens morgen abend bei der Sitzung des Landesvorstandes. War mir ein Vergnügen, Herr Faber.«

Faber entfernte sich so überstürzt, daß er das Hotel schon verlassen hatte, als ihm sein Handel mit dem Glatzkopf einfiel. Er blieb auf dem Gehsteig stehen. Der Gedanke an Wiltrud Spengler animierte ihn nicht mehr, die Erinnerung an seinen Traum war ihm eher peinlich, aber in einer widersprüchlichen Mischung aus Aufbegehren und dem selbstquälerischen Verlangen, sich das Scheitern seines Unternehmens an allen Fronten bestätigen zu lassen, kehrte er zurück. Er sah über Großschulte hinweg, der eben mit einem Blick ringsum in die Empfangshalle trat, und ging zur Rezeption. Der Glatzkopf hob die Schultern. »Leider, leider noch immer nichts frei! Ich glaube auch nicht, daß das heute noch etwas wird.«

Erst als er die Stadt verlassen und die Landstraße nach Bracklohe erreicht hatte, vermochte Faber den Wirrwarr seiner Gefühle zu bändigen und seine Gedanken zu ordnen.

Es hatte wie eine beiläufige, eine spontane Ergänzung geklungen, als Großschulte ihn nicht nur als Kritiker, sondern auch als Lektor angesprochen hatte. Vielleicht hätte man auch vermuten können, daß dieser Chefredakteur, da es ja um die Lektorierung eines Manuskriptes ging, sich des Wortes nur bedient hatte, um seine Vertrautheit mit den Begriffen des Metiers zu demonstrieren. Aber wenn er seine jüngsten Informationen über Faber tatsächlich dem geschwätzigen Manthey verdankte, dann wußte er mit hoher Wahrscheinlichkeit, daß Faber auch den Beruf eines Lektors ausübte, und dann stand zu befürchten, daß er das Wort als eine absichtliche Anspielung, wenn nicht gar als Drohung verwendet hatte.

Denn wenn Manthey der Informant war, dann hatte er womöglich sogar ausgequatscht, daß Faber für den Verlag *Die Truhe* arbeitete, den Verlag, dem der Rechtsanwalt Meier-Flossdorf unter der Auflage strengster Diskretion seinen Enthüllungsroman angeboten hatte. Was aber Großschulte über Faber wußte, das wußte mittlerweile vermutlich auch sein Freund Meier-Flossdorf, und der würde nicht vergessen haben, daß dieser Journalist ihm merkwürdige Fragen nach Politikern gestellt hatte, die sich als dilettierende Musiker, Maler oder vielleicht Schriftsteller von ihrem Tagewerk erholen. Und dann war in der Tat Gefahr im Verzuge.

Faber hatte die Telefonzelle am Ende einer Ortsdurchfahrt bereits passiert, als er heftig auf die Bremse trat. Er setzte mit quietschenden Reifen zurück, ging in die Zelle und rief Manthey an. Den saftigen Begrüßungsschwall, den die bloße Nennung seines Namens auslöste, erstickte er rigoros, er gab sich nicht einmal die Mühe, Manthey für die Zusendung der Materialien zu danken, sondern sagte ohne jeden verbindlichen Schnörkel, er sei in Eile und habe eine dringende Frage.

»So frage doch, mein Freund, warum fragst du denn nicht, du weißt doch, daß ich...«

Faber fiel ihm ins Wort: »Kennst du einen gewissen Großschulte?«

»Großschulte? Und wer soll das sein?«

»Petrus Großschulte. Das ist der Chefredakteur des *Brackloher Boten*.«

»Alex, das kann doch nicht wahr sein! Wie tief willst du denn noch sinken? Bist du etwa in Bracklohe?«

»Nein. Aber jetzt sag mir endlich, ob du Großschulte kennst. Und ob er sich bei dir nach mir erkundigt hat.«

»Du wirst beleidigend, Alex. Du willst mir doch wohl nicht unterstellen, daß ich mich mit dem Chefredakteur des *Brackloher Boten* austausche?«

Faber starrte hinaus auf die Landstraße. Er rieb sich die Stirn. Manthey rief: »He, was ist denn? Hat es dir die Sprache verschlagen? Ich bestehe auf einer Entschuldigung!«

Faber sagte, er könne jetzt nicht länger sprechen, und legte den Hörer auf.

Im Waldwinkel nistete, als er dort eintraf, eine dunstige Finsternis. Er blieb eine Weile auf dem Parkplatz neben dem Auto stehen und lauschte. Dann stieg er hinauf zu seinem Ferienhaus. Bevor er die Tür aufschloß, bückte er sich, fuhr mit tastenden Fingern über das Schloß, rüttelte an der Klinke. Er trat erst ein, nachdem er das Licht eingeschaltet hatte. Er versperrte die Tür von innen, zog die Vorhänge zu und sah in jeden Winkel des Hauses. Nachdem er den Heizofen in Gang gesetzt hatte, entkorkte er eine Flasche Wein und ließ sich auf dem Sofa nieder. Plötzlich überfiel ihn ein Frösteln. Er stand auf, holte die Decke vom Bett, streckte sich auf dem Sofa aus und hüllte sich ein.

In dem Halbschlaf, der ihn überkam, begann er dieses Haus, das ihm auf den ersten Blick doch wie ein behagliches Refugium erschienen war, zu fürchten und zu hassen. Sie hatten dieses Haus umzingelt, sie hatten ihn abgeschnitten von der Welt und lauerten ringsum in der Finsternis, eine Bande von skrupellosen Verschwörern, denen er in die Quere gekommen war und die alsbald beschlossen hatten, ihn unschädlich zu machen. Und keine Menschenseele sonst nahm Anteil an seinem Schicksal, sie hatten ihn allesamt vergessen, wie damals, in den ersten Monaten nach der Trennung von Uschi und Judith.

Das möblierte Zimmer, in dem er ständig gefroren hatte. Die zentnerschwere Stille, die ihm am späten Abend und in der Nacht die Luft abschnürte, wenn er auf das Klingeln des Telefons wartete, obwohl er wußte, daß niemand anrufen würde.

Faber warf die Decke von sich, er griff zum Telefon und wählte Kirstens Nummer. Die Furcht, sie könne nicht zu Hause sein, die bittere Enttäuschung begann schon an ihm zu nagen, aber nach einer Zeit, die ihm unerträglich lang erschien, nahm sie den Hörer ab und meldete sich. Er nannte sie »Mein Herz«, er sagte, es tue ihm leid, daß er nicht früher wieder angerufen habe, er fragte sie, wie es ihr gehe und ob sie auch gut auf sich aufpasse.

Sie sagte: »Du machst dir doch nicht etwa Sorgen um mich!«

»Natürlich mache ich mir Sorgen um dich. Und ich vermisse dich sehr.«

»Es geht mir gut, danke. Wenn ich deine Telefonnummer gehabt hätte, hätte ich dich angerufen.«

Faber lächelte. »Und was wolltest du mir sagen?«

»Ich wollte dir gratulieren.«

»Gratulieren? Wie meinst du das?«

»Vogelsang sucht dich seit heute morgen. Er hat mich angerufen und nach deiner Telefonnummer gefragt. Aber die konnte ich ihm ja leider nicht sagen.«

Faber fragte beklommen: »Und was wollte er?«

»Er will diesen widerlichen Roman veröffentlichen. Und er wollte dich fragen, ob du das Manuskript möglichst bald überarbeiten kannst.«

Faber stand auf, dann setzte er sich wieder. Während er noch nach einem Satz suchte, mit dem er das Gespräch fortsetzen konnte, ohne seine Verwirrung zu verraten, schlug dreimal die Klingel der Haustür an. Er spürte, daß sein Herzschlag sich jäh beschleunigte, blieb sitzen und starrte auf die Tür.

Kirsten sagte: »Du scheinst Besuch zu bekommen. Ich will dich auch nicht länger stören. Aber vielleicht könntest du mir wenigstens deine Telefonnummer geben.«

»Ja, natürlich. Einen Augenblick bitte, ich sehe nur mal nach, wer das ist.«

Er legte den Hörer ab, ging zur Tür, zögerte einen Augenblick, bevor er öffnete.

Auf dem Vorplatz stand, den Rücken ihm zugewandt, Astrid Koslowski. Sie wandte sich um und lächelte ihn an. An der Hand trug sie die große Tasche. Sie hatte die Kapuze des Parkas tief in die Stirn gezogen, die braunen Augen glänzten.

Faber sagte: »Was willst *du* denn?!«

»Dich besuchen, was denn sonst?«

»Kannst du nicht wenigstens vorher anrufen?«

»Ich wollte dich doch überraschen.«

Faber richtete die Augen zur Decke und atmete schwer auf.

»Na gut, wenn es dir nicht paßt, dann gehe ich wieder.« Sie trat zu ihrem Fahrrad, zog die Klemme des Gepäckträgers zurück und hob die Tasche hoch.

»Moment mal, nicht so hastig!« Er faßte sie am Arm. »Komm rein.« Sie entzog ihm den Arm. Er sagte: »Nun komm schon rein, verdammt noch mal! Ich hab's doch nicht bös gemeint. Ich muß nur noch zu Ende telefonieren.« Sie sah ihn an, dann hob sie die Tasche vom Gepäckständer.

Während er zum Telefon zurückging, hörte er, wie sie die Tür absperrte. Er hob den Hörer auf. »Entschuldige bitte, das ist ein Informant. Ich hab gar nicht mit ihm gerechnet.«

Kirsten sagte: »Du wolltest mir noch die Telefonnummer geben.« Er las die Nummer vom Telefon ab und versicherte, er werde sie später noch einmal anrufen. Sie sagte: »Gute Nacht, Alex« und legte auf.

Er blieb eine Weile mit gesenktem Kopf stehen, dann wandte er sich um. Sie hatte die Tasche abgestellt, die Kapuze zurückgeschlagen und den Reißverschluß des Parkas geöffnet. Sie sah ihn an. »War das deine Frau?«

»Nein.« Er ließ sich auf dem Sofa nieder, griff nach dem Weinglas, trank es leer und füllte nach.

Sie zog den Parka aus, hängte ihn an die Garderobe und kam langsam zurück, mit behutsamen Schritten. Vor dem Sofatisch blieb sie stehen.

»Hast du Kummer?«

Faber blickte auf. »Kummer?« Er lachte, rieb sich übers Gesicht, ließ sich auf dem Sofa zurücksinken. »Ich stecke bis zum Hals in der Scheiße.«

Sie nickte. Nach einer Weile sagte sie: »Aber so was geht vorüber. Da kommst du bestimmt wieder raus.« Sie begann zu lächeln. »Wie wär's, wenn du dich zuerst mal stärkst?«

»Hervorragende Idee. Und was schlägst du mir zur Stärkung vor?«

»Rotbarschfilets, frische Salzkartoffeln und eine große Schüssel voll Salat. Und Nachtisch natürlich. Weincreme, aber diesmal selbstgemacht.« Sie wies mit ausgestrecktem Finger auf ihre Tasche. »Ich hab alles dabei.«

»Bist du verrückt geworden?« Faber spürte, daß ihm schon wieder das Wasser im Mund zusammenlief. »Du kannst mich doch nicht jeden Abend bekochen!«

»Warum denn nicht? Das macht mir doch Spaß.«

Faber stand auf. Er nahm sie in den Arm und gab ihr einen Kuß auf die Stirn. »Ich helfe dir. Aber ich muß zuerst noch mal telefonieren.«

»Laß dir Zeit. Ich fang schon mal an, die Kartoffeln zu schälen.« Sie gab ihm einen Schmatz auf den Mund, hob die Tasche hoch und verschwand in der Küche.

Faber fühlte sich versucht, ihr sofort zu folgen und zur Hand zu gehen. Dieses unverhoffte Abendessen erschien ihm plötzlich wichtiger als alles andere, nicht nur, weil es ihm die leibliche Nahrung bot, nach der ihn heftig verlangte, sondern mehr noch als Atempause, die er bitter benötigte, und sei es nur eine Galgenfrist. Was würde es nützen, sich heute abend noch die letzte Bestätigung dafür ausstellen zu lassen, daß der umgehende Rückzug aus den trüben Gewässern der Politik geboten war, dringend geboten, weil er sich wie ein Dilettant hineinbegeben und sich unverzeihliche, lebensgefährliche Blößen gegeben hatte?

Am Ende setzte sich die Einsicht durch, daß er eine unruhige, von vagen und deshalb um so quälenderen Grübeleien vergiftete Nacht durchzustehen hatte, wenn er nicht zuvor der Drohung des Herrn Großschulte auf den Grund ging. Er ließ sich auf dem Sofa nieder, trank einen Schluck Wein und wählte Vogelsangs Privatnummer.

Der Verleger gab sich zunächst ungnädig, weil Faber sich jetzt erst melde, kam dann jedoch sehr bald auf *Die Demaskierung* zu sprechen, ein reichlich dilettantisch geschriebenes Manuskript, da habe Faber zweifellos recht, aber er teile ebenso Fabers Einschätzung, daß die skandalösen politischen Zustände, die es schildere, einen authentischen Hintergrund haben und beim Publikum ein großes Interesse finden könnten. Damit Faber ihn nicht mißverstehe: Von den Verkaufschancen des Buchs ganz abgesehen, müsse man sich ja nicht zuletzt fragen, ob nicht die Verantwortung als Staatsbürger es einem geradezu gebiete, ein solches Manuskript zu veröffentlichen und auf diese Weise den politischen Sumpf der Hauptstadt ans Tageslicht zu bringen, ja vielleicht sogar auszutrocknen.

Nach dieser Präambel, die ihm offensichtlich unverzichtbar erschien, stellte Vogelsang die Frage, ob er Fabers Hinweis, das Manuskript müsse stilistisch gründlich überarbeitet werden, zu Recht als ein Angebot, diese Bearbeitung selbst zu übernehmen, verstanden habe. Das komme darauf an, sagte Faber.

Wie er das meine? Nun, fragte Faber, ob Vogelsang denn schon mit diesem Rechtsanwalt, der als Bevollmächtigter des Autors auftrete, gesprochen habe? Natürlich, antwortete Vogelsang; er habe heute morgen Doktor Meier-Flossdorf angerufen, der habe sich umgehend mit dem Autor in Verbindung gesetzt und ihm, Vogelsang, eine halbe Stunde später mitgeteilt, der Autor sei mit einer Überarbeitung des Manuskripts und allen anderen angebotenen Konditionen einverstanden.

Faber holte Atem. Dann fragte er: »Haben Sie Meier-Flossdorf meinen Namen genannt?«

»Nein, natürlich nicht. Ich mußte ja zunächst einmal sicherstellen, daß Sie die Zeit finden, das Manuskript innerhalb kürzester Frist zu bearbeiten.«

Faber griff sich in die Haare, er zog so heftig daran, daß ihn die Kopfhaut schmerzte.

Vogelsang fuhr fort: »Ich möchte es spätestens mit dem Frühjahrsprogramm herausbringen. Vielleicht lohnt sich sogar ein Schnellschuß. Also, wollen Sie und können Sie?« Nach einer kleinen Pause fügte er hinzu: »Ich würde Ihnen zunächst mal einen Vorschuß von dreitausend zahlen.«

»Einverstanden.« Faber räusperte sich, dann sagte er: »Ich würde Sie nur bitten, Meier-Flossdorf vorerst meinen Namen nicht zu nennen.«

»Warum denn nicht?«

»Wissen Sie...« Faber überlegte angestrengt. »Ich bin ja hier, um über einen Parteitag zu berichten. Und hier erst habe ich zu meiner Überraschung erfahren, daß dieser Meier-

Flossdorf der Verfasser eines Kulturprogramms ist, das auf dem Parteitag zur Debatte steht.« Er räusperte sich. »Ich möchte ganz einfach den Eindruck der Befangenheit vermeiden, verstehen Sie?«

»Ach so. Ja, ja, das verstehe ich.«

Als Faber den Hörer aufgelegt hatte, blieb er eine Weile sitzen. Unversehens sprang er auf und rief: »Nichts da, Herr Großschulte! Sie haben mich ins Bockshorn gejagt, aber Sie haben keinen Dunst, mit wem Sie es zu tun haben!«

Er griff nach der Flasche und dem Glas und ging in die Küche. Astrid war dabei, eine Kartoffel kleinzuschneiden, ließ die Stücke ins Wasser fallen und sah ihn lächelnd an. »Gute Nachrichten?«

Er nahm ein zweites Glas aus dem Küchenschrank. »Sehr gute. Darauf müssen wir unverzüglich trinken.«

»Aber nicht so viel!« Während er die Gläser füllte, warf sie ihm einen Seitenblick zu. »Und du würdest auch besser noch ein bißchen warten.«

»Warum?«

Sie blickte lächelnd auf die nächste Kartoffel, die sie zu schälen begonnen hatte. »Damit du nach dem Essen nicht gleich wieder einschläfst.«

Faber betrachtete sie stumm. Unter der Schürze trug sie schwarze gut sitzende Jeans und einen in Schwarz und Weiß längsgestreiften dünnen Pullover, dazu schwarze glänzende Halbschuhe und am Ohr ein kleines Kleeblatt aus Gold. Sie bewegte die runden Schultern unter dem Pullover.

Er stellte die Flasche ab. Sie ließ die Kartoffelstücke in den Topf fallen, legte das Messer neben die Kartoffeln, streifte die Hände an der Schürze ab und wandte sich ihm zu. Faber nahm sie in die Arme. Sie schlang die Arme um seinen Hals und küßte ihn.

In der Nacht wurde Faber wach. Er wußte nicht, wo er war, tastete um sich und erinnerte sich erst, als er unter der Decke ihre Hüfte fand, daß sie das Sofa aufgeklappt und ihnen darauf ein Doppelbett bereitet hatte. Im matten Schein der Lampe, die sie im Bad bei halb geöffneter Tür hatte brennen lassen, sah er ihre Augen schimmern. Sie lag auf der Seite und lächelte ihn an.

»Ich weiß jetzt übrigens auch, wo die Verkäuferin wohnt. Die, mit der der Lukas was gehabt hat. Ich hab dir ihre Adresse aufgeschrieben. Ich geb dir den Zettel morgen früh.«

Faber murmelte: »Nicht so wichtig. Aber vielen Dank.«

Nach einer Weile fragte sie: »Hast du Schweikart jetzt am Haken?«

Er murmelte: »Es geht nicht mehr um Schweikart.«

»Dann geht's um Erwin, stimmt's?« Faber gab ein müdes Brummen von sich. Sie sagte: »Ich hab gehört, daß du beim Telefonieren seinen Namen genannt hast. Ich hab nicht gelauscht. Aber du hast so eine deutliche Stimme. Sprichst du auch im Rundfunk?«

Faber seufzte. »Schon mal.«

»Aber nicht im Fernsehen?«

»Doch. Hin und wieder.«

Sie schwieg eine Weile. Dann sagte sie: »Ich find dich super, Alex. Ich meine, du bist doch bloß Theaterkritiker. Aber daß du dich trotzdem mit einem so hohen Tier wie Erwin anlegst. Das ist ein schräger Vogel, das wissen alle, aber ich hab noch nie gehört, daß einer sich getraut hat, dem die Tour zu vermasseln.«

Faber schwieg. Sie fuhr fort: »Das ist ganz schön gefährlich, kann ich mir vorstellen. Ich meine, wenn du ins Theater gehst und schreibst, das Stück ist schlecht oder sie haben es schlecht gespielt, da bekommst du vielleicht auch schon mal

Ärger, aber da kann dir doch nicht viel passieren. Da geht es ja um nichts.«

Faber öffnete die Augen und sah sie an. »Wieso geht es da um nichts?«

»Na ja, Theater ist halt bloß Theater. Also, nicht daß du meinst, ich mag kein Theater, ich geh fast jedesmal rein, wenn es in der Aula ein Gastspiel gibt, und früher hatte ich sogar ein Abonnement in N., ist mir bloß zu stressig geworden, seit ich jeden Morgen so früh aufstehen muß. Ich komm auch manchmal aus dem Theater raus mit so einem Gefühl, als hätte ich was ganz Besonderes erlebt, ich fühl mich total high, aber wenn ich dann an den nächsten Morgen denke und an die Oehmke, an diese Schreckschraube, dann wird mir klar, daß das, was ich da erlebt habe, mit meinem Leben überhaupt nichts zu tun hat, mit dem Leben überhaupt, meine ich. Ich meine, da stirbt einer auf der Bühne oder er wird umgebracht, und nach der Vorstellung sitzt die Leiche in der Weinstube und säuft sich mit dem Mörder und dem ganzen anderen Volk die Hucke voll.«

Faber schloß die Augen wieder. Sie sagte: »Du kannst ruhig sagen, wenn du das blöd findest, was ich mir da zusammenlabere.«

»Ich find's überhaupt nicht blöd. Nur verstehe ich nicht, was du erwartest, wenn ich mich hinter Erwin klemme.«

»Aber das ist doch klar.« Sie richtete sich auf, stopfte sich das Kissen unter die Armbeuge und lehnte sich darauf. »Hör mal, solche Typen wie Erwin, die glauben doch, sie können machen, was sie wollen. Die Politiker, meine ich, oder solche Typen wie Pe-Ge-Es. Die halten uns doch für behämmert, und so gehen sie auch mit uns um. Ich meine, wenn wenigstens einer von denen mal abgeschossen wird, das ist doch schon was. Alle reden davon, aber keiner traut sich. Hajo, Hajo Schneidewind zum Beispiel, den müßtest du mal reden hören. Wenn's nach dem ginge, dann säße die ganze Mafia von Bracklohe schon hinter Gittern. Aber statt wirklich was zu tun, malt er bloß seine Bilder, und wenn ihm das keinen Spaß mehr macht, dann knallt er sich zu.«

»Magst du seine Bilder nicht?«

»Doch, ein paar jedenfalls, die finde ich sogar Spitze. Bei denen hebe ich total ab. Nicht sofort, das dauert immer eine Weile, ich muß lange genug davorstehen, aber dann bekomme ich irgendwann so ein irres Feeling. Als ob das Bild mich in sich reinzieht, Wahnsinn ist das.«

Sie richtete sich auf, klopfte das Kissen zurecht und suchte eine bequemere Position. »Aber bei manchen anderen verstehe ich nur Bahnhof, da komme ich überhaupt nicht ran. Da geht's mir so ähnlich wie manchmal nach dem Theater, verstehst du, ich frage mich, was das denn mit dem Leben zu tun hat, mit meinem Leben und mit dem Leben überhaupt. Und ich frag mich, was er eigentlich damit erreichen will, immer nur solches Zeug malen und saufen und labern und wieder malen und malen, lauter Bilder, die kein Schwanz kaufen will. Was soll das denn? Das ist doch... das ist doch die reine Wichserei!«

Sie kratzte sich geräuschvoll die Schulter. Faber öffnete die Augen. Er legte einen Arm um ihren Hals und zog sie an sich.

Es war sechs Uhr am Morgen, als er wach wurde. Aus dem Badezimmer drang gedämpft das Rauschen der Dusche. Er schloß die Augen wieder. Nach einer Weile hörte er sie in der Küche hantieren, eine Tasse klapperte. Er fiel in einen Halbschlaf, aus dem er erwachte, als er die Berührung ihrer Lippen auf seiner Wange spürte. Sie flüsterte: »Ich hab dir den Tisch gedeckt, dann kannst du gleich frühstücken.«

Faber hob die Hand und tastete mit geschlossenen Augen nach ihrem Gesicht. Sie nahm die Hand in beide Hände und küßte sie. »Ich schließe von außen ab und werf dir den Schlüssel durch den Schlitz. Aber schlaf nicht zu lange, du hast ja noch was vor.«

Gegen neun stand Faber auf. Auf dem Tisch fand er, gegen die Kaffeetasse gelehnt, einen Zettel mit der Adresse der

Verkäuferin, *Erika Mahnke, Am Hammer 17, Wedderkamp-Ost.* Unter die Adresse hatte sie einen Kußmund gemalt.

Während des Frühstücks sah Faber seine Notizen durch. Er überlegte, wie er die fast neun Stunden bis zu seiner abendlichen Verabredung mit Schweikart nutzbringend verwenden könnte. Eine Weile versuchte er, die Spekulation wieder aufzunehmen und abzustützen, von der er sich am Vorabend doch so entschieden getrennt hatte, daß nämlich keineswegs der Provinzpolitiker Meier-Flossdorf, sondern eben doch der parlamentarische Insider Schweikart, ein Autor also, dessen Enthüllungen sehr viel ernster zu nehmen wären, weil sie auf einer viel intimeren Kenntnis der Realität beruhen würden, den Roman geschrieben hatte. Aber wie ließ sich die dann unerläßliche Voraussetzung begründen, daß an der Abtreibung, die dort beschrieben stand, keineswegs der liederliche Sohn Meier-Flossdorfs, für den dergleichen Operationen zu den unvermeidlichen Betriebsunfällen seines Liebeslebens gehören mochten, beteiligt war, sondern eben doch der hausbackene, auf Verhütung jedweden Risikos bedachte Sohn Schweikarts?

Indem man diesen vermeintlich fischblütigen Lukas als Schwängerer der Verkäuferin entlarvte. Vorzüglich. Und wie das? Durch eine Befragung der Verkäuferin. Wedderkamp-Ost, Am Hammer 17.

Einst vielleicht nur ein einsames Dorf, Wedderkamp geheißen. Aber zwei, drei Kilometer östlich davon, über einen zerfurchten Fuhrweg durch Wiesen und Gehölz zu erreichen, war am Ufer eines Flüßchens, am Ufer der Wedder natürlich, eine Hammerhütte errichtet worden, vielleicht im späten achtzehnten Jahrhundert, von einem jungen, aufgeweckten Mann aus Wedderkamp, der sich in der Welt umgetan und in England, in Sheffield oder Birmingham, eine Ausbildung zum Ingenieur genossen hatte. Er hatte seinen Hammer, in dieser ländlichen Region die erste Einrichtung zur industriellen Verarbeitung von Eisen, noch mit Wasserkraft betrieben, noch störte die Maschine, deren Schläge an einem dunstigen Herbstmorgen zum erstenmal über das Schilf des Flußufers hallten, den Frieden des Dorfes nicht. Erst um die Mitte des 19. Jahrhunderts hatten die Nachfahren des Gründers eine weitläufige Fabrikhalle errichtet und darin einen der modernen, mächtigen Dampfhämmer aufgestellt. Der Fuhrweg war zur Straße ausgebaut worden, die Wedderkamp-Ost mit Wedderkamp-West, dem einstigen Dorf, verband, rechts und links davon waren um die Jahrhundertwende die Mietskasernen der Fabrikarbeiter aus dem geschändeten Boden gewachsen.

Am Hammer 17, das war eine dieser Kasernen, ein rußgeschwärztes, fünfstöckiges Haus in einer stumpfsinnigen Reihe gleichartiger Häuser. Im Erdgeschoß das blinde Schaufenster eines Kolonialwarenladens, der vor Jahren schon aufgegeben worden war und in dessen muffigen, dämmrigen Räumlichkeiten nur noch Gerümpel herumlag. Hinter der schmalen Flügeltür daneben ein düsteres Treppenhaus, ausgetretene Holzstiegen. An einer der Türen im Dachgeschoß ein Pappschild, von Hand beschrieben und mit Heftzwecken befestigt: *E. Mahnke*.

Sie öffnet mit einer Zigarette in der Hand, die langen blonden Haare hängen in Strähnen herab. Fleckiger Pullover, ausgebeulte Jeans. Ein stummer, mißtrauischer Blick, ein Zug an der Zigarette. Ob er einen Augenblick hereinkommen könne? Er sei Journalist, wolle ein Porträt von Bracklohe schreiben und interviewe deshalb Menschen, die dort lebten oder gelebt hätten. Bracklohe? Ja, Bracklohe. Und wie er da auf sie gekommen sei? Nun, zu seinen ersten Kontakten habe natürlich Nikolaus Schweikart gehört, auch dessen Sohn Lukas, als zwei der angesehensten Bürger der Stadt, und so habe er erfahren, daß sie mit Lukas Schweikart befreundet gewesen sei, bevor sie Bracklohe verlassen habe.

Sie starrt ihn an. Sie sagt: »Sie lügen! Sie wollen doch wohl nicht behaupten, daß Lukas oder der Alte Ihnen meinen

Namen genannt hat?« Nein, nein, das habe er ja nicht gesagt; aber warum denn Lukas ihm ihren Namen nicht habe nennen sollen? »Das fragen Sie ihn doch mal selbst!« Sie schließt die Tür, öffnet sie noch einmal und bringt mit erstickter Stimme heraus: »Und fragen Sie ihn, ob er die Valkensdorp-Klinik in Venlo kennt!« Die Tür wird zugeschlagen. Der Beweis ist erbracht.

Ja, vorzüglich, dann wäre er erbracht. Dann nämlich, wenn das Abbild dieser Erika Mahnke, das er so lustvoll in seiner Phantasie entworfen hatte, mit der Realität übereinstimmte und nicht nur eine ausschweifende Spekulation wäre.

Faber schlug heftig sein Notizbuch zu, er stieß den Stuhl zurück, räumte das Geschirr vom Tisch und brachte es in die Küche. Während er es abwusch, versuchte er die trostlose Ernüchterung, die sich in ihm ausbreitete, zu überwinden und sich zu überzeugen, daß die Überlegung, die er am Vorabend zu Papier gebracht hatte, bevor Herr Großschulte ihn aufstörte, unverändert zutraf: Es war doch gleichgültig, ob Schweikart oder in Gottes Namen Meier-Flossdorf diesen Enthüllungsroman verfaßt hatte – entscheidend blieb, daß sogar der skandalöseste aller Skandale, den das Manuskript beschrieb, nämlich die Felonie eines Kanzlerberaters und deren Vertuschung, der Wirklichkeit entnommen war, und dafür gab es nun einmal gewichtige Indizien.

Als er das Bettzeug in die Schlafkammer brachte, stieß Faber mit dem Fuß an den Koffer, in dem er das Manuskript aufbewahrte. Vogelsangs Auftrag fiel ihm ein, und in demselben Augenblick spürte er neuen Mut, Schaffenslust regte sich: Er konnte, um die Zeit über Tag sinnvoll zu nutzen, mit der Bearbeitung des Manuskripts beginnen. Bis zum Aufbruch zu seiner Verabredung mit Schweikart blieben ihm noch mehr als sieben Stunden, nein, nicht ganz, er mußte neuen Wein einkaufen, auch Lebensmittel und die Tageszeitungen, aber der Umweg über den Marktplatz würde ihn allenfalls eine halbe Stunde kosten.

Faber widerstand der Versuchung, sich mit einem Glas Wein zu versorgen, bevor er mit der Arbeit begann. Er schlug die erste Seite des Manuskripts auf und las.

An einem kalten Winterabend Mitte der achtziger Jahre saß Dr. Peter Stahl an dem breiten Schreibtisch in seinem geräumigen, geschmackvoll möblierten Büro in der Hauptstadt und erledigte einen hohen Stapel von Akten. Aber seine Gedanken schweiften immer wieder ab. Sie trugen ihn hinaus in die Abenddämmerung, die schon so weit fortgeschritten war, daß man draußen vor dem Ministerium außerhalb von den Lichtkegeln der Laternen kaum die Hand vor den Augen erkennen konnte. Für Helligkeit sorgten nur die nassen Schneeflocken, die wie Irrwische durch die Lichtkegel tanzten.

Warum war er nur so unruhig? Dr. Stahl wußte es nicht. Er hatte sich diese Frage schon ein paarmal gestellt, aber die Antwort wollte sich einfach nicht ergeben. Lag das Geheimnis in den Akten versteckt, die er bereits bearbeitet hatte? Irgendeine Kleinigkeit, über die er mit einem flüchtigen Blick hinweggelesen hatte, aber die sich in sein Unterbewußtsein eingebrannt hatte, gleich einem bohrenden Pfeil, ohne dessen Herauslösung man keine Ruhe findet, auch wenn es schmerzt? Oder war es vielleicht...

Es klopfte. Frau von Berg trat ein, die Chefsekretärin Dr. Stahls. Sie näherte sich mit behutsamen Schritten, rücksichtsvoll wie immer. Als Stahl aufblickte, sagte sie mit einem bekümmerten Lächeln: »Wollen Sie denn noch immer nicht Schluß machen für heute? Morgen früh um halb acht müssen Sie schon wieder beim Kanzler sein!« Stahl nickte und sagte: »Ich weiß. Aber diesen Stapel muß ich unbedingt noch erledigen. Sie wissen doch, daß der Kanzler es haßt, wenn...«

Er unterbrach sich... Unvermutet schlug er mit der Hand auf den Schreibtisch, das erlesene Holz dröhnte so laut, daß Frau von Berg voller Schreck zusammenzuckte. Stahl rief: »Ich hab's! Bergerin, ich hab's!« Mit zielsicheren, feingliedri-

gen Händen griff er in den Stapel, den er bereits erledigt hatte, und zog aus diesem eine Akte heraus. Niemand hätte dieser Akte angesehen, daß sie den Schlüssel zu einem parteipolitischen Skandal allererster Ordnung enthielt. Aber Stahls scharfen Augen war der Abgrund von Korruption, der sich hinter diesem Schlüssel verbarg, trotzdem nicht entgangen, wenn auch mit einer leichten, jedoch verzeihlichen Verspätung angesichts der fast übermenschlichen Arbeitsbelastung dieses Mannes.

Faber seufzte. Er machte sich daran, den Niederschlag der Schwierigkeiten zu beseitigen, die der Autor mit den Lichtverhältnissen vor dem Ministerium, auch mit den Leiden des Stahlschen Unterbewußtseins und der Funktion von Schlüsseln gehabt hatte. Aber mit dergleichen Schwierigkeiten bekam er es auch auf den folgenden Seiten zu tun, die stilistische Unfallquote schien eher zu wachsen.

Als er nach zwei Stunden auf eine Passage stieß, die er zweimal ohne befriedigendes Ergebnis zu korrigieren versuchte, warf er inmitten des dritten Versuchs seinen Stift von sich, legte den Kopf in den Nacken und schrie: »Nein! Nein, nein, nein, das ist zu grausam!« Er sprang auf, ging in die Küche und entkorkte seine letzte Flasche. Das erste Glas trank er im Stehen, mit dem zweiten ging er zurück an den Tisch. Er ließ sich nieder, verschränkte die Arme über dem Manuskript und bettete seinen Kopf darauf.

Nach einer Weile richtete er sich auf. Er trank einen Schluck, dann begann er, in dem Manuskript weiterzublättern. Hier und da las er eine längere Passage, schüttelte den Kopf, gab klagende Laute von sich, als quäle ihn ein physischer Schmerz, schlug sich mit der Faust vor die Stirn. Er las auch das Abtreibungs-Geständnis des Rechtsreferendars Jürgen noch einmal, rülpste alsdann mit offenem Mund und blätterte weiter.

Plötzlich hielt er ein. Er blätterte hastig zurück zu Jürgens Geständnis, starrte auf den Text.

Er hatte einen völlig falschen Schluß gezogen. Meier-Flossdorf konnte der Autor dieses Textes nicht sein: Sein aus der Art geschlagener Sohn, wie extensiv auch immer der geile Liederjan sich unter den Töchtern der Region ausgelebt haben mochte und wie plausibel es auch war, daß er die eine oder andere zur Ausräumung des Schadens nach Venlo spediert hatte – dieser Sohn hätte seinem Vater nie und nimmer die Valkensdorp-Klinik beschrieben. Nicht etwa, weil er den Unwillen des Alten gefürchtet hätte; dessen Gunst hatte er ohnehin und wahrscheinlich schon lange verscherzt. Nein, ganz im Gegenteil: Ein Kerl solcher Lebensart litt nicht unter den Skrupeln, die ihn zu einem Geständnis – Geständnis welcher Verfehlung denn auch? – genötigt hätten, und schon gar nicht unter dem Bedürfnis, sich einem Vater anzuvertrauen, der nach den Maßstäben des Sohnes vom Leben ohnehin nichts verstand.

Faber blieb wie angewurzelt sitzen. Wenn Schweikart der Autor nicht sein konnte, weil sein Sohn nach Schneidewinds Zeugnis dazu neigte, schon beim Küssen ein Kondom zu verwenden, wenn aber auch Meier-Flossdorf als Autor nicht in Frage kam, weil wiederum dessen Sohn in der Rolle des reuigen Sünders ganz unvorstellbar war – dann befand sich die Recherche wieder auf dem Nullpunkt. Der Rechtsanwalt Dr. Meier-Flossdorf hatte dem Verlag *Die Truhe* das Manuskript eines Enthüllungsromans mit einem offenbar ernstzunehmenden, realen Hintergrund zur Veröffentlichung angeboten. Daran gab es keinen Zweifel. Aber wer der Autor war, lag wie am ersten Tag im dunkeln.

Schließlich stand Faber auf. Er packte das Manuskript in den Koffer, ging zurück zum Tisch und blieb daneben stehen. Dort lag noch der Zettel, den Astrid ihm hinterlassen hatte. Faber betrachtete ihn. Nach einer langen Zeit nahm er den Zettel, hob den Telefonhörer ab und wählte die Nummer der Auskunft. Er fragte nach dem Anschluß von Erika Mahnke, Am Hammer 17 in Wedderkamp-Ost.

Es dauerte nur ein paar Sekunden, bis der Hörer abgehoben wurde. Eine Kinderstimme rief: »Hallo, hallo! Hier ist Yvonne Stark! Wer ist da bitte?«

Faber sagte: »Guten Tag, Yvonne. Hier ist Alexander Faber. Ich hätte gern die Erika Mahnke gesprochen.«

Das Kind schwieg. Faber hörte seine Atemzüge und hin und wieder ein kleines Ächzen, als habe es eine anstrengende Arbeit zu tun. Er suchte nach einem neuen Ansatz, als das Kind sagte: »Die Mami heißt aber Erika Stark.«

»Ah ja, das wußte ich nicht. Ist sie denn zu Hause?«

»Die ist Spinat kaufen. Die kocht mir Spinat mit Kartoffelbrei.«

»Ah ja.« Faber zögerte, dann fragte er: »Und der Papi?«

»Der mag keinen Spinat.«

»Ist er denn zu Hause?«

Das Kind schwieg eine Weile, Faber hörte es atmen. Unversehens legte es den Hörer auf.

Faber stand auf, er ging im Zimmer umher, setzte sich noch einmal aufs Sofa. Plötzlich sprang er auf, er ging in die Schlafkammer, griff nach einer Krawatte und band sie um. Den Zettel steckte er in die Jackentasche, er nahm Mantel und Tonbandgerät und verließ das Haus.

Eine graue Wolkendecke hatte sich über den Grafenberg geschoben, die Luft war feucht und kühl. Faber zog, nachdem er die Haustür abgeschlossen und prüfend am Griff gerüttelt hatte, den Mantel über, bevor er den Abhang zum Parkplatz hinunterstieg. Er setzte sich hinters Steuer und schlug den Autoatlas auf. Wedderkamp lag an einer Nebenstraße im Norden des Landes. Die Strecke von Bracklohe dorthin sollte in zwei Stunden zu bewältigen sein, und ungefähr die gleiche Zeit war für die Fahrt von Wedderkamp nach N. zu veranschlagen.

Als Faber nach Bracklohe gelangte, fand er die Zufahrt zum Marktplatz gesperrt. Auf den Parkplätzen waren Verkaufsstände errichtet worden, der Wochenmarkt fand statt. Faber kurvte fluchend durch ein Labyrinth von verstopften Seitenstraßen, schließlich stellte er sein Auto kurzerhand auf einem schmalen Gehsteig ab, der mit einem Halteverbot belegt war. Er hastete zurück zum Marktplatz und kaufte in dem Feinkostladen einen Karton Wein, Obst, Brot, Käse und ein Stück Schinken. Beim Bezahlen entdeckte er, daß seine restliche Barschaft für nicht viel mehr als eine Tankfüllung reichte.

Er schleppte die Einkäufe zu seinem Auto und verstaute sie. Als er wieder auf dem Marktplatz eintraf, war die Tür der Bank verschlossen, hinter dem spiegelnden Glas hing ein weißes Pappschild, beschrieben mit kalligraphischen Buchstaben in grüner Tusche: *Auch wir machen Mittagspause – um 14.00 Uhr sind wir wieder da!* Faber zog seine Scheckkarte und suchte den Geldautomaten. Er fand ihn, aber der Automat trug ein Schild, das in derselben kunstvollen Handschrift verkündete: *Vorübergehend leider außer Betrieb!* Faber spähte fluchend durch die Glastür. Ein junger Mann, der zu Hemdsärmeln eine korrekt gebundene Krawatte trug, kam aus dem Hinterzimmer und machte sich an einem Schreibtisch zu schaffen. Faber rief: »Hallo!« und begann zu gestikulieren. Der junge Mann streifte ihn mit einem Seitenblick und ging zurück in das Hinterzimmer.

Faber fühlte sich versucht, gegen die Tür zu treten. Er sah auf die Uhr, dann wandte er sich um. Eine Frau und ein Mann mit Einkaufstaschen waren stehengeblieben, sie beobachteten ihn. Faber fixierte sie mit einem stechenden Blick, sie gingen weiter. Er dachte ein paar Sekunden lang nach, sah abermals auf seine Uhr, dann machte er sich beschleunigt auf den Weg zu seinem Auto. Unter dem Scheibenwischer fand er das Formular einer gebührenpflichtigen Verwarnung. Er knüllte das Formular zusammen und stopfte es in die Manteltasche.

Es war fast halb vier, als er auf einer schmalen, auf beiden Seiten mit alten Bäumen bestandenen Straße die Ortseinfahrt von Wedderkamp-Ost passierte. Ein Tankwart, den er nach dem Weg fragte, wies ihn zum jenseitigen Ende des Orts.

Faber fand eine schmale, asphaltierte Seitenstraße, die auf einen bewaldeten Hügel hinaufführte. Die eine Seite der Straße war mit schmucken Reihenhäusern bebaut, auf der anderen lagen inmitten von Gärten kleine Bungalows. Das Haus Am Hammer 17 gehörte zu den Bungalows.

Faber stellte sein Auto vor der Gartentür ab und stieg aus. Er blieb eine Weile neben dem Auto stehen, betrachtete das Haus und den Garten. Dann ging er langsam ein Stück die Straße hinab, vorbei an den beiden Garagen, von denen die zweite zum Nachbargrundstück zu gehören schien. Unversehens verharrte er, als sei ihm ein Schreck in die Glieder gefahren. Hinter den Garagen war ein Rasenmäher angesprungen. Faber lauschte.

Das Geräusch des Rasenmähers schwoll in unregelmäßigen Wellen an und ab. Es schien lauter zu werden. Faber, dem seine verkrampfte Haltung bewußt wurde, wandte sich um und ging langsam zurück. Hinter der Ecke der Garage tauchte eine kleine, magere Frau in Jeans und Pullover auf, die den Rasenmäher hin- und herschob. Ihre schwarzen Haare waren kurzgeschnitten, sie mochte Anfang Dreißig sein.

Faber hörte eine durchdringende Kinderstimme: »Mamiii! Da ist einer!« Ein kleines Mädchen, das eine Puppe im Arm trug, kam durch den Garten herangelaufen, sie wies mit dem Finger auf Faber. Die Frau blickte auf.

Faber blieb stehen. Er hob eine Hand und winkte dem kleinen Mädchen. Dann sah er die Frau an, setzte ein Lächeln auf, das ihm Mühe machte. Die Frau stellte den Rasenmäher ab, rieb die Hände an den Jeans und kam zum Zaun. Sie erwiderte Fabers Lächeln. »Wollen Sie zu mir?«

»Ich vermute, ja. Sind Sie Frau Stark?«

»Ja.«

»Frau Stark, geborene Mahnke?«

»Ja.« Die Frau nickte ein wenig befremdet. Sie strich dem Kind, das herangekommen war und mit einem Arm ihr Bein umklammerte, über die Haare.

Faber lachte. »Entschuldigen Sie bitte, daß ich Sie gleich mit mehreren Fragen überfalle. Mein Name ist Alexander Faber. Ich bin Journalist.«

Die Frau sah ihn verständnislos an. Faber, der sich zunehmend beklommen fühlte, suchte sein Heil in der Flucht nach vorn und hob an mit seiner Geschichte vom Porträt einer Kleinstadt. Als er den Namen Lukas Schweikart aussprach, begann die Frau zu seiner Überraschung zu lächeln. »Ach, der Lukas! Wie geht's ihm denn?«

Faber antwortete, recht gut, soweit er das beurteilen könne. Sie fragte: »Wie viele Kinder hat er mittlerweile?« Zwei, sagte Faber. Sie nickte lächelnd.

Ein Auto näherte sich, es schwenkte in die Garageneinfahrt ein. Das Kind schrie »Papi, Papi!« und lief zur rückwärtigen Tür der Garage. Ein Mann in dunklem Trenchcoat stieg aus, er öffnete das Garagentor. Die Frau winkte ihm, der Mann winkte zurück und musterte Faber, bevor er einstieg und das Auto in die Garage fuhr.

Die Frau sah Faber an. »Aber so richtig verstanden hab ich noch immer nicht, was Sie von mir wollen.«

Faber, der das Gespräch am liebsten auf der Stelle beendet hätte, formulierte einen wolkigen Satz über ihre Erinnerungen an Bracklohe, die für sein Porträt vielleicht von Bedeutung sein könnten.

»Meine Erinnerungen an Bracklohe?« Die Frau lachte. »Aber das interessiert doch keinen Menschen! Das ist auch gar nichts Besonderes.« Sie schüttelte den Kopf. »Und deshalb sind Sie den weiten Weg gefahren?«

Faber hob mit einem Lächeln die Schultern, als halte er selbst den Aufwand für ein wenig verrückt.

Der Mann kam mit dem Kind auf dem Arm aus der rückwärtigen Garagentür. Er blieb stehen und sah, während er mit dem Kind sprach, zu Faber hinüber. Die Frau sagte nach einem Blick über die Schulter: »Es tut mir wirklich leid, aber ich hab jetzt auch keine Zeit mehr. Ich muß mich um meinen

Mann kümmern.« Sie nickte lächelnd. »Aber sagen Sie Lukas einen schönen Gruß, wenn Sie ihn wiedersehen.«

Sie wandte sich ab. Faber, den jäh der Zorn auf sich selbst ergriff, sagte hastig: »Nur einen Augenblick noch!« Sie blieb stehen und sah ihn an. Die dunklen Brauen zogen sich ein wenig zusammen.

»Wenigstens eine Frage könnten Sie mir doch beantworten.« Faber räusperte sich, dann sagte er halblaut: »Ist es richtig, daß Sie vor ein paar Jahren mit Lukas nach Venlo gefahren sind? Venlo in Holland?«

Sie zögerte einen Augenblick lang. Dann sagte sie: »Entschuldigen Sie, aber ich hab jetzt wirklich keine Zeit mehr.« Sie ging zu dem Mann und küßte ihn.

Faber sah Anlaß zu einem unverzüglichen Rückzug. Er stieg in sein Auto und fuhr ab, ohne einen Blick zurückzuwerfen.

15

Auf der Fahrt nach N. verfehlte Faber die Straße, die von Bracklohe in die Stadt führte; er landete in einem Industrieviertel, die Wegbeschreibung, die Schweikart ihm am Telefon gegeben und die er auf dem Beifahrersitz bereitgelegt hatte, nützte ihm nichts. Zudem geriet er in den Feierabendverkehr und verfuhr sich zweimal. Als er endlich in der Nähe des Restaurants einen Parkplatz gefunden hatte, war es fünf Minuten nach halb sieben. Er blieb einen Augenblick im Auto sitzen, rieb sich die Stirn und den Hals trocken, bevor er den Knoten der Krawatte straffzog und ausstieg.

Im Foyer des Restaurants thronte eine Dame mit silbern schimmernden Haaren, die ein schwarzes Kleid und eine schlichte goldene Halskette trug, im Schein eines mehrarmigen Kerzenleuchters hinter einem Rokoko-Pult, Louisquinze womöglich oder zumindest eine erstklassige Imitation. Während die Dame ihn mit einem perfekt dosierten Lächeln begrüßte, fühlte Faber sich von der Frage beunruhigt, ob es zu den Usancen des Abgeordneten gehörte, dergleichen Werbekosten, die sich bei der Bundestagskasse wohl doch nicht abrechnen ließen, aus eigener Tasche zu bezahlen, oder ob er erwartete, daß der Journalist über einen Informationsetat verfügte, der es ihm erlaubte, einen Politiker so exquisit abzufüttern.

Die Dame verzichtete, als Faber seinen Namen nannte und sagte, er sei mit Herrn Schweikart verabredet, auf einen Blick in die Liste der Reservierungen, die in einem ledernen Einband vor ihr lag, sie stieg, indem sie lächelnd nickte, von ihrem Pult herab. Aus dem mit schweren Portieren drapierten Hintergrund trat eine kleine Blondine in kurzem schwarzem Kleid mit weißem Zierschürzchen und weißem Stirnhäubchen, sie nahm Faber den Mantel ab. Die Dame wies mit einer fließenden Handbewegung auf den Eingang des Restaurants, dann ging sie durch dessen Portieren voraus. Faber warf einen Blick auf ihre Beine, auch auf die Bewegungen ihres Gesäßes, und fand seine Beobachtung erhärtet, daß die Dame ungeachtet ihrer silbernen Haare im besten Alter war.

Sie führte ihn durch den nicht sehr großen Raum, an dessen blütenweiß gedeckten Tischen die ersten Gäste im Kerzenlicht speisten und murmelten, zu einer Nische, in der die aufgeschlagenen Seiten eines überregionalen Blattes zu sehen waren. Die Dame sagte: »Herr Schweikart?« Die Seiten senkten sich, dahinter tauchte ein Charakterkopf auf. Ein dichter eisgrauer, gut geschnittener Haarschopf, blaugraue Augen unter dunklen Brauen, ein melierter Schnurrbart, der auf beiden Seiten exakt bis zu den Mundwinkeln reichte, ein kräftiges Kinn; die Haut war leicht gebräunt, die Falten, die sich in sie eingegraben hatten, hätten den markanten Ausdruck dieses Gesichts eher verstärkt, wären nicht unterhalb der Augen auch deutliche Ansätze von Tränensäcken hervorgetreten.

Faber stellte sich vor und entschuldigte sich für die Verspätung, er sagte, er sei bei einem Termin wider Willen aufgehalten worden. Schweikart, der die Zeitung zusammenschlug, sich erhob und Faber die Hand reichte, erwiderte mit volltönender Stimme: »Aber ich bitte Sie!« Er sah auf seine Armbanduhr, lächelte: »Sie befinden sich ja noch innerhalb des akademischen Viertels. Ich bin von Journalisten weitaus Schlimmeres gewohnt.«

Die Dame reichte ihnen die von Hand mit dem Datum des Tages geschriebenen Speisekarten. Während er aussuchte, überprüfte Faber in Gedanken den Angriffsplan, den er sich auf der Fahrt, soweit es ihm gelungen war, sich zu konzentrieren, zurechtgelegt hatte. Er bemerkte, daß Schweikart die Karte, die keineswegs in kleinen Buchstaben geschrieben war, mit fast ausgestrecktem Arm studierte, und fragte sich, was der Abgeordnete ohne Brille dem Zeitungsdruck entnommen haben mochte.

Nachdem das Essen bestellt war und Faber dem Wein zugestimmt hatte, den Schweikart ihm vorschlug, lehnte der Abgeordnete sich zurück und lächelte Faber an. »Nun, Herr Faber... was wollen Sie denn von mir wissen?«

Faber sagte, vor allem interessiere ihn natürlich Schweikarts Kandidatur für den Landesvorsitz, auch der Widerstand, den er dabei zu überwinden habe und den er, Faber, für ein wenig forciert halte, aber im Zusammenhang damit nicht zuletzt die bestimmende Rolle, die Herr Kohlgrüber offenbar noch immer in der Partei zu spielen versuche. Kohlgrüber, der doch – Faber schüttelte lächelnd den Kopf – wegen seiner angeblich hoffnungslos ruinierten Gesundheit seine Tätigkeit im Kanzleramt habe aufgeben müssen.

Schweikart fragte: »Kohlgrüber?« Er glättete mit den Fingerspitzen die Enden des Schnurrbarts. »Wie sind Sie denn auf den gekommen?«

Faber sagte, er habe erfahren, daß Kohlgrüber einer der Aktivisten sei, wenn nicht sogar deren Anführer, die Frau Spengler mit erheblichen Pressionen dazu angetrieben hätten, gegen ihren ehemaligen Chef zu kandidieren.

»Kompliment, Herr Faber!« Schweikart lächelte. »Das hat man so nirgendwo lesen können. Aber es stimmt.«

»Ja und? Bringt Sie das denn nicht auf?«

Schweikart lachte. »Lieber Herr Faber! Ich bin seit mehr als vierzig Jahren in der Politik tätig! Da bringt einen so schnell nichts mehr auf.«

Faber schüttelte den Kopf. »Bitte, nehmen Sie es mir nicht übel, aber ich verstehe Ihre Gelassenheit nicht ganz. Ich meine... Diese ganze Aktion hat doch einen üblen Beigeschmack. Sie riecht doch nach einer Intrige, nach einem verspäteten Racheakt.«

Schweikart reagierte nicht. Faber hob die Hände, ließ sie auf die Schenkel fallen. »Mir kommt sie jedenfalls vor wie eine Wiederaufnahme des Krieges, den Herr Kohlgrüber doch schon 1969 gegen Sie geführt hat. Sie haben sich damals gegen ihn durchgesetzt, Sie haben das Mandat gewonnen. Aber offenbar hat der Herr Kohlgrüber seine Niederlage bis heute nicht verwunden.«

Schweikart schwieg noch immer. Er sah Faber an, als denke er über dessen Theorie nach und warte auf weitere Argumente.

Faber entschloß sich, das Zentrum seines Interesses noch einmal und diesmal deutlicher anzusprechen. Er sagte: »Ich verstehe übrigens auch Frau Spengler nicht. Ich frage mich, wie sie sich fühlt unter der Protektion eines Mannes wie Kohlgrüber. Sehen Sie, das... Gerücht, Kohlgrüber sei keineswegs aus gesundheitlichen Gründen in den Ruhestand geschickt worden, das muß doch auch ihr bekannt sein.«

Er legte eine Pause ein, aber Schweikart schien noch mehr hören zu wollen. Faber sagte: »Sie muß doch fürchten, daß irgendwann dieser Punkt aufgedeckt wird. Und wie stünde sie dann da – als Favoritin eines Mannes, der sie aus bloßer Rachsucht vorgeschickt hat! Und nicht zuletzt eines Mannes, der wegen Bestechlichkeit stillschweigend aus dem Amt entfernt worden ist.«

Schweikart lehnte sich zurück und strich seine Krawatte glatt. Nach einer Weile sagte er: »Ein böses Gerücht. Ein sehr böses Gerücht.« Er sah Faber an. »Solche Gerüchte werden zu Hunderten verbreitet. Und meistens ist nichts daran. Ich fürchte, Sie tun dem guten Traugott unrecht.«

Er beugte sich vor, lehnte die Arme auf den Tisch. »Auch, was seine Rolle bei Wiltrud Spenglers Kandidatur angeht.« Er lächelte. »Sehen Sie mal, da sitzt der alte Knabe auf seinem restaurierten Bauernhof und langweilt sich mit seinen Scharteken. Nicht, daß Sie das mißverstehen, ich habe nichts gegen die Bibliophilie, ganz im Gegenteil! Aber wenn Sie aus einem Hobby Ihren Lebenszweck machen müssen, dann hört der Spaß wahrscheinlich sehr bald auf.«

Er griff nach einem Messer, hob es ein wenig an und betrachtete es. Faber bemerkte, daß die Messerspitze in ein leichtes Zittern geriet. Schweikart legte das Messer ab. Er sagte: »Nun hat er noch einmal eine Gelegenheit gesehen, politisch aktiv zu werden. Seine letzte Gelegenheit, nach menschlichem Ermessen. Und noch zudem die Chance, sich für eine schöne junge Frau zu engagieren. Das kann man doch verstehen. Ich verstehe es jedenfalls.«

Faber, der sich völlig verwirrt fühlte, unternahm während des Essens noch zweimal den Versuch, Schweikart zu einem bösen Wort über Kohlgrüber zu provozieren, aber er scheiterte wie zuvor. Beim zweitenmal veranlaßte er den Abgeordneten vielmehr zu einem Exkurs über den Unterschied zwischen Politikern und Journalisten. Die Journalisten, sinnierte Schweikart, bedürften zur erfolgreichen Ausübung ihres Berufs wahrscheinlich des Mißtrauens gegen jedermann, auch einer gewissen Unbarmherzigkeit. Ein Politiker jedoch könne seiner Aufgabe, und die laute ja, das Wohl des Volkes zu mehren und sich der Nöte des Bürgers anzunehmen, nicht gerecht werden, wenn er den Menschen nicht vertraue, er müsse sogar – das möge in Fabers Ohren allzu christlich klingen, aber er sei nun einmal ein gläubiger Christ – zur Barmherzigkeit fähig sein.

Während dieser Darlegung, die ihn daran hinderte, den nächsten, schon aufgespießten Bissen Fleisch zum Munde zu führen, geriet die Gabel in ein leichtes Zittern. Schweikart legte sie auf den Teller.

In seine Barmherzigkeit bezog er auch Wiltrud Spengler ein. Er sagte, er schätze Frau Spengler sehr, schließlich sei ja er selbst es gewesen, der ihr den Weg in die Politik und in den Bundestag geebnet habe. Mit dem Versuch freilich, gewissermaßen aus dem Stand die Führung eines so komplizierten und schwierigen Landesverbandes der Partei zu übernehmen, obwohl sie bis dato nicht einmal dem Vorstand angehöre, habe sie sich eindeutig übernommen. Desungeachtet müsse man ihr zugutehalten, daß schlechte Ratgeber, übereifrige Neuerer sie zu diesem Abenteuer verführt, sie auf unverantwortliche Weise bedrängt hätten, bis sie ihnen den Willen tat.

Auch diesmal verzichtete Schweikart darauf, dem Pensionär Kohlgrüber eine wie immer geartete Schuld zuzuweisen. Ausdrücklich nannte er hingegen die Frauenallianz, die seit einiger Zeit leider von ein paar Scharfmacherinnen beherrscht werde, fast gehe es darin schon zu wie bei den bundesdeutschen Fundamentalisten und ihrer militanten Weiber-Brigade. Der Abgeordnete, der dem Wein kräftig zusprach, schien nicht zu bemerken, daß ihm bei der Schilderung dieser unweiblichen Umtriebe seine Barmherzigkeit mehr und mehr abhanden kam. Einmal gebrauchte er sogar das Wort Megären.

Zu allem Überfluß lieferte Faber, er hätte sich dafür ohrfeigen mögen, dem Redner auch noch das Stichwort für einen abermaligen zeitraubenden Exkurs. Als Schweikart zur Krönung einiger rhetorischer Fragen, die er nach der wahren, der natürlichen Rolle der Frau gestellt hatte, die Antwort – »Ein weiser Satz! Ein bedenkenswerter Satz!« – aus einer Predigt zitierte, die der Papst bei einem Besuch in Chile gehalten hatte, sagte Faber, er hege Zweifel an der Weisheit dieses Satzes. Und warum? Er kenne die Region, antwortete Faber; er habe drei Jahre in Lateinamerika gelebt.

Schweikart ließ sich zurücksinken, er breitete die Arme aus. »Sie Beneidenswerter! Sie Glückspilz! Sie haben meinen Wunschtraum in die Tat umgesetzt! Ein faszinierender Kontinent! Ich habe ihn leider immer nur bei überhasteten Arbeitsbesuchen durchquert.« Es handelte sich, wie er alsbald erläuterte, um diverse mehrwöchige Reisen, die er im Lauf der Jahre mit dem Wirtschaftsausschuß des Bundestages unternommen hatte, um sich von den Problemen des deutschlateinamerikanischen Handels vor Ort ein Bild zu machen. Er bombardierte Faber mit den Namen von vier, fünf Botschaftern, vorzüglichen Repräsentanten der Bundesrepublik, wie er vor Ort habe feststellen können, und schien sich über die Maßen zu freuen, als Faber, der keinem der Herren je begegnet war, zur Abkürzung dieser Groteske bei jedem neuen Namen bestätigend mit dem Kopf nickte.

Auf Fabers kritische Anmerkung zur Weisheit des Papstes kam er immerhin mit zwei Sätzen zurück: Natürlich seien die wirtschaftlichen und sozialen Probleme der Region nicht zu übersehen. Sie müßten jeden zutiefst schmerzlich berühren, der sich ein Gefühl für die Nöte der Menschen bewahrt habe. »Aber welch ein Kontinent! Diese Weite! Diese Einsamkeit, ich möchte sagen: wie am ersten Tag der Schöpfung! Ein Sonnenuntergang in den Pampas, Sie wissen, was ich meine! Und demgegenüber der Kontrast der Städte, das quirlige Leben!«

Auf den Gedanken, Faber nach dessen Erfahrungen in der Region zu befragen, kam er offenbar nicht. Faber hielt an sich. Aber während des Desserts, als der Abgeordnete verstummte, um sich dem Löffeln hinzugeben, übermannte ihn die Wut, er wollte diesen selbstgefälligen Schwätzer nicht entkommen lassen, ohne ihm nachdrücklich an den Karren zu fahren. Er fragte, indem er wie suchend auf seinen Teller blickte: »Was tun Sie eigentlich, wenn Sie die Wahl verlieren?«

Schweikart hielt den Löffel, bis dieser zu zittern begann, in der Schwebe. »Wie meinen Sie das?«

»Nun ja, Sie werden selbstverständlich die Wahl gewinnen, Sie sind schließlich weitaus qualifizierter als diese unerfahrene Frau. Aber wenn Sie wider Erwarten doch verlieren sollten... was bleibt Ihnen dann eigentlich? Ihr Bundestagsmandat müssen Sie aufgeben, das ist entschieden, Sie müssen auf die vielen Möglichkeiten verzichten, die es Ihnen geboten hat. Natürlich, im Landesvorstand wäre Ihnen noch immer ein Platz sicher, so brutal wird der Parteitag nicht mit einem verdienten Kämpen umspringen. Aber wäre das denn eine Aufgabe, die einen Vollblutpolitiker wie Sie ausfüllen könnte? Die ihn befriedigen könnte?«

Schweikart lehnte sich zurück, er begann zu lächeln. Faber sah, daß die gebräunte Haut ein wenig aufgedunsen war. Rote Flecken traten auf den Wangen und der Stirn hervor, Faber war sich nicht sicher, ob es am Wein lag und dem übermäßigen Essen oder vielleicht doch an seiner Frage.

»Mein lieber Herr Faber...« Schweikart schüttelte wie amüsiert den Kopf. »In der Politik müssen Sie jederzeit, zu jeder Stunde darauf gefaßt sein, daß Ihre Gefolgschaft sich gegen Sie zusammenrottet und Sie in die Wüste schickt. Aber glauben Sie nur ja nicht, daß Nikolaus Schweikart seine ganze Existenz auf die Politik gestellt hat. Wenn ich eines Tages aus der Politik ausscheiden sollte, dann gibt es viele, sehr viele schöne Dinge für mich zu tun.« Schweikart griff nach dem Löffel, legte ihn noch einmal ab. »Dinge, für die ich jetzt noch keine Zeit finde. Man wird sich wundern, was Nikolaus Schweikart noch alles auf die Beine stellt!« Er lächelte. »Aber darüber werde ich Ihnen nichts verraten.«

Er nahm den Löffel, beugte sich vor und beendete sein Dessert. Er sah Faber nicht an, aber hin und wieder schüttelte er lächelnd, vermutlich, um sein Amüsement zu unterstreichen, den Kopf.

Auch Faber schwieg. Schweikart war der Rolle, die er vorzutragen versucht hatte, allzu offenkundig nicht mehr gewachsen. Der Mann war schwer angeschlagen. Er fürchtete sich zu Tode, die Wahl zu verlieren und damit seine letzte Chance, am Leben teilzuhaben. Faber wehrte sich gegen das Mitleid, das sich unversehens in ihm regte. Barmherzigkeit, ja. Aber das war nach Schweikarts eigenem Bekunden eine Tugend, die dem Politiker und eben nicht dem Journalisten anstand.

Er empfand eine peinliche Mischung aus Erleichterung und Scham, als Schweikart die Rechnung verlangte und Fabers Einspruch mit einer stummen Geste zurückwies. Er fühlte sich noch übler, als Schweikart seine Kreditkarte mit deutlich zitternden Fingern aus einem Lederetui herausnestelte und sie, als er sie dem Oberkellner geben wollte, fallen ließ. Der Kellner sagte: »Oh, Pardon, Herr Schweikart!« und holte die Karte unter dem Tisch hervor.

Faber, stumm vor sich blickend, überlegte fieberhaft, wie er das Schweigen, das nach dem Abgang des Oberkellners eintrat, überbrücken könne. Die Frage, die Schweikart ihm stellte, traf ihn ganz unerwartet und um so heftiger.

Schweikart sagte: »Wie ich gehört habe, Herr Faber, sind Sie nicht nur als Journalist, sondern auch als Lektor tätig. Für welchen Verlag arbeiten Sie denn?«

Nach einer Schrecksekunde, die ihm endlos lang erschien, brachte Faber den Namen eines Verlages über die Lippen, der mit der Veröffentlichung von kunsthistorischen Reiseführern unablässig am Rande der Pleite lavierte und für den er gelegentlich ein Manuskript lektoriert hatte. Schweikart wiederholte fragend den Namen, Faber sagte, es sei nur ein kleiner, nicht sehr bekannter Verlag, aber er müsse als freier Journalist natürlich vielerlei Auftraggeber bedienen. Er nannte, um diese Argumentation zu stützen, noch zwei andere Verlage, einen Nebenerwerbsbetrieb, der ausschließlich Lyrik produzierte und seit zwei Jahren eine Honorarforderung Fabers zu ignorieren versuchte, und einen Theaterverlag, dem er wegen penetranter Inkompetenz der Cheflektorin die Mitarbeit aufgekündigt hatte.

Es hätte Faber sehr gewundert, wenn der Abgeordnete diese Verlage gekannt hätte, Schweikart verzichtete nach solchen Auskünften denn auch auf weitere Fragen. Er winkte einem der Kellner und bat ihn, ein Taxi zu bestellen. Faber, der sich einen besseren, halbwegs respektablen Abgang verschaffen wollte, heuchelte Interesse und fragte, wo die Sitzung des Landesvorstandes denn stattfinde. »Im *Deutschen Kaiser*«, sagte Schweikart und lächelte. »Wie Sie wissen, ist das Interesse der Medien ungewöhnlich groß. Und wir möchten, daß Sie und Ihre Kollegen in einem angenehmeren Ambiente auf das Ergebnis warten können, als wir es in unserer Landesgeschäftsstelle zu bieten haben.«

Faber blieb, nachdem er in sein Auto eingestiegen war, eine lange Zeit sitzen. Er kämpfte mit dem zittrigen Verlangen, unverzüglich nach Bracklohe zu fahren, seine Siebensachen zu packen und noch am Abend die Heimreise anzutreten. Höchste Gefahr war im Verzuge, da gab es gar keinen Zweifel mehr.

Anders als der Chefredakteur Großschulte, dessen Andeutungen sich noch als bloßes Wortgeklingel hatten auslegen lassen, hatte Schweikart seinen Tischgast ganz gezielt auf dessen Eigenschaft als Lektor angesprochen. Er wußte, daß Faber diesen Beruf ausübte, und da er das wohl kaum durch Zufall erfahren haben konnte, war davon auszugehen, daß er Nachforschungen über ihn angestellt hatte, vermutlich durch Beauftragung des dienstbaren Petrus Großschulte.

In seiner Furcht, sich zu weit vorgewagt zu haben und nur noch durch sofortigen Rückzug den Kopf aus der Schlinge ziehen zu können, erschien Faber nun auch das Ergebnis seines Besuchs in Wedderkamp-Ost nicht mehr anzweifelbar. Noch auf der Rückfahrt nach N. hatte ihn das peinigende Gefühl beherrscht, blamabel gescheitert zu sein bei einem Unternehmen, von dem nur ein Monomane sich hätte Erfolg versprechen können, ein hybrider Narr, der sich zutraute, aus einem wildfremden Menschen die intimsten Geheimnisse herauszulocken. Erika Mahnkes Reaktion auf seine Frage, ob sie mit Lukas Schweikart die Reise nach Venlo unternommen habe, hatte er nicht als Bestätigung, sondern als peinliche Abfuhr empfunden: Sie hatte ihn kurzerhand stehenlassen, nicht etwa, weil er einen wunden Punkt berührt hatte, sondern weil sie ihn am Ende für einen zudringlichen Schwachkopf hielt, der unberechenbar zu werden drohte, wenn man sich allzu lange mit ihm einließ.

Nun aber erschien Faber völlig klar, daß sie die Antwort verweigert hatte, weil sie tatsächlich in Venlo gewesen war. Alles paßte plötzlich zusammen: Lukas Schweikart, der trokkene Schleicher, hatte einmal, ein einziges Mal nur, sich vergessen und prompt seine Freundin geschwängert. In der panischen Angst, sein penibel geplantes Leben durch eine Mesalliance zu ruinieren, hatte er die hilflose Erika zur Abtreibung überredet und sie zum Vollzug nach Venlo gekarrt. Aber dieser Sündenfall war ihm, nachdem er sich von dem Kind samt der Kindsmutter befreit hatte, so peinigend aufs Gemüt geschlagen, daß er schließlich, auf allen Vieren kriechend, Zuflucht beim Vater, dem barmherzigen, gesucht und ihm die Beichte abgelegt hatte.

Und dieser Vater hatte ihm dann ja auch die Absolution erteilt. Er hatte die Geschichte von Lukas und Erika in einen moralisierenden Roman eingearbeitet und sie umgelogen, aus der kleinen, unansehnlichen Erika das blonde Model Eva gemacht, das um seiner Karriere willen ein Kind lieber ermorden als gebären wollte, und aus Lukas den braven Kindsvater, den das Weib zur Beihilfe beim Kindsmord verführte.

Es war allzu offenkundig: Der anonyme Autor des Romans *Die Demaskierung*, dieser giftigen Melange aus Wunsch und Wirklichkeit, war kein anderer als Nikolaus Schweikart. Er hatte ihn geschrieben, um sich an all den Intriganten zu rächen, die seine Verdienste mißachteten und ihn in die Wüste schicken wollten, allen voran ausgerechnet der Ruheständler Kohlgrüber, sein Erbfeind, den man doch nur um der Staatsräson willen nicht mit Schimpf und Schande davongejagt hatte. Und es bedeutete nur ein Indiz mehr, daß Schweikart, daß dieser besessene Heckenschütze vor Faber seinen unversöhnlichen Haß gegen Kohlgrüber zu verschleiern versucht hatte: Er hatte den Verdacht geschöpft, daß Faber ihm auf die Spur gekommen war.

Faber glaubte zu erkennen, daß er sich seinem Ziel bis auf Reichweite genähert hatte. Und je mehr er sich auf diesen Gedanken einließ, um so unerträglicher erschien es ihm, das Unternehmen in einem so weit fortgeschrittenen Stadium abzubrechen. Seine Furcht vor Schweikart wurde nicht geringer; aber die Furcht, sich die Flucht vor Schweikart niemals verzeihen zu können, einer verpaßten Chance solchen Zuschnitts auf ewig nachtrauern zu müssen, gewann mehr und mehr an Gewicht.

Faber stieg aus dem Auto aus, er ging ein paarmal in der dunklen Straße auf und ab, atmete tief. Dann stieg er wieder ein und fuhr zum Hotel *Deutscher Kaiser*.

Als er ins Foyer trat, begegnete ihm inmitten einer Gruppe von Frauen, die das Hotel verlassen wollten, Wiltrud Spengler. Faber trat grüßend zur Seite, aber sie kam zu ihm und gab ihm die Hand, lächelte ihn an. »Wie geht es Ihnen?«

»Danke gut, aber das ist nicht die wichtigste Frage. Wie geht es *Ihnen*?«

»Ach ja, es geht so. Schade, daß ich jetzt keine Zeit habe. Ich würde lieber ein bißchen mit Ihnen schwatzen.«

Fabers Lebensgeister erwachten. »Wann kommen Sie zurück?«

»Das kann sehr spät werden. Und dann muß ich unbedingt ein bißchen schlafen.« Sie lächelte. »Aber ich hoffe doch, daß wir uns morgen sehen?«

Faber sagte: »Das hoffe ich sehr.«

Sie folgte den Frauen, die auf sie warteten. In der Tür wandte sie sich noch einmal um und nickte lächelnd.

Faber ging zur Rezeption. Der Glatzkopf sah ihm entgegen, er hob die Arme: »Es tut mir schrecklich leid, aber es ist noch immer nichts frei geworden!«

»Bleiben Sie dran. Wo tagt der Landesvorstand der Allianz?«

Noch während der Glatzkopf ihm den Weg wies, wurde Faber von einem mächtigen Schlag auf die Schulter getroffen. Er wandte sich um, erschreckt und wütend zugleich. Vor ihm stand Manthey, er breitete die Arme aus: »Alex, mein Freund! Jetzt gehen wir einen saufen!«

»Langsam, langsam!« Faber rieb sich die Schulter. »Kannst du dir diese dämlichen Scherze nicht abgewöhnen?«

»Aber wie soll ich denn meiner Freude Ausdruck verleihen? Seit Tagen höre ich von dir, die Prominenz von N. lobt deine Taten in den höchsten Tönen, nur vor mir verbirgst du dich!«

»Das muß eine Verwechslung sein. Wer soll mich denn gelobt haben?«

»Na, Erwin zum Beispiel.«

Faber starrte Manthey an. Manthey faßte ihn unter den Arm und zog ihn in Richtung der Bar. »Ich muß dir ein Geständnis machen.« Er blieb stehen, blickte Faber in die Augen, als habe er eine schwere Schuld auf sich geladen. »Ich habe heute morgen ein Interview mit Erwin gemacht. Gut, gut, nenne mich einen Liebediener, einen Charakterlumpen.« Er hob die Schultern. »Aber in dieser Hauptstadt kommt auch der aufrechteste Mensch nun mal an Erwin nicht vorbei. Und siehe da: Erwin persönlich hat mich von meinen Skrupeln befreit.« Er begann zu kichern, faßte Faber wieder unter und versuchte, ihn weiterzuziehen. »Er hat mir nämlich eine Kopie deiner Ausführungen über sein Gespräch mit dir übergeben. Als Musterbeispiel eines fairen und angemessenen Berichts über sein Kulturprogramm, hat er gesagt. Du kannst stolz sein, Alex! Und ich muß mich nicht schämen. Dank sei dir, mein Freund!«

Faber befreite sich aus Mantheys Griff. Er warf einen Blick ringsum, dann sah er Manthey an. »Hat er dir Fragen über mich gestellt?«

»Fragen? Er brauchte mich doch nicht zu fragen! Ich habe natürlich in sein Loblied eingestimmt, das war ich dir doch schuldig!«

Faber schob Manthey, der sich mit dem Ausruf »Das ist die falsche Richtung!« sträubte, in eine Ecke des Foyers. Er packte Manthey am Oberarm. »Raus mit der Sprache. Was hast du ihm über mich erzählt?«

»Na selbstverständlich, daß du unter Kennern bereits als der Lessing des zwanzigsten Jahrhunderts gehandelt wirst! Daß die Fülle deiner Gaben alle Grenzen sprengt, daß du kein einfältiger Zeitungsredakteur bist wie ich, sondern ein Multitalent, das auf den verschiedensten Gebieten unermüdlich tätig ist und das Geistesleben befruchtet.«

»Als Lektor, zum Beispiel.«

»Ja, natürlich, aber den Theaterkritiker habe ich nicht zu kurz kommen lassen, keine Sorge, auch den Essayisten nicht, ich habe sogar...«

Faber fiel ihm ins Wort: »Und natürlich hast du ihm die Verlage aufgezählt, für die ich als Lektor arbeite?«

Manthey zog das Kinn an, er runzelte die Stirn. »Also, Alex, jetzt übertreibst du aber! Wer wüßte schon die Namen der zahllosen Verlage aufzuzählen, bei denen du deine Honorare absahnst? Das weiß doch wahrscheinlich nicht einmal dein Finanzamt!«

»Du hast ihm auch nicht *Die Truhe* genannt?«

»Sollte ich das?« Manthey schüttelte mit einem bekümmerten Ausdruck den Kopf. »Es tut mir leid, Alex, ich hab nicht dran gedacht. Ich hab übrigens auch nicht erwähnt, daß du hin und wieder ein Gedichtlein schreibst. Verdammt noch mal! Ich hab den Lyriker vergessen! Bist du mir jetzt böse?«

Faber faßte ihn unter den Arm und schlug den Weg zur Bar ein. Manthey folgte bereitwillig, aber nach ein paar Schritten fragte er: »Was sollte eigentlich dieses Affentheater? Warum stellst du mir so merkwürdige Fragen?«

Faber lächelte. Er sagte: »Ich wollte nur ein wenig mehr über Herrn Meier-Flossdorf erfahren.«

»Das glaubst du doch selbst nicht.«

Fabers Sorge, Manthey werde nicht lockerlassen, erledigte sich, als sie die Bar betraten. Den Tresen hielt ein halbes Dutzend Journalisten besetzt, die sich zur Erfüllung ihrer Informationspflicht vorsorglich bereits eingefunden hatten und nun die Zeit bis zum Ende der Sitzung des Landesvorstandes zu dieser Art Vorbereitung nutzten, unter ihnen auch Herr Knabe, politischer Korrespondent mit Sitz in N., dessen Namen Faber aus seiner heimatlichen Zeitung kannte. Manthey, der in diesem Zirkel offenbar zu Hause war, stellte Faber vor, Herr Knabe, ein massiger Mann von Ende Vierzig, der in der Ecke des Tresens mit halbgeschlossenen Augen hinter einem Schnaps und einem Bier hockte, das rote Gesicht in die Hand gestützt, nickte Faber zu und setzte ein leises Lächeln auf.

Erst allmählich begriff Faber, der sich nach Mantheys Auskünften erleichtert und voll neuer Hoffnung das erste Glas Weißwein in vollen Zügen genehmigte, daß die Konversation um Wiltrud Spengler kreiste. Herr Buttgereit, leitender Redakteur des lokalen Radios, legte dem neben ihm sitzenden Herrn Pfeiffer, der im Dienst der chronisch auflagenschwachen, liberalen Zweitzeitung der Landeshauptstadt stark ergraut war, den Arm um die Schulter und rüttelte ihn kräftig: »Sei doch mal ehrlich, Gernot! Du würdest sie doch auch nicht von der Bettkante stoßen!«

Pfeiffer, der offenbar fürchtete, von seinem Hocker zu stürzen, klammerte sich mit beiden Händen am Tresen fest und begann, krampfhaft zu husten. Manthey klopfte ihm den Rücken und sagte: »Schon gut, schon gut, alter Junge, sie kommt ja nicht schon heute nacht!«

Der braungebrannte Herr Cypanski, stellvertretender Chefredakteur eines in N. erscheinenden Wochenblattes, der am lautesten gelacht hatte, sagte, während er sich einen Augenwinkel auswischte: »Aber jetzt mal ehrlich: Das wäre doch mal eine Vorsitzende, mit der die Allianz sich sehen lassen könnte! Die Frau hat doch einfach Klasse!« Diese Behauptung veranlaßte Herrn Knabe, sich zu bewegen, er hob zwei gespreizte Finger und zeigte sie dem Barkeeper, trank sein Schnapsglas leer und sagte: »Das ist doch alles Quatsch! Man muß sie doch nicht wählen, bloß weil sie einen schönen Arsch hat!« Buttgereit sagte: »He, he, Erich!« Er blickte über die Schulter. »Es sind noch andere Leute da!«

Als der Pianist seinen Platz wieder einnahm und nach einigen glitzernden Läufen zur *Moonlight Serenade* überleitete, zahlten die Vertreter der Medien, Faber beendete sein drittes Glas Weißwein und folgte der lautstarken Prozession in die erste Etage des Hotels. Vor dem Sitzungszimmer stand, auf einem Stativ aufgebaut, eine Fernsehkamera, flankiert von zwei Scheinwerfern. Der Kameramann und seine Assistenten, erkennbar an ihren Jeans, hatten sich in Sesseln ausgestreckt. Auch alle anderen Sessel waren besetzt, die Journalisten, darunter auch einige Frauen, dösten vor sich hin, manche blätterten lustlos in Zeitungen, andere führten träge Gespräche, nicht wenige hatten keinen Platz mehr gefunden und standen herum.

Faber inspizierte den Servierwagen im Hintergrund, neben dem ein Kellner bereitstand. Wein gab es nicht, Faber nahm ein Bier. Von Manthey befreit, der zu einer Kollegin geeilt war und mit ausdrucksstarken Gesten auf sie einredete, gab er sich entspannt der Betrachtung der Szene hin. Er genoß das

Gefühl, im Besitz von Informationen zu sein, nach denen ein jeder dieser frustrierten Nachrichtenjäger sich die Finger geleckt hätte.

Er gab seinen Beobachtungsposten auch nicht auf, als sich die Türen des Sitzungszimmers öffneten, die Scheinwerfer aufleuchteten und Schweikart heraustrat, gefolgt von einigen anderen Herren, darunter Meier-Flossdorf, der sich zu Schweikarts Rechten und einen halben Schritt hinter ihm aufbaute, die Glatze spiegelte. Während sich hinter der Kamera unter Drängeln und Schubsen ein Halbkreis formierte, ließ Faber sich noch ein Bier geben. Er hörte Schweikarts tragendes Organ, dann auch Meier-Flossdorfs Redefluß, aber er gab sich keine Mühe, zu verstehen, was sie sagten.

Als die Versammlung sich auflöste und über die Treppe abfloß, kam Manthey zu ihm geeilt. »Was machst du denn hier? Verweigerst du dich dem pulsierenden politischen Leben?«

»Was haben sie denn gesagt?«

»Daß wir alle beruhigt sein können. Die Partei wird unter neuer, qualifizierter Führung ihre Arbeit fortsetzen. Sie wird am Sonntag morgen eine gute, eine demokratische Entscheidung treffen. Und natürlich wird sie morgen schon ein Kulturprogramm vom Stapel lassen, das die Welt aufhorchen lassen wird.«

»Und das war alles?«

»Entschuldige mal, was hast du denn erwartet? Deine Ansprüche sind ja geradezu pervers! Also komm jetzt, die Störfaktoren haben sich verpißt, jetzt können wir endlich in aller Ruhe einen saufen!«

Faber schüttelte den Kopf. »Tut mir leid, Manfred, heute abend nicht mehr. Ich muß noch fahren.«

»Wieso denn das?«

»Ich wohne in Bracklohe.«

Faber wich dem Wortschwall aus, mit dem er gerechnet hatte, er wandte sich der Treppe zu und stieg zügig hinab.

Manthey blieb, ohne Atempause die Verhöhnungen, dramatischen Verdächtigungen, ungeheuerlichen Beschuldigungen formulierend und auskostend, zu denen ihn das Wort Bracklohe inspirierte, an Fabers Seite, er folgte ihm durchs Foyer bis zum Parkplatz. Faber stieg in sein Auto ein, er öffnete die Tür noch einmal und sagte: »Vielleicht morgen abend, Manfred.« Während er die Tür zuschlug, warf Manthey die Hände empor: »Dein Wort, dein Wort, was gilt es noch?! Was ist aus dir geworden!«

Faber bog um die Ecke, dann hielt er an. Aus dem Handschuhfach nahm er die Pfefferminz-Rolle, steckte ein Pfefferminz in den Mund und noch ein zweites, bevor er weiterfuhr. Er blickte, sooft er eine Kreuzung passierte, in die Seitenstraßen, immer wieder auch in den Rückspiegel, aber die Stadt schien wie ausgestorben.

Als er die dunkle Landstraße nach Bracklohe erreicht hatte, schaltete er das Radio ein. Er fand ein Musikprogramm, Jazz, zu dem er alsbald den Rhythmus auf dem Armaturenbrett schlug. Ein Regenschauer, der gegen die Windschutzscheibe klatschte, irritierte ihn nur vorübergehend. Während er das Ortsschild von Bracklohe passierte, trommelten seine Finger einen Wirbel auf das Armaturenbrett.

Zwei gleißende Lichter erschienen in seinem Rückspiegel und blendeten ihn. Faber beugte sich vor und starrte mit zusammengekniffenen Augen in den Spiegel. Über den Scheinwerfern erkannte er ein kreisendes Blaulicht. Er ließ sich zurücksinken, schaltete das Radio aus und nahm beide Hände ans Steuer. Der Streifenwagen setzte sich neben ihn, Faber warf einen Seitenblick auf die im Blaulicht flackernde Silhouette. Der Streifenwagen überholte ihn langsam und schwenkte vor ihm ein. Aus dem Fenster des Beifahrers winkte die rotleuchtende Kelle.

Faber bremste, fuhr an den Straßenrand und kurbelte das Fenster herab. Die Beifahrertür des Streifenwagens wurde geöffnet, eine massige Gestalt kletterte heraus. Faber erkannte im Licht seiner Scheinwerfer den Hauptwachtmeister Kleinschmidt. Der Polizist näherte sich langsam, warf einen Blick auf Fabers Nummernschild, trat dann ans Fenster und beugte sich hinein.

»Ach, der Herr Faber ist das! Guten Abend, Herr Faber!« Kleinschmidt legte die Finger an den Mützenschild. »Darf ich mal Ihren Führerschein und die Kraftfahrzeugpapiere sehen?«

16

Der Dunst der Euphorie, die Faber über die nächtliche Straße getragen hatte, verwandelte sich unaufhaltsam in einen kalten Niederschlag, Faber glaubte, ihn auf jedem Flecken seiner Haut zu spüren, die Kälte drang in ihn ein und lähmte ihn. Es war nur noch ein Rest von Selbstbehauptungswillen, der ihm gebot, das Schicksal nicht ohne Gegenwehr hinzunehmen. Er raffte sich zusammen und fragte, als sei seine Neugierde geweckt: »Ist was Besonderes?«

»Nein, nein.« Kleinschmidt lachte, während er im Schein einer Taschenlampe die Papiere studierte. »Das ist in unserem Beruf leider gar nichts Besonderes.« Er streifte mit der Taschenlampe Fabers Gesicht, beugte sich ins Fenster hinein. »Haben Sie Alkohol getrunken, Herr Faber?«

Faber wußte aus mehrmaliger Erfahrung, daß er mit der Antwort, es sei nur ein Glas zum Abendessen gewesen, nicht davonkommen würde, bei diesem Kleinschmidt vermutlich schon gar nicht, und zudem fürchtete er, das Limit allzu deutlich überschritten zu haben. Er sagte, mit einem Unterton von Verwunderung: »Nein.«

Kleinschmidt nickte. Er ließ ein paar Sekunden verstreichen, dann fragte er: »Wären Sie mit einem Alkoholtest einverstanden, Herr Faber?«

»Wie bitte?«

»Na, das werden Sie doch kennen, Herr Faber!« Kleinschmidt lächelte. »Wir lassen Sie in ein Meßgerät blasen.«

»Aber wozu denn das? Ich meine... Sie müssen doch irgendeinen Anlaß haben?«

»So ist es, Herr Faber.« Kleinschmidt legte wieder eine Pause ein. Dann sagte er: »Sie sind in einer Schlangenlinie gefahren. Und Sie riechen nach Alkohol.«

»In einer Schlangenlinie?! Aber das ist doch...« Faber vermochte den Zorn, der in ihm aufkochte, nicht zu bändigen. »Das haben Sie sich doch ausgedacht! Wie lange sind Sie denn überhaupt hinter mir gefahren?«

»Lange genug, Herr Faber.« Kleinschmidt rückte die Mütze gerade. »Sie sind also mit einem Alkoholtest nicht einverstanden?«

»Nein! Das hab ich Ihnen doch schon gesagt!«

»Dann müssen wir sie zu einer Blutprobe mitnehmen.« Kleinschmidt trat einen Schritt zurück. »Steigen Sie bitte aus. Schließen Sie das Fahrzeug ab. Und stellen Sie das Warndreieck auf.«

Als Faber den Kofferraum öffnete, sah er den Weinkarton und die Tüte mit seinen Einkäufen. Er hielt einen Augenblick ein und dachte nach. Kleinschmidt trat heran. Faber griff nach der Tüte und dem Warndreieck und schlug den Deckel zu.

Eine Regenbö fuhr durch die schwarzen Wipfel der Straßenbäume, als er sich bückte, um das Warndreieck auf dem nassen Asphalt abzustellen, kalte Tropfen sprühten in seinen Nacken. Faber schloß den Mantel und schlug den Kragen hoch. Auf dem Rückweg, während der Regen heftiger wurde, ließ er sich Zeit.

Kleinschmidt erwartete ihn mit hochgezogenen Schultern. Er führte Faber zu dem Streifenwagen und ließ ihn auf den Rücksitz steigen. Am Steuer des Wagens saß der dunkelhäutige Polizist mit dem schwarzen Bart, er blickte, als nehme er Faber nicht wahr, durch die Windschutzscheibe.

Die Polizeiwache lag in einer Seitenstraße des Marktplatzes. Sie eskortierten ihn, Kleinschmidt voran, der bärtige Polizist hinter Faber, in das Vorderzimmer, das durchdringend nach Bohnerwachs roch. Hinter dem Tresen stand, Papiere sortierend, eine junge Polizistin in gelber Uniformbluse. Sie blickte auf und musterte Faber. Kleinschmidt nahm die Mütze ab, rieb Stirn und Nacken trocken und wies auf die Holzbank unter den Fahndungsplakaten. »Warten Sie da bitte, bis der Arzt kommt. Ihren Mantel können Sie da drüben aufhängen.« Er verschwand mit dem bärtigen Polizisten durch eine Tür neben dem Tresen.

Faber stellte seine Tüte neben die Bank, zog den Mantel aus und suchte nach der Garderobe. Die Polizistin sagte: »Links. Ein Stückchen weiter links! Der Haken, ja.« Faber hängte den Mantel an den Haken. Als er sich umwandte, senkte die Polizistin den Blick wieder auf ihre Papiere.

Er ging einmal auf und ab, die glänzenden Holzdielen knarrten, dann setzte er sich auf die Bank. Er stützte die Ellbogen auf die Knie und schloß die Augen. Von der Straße drang kein Laut herein. Hin und wieder hörte er aus dem Hinterzimmer undeutliche Stimmen, einmal auch ein Lachen.

Es dauerte eine gute halbe Stunde, bevor die Tür zur Straßenseite sich öffnete. Ein junger Mann in einem Parka trat ein, an der Hand eine schwarze Ledertasche. Er streifte Faber mit einem Seitenblick, nickte der Polizistin zu. »Herr Kleinschmidt?« Sie wies auf die Hintertür.

Der junge Mann klopfte an und trat ein, schloß die Tür hinter sich. Nach einer Weile wurde die Tür wieder geöffnet, Kleinschmidt erschien. »Würden Sie bitte kommen, Herr Faber?« Faber griff nach seiner Tüte, stellte sie wieder ab und ging zu Kleinschmidt, der ihm den Eingang frei machte. Der junge Mann stand in der Tür zu einem Nebenzimmer, er hatte den Parka ausgezogen; der Polizist mit dem Bart hantierte an einer Kaffeemaschine. Kleinschmidt sagte: »Das ist Herr Doktor Leitner, er wird Ihnen die Blutprobe abnehmen.«

Faber ging in das Nebenzimmer, der Arzt schloß die Tür hinter ihm. Er stellte sich vor Faber, schaute ihm abwechselnd in beide Augen, wollte Daumen und Zeigefinger an die Lider eines Auges legen. Faber nahm den Kopf zurück und sah den Arzt wütend an. Der Arzt seufzte, ließ die Hand sinken. Er wies auf die Fuge zweier Holzdielen und sagte: »Gehen Sie bitte auf dieser Fuge bis zur Wand und wieder zurück. Bitte einen Fuß vor den anderen setzen.« Faber zögerte, dann stellte er einen Fuß auf die Fuge, den anderen davor und ging so bis zur Wand und zurück. Er schwankte nicht.

Der Arzt sagte: »Ziehen Sie bitte die Jacke aus und schlagen Sie den Hemdärmel hoch.« Er öffnete seine Tasche. »Setzen Sie sich an den Schreibtisch und stützen Sie den Arm auf.« Faber blickte auf die Hände des Arztes. Als er das Blut dunkelrot in die Spritze fließen sah, kroch ihm eine Übelkeit in Hals und Kehle. Er wandte den Blick ab.

Der Arzt sah ihn prüfend an und fragte: »Wird Ihnen schlecht?«

»Nein, schon vorüber.«

Während der Arzt ein Formular ausfüllte, fragte er: »Warum haben Sie nicht geblasen?«

»Warum sollte ich?«

Der Arzt zuckte die Schultern. »Dann hätten Sie sich diese Prozedur vielleicht erspart. Die Meßgeräte lassen manchmal Gnade vor Recht ergehen. Sie können sich anziehen.«

Er streifte seinen Parka über, nickte Faber zu und ging. Als Faber ihm folgte, fand er Kleinschmidt und den bärtigen Polizisten an ihren Schreibtischen, sie waren anscheinend mit Papieren beschäftigt, vor ihnen standen Kaffeebecher. Kleinschmidt blickte auf. »Ja, Herr Faber. Dann können Sie jetzt gehen. Aber Ihre Fahrerlaubnis muß ich leider einbehalten. Weil Sie den Alkoholtest verweigert haben, verstehen Sie.«

»Und wann bekomme ich sie zurück?«

Kleinschmidt hob die Schultern, lächelte. »Das hängt natürlich vom Ergebnis der Blutprobe ab.«

»Und wann wird das vorliegen?«

Kleinschmidt kratzte sich die Glatze. »Na ja, mit drei bis vier Werktagen müssen Sie schon rechnen.«

Faber starrte Kleinschmidt an. Dann wandte er sich ab und ging. In der Tür blieb er stehen. »Kann ich mir hier ein Taxi bestellen?«

»Aber ja! Das können Sie draußen bei der Kollegin machen, sie wird Ihnen die Nummer sagen.«

Bracklohe verfügte über zwei Fuhrunternehmen, die auch Mietwagen unterhielten. Die erste Nummer war besetzt, unter der zweiten erhielt Faber die Auskunft, der Wagen sei nach N. bestellt worden und es könne längere Zeit dauern, bis er zurückkehre. Faber versuchte noch einmal die erste Nummer, sie war noch immer besetzt.

Als er auch nach einer Viertelstunde den Anschluß nicht frei fand, fragte er die Polizistin, die sich niedergelassen hatte und in einer Liste blätterte: »Ist das denn möglich, daß da jemand so lange spricht?« Sie hob die Schultern, dachte nach. Dann sagte sie: »Vielleicht ist die Nummer gestört?«

Kleinschmidt erschien, er hatte Zivilkleider angelegt, trug Hut und Mantel und in der Hand einen Regenschirm. Im Vorübergehen sprach er Faber an: »Na, will es nicht klappen?« Er schüttelte den Kopf. »Das ist doch immer dasselbe mit diesen Mietkutschern.« Im Ausgang wandte er sich zurück. »Die Telefongebühren müssen Sie dem Herrn nicht berechnen. Gute Nacht.«

Faber trat an eines der hohen, schmalen Fenster. An der Außenseite der schwarzen, durch Sprossen unterteilten Scheiben liefen die Regentropfen hinunter, sammelten sich auf den Sprossen zu Rinnsalen, die sich unruhig hin und her bewegten. Plötzlich glaubte Faber, den Geruch von Bohnerwachs nicht mehr aushalten zu können. In einer Aufwallung von Wut und Verzweiflung zog er sein Notizbuch heraus, suchte die Telefonnummer von Hajo Schneidewind und wählte sie.

Zu seiner Überraschung wurde der Hörer schon nach wenigen Sekunden abgenommen. »Hallo?«
»Bist du's, Schneidewind? Hier ist Alexander Faber.«
»Na, so was! Suchst du etwa Gesellschaft?«
Die Polizistin, die von ihrer Liste aufgesehen hatte, blätterte weiter. Faber sagte: »Ich bin auf dem Polizeirevier. Sie haben mir den Führerschein abgenommen.«
Schneidewind gab einen abfälligen Laut von sich. »Du bist vielleicht ein Arschloch. Das hättest du dir doch denken können, daß die auf dich spitz sind.«
»Die Klugscheißerei nützt mir jetzt auch nichts. Ich kann kein Taxi bekommen.«
Schneidewind sagte: »Ich hol dich ab. In einer Viertelstunde bin ich da.«
Faber wartete im Ausgang des Polizeireviers, er stellte die Einkaufstüte hinter sich, suchte Schutz im Winkel der Tür, hielt den Mantelkragen über dem Hals zusammen. Der Regen floß über die schwarzen, schimmernden Steine des Kopfsteinpflasters. Auf der gegenüberliegenden Seite der schmalen Straße zählte Faber drei Fenster, die noch erleuchtet waren. Die Vorhänge waren geschlossen.
Als Schneidewind mit dröhnendem Motor vorgefahren war und Faber seine Einkaufstüte hinter dem Vordersitz verstaute, trat der bärtige Polizist, ausgestattet mit Dienstmütze und einem grünen Umhang, vor die Tür. Er ging langsam um das Auto herum, blieb an Schneidewinds Fenster stehen, bückte sich und klopfte gegen die Scheibe. »Mach mal auf!«
Schneidewind kurbelte die Scheibe hinunter. »Paß auf, daß du dir keine nassen Socken holst.«
»Paß du lieber auf!« Der Polizist beugte sich in das Fenster. »Du willst doch nicht etwa behaupten, daß du nüchtern bist?«
»Doch, will ich.« Schneidewind holte tief Luft. Unversehens hob er sich von seinem Sitz, fuhr mit dem Kopf durch die Fensteröffnung und stieß dem Polizisten aus nächster Nähe

einen gewaltigen Hauch ins Gesicht. Der Polizist sprang einen Schritt zurück. »Verdammte Sau! Bleib mir mit deinem Knoblauch vom Leib!«

»Mach ich. Aber jetzt verzieh dich in deine warme Stube, bevor ich's mir anders überlege. Du hast mich schwer beleidigt, mein Freund hier hat's gehört.« Er kurbelte das Fenster rauf und fuhr ab.

Sie machten an Fabers Wagen halt, luden den Weinkarton und das Tonbandgerät, das Faber zuvor völlig vergessen hatte, in Schneidewinds Auto. Als sie auf dem Parkplatz im Waldwinkel angekommen waren, trug Schneidewind den Weinkarton vorsichtig den dunklen, vom Regen glatten Abhang hinauf zum Haus. Er brachte ihn in die Küche, stellte ihn auf der Anrichte ab, legte die Hand darauf und betrachtete die Aufschrift. Faber sagte: »Nimm dir ein Glas.«

Er packte die Einkäufe aus, während Schneidewind eine Flasche öffnete und zwei Gläser füllte. Schneidewind sagte: »Räum den Schinken nicht weg, der sieht gut aus.« Faber, dem bewußt wurde, wie schwach und zittrig er sich fühlte, holte auch noch den Käse aus dem Kühlschrank. Sie aßen im Stehen, tranken das zweite Glas Wein und zogen mit dem dritten ins Wohnzimmer um. Schneidewind streckte sich in einem Sessel aus und legte die Füße auf den Tisch.

Faber, vornüber gebeugt auf dem Sofa sitzend und den Kopf gesenkt, schwieg eine Weile. Dann fragte er, ohne Schneidewind anzusehen: »Kann es sein, daß Schweikart der Polizei von Bracklohe sagt, was sie zu tun hat?«

Schneidewind lachte. »Kann schon sein. Aber du müßtest mir vielleicht mal ein wenig mehr erzählen, wenn du wissen willst, was ich davon halte.«

Nach einem Zögern sagte Faber: »Ich hab mit Schweikart zu Abend gegessen. Aber solange wir zusammen waren, hab ich nicht allzuviel getrunken.«

Schneidewind trank sein Glas leer, stellte es ab und beugte sich vor. »Was hat Schweikart ausgefressen?«

Faber zuckte die Schultern. »Nichts. Jedenfalls nichts, was ich ihm nachweisen könnte.« Er stand auf und holte eine neue Flasche Wein. Als er sich wieder gesetzt hatte, sagte Schneidewind: »Glaubst du immer noch, du kommst mit deiner Geheimniskrämerei weiter? Na, bitte sehr, das ist dein Problem. Aber jetzt will *ich* dir mal erzählen, was von dem Fall zu halten ist.«

Er begann, eine Theorie zu entwickeln, die er, während Faber schweigend zuhörte, immer weiter ausbaute und ausmalte, ein Panorama Bracklohes, in dem hinter den aufgeputzten Fassaden, den geschlossenen Vorhängen der Heuchelei die sieben Todsünden hausten, Person geworden in Figuren wie Nikolaus Schweikart, der in die Bundeshauptstadt, und Erwin Meier-Flossdorf, der nach N. gezogen sei, um auch auf höherer Ebene das Spiel von Bracklohe zu betreiben. Faber in seiner Ahnungslosigkeit habe geglaubt, er könne ungestraft in den Misthaufen der Hinterhöfe herumgraben, er habe nach Kohlgrüber gestochert, dessen Überreste er – es sei sinnlos, das noch immer abzustreiten – für eine saftige Geschichte habe ausschlachten wollen, aber dabei habe er außer acht gelassen, daß gerade Kohlgrübers Feinde ihm nur so lange ein paar Brocken über den Zaun werfen würden, wie er nicht in ihre eigenen Höfe eindrang und dort zu wühlen begann.

Faber schüttelte wiederholt den Kopf, aber Schneidewind ließ sich nicht aufhalten. Er fragte Faber, ob er etwa leugnen wolle, daß er sich zu nahe an Schweikart herangewagt, irgendeinen häßlichen Punkt hinter der Fassade dieses schönen Mannes entdeckt habe, eine kleine Bestechung oder einen Wahlbetrug, eine ordinäre Bettgeschichte, vielleicht mit der Frau eines Ministers oder bloß mit einer kleinen Verkäuferin, ja, warum nicht gar mit der Freundin des Sohnes, was auch immer. Die Quittung sei jedenfalls deutlich und unmißverständlich ausgefallen: Der Herr Abgeordnete habe, nachdem Faber sich vor seinen Augen abzufüllen begonnen habe, den

Hauptwachtmeister Kleinschmidt angerufen, und der sei alsbald mit seinem Schuhputzer in den Streifenwagen gestiegen und habe sich in den Hinterhalt gelegt.

Je üppiger Schneidewind diese Theorie ausmalte, je öfter er sie wiederholte, um so unglaublicher mutete sie Faber an. Er fühlte sich an die wuchernden Skandalgeschichten erinnert, von denen der Roman des anonymen Autors überquoll, und erst, als er der Parallele nachzugehen versuchte, wurde ihm klar, daß er ja selbst in diesen Skandalgeschichten die Wirklichkeit erkannt zu haben glaubte. Aber das Denken fiel ihm immer schwerer, eine schmerzhafte Müdigkeit lähmte seine Glieder und lastete auf seinen Augenlidern. Der Heizofen, den er, weil ihn auch nach den ersten Gläsern noch fröstelte, auf der höchsten Stufe hatte arbeiten lassen, hatte das Zimmer mit einer dumpfen Wärme aufgeladen, Schneidewind hatte schon lange die Schuhe, den Pullover und schließlich die Socken ausgezogen. Als Faber gegen halb drei in der Nacht den Rest der dritten Flasche in die Gläser leerte, sah er, daß Schneidewind in seinem Sessel eingeschlafen war.

Er weckte ihn und bot ihm an, auf dem Sofa zu schlafen. Schneidewind murmelte: »Ja, ja, wird wohl besser sein.« Er stand auf, schlug die Sofadecke auseinander und ließ sich auf das Sofa fallen. Mit einer mühsamen Kraftanstrengung erhob er sich noch einmal, griff sitzend nach Fabers Arm, sah ihn aus schwimmenden Augen an und sagte: »Schreib was drüber! Du mußt was schreiben! Ich kann hundert Bilder malen, die versteht ja doch keine Sau. Die Leute glauben es erst, wenn sie's schwarz auf weiß lesen können.« Er schwankte, hielt sich an Fabers Arm fest. »Sie glauben, *das* ist die Wahrheit! *Das* ist die Wirklichkeit!« Er fiel zurück, schloß die Augen.

Faber wurde kurz vor elf am Samstag morgen wach. Er hob den Kopf und lauschte mit halbgeschlossenen Augen. Irgendein Geräusch hatte ihn geweckt. An Schneidewind erinnerte er sich erst, als er aus dem Wohnzimmer ein getragenes Schnarchen hörte. Aber das konnte es nicht gewesen sein.

Er setzte sich und massierte sich die Stirn und die Schläfen. Der Parteitag fiel ihm ein, der um acht Uhr mit dem ökumenischen Gottesdienst den höheren Segen hatte einholen und um neun seine Verhandlungen eröffnen wollen. Während Faber noch überlegte, was zu tun sei, hörte er ein scharfes Kratzen an den Bohlen der Hauswand, alsdann ein Fiepen. Er stand auf und ging zum Fenster, das er aufgerissen hatte, bevor er ins Bett gefallen war.

In dem schmalen Durchlaß zwischen Wand und Gehölz saß inmitten des Farns der Köter mit den Schlappohren. Er begann heftig zu wedeln, als er Faber sah, erhob sich und stemmte die Vorderpfoten auf die Fensterbank, fuhr sich mit der langen Zunge hektisch über die Lefzen.

Faber sagte: »Bist du bescheuert? Was fällt dir ein, mich zu wecken?«

Er strich dem Köter über den Kopf, der Köter versuchte, Fabers Hand zu lecken. Faber hob den Finger. »Du wartest hier! Rühr dich nicht von der Stelle!« Er ging in die Küche und schnitt eine dicke Scheibe von der Hartwurst ab. Als er in die Schlafkammer zurückkehrte, schaute der Köter noch immer durchs Fenster. Faber reichte ihm die Wurstscheibe, der Köter nahm sie behutsam aus Fabers Fingern, dann kaute er hastig und schlang sie hinunter.

»Okay, jetzt muß ich selber frühstücken. Geh spazieren!« Faber wedelte mit der Hand. Der Köter nahm die Vorderpfoten von der Fensterbank, Faber schloß das Fenster.

Als er ins Wohnzimmer kam, lag Schneidewind mit offenen Augen auf dem Sofa. Er fragte: »Wer war das?«

»Ein Freund von mir.«

»Lüg mich nicht an. Das war Berni.«

»Na und? Warum soll er nicht mein Freund sein?«

Schneidewind schloß die Augen. »Wenn deine Freunde nur zum Fressen kommen, tust du mir leid.«

»Quatsch nicht. Weißt du, ob ich um diese Zeit einen Zug nach N. bekomme?«

»Was willst du denn da?«

»Ich hab den Parteitag verschlafen.«

Schneidewind warf die Decke zurück und stand auf. »Ich fahr dich hin. Aber vorher hätte ich auch gern ein Stück von dieser Wurst.«

Sie hielten, bevor Schneidewind ihn an der Hohenzollernhalle absetzte, vor einer Sparkasse, Faber füllte am Geldautomaten seine Barschaft auf. Er überschlug seinen Kontostand. Wahrscheinlich steckte er schon wieder in den roten Zahlen.

An den Flaggenmasten vor der halbrunden Fassade der Halle wehten die Farben der Allianz neben denen des Bundeslandes wie der Bundesrepublik Deutschland. Die Daten des Parteitages und das Meier-Flossdorfsche Motto standen auf dem Transparent zu lesen, das über den Rundbogen der Eingänge ausgespannt war. Wandernde Streifen des Sonnenlichts ließen die hohen, zwischen graue Sandsteinpfeiler eingefügten Fenster der Fassade aufblitzen. Es hatte zu regnen aufgehört, grauweiße Wolkenberge zogen über den Himmel.

Faber nahm das Flugblatt an, das ihm eine junge, freundlich lächelnde Frau mit einer Fransenfrisur entgegenstreckte, er las im Weitergehen. Es handelte sich um ein Pamphlet der Alternativen, das die Allianz des fortgesetzten Kahlschlags der kulturellen Landschaft beschuldigte und zum Beweis unter anderem die Streichung der öffentlichen Mittel für das Wandertheater *Pik Sieben* aufführte und anprangerte.

Ein junger Mensch mit einer Armbinde hielt Faber auf, als er den Eingang passieren wollte, und fragte ihn nach seiner Einladung. Faber kramte in seiner Aktentasche und fand den gelben Pappstreifen, auf den die Sekretärin in der Landesgeschäftsstelle seinen Namen aufgemalt hatte. Nach der Belehrung, er müsse diesen Ausweis sichtbar auf der Brust tragen, gab der junge Mensch ihm den Weg frei. Faber fragte: »Hätten Sie vielleicht ein hübsches Halskettchen, an dem ich's festmachen kann?« und ging weiter.

Er gab seinen Mantel an der Garderobe ab und besichtigte,

die weitläufigen Räumlichkeiten durchwandernd, den Tagungsort. Aber je länger er unterwegs war, um so mehr erlag er dem deprimierenden Eindruck, daß er seine Zeit auf dieser Veranstaltung vergeuden würde und daß die Mehrzahl der Menschen, die mit ihm den Vorzug genossen, dazu eingelassen zu werden, unter dem gleichen Eindruck litten oder allenfalls gekommen waren, um sich die Zeit zu vertreiben.

In der Eingangshalle saßen hinter Tischen, auf denen Broschüren, Bücher, Zeitungen, Ansichtskarten und Materialien des Fremdenverkehrsamtes der Landeshauptstadt auslagen, einige Frauen und ein älterer Mann, die still vor sich hinblickten und offenbar nicht im geringsten daran dachten, ihre Ware an den Mann zu bringen. Lebhafter allerdings ging es zu unter der Markise des Kaffeeausschanks, den eine Großbank in einem Durchgang zum Sonderpostamt errichtet hatte; vor dem Thekentisch, an dem ein Trio junger, in die Hausfarbe der Bank gekleideter Damen unablässig den Gratiskaffee servierte, drängten sich die Interessenten, hin und wieder griff einer sogar nach den Prospekten der Bank, die neben den Kaffeemaschinen auslagen. An einem der runden, hohen Stehtische vor dem Ausschank sah Faber den leitenden Redakteur Buttgereit, aus dessen Brusttasche der gelbe Pappstreifen der Journalisten hervorsah, im Gespräch mit zwei Herren, die durch rote Pappe als Delegierte ausgewiesen waren.

Die Flügeltür des Pressezimmers war geöffnet, Faber schaute hinein. Auf langen Tischen aneinandergereiht, warteten die Schreibmaschinen, zur Verfügung gestellt vom Landesvorstand der Partei. Drei der Plätze waren besetzt. Eine Dame hatte die Schreibmaschine beiseite gerückt und sah, die Stirn in die Hand gestützt, Notizen durch. Ein Herr, der seine Jacke über die Stuhllehne gehängt und die Krawatte gelockert hatte, las in einer kleingefalteten Zeitung, legte die Zeitung neben sich und schrieb, während er sich wiederholt zur Seite über seine Lektüre beugte, einige Sätze in die Maschine. Ein anderer Herr schlug in hohem Tempo auf die Tasten ein, griff nur einmal nach der Kaffeetasse, die aus dem Ausschank der Großbank stammte, stürzte den Kaffee hinunter und schrieb in unvermindertem Tempo weiter.

Es war ja nicht auszuschließen, daß diese drei Journalisten Informationen und Gedanken verarbeiteten, die erfahrenswert waren. Aber Faber, noch immer unter dem Schock der vergangenen Nacht und nicht minder den Nachwirkungen der Sauferei leidend, die sein Gemüt noch mehr verdüstert hatte, neigte entschieden zu der Vermutung, daß die drei nur Stroh droschen, daß sie geradezu zwanghaft den Hohlraum dieser Veranstaltung aufzufüllen versuchten, indem sie ein eingeübtes Ritual abwickelten, das es ihnen erlaubte sich einzureden, sie täten Nützliches.

Er ging weiter, warf einen Blick in das Restaurant, das bereits gut besucht war, obwohl es bis zur Mittagspause noch eine Weile hin war, fand auf der anderen Seite der Halle den stark frequentierten Ausschank einer Brauerei, die auf ihre Weise schon seit langem die Kultur des Bundeslandes in aller Welt bewies, und ließ sich ein Pils geben. Eine Weile betrachtete er, ein wenig abseits stehend, das Auf und Ab, die Begrüßungen im Vorübergehen, die Kristallisierung von Gruppen, die sich alsbald wieder auflösten, die klumpige Zusammenballung an der Theke. Nachdem er das zweite Pils ausgetrunken hatte, ging er in die Tagungshalle.

Die Tische der Delegierten waren zur Hälfte besetzt, die der Presse vielleicht zu einem Fünftel. Die Bühne mit dem seitlich aufgestellten Rednerpult lag in hellem Scheinwerferlicht. In der Mitte des Vorstandstisches unterhalb des Tagungspräsidiums schimmerte Schweikarts eisgrauer Schopf, auf dem Eckplatz neben dem Rednerpult die Glatze Meier-Flossdorfs, der in Papieren wühlte und lächelnd den Kopf schüttelte, während am Pult eine grauhaarige Dame, deren Stimme klagend aus den Lautsprechern hallte, die Streichung des Satzes hinter dem zweiten Spiegelstrich unter Kapitel drei, römisch fünf, arabisch eins des Kulturprogramms beantragte, weil anders die Partei sich dem Verdacht aussetze, sie wolle die bildenden Künste reglementieren. Nachdem die Dame ihre Papiere zusammengerafft hatte und abgegangen war, sprang Meier-Flossdorf ans Pult und trat, verehrte Frau Kollegin Schulze-Vorbeck, den Beweis an, daß der befürchtete Verdacht dank einer schon im vorangehenden Kapitel getroffenen Kernaussage des Programms, die der Anwalt unter Hinzufügung der Fundstelle einschließlich des einschlägigen Spiegelstriches zitierte, gar nicht erst aufkommen könne.

Faber schritt langsam den Seitengang ab. Er fand Wiltrud Spengler, sie saß in den Reihen des Kreisverbandes Klosterheide, aber es gelang ihm nicht, ihren Blick auf sich zu ziehen, sie war von mehreren Delegierten umringt, die ihr ein Papier zeigten und auf sie einsprachen. Faber ging zurück zu den Presseplätzen.

An einem der vorderen Tische, inmitten leerer Plätze zu beiden Seiten, entdeckte er Herrn Knabe. Der Korrespondent hielt das Gesicht, das er mit der Hand abstützte, dem Rednerpult zugewandt, aber seine Augen waren auf Faber gerichtet. Faber nickte grüßend, Herr Knabe erwiderte das Nicken und wandte den Blick mit einem leisen Lächeln von ihm ab.

Faber ließ sich zwei Reihen hinter Herrn Knabe nieder. Er fiel, während die Debatte sich fortspann und Meier-Flossdorf immer wieder ans Rednerpult eilte, um nachsichtig Mißverständnisse aufzuklären oder unerbittlich vor einem Irrweg zu warnen, in einen Halbschlaf, aus dem ihn erst die Mitteilung des Tagungspräsidenten weckte, die Mittagspause, die hiermit eintrete, sei auf eine Stunde und nicht länger bemessen, und demzufolge werde der Parteitag pünktlich um vierzehn Uhr fünfzehn seine Verhandlungen wiederaufnehmen.

Die Scheinwerfer erloschen. Faber stand auf und hielt Ausschau nach Wiltrud Spengler. Sie verließ den Saal inmitten einer Eskorte von Delegierten. Er ließ sich wieder nieder, griff nach den Bestandteilen einiger Zeitungen, die zwei

Plätze weiter auf dem Tisch verstreut lagen, und versuchte, sich über das Weltgeschehen zu informieren.

Ein adretter Jüngling und ein brünettes Dickerchen, die mit Papierpacken im Arm durch die leeren Tischreihen wanderten, legten ein paar Blätter vor ihm ab, Faber warf einen flüchtigen Blick darauf. Es handelte sich um die Grußworte, die der Ministerpräsident des Landes, der der falschen Partei angehörte, und der Oberbürgermeister von N. um die Morgenstunde, als Faber noch schlief, an den Parteitag gerichtet hatten, und um einige Initiativanträge von Delegierten, denen das üppige Programm der Veranstaltung anscheinend nicht genügte.

Gegen zwei Uhr verließ Faber die dämmrige Halle, in der nur noch zwei Techniker tätig waren, sie bastelten an einer Fernsehkamera. Er warf einen Blick in das Restaurant, in dem alle Plätze besetzt waren, reihte sich alsdann in die Schlange vor dem Imbißstand unweit der Toiletten ein und erstand eine Bockwurst für sechs Mark fünfzig. Nachdem er die Wurst und das weiche Brötchen, das als Draufgabe verabreicht wurde, hinuntergeschlungen hatte, begab er sich zum Ausschank der Brauerei. Er trank drei Pils, das erste schnell, die beiden nächsten in langsamen Schlucken.

Um halb drei, als sich eine angenehme Wärme in seinen Gliedern auszubreiten begann, kehrte er in die Tagungshalle zurück, in der die Debatte ungeachtet nicht weniger noch leerer Stühle an den Delegiertentischen bereits wieder aufgenommen worden war. Wiltrud Spengler saß auf ihrem Platz und sprach mit einem Herrn, der sich über ihre Schulter beugte. Daß sie zwischenzeitlich das Wort ergriffen hatte, erfuhr Faber erst, als eine Rednerin die Klarheit des Beitrags der Kollegin Spengler würdigte und die Hoffnung aussprach, daß auch die noch folgenden Beiträge sich durch solche Klarheit auszeichneten.

Das Bedauern, diesen Auftritt verpaßt zu haben, nagte nicht allzulange an Faber. Er verfiel wieder in einen Halbschlaf, in dem er nach einer Weile undeutlich wahrnahm, daß das Kulturprogramm zwecks Einarbeitung der mit Mehrheit verabschiedeten Anträge an eine Kommission unter Leitung des Parteifreundes Dr. Meier-Flossdorf überwiesen wurde, die die Ergebnisse ihrer Bemühungen am Sonntag morgen vorlegen sollte. Auch das Kommen und Gehen ringsherum vermochte nicht, seinen Dämmerzustand zu stören. Er wachte erst auf, als während der Debatte der übrigen Anträge Nikolaus Schweikart ans Rednerpult trat.

Die Presseplätze hatten sich gefüllt, auch die Tische der Delegierten waren fast lückenlos besetzt. Als Faber sich nach hinten umblickte, sah er zwei Reihen entfernt Herrn Großschulte. Der Chefredakteur hob winkend die Hand und lächelte. Faber erwiderte den Gruß mit einem Nicken und wandte sich dem Rednerpult zu.

Schon beim ersten Satz, der in ruhigem Ton, durch kleine Pausen gegliedert, als wäge der Redner nachdenklich seine Worte ab, die Lautsprecher ausfüllte, begann eine Frau in weißer Bluse und blauem Kostüm, die neben Faber Platz genommen hatte, zu stenografieren. Nikolaus Schweikart sagte, er bezweifle nicht im geringsten, daß die so gegensätzlichen Anträge zur Reform des Paragraphen 218, die von verschiedenen Gruppierungen der Partei eingebracht worden seien, in drei Punkten, und das seien die wesentlichen, vollkommen übereinstimmten: in ihrer von Grund auf moralischen Überzeugung nämlich, in dem klaren Bewußtsein der hohen Verantwortung, die die Allianz in dieser die Menschen bewegenden Frage zu tragen habe, und nicht zuletzt in dem unermüdlichen Bemühen, den Menschen zu helfen. Eben das zeichne ja die Allianz vor anderen Parteien seit jeher aus.

Gleichwohl, Schweikart legte eine etwas längere Pause ein, gleichwohl unterstütze er nachdrücklich, und das werde, da er ja zur Stunde den Landesvorstand der Partei kommissarisch leite, niemanden überraschen können, er unterstütze mit Nachdruck und gutem Gewissen den Initiativantrag des

Landesvorstandes, diese zuvor eingebrachten Anträge insgesamt ohne Beschlußfassung an die zuständige Fachkommission der Bundespartei weiterzuleiten. Der Initiativantrag bedeute keineswegs – er habe solch häßliches Wort leider schon hören müssen – ein Ausweichmanöver, er bedeute eben nicht die Flucht vor einer richtungweisenden Entscheidung. Es gehe vielmehr darum, die Arbeit der Fachkommission zu erleichtern und nicht zu erschweren. Und nicht zuletzt halte der Vorstand es für untunlich, die Abgeordneten, die den Landesverband im Deutschen Bundestag repräsentierten, unter einen wie immer gearteten Druck zu setzen. Sie hätten eine Gewissensentscheidung zu treffen, die ihnen niemand abnehmen könne und die niemand vorwegzunehmen versuchen dürfe.

Schweikart trank einen Schluck Wasser, tupfte sich die Lippen ab, steckte das Tuch ein und umschloß mit beiden Händen die Wangen des Rednerpults. Er sagte, an seiner persönlichen Haltung freilich, an seiner eigenen, innersten Überzeugung wolle er keinen Zweifel lassen. Er ließ den Blick durch den Saal wandern. Dann sagte er: »Ich respektiere, und ich werde das unverändert auch in Zukunft tun, die Meinung derjenigen, die den Frauen eine weitestgehende, praktisch uneingeschränkte Entscheidungsfreiheit einräumen wollen. Aber ich kann diese Meinung nicht teilen. Es geht um das menschliche Leben. Und einen uneingeschränkten Anspruch auf das Leben hat nicht nur die Frau, sondern auch das ungeborene Kind. Deshalb, eben deshalb kann ich zutiefst jene anderen verstehen, die da sagen: Abtreibung ist Mord!«

An einigen Stellen im Block der Delegierten brach heftiges Händeklatschen aus, der Beifall griff um sich. Schweikart sprach weiter, er hob die Stimme ein wenig, der Beifall verebbte langsam. Faber war aufgestanden, um die Zahl der Beifallspender schätzen zu können. Er sah, daß Wiltrud Spengler ihren Platz verlassen hatte und sich mühsam, aber offenbar in Eile durch die enge Gasse zwischen den Tischreihen hinausbewegte. Zwei Frauen, die in der Nähe ihres Platzes saßen, blickten sich an, standen auf und folgten ihr.

Faber drängte sich zwischen Stühlen und Tischkante hinaus. In dem breiten Flur neben der Tagungshalle begegneten ihm die beiden Frauen, sie blickten suchend um sich und gingen eilig weiter. Faber entschied sich für die andere Richtung. Er war an einer der Eisentüren ins Freie, die wegen eines Kabelstrangs, der auf dem Boden verlegt war und nach draußen führte, einen Spalt offenstand, schon vorbeigegangen, als er plötzlich stehenblieb und umkehrte. Er schob die Tür auf und sah hinaus. Hinter der Tür, an der nackten Betonwand der Halle, stand Wiltrud Spengler. Sie hatte den Rücken und den Kopf an die Wand gelehnt, die Augen geschlossen.

17

Faber trat behutsam an sie heran. »Frau Spengler?«

Sie öffnete die Augen, die ein paar Sekunden lang sein Gesicht nicht zu finden schienen. Als sie Faber erkannte, begann sie zu lächeln.

Er sagte: »Bitte, entschuldigen Sie, wenn ich Sie erschreckt habe. Aber ich hab mir Sorgen gemacht.« Nach einer kleinen Pause fragte er: »Ist Ihnen nicht gut?«

»Ja.« Sie schloß die Augen wieder. Dann sagte sie: »Mir ist speiübel.«

Faber legte die Hand an ihren Arm. »Kommen Sie, wir gehen ein wenig auf und ab.«

Sie schüttelte den Kopf, atmete tief.

»Oder soll ich Sie reinbringen? Irgendwo muß es doch einen Raum geben, in dem Sie sich einen Augenblick hinlegen können.«

»Nein, nein.« Sie öffnete die Augen, sah Faber fragend an. »Spricht er noch immer?«

»Herr Schweikart?«

Sie nickte.

Die jähe Vermutung, die ihn überfallen hatte, als er sie den Saal verlassen sah, verdichtete sich schlagartig. Faber versuchte, seinen Triumph zu unterdrücken. Er sagte: »Als ich rausgegangen bin, hat er noch gesprochen.«

Sie schloß die Augen wieder und lehnte den Kopf an die Wand.

Faber ließ ein paar Sekunden verstreichen, bevor er leise, als wolle er ihr nicht wehtun, fragte: »War es so überraschend, was er gesagt hat?«

Sie schwieg eine Weile. Dann sagte sie: »Es war unerträglich.«

»Ja. Ich glaube, ich kann Sie verstehen.« Er berührte leicht ihre Hand. »Jetzt sollten wir aber doch ein wenig auf und ab gehen.«

»Danke, es geht mir schon besser.« Sie öffnete die Augen, löste sich von der Wand, lächelte ihn an. »Sie werden allmählich zu meinem Nothelfer.«

»Ich hab doch gar nichts getan.«

»Doch. Sie haben sehr viel für mich getan.« Sie sah auf ihre Armbanduhr. »Ich muß wieder rein.«

Faber folgte ihr, zog die Eisentür ein wenig weiter auf. In der Tür blieb sie stehen. »Haben Sie für den späteren Abend schon etwas vor?«

»Nein.«

Sie sagte: »Wenn Sie Zeit und Lust hätten, würde ich mich gern noch auf ein Glas mit Ihnen zusammensetzen.«

»Das fände ich sehr schön.«

Sie nickte, lächelte, überlegte einen Augenblick lang. Dann sagte sie: »Rufen Sie mich doch um zehn auf meinem Zimmer an. Zimmer zweihundertsieben im *Deutschen Kaiser*.«

Faber nickte. Als sie in den Flur traten, näherten sich die

beiden Frauen. Eine der beiden begann zu laufen, die andere folgte mit beschleunigtem Schritt. Die erste legte die Hand an Wiltrud Spenglers Arm. »Mein Gott, wo hast du denn gesteckt? Du kannst jede Minute drankommen!« Sie eskortierten Wiltrud Spengler in den Saal.

Aus einer anderen der Eisentüren trat Herr Großschulte in den Flur. Er blieb stehen und zündete seine Pfeife an. Faber ging zurück an seinen Tisch. Die Kollegin in der weißen Bluse, die ihre Materialien ausgebreitet hatte, entschuldigte sich und nahm die Blätter von seinem Platz. Sie begann wieder zu stenografieren, als Wiltrud Spengler ans Rednerpult trat und sagte, sie habe zur Sache nur eine kurze Erklärung abzugeben.

Faber glaubte zu erkennen, daß ihr Gesicht wieder an Farbe verloren hatte, er hörte aus ihrer Stimme auch eine unterdrückte Anspannung heraus. Sie sagte, sie werde für den Initiativantrag des Landesvorstandes stimmen. Sie habe sich dazu entschlossen, obwohl die Begründung dieses Antrags durch den Kollegen Schweikart sie nicht überzeugt habe.

Die Journalistin neben Faber hatte den Kopf gehoben. Eine Frauenstimme rief: »Sehr wahr!«, an einigen Stellen des Saals prasselte Händeklatschen auf. Wiltrud Spengler fuhr ohne Pause fort, sie hob die Stimme ein wenig, bis der Beifall erloschen war. Sie sagte, im Unterschied zu dem Kollegen Schweikart sei sie der Auffassung, daß die so gegensätzlichen Anträge zur Reform des Paragraphen 218, die dem Parteitag vorlägen, weitaus mehr Trennendes als Gemeinsames enthielten. Und gerade im wesentlichen Punkt, nämlich der Frage nach dem Schutzanspruch des ungeborenen Lebens, könne sie nichts Übergreifendes entdecken, sondern nur kampfbereite Fronten.

Ebendeshalb aber halte sie es für ratsam, die Delegierten nicht zu einer Entscheidung zu drängen, die im gegenwärtigen Stadium die Partei noch tiefer zu spalten drohe. Es handele sich in der Tat um eine vorrangige, eine vordringliche

Entscheidung, aber die Partei müsse sich nun einmal die Zeit nehmen, sie auszudiskutieren und einen Weg zu suchen, den sie gemeinsam gehen könne. Auf die Fachkommission lasse sich diese mühevolle Aufgabe gewiß nicht abschieben. Und – bei allem Respekt vor der Sensibilität der Bundestagsabgeordneten, zu denen sie ja selbst gehöre – die Rücksicht auf das empfindliche Gewissen der Abgeordneten, das durch eine Entscheidung der Partei womöglich in Nöte gerate, sei nun wirklich ein fadenscheiniges Argument. Die Partei könne sich seiner jedenfalls nicht bedienen, um sich aus ihrer Verpflichtung zu drücken.

Beifall brach aus. Er begann stark und steigerte sich vorübergehend bis zu »Bravo!«-Rufen. Aber es war offensichtlich, daß ein großer Teil der Delegierten sich daran nicht beteiligte. Manche wandten sich um und musterten mit erhobenen Brauen, ironischem Lächeln die Händeklatscher in ihrem Rücken. Am Vorstandstisch lehnte Meier-Flossdorf sich lächelnd und kopfschüttelnd zurück. Schweikart saß regungslos.

Wiltrud Spengler hatte den Kopf gesenkt. Sie wartete, bis der Beifall nachließ. Faber war, als sie den Kopf wieder hob, sich sicher, daß sie auffallend blaß geworden war, wachsbleich sogar.

Sie sagte, daß auch sie, wenn der Parteitag es gestatte, eine persönliche Bemerkung hinzufügen möchte. Sie senkte den Kopf noch einmal, hob ihn nach ein paar Sekunden und sagte: »Mord ist ein erdrückendes Wort, ein unversöhnliches Wort. Wer das Problem auf dieses Wort verkürzt, der setzt sich hinweg über die Nöte vieler Frauen, auch die Gewissensnöte nicht weniger Ärzte, die im Grunde nur helfen wollen. Wir sollten mit diesem Wort nicht leichtfertig umgehen. Und wem daran liegt, daß die Partei zusammenhält und gemeinsam ihren Weg fortsetzt, der sollte dieses Wort nicht wie eine Waffe gebrauchen.«

Sie trat vom Podium herab und ging zu ihrem Platz. Der

Beifall hielt noch an, als sie sich bereits gesetzt hatte. Sie wehrte die Hände, die sich ihr entgegenstreckten, mit einem Kopfschütteln ab, stützte die Stirn in die Hand.

Die Kollegin neben Faber ließ ihren Stift fallen und warf sich gegen die Stuhllehne. »Na, das war aber eine merkwürdige Vorstellung!«

»Wieso?« Faber sah sie fragend an. »Ich fand sie sehr gut.«

»Die Frau ist ja auch sehr gut! Aber warum spielt sie dann bei diesem Trick mit, den Herr Schweikart und seine Freunde sich ausgedacht haben?«

»Aber das hat sie doch erklärt.«

Sie sah ihn stirnrunzelnd an. »Fanden Sie das etwa überzeugend? Sie sagt in einem Atemzug, daß die Partei das Problem nicht abschieben darf, aber daß sie selbst für die Vertagung stimmen wird! Das ist doch fast schon schizophren!« Die Kollegin griff in ihre Papiere, zog ein Blatt heraus und ließ es auf den Tisch fallen, schlug mit der flachen Hand darauf. »Warum macht sie sich denn nicht für diesen Antrag stark?«

Faber beugte sich zur Seite und überflog das Blatt. Er las etwas von der stumpfen Waffe des Strafrechts, alsdann von der letzten Entscheidung, die allein der Frau zustehe und die nur dann in moralischer Verantwortung getroffen werden könne, wenn sie nicht durch die Furcht vor Strafe erzwungen werde. Als er bei dem folgenden Passus angelangt war, in dem wirksame ideelle und materielle Hilfen gefordert wurden, die das werdende Leben weitaus besser schützten, als es die Strafandrohung je vermocht hätte, fragte die Kollegin ihn: »Haben Sie das etwa noch nicht gelesen?«

Doch, doch, sagte Faber, er habe nur besser zu verstehen versucht, was sie meine. Er nahm seine Aktentasche, sagte: »Bis später mal« und ging hinaus. Nachdem er am Ausschank der Brauerei ein Pils bestellt und getrunken hatte, ging er mit dem zweiten ein paar Schritte zur Seite und stellte das Glas nach einem langen Schluck auf der Abdeckung eines Heizkörpers ab. Er öffnete die Aktentasche, suchte und fand den

Antrag. Nach einer etwas gründlicheren Lektüre faltete er das Blatt zusammen und steckte es in die Brusttasche.

Während er das Bier austrank, sah er über den Rand des Glases Traugott Kohlgrüber sich nähern. Der Ministerialdirektor a. D. kam langsamen Schrittes über den Flur, neigte hier und da grüßend den Kopf, ohne eine Miene zu verziehen, und blieb nirgendwo stehen. Faber stellte das Glas ab und ging ihm lächelnd entgegen.

»Guten Tag, Herr Kohlgrüber! Ich hab gar nicht gewußt, daß Sie auch zu den Delegierten gehören.«

»Das wäre auch eine falsche Information gewesen.« Er gab Faber die Hand. »Delegierter, das ist lange vorbei, das war ich das letzte Mal vor siebzehn Jahren.« Er schüttelte den Kopf. »Nein, ich bin als Gast eingeladen.«

Faber lächelte. »Na ja, so ganz werden Sie sich doch wohl nicht auf die Rolle des Gastes beschränken!«

Kohlgrüber gab keine Antwort, er sah Faber in die Augen, ohne eine Regung zu zeigen. Faber, den ein leichtes Unbehagen ergriff, fragte: »Und wie sind Sie mit dem bisherigen Verlauf zufrieden?«

»Das ist sicher nicht die entscheidende Frage. Wen kümmert das schon, ob ein Frühpensionär zufrieden ist?« Er schwieg eine Weile, ohne Faber aus den Augen zu lassen. Dann sagte er: »Aber wie sind *Sie* denn zufrieden? Darauf kommt es doch an. Von Ihnen will die Öffentlichkeit doch mit einem Urteil bedient werden – gut oder schlecht?«

Faber lachte. »Na ja, ob diese Urteile immer zutreffen, das steht auf einem anderen Blatt. Da könnte das eines Insiders wie Sie schon etwas zuverlässiger sein.«

Kohlgrüber reagierte nicht. Faber sagte: »Also gut... wenn Sie meinen Eindruck wissen wollen: Ich bin ziemlich sicher, daß Frau Spengler morgen die Wahl gewinnt.«

»Warum?«

»Nun ja, der Beifall, den sie zuletzt bekommen hat, war doch ziemlich aufschlußreich. Und ich finde auch, sie hat ihn verdient, sie hat das glänzend gemacht.« Faber zögerte, dann sagte er: »Obwohl ich auch Stimmen gehört habe, die meinen, sie habe widersprüchlich argumentiert.«

Kohlgrüber schwieg. Faber sagte: »Aber ich bin völlig anderer Meinung. Ich fand es durchaus schlüssig. Und darüber hinaus eben sehr eindrucksvoll.«

Nach einer Pause sagte Kohlgrüber: »Frau Spengler hält große Stücke auf Sie. Wissen Sie das?«

»Nein...« Faber fühlte sich angenehm berührt und zugleich verwirrt. »Ich meine... ich habe ein paar gute Gespräche mit ihr geführt...«

Kohlgrüber nickte. »Ich hoffe, Sie sind sich Ihrer Verantwortung bewußt. Frau Spengler vertraut Ihnen.« Nachdem er abermals eine Pause eingelegt hatte, sagte er: »Es fällt ihr noch schwer, sich darauf einzustellen, daß man sie ausschließlich an den Maßstäben einer interessanten Berichterstattung mißt. Und ich fürchte, es werden ihr einige bittere Enttäuschungen nicht erspart bleiben.«

Er sah auf seine Uhr. »Meine Stunde schlägt. Ich muß nach dem ärztlichen Diktat früh zu Abend essen und früh zu Bett gehen. Leben Sie wohl.«

Er reichte Faber die Hand und ging.

Faber empfand ein starkes Verlangen, ihm nachzugehen und ihm zu sagen, er hätte, statt sich im Ruhestand den Kopf über die Verantwortung des Journalisten zu zerbrechen, sehr viel besser zu seiner Zeit sich die Verantwortung eines leitenden Beamten vor Augen geführt. Aber aus dem Zorn über die anmaßende Art, in der Kohlgrüber ihn hatte stehenlassen, destillierte sich Faber alsbald einen neuen Antrieb. Hatte er nicht einen bislang sträflich übersehenen, durchschlagenden Grund anzunehmen, daß sich in absehbarer Zeit ein Sturm entfachen ließ, der sowohl Herrn Schweikart wie Herrn Kohlgrüber ihres Feigenblattes berauben würde?

Während er noch diesen Gedankengang genoß, entdeckte Faber Herrn Großschulte. Der Chefredakteur stand im Gespräch mit einem Delegierten vor einer der Türen des Saals, paffte und warf hin und wieder einen Blick auf Faber. Als der Delegierte sich verabschiedete, entschloß Faber sich zur Offensive.

Er ging zu Großschulte und streckte ihm die Hand entgegen. »Sie hab ich gesucht!«

»Tatsächlich? Womit kann ich denn dienen?«

»Sie kennen sich doch auf solchen Veranstaltungen aus.« Faber hob die Schultern. »Ich brauche einfach ein bißchen Nachhilfeunterricht.«

»Na, na, jetzt tun Sie aber wieder zu bescheiden.« Der Chefredakteur lächelte. »Sie beziehen Ihre Informationen doch aus erster Hand.«

»Schön wär's.« Faber schüttelte den Kopf. »Nein, nein, jetzt mal in allem Ernst. Ich hab nicht die geringste Ahnung, wie ich die Chancen bei der Wahl morgen früh einschätzen soll. Wie fanden Sie zum Beispiel den Auftritt von Frau Spengler?«

Großschulte zog ein paarmal an der Pfeife. Dann sagte er lächelnd: »Sehr beachtlich.« Er blickte über die Schulter, sah Faber wieder an, wies mit dem Daumen auf die Saaltür. »Wollen wir uns einen Augenblick reinsetzen? Da sind wir ungestört, die meisten laufen jetzt lieber herum, als sich diese Debatte anzuhören.«

Sie setzten sich an einen der verlassenen Pressetische. Großschulte sah sich um, reckte die Hand nach einem leeren Plastikbecher und kratzte die Pfeife darüber aus. »Frau Doktor Spengler also.« Er blies wiederholt und heftig durch die Pfeife, legte sie schließlich ab. »Ich hab natürlich die Delegierten nicht gezählt, die sich da die Hände wund geklatscht haben. Es waren jedenfalls nicht wenige, die auf ihren Trick hereingefallen sind.«

»Was für einen Trick?«

Großschulte lächelte. »Das kann doch dem scharfen Blick des Kritikers nicht entgangen sein.«

»Aber ja.« Faber erwiderte das Lächeln. »Sehen Sie, ich hab tatsächlich keine Ahnung!«

»Na schön, lassen wir das.« Großschulte legte einen Ellbogen auf den Tisch, beugte sich zu Faber, dämpfte seine Stimme. »Diese Frau ist, wenn Sie mich fragen, mit allen Wassern gewaschen. Am liebsten würde die doch die Abtreibung freigeben. Aber damit wäre sie hier natürlich durchgefallen. Also schließt sie sich dem Initiativantrag an, um auf diese Weise auch noch ein paar Stimmen in der Mitte abzufischen. Und anschließend tritt sie Schweikart vors Schienbein. Tut so, als liefe der mit einem Messer zwischen den Zähnen herum.«

Faber nickte. Er legte eine Pause ein, als denke er nach. Dann sah er Großschulte an. »War das Verhältnis zwischen den beiden eigentlich schon immer so schlecht?«

Großschulte lehnte sich zurück. »Da fragen Sie mich zuviel.« Er griff nach der Pfeife. »Aber da sie ja mal seine Mitarbeiterin war, hat sie sich früher sicher anders verhalten.«

Während Faber nach einem neuen Ansatz suchte, fragte Großschulte: »Was hält denn der Herr Kohlgrüber von der Vorstellung seines Schoßkinds?«

»Kohlgrüber?«

»Ja.« Großschulte lächelte. »Ich hab zufällig gesehen, wie Sie mit ihm gesprochen haben.«

Faber schüttelte den Kopf. »Also, wissen Sie, aus Kohlgrüber ist so gut wie gar nichts herauszuholen. Der kreist anscheinend nur um sich selbst.« Nach einer kleinen Pause sah er Großschulte fragend an. »Kann es sein, daß er mit dieser... dieser etwas peinlichen Pensionierung nicht fertig wird?«

Großschulte schien über die Frage nachzudenken. Dann schüttelte er den Kopf. »Keine Ahnung.« Er lächelte. »Ich hab ja keinen Umgang mit dem Herrn.«

Faber wurde klar, daß dieses Gespräch nichts mehr abwerfen würde. Zudem drängte es ihn, sich zurückzuziehen und eine Strategie für den Abendtrunk mit Wiltrud Spengler zu entwickeln. Er sah auf die Uhr. »Entschuldigen Sie, ich muß noch mal telefonieren.«

»Natürlich. Ich werd mich auch in der nächsten halben Stunde auf den Heimweg machen.« Er stand auf, nahm Fabers Hand. »Ich kann Sie übrigens nach Bracklohe mitnehmen, wenn Sie wollen.«

Faber starrte ihn an.

»Oder haben Sie noch was vor heute abend? Hier läuft bestimmt nichts mehr, nachdem die Abtreibungssache vom Tisch ist.«

Faber sagte: »Danke für das Angebot.«

»Keine Ursache.« Großschulte lächelte. Als Faber den Tisch schon verlassen hatte, rief er hinter ihm her: »Aber denken Sie dran: Der letzte Zug nach Bracklohe geht um halb zwölf! Auch am Samstagabend!«

Faber hielt, bevor er die Tagungshalle verließ, vergeblich Ausschau nach Wiltrud Spengler, ihr Stuhl stand leer. Auch Schweikart und Meier-Flossdorf hatten ihre Plätze am Vorstandstisch verlassen. Faber wanderte durch die Gänge, warf einen Blick in das Restaurant hinein. Wie er befürchtet hatte, waren alle Tische bereits besetzt, die ersten Bestellungen für das Abendessen wurden aufgenommen. Im Pressezimmer fand er schließlich einen halbwegs ungestörten Platz. Ein rundes Dutzend der Schreibmaschinen waren belegt, die Typenhebel ratterten, hier und da wurde auch leise geschwatzt, aber die meisten der Schreiber schauten wie gebannt auf ihr Manuskript und die Tasten, gönnten sich Seitenblicke nur, um ihre Notizen nachzulesen. Die faszinierende Kraft ihres Werkes ließ die Umwelt verblassen.

Faber hatte sich schon in einer Ecke niedergelassen, die Schreibmaschine beiseite geschoben, sein Notizbuch aufgeschlagen, als ihn der Gedanke an Manthey durchfuhr. Er hatte ihn den ganzen Tag über nicht zu sehen bekommen, wahrscheinlich hatte Manthey die Berichterstattung einem freien Mitarbeiter aufgetragen, der für derlei Beschäftigung am Wochenende dankbar zu sein hatte. Aber je näher die Nacht rückte, um so drohender wurde die Wahrscheinlichkeit, daß Manthey auftauchen würde, auf der Suche nach Kurzweil und Saufkumpanen. Es würde eines strapaziösen Kraftakts bedürfen, ihn rechtzeitig vor der Verabredung mit Wiltrud Spengler loszuwerden. Faber steckte das Notizbuch ein, holte seinen Mantel von der Garderobe und verließ, mit spähenden Seitenblicken seinen Abgang sichernd, die Hohenzollernhalle. Die Flaggen hingen schlaff im Scheinwerferlicht.

Er lief auf der Suche nach einem Restaurant, das sich zugleich durch schwachen Besuch und ein solides Angebot an Speisen und Weinen auszeichnen sollte, eine gute halbe Stunde durch die Stadt. Es wurde dunkel, neue Regenwolken verdüsterten den Himmel, eine feuchte Kälte kroch durch die Straßen. Als es zu regnen begann, brach er die Suche ab und kehrte zurück zu der kleinen Trattoria in einer Seitenstraße, durch deren halb verhängtes Schaufenster nur vier Gäste zu sehen gewesen waren und die immerhin neben ihren Nudeltellern auch Ausgewachsenes anzubieten hatte.

In einer Nische fand Faber einen geschützten Platz. Er bestellte Salat und einen gegrillten Fisch, kostete ein Glas vom offenen Rotwein. Der Wein war allenfalls zweite Wahl, Faber versuchte seine Enttäuschung mit der Einsicht zu kompensieren, daß es ohnehin geboten war, sich vor dem Rendezvous um zehn zurückzuhalten. Noch bevor der Salat serviert worden war, zog er sein Notizbuch hervor.

Er schrieb: *Wenig Zweifel. Gar kein Zweifel! Ich hätte schon früher darauf k. müssen: Nicht Lukas hat Erika, sond. Vater Nikol. die Wiltrud geschwäng.! Ein Verhältn. seit langem (Mitarbeiterin!), strikt im Verborgenen. Unversehens ein Malheur. Auf nach Venlo.*

Faber überlegte eine Weile angestrengt. Er sträubte sich, die Theorie aufzugeben, die er schon auf Lukas angewendet hatte und mit der sich nun der prominente Vater selbst als skrupelloser Täter hätte belasten lassen: daß nämlich nicht wie im Roman die Frau, sondern in Wahrheit der Mann auf der Abtreibung bestanden hatte, und daß dieser Mann, der Romanautor Nikolaus Schweikart alias Helmut Michelsen, die Geschichte umgelogen und der Frau die Initiative angedichtet hatte, damit es sich um so bequemer moralisieren ließ.

Das Kind allerdings, daran gab es keinen Zweifel, hätten beide nicht gebrauchen können, weil es mit Sicherheit einen Skandal hervorgerufen hätte. Aber während es für den alternden Schweikart wenigstens einen Beweis seiner Vitalität hätte abgeben können, wäre Wiltruds Karriereplan, wenn sie es ausgetragen und zur Welt gebracht hätte, wahrscheinlich jäh zu Ende gewesen.

Es war wenig plausibel, daß Schweikart sie zu der Reise nach Venlo genötigt hatte, hatte nötigen müssen. Sie hatte selbst ein noch stärkeres Motiv gehabt, die Schwangerschaft abzubrechen.

Faber aß hastig ein paar Gabeln Salat. Dann schrieb er: *Egal wie! Ob Schw. od. Wiltr. d. treib. Kraft war: Der Herr kommiss. Parteivors., der v. seiner Kanzel verkündet »Abtreib. ist Mord!«, er selbst hat seine Freundin nach Venlo gekarrt, er kennt d. Klinik u. konnte sie desh. beschreib.! Das wird dies. widerl. Heuchler d. Hals brechen!*

Er sah den Kellner an, der den Fisch vor ihn hinstellte und ihm guten Appetit wünschte. Erst als der Kellner schon gegangen war, sagte Faber: »Danke schön.« Er griff nach der Gabel, aber er schob den Teller zurück, zog noch einmal das Notizbuch heran. Er schrieb: *Und wie d. Beweis? Durch Wiltr. natürl. Aber wie? Kann sie ja nicht frag.: »Kennen S. Venlo?!«*

Der Fisch war gut, aber Faber schlang ihn hinunter. Während er das dritte Glas Wein zu sich nahm, dachte er lange nach. Schließlich schrieb er: *Viell. will sie m. mir schlafen. Und was dann?* Er zögerte, dann fügte er hinzu: *Würde Projekt doch erleichtern. Oder?*

Als der Kellner kam und ihn fragte, ob er noch einen Wein

haben wolle, verneinte er, zahlte und ging. Es war gerade erst halb neun. Faber näherte sich auf weiten Umwegen durch die dunklen Straßen dem *Deutschen Kaiser*, kehrte, als ihn zu frieren begann, in einer rauchigen Kneipe ein und trank einen Kaffee, landete schließlich in dem Park, in den Wiltrud Spengler ihn geführt und in dem sie ihn nach Judith befragt hatte. Die Erinnerung daran war ihm unangenehm, aber er wanderte bis einige Minuten vor zehn über die dunklen, von nur wenigen Laternen beleuchteten Wege, weil er fürchtete, auf den Straßen vor dem Hotel könne er auffallen, beobachtet werden von dem herumschleichenden Herrn Großschulte, der womöglich seine Abfahrt aufgeschoben hatte, oder welchem Spion auch immer.

Eine halbe Minute vor zehn betrat er das Foyer des *Deutschen Kaiser*, ging, ohne nach rechts und links zu blicken, zu einer der Telefonzellen und wählte Wiltrud Spenglers Zimmernummer.

Sie meldete sich mit einem »Hallo?«. Er sagte: »Hier ist Alexander Faber.«

Sie lachte. »Punkt zehn Uhr! Auf Sie kann man sich wirklich verlassen.«

»Sie haben doch wohl nicht angenommen, daß ich Sie vergesse?«

»Nein, ganz bestimmt nicht. Von wo rufen Sie an?«

»Aus dem Foyer.«

Nach einer kleinen Pause sagte sie: »Wollen Sie nicht einfach zu mir heraufkommen?« Sie fügte hinzu: »Ich möchte mich jetzt da unten nicht mehr blicken lassen, verstehen Sie?«

»Ja, das verstehe ich.«

»Klopfen Sie dreimal an die Tür.«

Faber sah sich auf dem Flur um, bevor er an ihrer Tür stehenblieb. Der Flur war leer. Faber klopfte dreimal.

Sie trug Jeans und einen lang hängenden Pullover, Mokassins über Socken. Sie ließ Faber lächelnd ein, wies auf die

Sesselgruppe in der Fensterecke. Aus dem Schrank holte sie einen Karton, schlug den Deckel auf und zeigte Faber die beiden edel gebetteten Rotweinflaschen. »Wäre das Ihr Geschmack? Hab ich überreicht bekommen.«

»Vorzüglich!«

Während Faber eine Flasche entkorkte, setzte sie sich in den Sessel ihm gegenüber, streckte die Beine aus, lehnte sich zurück, schloß die Augen und tat einen tiefen Atemzug. Ihr Gesicht war nicht mehr so blaß wie am Nachmittag, aber es trug deutliche Spuren von Erschöpfung.

Sie öffnete die Augen, lächelte ihn an und fragte: »Wie geht es Ihrer Tochter?«

»Ich hoffe, gut.«

»Rufen Sie sie nicht jeden Tag an?«

»Doch, natürlich.« Ihm fiel, es erleichterte und beschwerte ihn zugleich, Groß-Hirschbach ein, er sagte: »Ich habe heute noch nicht mit ihr sprechen können. Sie war unterwegs.« Er lächelte. »Zu einem Bundesligaspiel, ihr Idol tritt da auf.«

»Ach ja, der Torjäger!« Sie hob das Glas und prostete ihm zu. Dann sagte sie, er solle ihr doch noch ein wenig mehr von Judith erzählen. Und ob er kein Foto von ihr dabeihabe? Nein, antwortete Faber, sie habe es ihm abgenommen, weil sie es doof gefunden habe. Wiltrud Spengler lachte. Schade, sagte sie, aber das sei auch nicht so wichtig, er solle einfach erzählen, er tue das so einfühlsam, daß man Judith förmlich vor Augen sehe. Und wie sie denn als kleines Kind gewesen sei und als Baby?

Faber, den dieses absonderliche Interesse abermals verwirrte und in ein Unbehagen versetzte, raffte sich auf und erzählte ein paar Geschichten von dem Kleinkind Judith, drollige Geschichten, wie sie jeder Vater so lange unter die Leute bringt, bis er zu seiner bitteren Kränkung erkennen muß, daß sich die Leute dabei langweilen. Aber Wiltrud Spengler hörte wie gebannt zu, sie lächelte, nickte und lachte bei jeder Pointe. Nach einem halben Dutzend solcher Geschichten glaubte Faber, der angestrengt überlegt hatte, wie er das Thema beenden und sich dem Kern der Sache nähern könne, einen Hebel gefunden zu haben. Er legte eine Pause ein, lächelnd und vor sich hin blickend, als genieße er selbst die Erinnerung. Dann sah er sie an. »Sie haben selbst keine Kinder?«

»Nein.« Sie schwieg, seinem Blick eine Weile standhaltend. Er glaubte zu sehen, daß ihre Augen feucht wurden. Unvermittelt stand sie auf und ging ins Bad.

Faber fühlte sich versucht, sein Glas zu leeren und neu zu füllen, aber er hielt sich zurück. Er rieb sich heftig die Stirn und die Schläfen. Es war nicht zu übersehen, daß es ihr an diesem Abend sehr schwerfiel, die Contenance zu bewahren, es verlangte sie offenbar danach, sich mitzuteilen. Faber entschloß sich, die Gelegenheit zu nutzen und aufs Ganze zu gehen.

Als sie zurückkam, stand er auf und berührte mit den Fingerspitzen ihre Hand. Sie nahm seine Hand, drückte sie leicht, ließ sie los und setzte sich. Faber sagte: »Verzeihen Sie mir bitte. Das war eine sehr aufdringliche Frage.«

»Aber das war doch nicht Ihre Schuld.« Sie lächelte. »Ich fürchte, ich hab heute ein Formtief.« Sie hob das Glas und prostete ihm zu. »Ich bin sehr froh, daß Sie da sind.«

Während er die Gläser nachfüllte, sagte sie: »Vielleicht war das alles auch ein bißchen zuviel heute. Sie haben es ja miterlebt.«

Faber nickte. Er lehnte sich im Sessel zurück, legte den Kopf an die Lehne und blickte zur Decke. Nach einer Weile sah er sie an. Er fragte leise: »Haben Sie ihn so sehr geliebt?«

Die dunklen Augen weiteten sich.

Faber sagte: »Ich hab versucht, mich in Sie hineinzuversetzen. Es muß weh tun, sehr lange Zeit weh tun, wenn eine Beziehung auf diese Weise zu Ende geht.« Er strich sich über die Stirn. »Und dann diese Vorstellung heute nachmittag. Die abgrundtiefe Heuchelei dieses Mannes.«

Sie saß wie gelähmt in ihrem Sessel, den Blick unverwandt auf Faber gerichtet. Nach einer langen Zeit fragte sie: »Was wollen Sie damit sagen?«

»Was ich damit sagen will?« Faber wurde klar, daß er nicht mehr zurückkonnte, sondern den vollen Einsatz riskieren mußte. Er sagte: »Dieser Mann, der eine bestimmte Klinik in Venlo aus eigener Anschauung kennt, dieser Mann stellt sich aufs Podium, als sei es eine Kanzel, und verkündet: Abtreibung ist Mord!« Er lehnte sich zurück, schüttelte den Kopf. »Ich finde das unglaublich. Ich finde es ebenso unerträglich wie Sie.«

Die dunklen Augen, der rote Mund, den sie nachgeschminkt hatte, stachen aus dem weißen Gesicht hervor. Sie fragte: »Was haben Sie vor?«

Faber atmete schwer auf. »Ich weiß es nicht.« Er sah sie an. »Aber hat dieser Mann, der seine Wähler belügt und betrügt, es nicht verdient, daß man ihm die Maske abnimmt? Daß man ihm das Feigenblatt vom Leib reißt? Gebietet das nicht die Gerechtigkeit, nein, sagen wir es weniger pathetisch: Ist das nicht eine schlichte Notwendigkeit der politischen Hygiene?«

Sie schloß die Augen, öffnete sie wieder nach einer langen Zeit. »Und deshalb haben Sie meine Bekanntschaft gesucht.«

Faber sah sie an, als könne er diese Beschuldigung nicht fassen. Er begann langsam den Kopf zu schütteln, senkte den Blick, schwieg eine Weile. Dann sagte er: »Sie tun mir unrecht.«

»Gehen Sie bitte.«

»Aber Sie haben...« Er brach den Satz ab, erhob sich langsam, blieb stehen. »Es tut mir sehr leid. Ich fürchte, dieses Mißverständnis habe ich verschuldet.«

»Sie haben sich ganz unmißverständlich ausgedrückt.« Sie sah ihn an, große dunkle Augen in einem kalkweißen Gesicht. »Gehen Sie bitte.«

Sie blieb in ihrem Sessel sitzen, während Faber zur Tür ging, seinen Mantel und die Aktentasche aus der Garderobe nahm und das Zimmer verließ.

18

Der Zug nach Bracklohe fuhr auf einem Seitengleis des Hauptbahnhofs ab. Faber, der sich des Ortes vergewissern wollte, fand das Gleis und den Bahnsteig verlassen, einige trübe Hängelampen baumelten und krächzten im Wind, der auf der offenen Flanke des Gleises den Regen hereintrieb. Jenseits dieser Flanke und nicht mehr als fünf Meter entfernt stand das schwarze Gemäuer einer Hinterhauszeile, von der Höhe des Bahnsteigs eröffnete sich der Blick auf die oberen Geschosse. In einigen der schmalen Fenster flackerte das bläuliche Licht der Fernsehapparate, andere waren hell erleuchtet. Faber sah einen breitschultrigen Mann in weißem Unterhemd, der aus dem Aufbau eines Küchenschranks einen Teller herausholte.

Die Abfahrtszeit, die Großschulte ihm nachgerufen hatte, hatte sich als richtig erwiesen, der Zug würde erst in einer guten halben Stunde N. verlassen. Faber ging in die Bahnhofsgaststätte, in der ein paar Penner herumhockten und sich mit schwankenden Stimmen unterhielten. Er bestellte ein Bier und setzte sich an einen Tisch, der mit einem rot-weiß karierten, bräunlich befleckten Tuch gedeckt war. Er trank das Bier und zwei weitere, aber er zog sein Notizbuch nicht heraus.

Der Triumph, das Ziel seiner Reise erreicht, die Wahrheit herausgefunden zu haben, wollte sich nicht einstellen. Faber fühlte sich müde und zerschlagen. Er fühlte sich erbärmlich.

Es lag nicht nur an der Beschämung, die an ihm nagte, der

peinlichen Erinnerung an den Abgang, den er vom Ort des Rendezvous hatte nehmen müssen. Zum erstenmal, seit er in dem Manuskript des Romans die Beschreibung der Klinik gefunden und die Sensation gewittert hatte, bedrängte ihn, statt ihn zu beflügeln, der Gedanke, daß er tief in Menschenschicksale eingreifen würde, wenn er den realen Hintergrund der Skandalgeschichten des Helmut Michelsen aufdeckte. Mit Schweikart, dem Heuchler, empfand er kein Erbarmen, auch nicht mit dem anmaßenden Kohlgrüber. Aber daß Wiltrud Spengler in den Strudel hineingezogen würde, beunruhigte ihn. Er wurde das Bild dieses totenblassen Gesichts, der weit geöffneten Augen nicht los.

Faber versuchte, sich der quälenden Obsession durch eine Analyse dieses Rendezvous zu entziehen. Was hatte er denn erwartet?

War er etwa töricht genug gewesen zu glauben, daß sie gemeinsame Sache mit ihm machen werde? Warum hätte sie das tun sollen? Doch wohl kaum, weil ihr Gefühl für ihn so überwältigend war, daß sie ihm bei einer Operation assistiert hätte, die mit einem tiefen Schnitt in ihr eigenes Fleisch enden konnte. Vielleicht hätte sie ebensogern mit ihm geschlafen wie er mit ihr, aber das war es dann auch. Diese Frau wußte, wenn es darauf ankam, eben doch sich zu kontrollieren, sonst hätte sie es wohl auch kaum so weit gebracht.

Nun gut, sie trug offensichtlich schwer daran, keine Kinder zu haben. Und die Reise nach Venlo hatte vielleicht eine Wunde hinterlassen, die noch immer keine Berührung vertrug. Auch Kirsten litt doch, wie er zu seiner Überraschung hatte erfahren müssen, unter der Erinnerung an diese Abtreibung, obwohl sie selbst den Beschluß dazu gefaßt und darauf bestanden hatte.

Den Vergleich mit Kirsten, die ihm unversehens in den Sinn gekommen war, überdachte Faber eher widerwillig, aber er verschaffte ihm eine gewisse Erleichterung. Zumindest ließ sich sagen, daß auch Wiltrud Spengler keineswegs ein wehrloses Opfer war, dem er gefühllos zugesetzt hätte. Er hatte sie, als er die Karten auf den Tisch legte, allerdings zu Tode erschreckt, weil sie erkennen mußte, daß ein fragwürdiger Punkt in ihrem Leben aufgedeckt war. Aber ihre Reaktion offenbarte im wesentlichen nur die Angst, diese Enthüllung werde ihrer Karriere das jähe Ende setzen, dem sie eben durch die Abtreibung hatte entgehen wollen.

Fabers Erleichterung hielt nicht allzulange vor. Die Erinnerung an dieses Gesicht meldete sich wieder. Er stand auf und wanderte durch den Tunnel, in dem eine Frau mit Kopftuch die Papierreste und leeren Büchsen zusammenkehrte, zu dem Aufgang am rückwärtigen Ende des Bahnhofs. Der Zug stand schon auf dem Gleis, aber Menschen gab es nur auf der anderen, ein halbes Dutzend Bahnsteige entfernten Seite des Bahnhofs, wo ein Fernzug langsam einrollte.

Faber sah eine Weile zu, wie die Menschen ihre Gepäckstücke aufnahmen und sich in Bewegung setzten, als wollten sie mit den immer weiterrollenden Wagen Schritt halten. Dann stieg er in den Zug nach Bracklohe ein und ließ sich in einem leeren Abteil, das nur in matten Streifen durch das trübe Licht von draußen erhellt war, am Fenster nieder. Der Sitz aus Plastiktuch war kalt, es stank nach abgestandenem Tabakrauch. Aus dem benachbarten Abteil hörte er das Gemurmel zweier Stimmen, die eine immer wieder von langen Pausen unterbrochene Unterhaltung führten.

Er spähte durch die Fensterscheibe, deren Außenseite von einem feuchten, löchrigen Film bedeckt war. Während er in den beleuchteten Fenstern der Hinterhäuser, deren Zahl abgenommen hatte, nach dem Mann im Unterhemd suchte, setzte sich der Zug mit einem Ächzen in Bewegung. Die schwarzen Häuser blieben zurück, der Zug passierte langsam ein paar Weichen, die seine Räder schlagen und rütteln ließen, dann beschleunigte er sein Tempo ein wenig. Die fahlen Lichtpunkte von Lampen, die über den Gleisen schwebten, zogen vorüber, der Zug überquerte ein paar ausgestorbene Straßen, in denen die Laternen brannten, dann tauchte er in eine immer dichtere Dunkelheit ein, die ewig zu währen schien.

Die Stimmen im Abteil nebenan waren verstummt. Faber versuchte, auf der Fensterscheibe einen Ausguck blank zu wischen, aber es gelang ihm nur, die Regenrinnsale, die sich zuckend über die Außenseite der Scheibe bewegten, besser zu erkennen. Das Gefühl seiner Einsamkeit schnürte ihm die Kehle zu. Er drückte die Stirn an die kalte Scheibe, als er ein rötliches Fenstergeviert entdeckte, das entfernt in der Schwärze der Nacht vorbeischwebte. Er sah ihm nach, als sei es das letzte Zeichen menschlichen Lebens, das ihm vergönnt war, ließ den Kopf auf die Brust sinken, als die Finsternis es verschluckt hatte.

Nach einer Weile richtete er sich langsam auf. Ein Gedanke war ihm gekommen, den er, obwohl er ihm auf Anhieb absurd und ganz hoffnungslos erschien, hin und her zu wenden begann und schließlich zu einem Plan entwickelte: Er würde am nächsten Morgen zu Wiltrud Spengler gehen und ihr klarzumachen versuchen, daß in die Entlarvung Schweikarts nicht notwendigerweise auch sie verwickelt werde, daß er ebendas nie beabsichtigt habe und alles tun werde, um es zu verhindern.

Sie würde ihn nicht anhören wollen, natürlich, und in Anwesenheit anderer war das Unternehmen ohnehin aussichtslos. Er mußte sie in aller Frühe auf ihrem Zimmer besuchen, ohne Anmeldung, am Telefon würde sie ihn sofort abweisen, er mußte bei ihr anklopfen, bevor sie das Zimmer verließ. Nach der Tagesordnung würde der Parteitag um neun Uhr seine Verhandlungen wiederaufnehmen. Sie würde spätestens um Viertel vor neun aus dem Zimmer gehen, eine gute halbe Stunde früher sogar, wenn sie im Restaurant frühstückte, ja, natürlich, ebendas war anzunehmen, sie würde mit ihrem Stab gemeinsam frühstücken, um die letzten Absprachen zu treffen. Er mußte spätestens um acht an ihre Tür klopfen.

Es dauert eine Weile, bis ihre Stimme hinter der Tür zu hören ist. »Wer ist da?«

»Alexander Faber. Darf ich Sie bitte einen Augenblick sprechen?«

Nichts regt sich hinter der Tür. Er glaubt schon, daß sie zurückgegangen ist und ihn ohne ein weiteres Wort stehenläßt. Er überlegt, ob ein zweites Klopfen sie zum Nachgeben bewegen kann, er hebt schon den Knöchel, als er wieder ihre Stimme hört: »Was wollen Sie?«

»Bitte, lassen Sie mich Ihnen wenigstens etwas erklären. Es dauert nicht lange.« Nach einer kleinen Pause nähert er seinen Mund der Tür und sagt eindringlich: »Es ist wirklich sehr wichtig, für Sie und für mich.«

Wieder Stille. Dann hört er, wie die Verriegelung der Tür geöffnet wird.

Der Zug hielt quietschend an einem ausgestorbenen Bahnsteig. Im Lichtkegel einer Laterne wurden dünne Regenfäden sichtbar. Eine Abteiltür wurde zugeschlagen, Schritte knirschten auf dem körnigen Belag des Bahnsteigs und entfernten sich. Eine Weile war kein Laut zu hören, dann setzte der Zug sich mit einem sanften Ruck wieder in Bewegung.

Faber klammerte sich, als die Dunkelheit ihn wieder umschloß, an seinen Plan, er ging ihn noch einmal durch. Die Zweifel, daß sie ihn anhören würde, versuchte er zu unterdrücken, indem er sich die weichen, sensiblen Charakterzüge in Erinnerung rief, mit denen diese Frau merkwürdigerweise ja nicht minder ausgestattet war. Sie würde ihn nicht vor der Tür stehenlassen.

Aber während er noch seine Hoffnung zu erhalten versuchte, traf ihn ein neuer Gedanke wie ein Schlag. War nicht ein ganz anderer, tieferliegender Grund vorstellbar, warum ihr Gesicht so totenblaß, ihre Augen so angstvoll groß geworden waren?

War es nicht möglich, daß sie diesen Mann noch immer liebte, trotz aller Enttäuschungen, die er ihr bereitet hatte?

Gab es nicht Frauen, die unauflöslich, wie angekettet an ihren Liebhabern hingen, auch wenn die Trennung schon lange vollzogen war?

Wenn Wiltrud Spengler diesen schönen, widerlichen Mann noch immer liebte, dann würde sie ihn, Faber, nicht nur vor der Tür stehenlassen. Dann war auch zu befürchten, daß sie Schweikart warnen würde vor diesem Journalisten und dem, was er wußte und plante. Vielleicht hatte sie es schon getan.

Faber fuhr hoch, nachdem der Zug mit einem langgezogenen Quietschen wieder zum Stehen gekommen war. Er preßte beide Hände und die Stirn an die Fensterscheibe, hielt Ausschau und entdeckte im Schein einer Lampe das Schild *Bracklohe*. Faber sprang zur Tür, sie leistete Widerstand, er öffnete sie mit Gewalt und zwängte sich durch einen Spalt hinaus, während der Zug sich wieder in Bewegung setzte.

Auf dem menschenleeren Bahnsteig war Faber an dem Kasten an der Wand des Stationsgebäudes schon vorbeigegangen, als er zurückkehrte. Er blieb vor dem Fahrplan stehen, beugte den Kopf vor. An Sonntagen fuhr der erste Zug nach N. erst um zwei Minuten vor acht.

Faber starrte eine Weile in den dünnen Regen, der am Ende des Bahnhofsdachs im Lampenschein aufglitzerte. Dann sah er sich um nach einer Telefonzelle.

Er fand sie auf dem Vorplatz des Bahnhofs. Aus dem Telefonbuch war die Seite herausgerissen, auf der der Eintrag *Taxi* hätte stehen müssen. Faber warf das Buch auf die Ablage. Er schob die Tür der Zelle halb auf und hielt die Hand in den Regen, betrachtete die Hand und wischte die Nässe am Mantel ab. Plötzlich griff er noch einmal nach dem Buch, er sah unter *Mietwagen* nach und fand die Nummern der beiden Unternehmen, die den Bedarf Bracklohes an Individualtransporten abdeckten. Er warf Geld ein und wählte die erste Nummer.

Eine träge Frauenstimme meldete sich. Faber sagte, er stehe am Bahnhof und müsse in den Waldwinkel. Die Frauenstimme fragte: »So spät noch?«

Faber unterdrückte seinen Zorn, er sagte, er sei mit dem letzten Zug von N. angekommen und wisse nicht einmal den Weg zu seiner Unterkunft im Waldwinkel.

Die Frauenstimme antwortete: »Ja, ja, ist ja schon gut.« Der Hörer wurde aufgelegt.

Faber, der sich nicht sicher war, was dieser Satz bedeuten sollte, wartete mit zusammengebissenen Zähnen in der Zelle. Nach zehn Minuten sah er auf der Straße ins Zentrum Scheinwerfer, die sich näherten, ein großer schwarzer Wagen fuhr auf den Bahnhofsplatz und hielt vor der Zelle. Am Steuer saß eine stämmige Frau von Ende Vierzig, sie öffnete Faber die Tür. Mit einer fast schmerzhaften Erleichterung ließ er sich auf den Sitz fallen. »Ich hab schon gefürchtet, Sie kommen nicht.«

Sie warf ihm einen Blick zu. »Ich kann Sie doch hier nicht stehenlassen.«

Faber sagte: »Danke.« Sie schwieg.

Als er auf dem Parkplatz im Waldwinkel bezahlt und sich eine Quittung hatte geben lassen, blieb er sitzen, das Papier in der Hand.

Sie fragte: »Stimmt was nicht?«

»Doch, doch.« Er starrte auf die Quittung. Ihm war klargeworden, daß diese dunklen, weit aufgerissenen Augen in dem fahlen Gesicht ihn die ganze Nacht verfolgen und ihm keine Ruhe lassen würden, wenn er sich nicht wenigstens eine Hoffnung bewahrte, wie absurd sie auch sein mochte.

Er sah die Frau an. »Können Sie mich morgen früh um sieben abholen und nach N. fahren?«

Sie beugte sich vor und sah auf die Uhr, wandte sich ihm zu. »Und wann wollen Sie schlafen?«

Faber hob die Schultern, lächelte. »Ich hab keine Wahl, ich muß dahin.«

»Also um sieben.« Sie schaltete die Innenbeleuchtung aus. Faber sagte: »Danke« und stieg aus, sie fuhr ab.

Kalte, abgestandene Luft schlug ihm entgegen, als er die

Haustür öffnete. Auf dem Boden unter dem Briefschlitz fand er einen zusammengefalteten Zettel. Er schlug ihn auf und las die runden Buchstaben: *Lieber Alex! Warum hast du mich nicht angerufen? Hab von deinem Pech gehört. Kann dich morgen nach N. fahren, wenn du wieder hinmußt. Mein Bruder leiht mir sein Auto. Kann dich auch wieder abholen, wenn du willst. Kuß! Astrid.*

Faber schaltete den Heizofen ein, öffnete eine Flasche Wein, stellte den Wecker auf halb sieben und setzte sich, das Glas in der Hand, aufs Sofa. Es war zwei Uhr vorbei, als er sich in die Schlafkammer tastete. Er stieß sich heftig die Schulter am Türpfosten.

Um sieben Uhr, als die Klingel anschlug, stand er fertig angezogen, mit Jacke und Krawatte in der Küche und biß in ein Schinkenbrot. Er warf es auf die Anrichte, stürzte den heißen Kaffee hinunter, griff, bevor er öffnete, nach Mantel und Aktentasche. Es hatte zu regnen aufgehört, aber es war diesig und kalt. Er schloß das Haus ab und folgte der Frau, die eine lange schwarze Lederjacke mit Pelzkragen trug und breitbeinig den Abhang hinunterstieg.

Faber ließ sich an einer Straßenecke vor dem Hotel *Deutscher Kaiser* absetzen. Es war Viertel vor acht. Er dachte einen Augenblick lang nach, dann ging er mit langen Schritten zu dem Hotel, durchquerte zügig das Foyer und stieg die Treppe hinauf.

Als er auf den Flur vor Wiltrud Spenglers Zimmer trat, sah er eine der beiden Frauen, die ihre Kandidatin am Nachmittag des Vortages gesucht und sie zurück in den Saal eskortiert hatten. Sie stand, den Kopf vorgebeugt, an einer Zimmertür und klopfte. Faber wollte sich schon in das Treppenhaus zurückziehen, als die Frau sich aufrichtete und ihr Blick auf ihn fiel. Er setzte seinen Weg fort und erkannte, während er sich ihr näherte, daß sie vor Wiltrud Spenglers Zimmertür stand.

Faber lächelte. »Guten Morgen!«

»Guten Morgen.« Sie nickte. Er wollte an ihr vorbeigehen, als sie eine Hand hob. »Haben Sie eine Verabredung mit Frau Spengler?«

Faber blieb stehen. Er zögerte, dann sagte er: »Ja.« Er sah auf seine Uhr. »Ich bin allerdings noch ein paar Minuten zu früh.«

Sie sah ihn schweigend an. Faber, den ein ungutes Gefühl beschlich, lächelte. »Mein Name ist Alexander Faber. Ich bin ein Freund von Frau Spengler.«

Sie nickte. »Ich weiß.« Nach einer kleinen Pause fragte sie: »Haben Sie heute morgen schon mit ihr telefoniert?«

»Nein. Warum?«

Die Frau blickte auf die Tür. Dann sah sie Faber an. »Sie meldet sich nicht. Sie ist nicht ans Telefon gegangen. Und ich klopfe schon seit fünf Minuten.«

Faber beugte sich vor und klopfte dreimal an die Tür. Nichts regte sich. Er sagte, lauschend zu der Tür gebeugt: »Vielleicht ist sie im Restaurant?«

Die Frau schüttelte den Kopf. »Ich hab schon überall nachgesehen. Sie hat auch ihren Schlüssel nicht abgegeben.«

Eine jähe Hitze durchfuhr Faber. Er richtete sich auf. Über den Flur näherte sich ein dunkelhäutiges Zimmermädchen mit dem Servicekarren. Er ging mit schnellen Schritten zu ihr und fragte: »Würden Sie uns bitte Zimmer zweihundertsieben aufschließen?«

Sie sah ihn erschreckt an.

»Es ist dringend! Sie müssen die Tür aufschließen!«

Das Zimmermädchen tastete in seine Kitteltasche. Dann ging es langsam zu Wiltrud Spenglers Zimmertür, sah die Frau an. Die Frau sagte: »Bitte, schließen Sie auf! Sie können ja mit uns hineingehen.«

Das Zimmermädchen schloß die Tür auf und ließ die Frau und Faber ein. Faber hörte die Frau, die voranging, laut aufächzen. Er blickte über ihre Schulter.

Wiltrud Spengler lag in dem langen Pullover, den Jeans und

Socken auf dem Bett, nur die Mokassins hatte sie ausgezogen. Sie lag auf dem Rücken, der Kopf war zur Seite gefallen. Die Augen waren geschlossen. Auf dem Nachttisch standen ein Wasserglas und ein Weinglas, daneben eine leere Flasche. Die zweite Flasche lag auf dem Boden vor der Sesselgruppe.

Faber folgte der Frau, die zum Bett gestürzt war, sich über Wiltrud Spengler beugte, sie an den Schultern faßte, die Schultern rüttelte. »Wiltrud!« Die Frau zögerte, dann klatschte sie mit der Hand auf die fahlen Wangen. »Wiltrud!«

Auf dem Nachttisch lagen zwei leere Tablettenstreifen. Faber hob den Telefonhörer ab und wählte die Nummer der Rezeption. Während er wartete, spürte er sein Herz wie einen Hammer schlagen.

Eine forciert muntere Stimme meldete sich: »Guten Morgen, hier ist die Rezeption!«

»Rufen Sie bitte sofort einen Notarzt, Zimmer zweihundertsieben, Frau Doktor Spengler.«

»Einen Notarzt... Ja, sofort!«

Die Frau richtete sich auf, sah Faber entsetzt an. »Sie atmet nicht mehr.«

19

Faber wartete auf dem Flur. Er sah zwei andere Frauen, die aus dem Aufzug stiegen und sich im Laufschritt näherten, in dem Zimmer verschwinden. Wenig später erschien der Glatzkopf in Livreejacke, er klopfte an die Tür des Zimmers, wechselte ein paar Worte durch den Spalt und verschwand in einem Seitenflur. Nach einer Weile tauchte er mit weisenden Handbewegungen wieder auf, ihm folgte der Notarzt in weißer Jacke und weißer Hose, begleitet von zwei weißgekleideten Trägern mit einer Bahre.

Nach einer Zeit, die Faber endlos erschien, wurde Wiltrud Spengler auf der Bahre aus dem Zimmer gerollt. Ihre Augen waren geschlossen, das Gesicht wachsbleich. Die drei Frauen folgten der Bahre, der Glatzkopf schloß das Zimmer ab und eilte hinter der Bahre her, geleitete sie in den Seitenflur. Das Zimmermädchen, das sich bis dahin an seinem Wagen zu schaffen gemacht hatte, schob nach einem Blick auf Faber den Wagen weiter.

Faber wandte sich ab und verließ das Hotel. Er ging zum Park, wanderte unter den Bäumen auf und ab, schlug den Mantelkragen hoch und hielt ihn am Hals zusammen. Kurz vor neun kehrte er um und ging zur Hohenzollernhalle. In den Gängen des Tagungssaals drängten sich Delegierte und Journalisten, ein gedämpftes Gebrodel von Stimmen erfüllte den Saal. Faber fand einen Platz in der hintersten Reihe der Pressetische.

Um halb zehn rührte der Tagungspräsident seine Glocke. »Meine Damen und Herren, der Parteitag nimmt seine Verhandlungen wieder auf. Bitte, nehmen Sie Ihre Plätze ein.« Delegierte und Journalisten schoben sich in die Tischreihen. Der Tagungspräsident wartete, bis die Reihen gefüllt waren. Dann stand er auf. »Meine Damen und Herren, liebe Parteifreunde. Ich bitte Sie, sich von Ihren Plätzen zu erheben.« Nach einem heftigen Stühlerücken breitete sich Stille aus. Die Mitglieder des Tagungspräsidiums und des Landesvorstandes, Schweikart in der Mitte, Meier-Flossdorf am Tischflügel, legten die Hände über dem Schoß zusammen und senkten die Köpfe.

Der Tagungspräsident, mit seitlich aufgestützten Händen sich ein wenig zum Mikrophon hinabbeugend, sagte: »Meine Damen und Herren, liebe Parteifreunde. Ich habe Ihnen eine erschütternde Mitteilung zu machen, eine unfaßbare Mitteilung.« Er hielt ein, schien nach Worten zu suchen, bevor er fortfuhr: »In der vergangenen Nacht ist unsere Parteifreundin Frau Doktor Wiltrud Spengler einem Herzversagen erlegen.« Kein Laut war im Saal zu hören. Der Tagungspräsident sagte: »Wir wollen Wiltrud Spengler ein stilles Gedenken widmen.« Er richtete sich auf, legte die Hände über dem Schoß zusammen und senkte den Kopf.

Faber glaubte, die Perspektiven des Saals begännen sich zu bewegen und unaufhaltsam zu verschieben, eine andere, fremde, schiefe und fahle Welt, in der die Menschen ringsum sich immer weiter von ihm entfernten, tat sich vor seinen Augen auf. Er hörte die Stimme des Tagungspräsidenten, der nach einer langen Pause zu einer Würdigung Wiltrud Spenglers anhob, wie aus weiter Ferne. Erst als der Präsident verkündete, die Sitzung werde für eine halbe Stunde unterbrochen, und die Tischreihen sich leerten, kam er zu sich.

Er verließ den Saal, ging blicklos an den murmelnden Gruppen vorbei, die sich in den Gängen ansammelten, und hinaus auf den Platz vor der Halle. Die Wolkendecke war aufgerissen, ein paar Streifen blauen Himmels waren sichtbar geworden. Faber ging bis an den Rand des Platzes, blieb am Bordstein stehen. Ein dunkelgrauer Wagen hielt ein paar Meter entfernt. Die grauhaarige Frau, die hinter dem Steuer saß, beobachtete Faber. Er wandte sich ab.

Über den Platz kam Kohlgrüber, in Hut und Mantel. Sein Gesicht war leichenblaß. Er ging zu dem Wagen, öffnete die Tür. Dann hielt er ein. Er sah Faber an. »Na, jetzt können Sie doch zufrieden sein. Das ist doch ein idealer Stoff für die Berichterstattung. Oder irre ich mich?«

Faber starrte ihn an. Kohlgrüber sagte: »Sie und Ihre Kollegen, Sie haben diese Frau so lange gejagt und auszupressen versucht, bis sie an ihren Kräften verzweifelt ist. Vielleicht denken Sie mal nach über Ihre Verantwortung, Herr Faber!« Er stieg ein und schlug die Tür zu. Die Frau stellte ihm eine Frage, sie beugte sich vor und musterte Faber. Kohlgrüber gab ihr eine kurze Antwort. Sie startete den Motor und fuhr ab.

Faber ging zurück in die Halle. Er setzte sich wieder in die hinterste Reihe des Tagungssaals, stützte die Stirn in die Hände. Er hörte, nachdem der Saal sich wieder gefüllt hatte, eine Tagungspräsidentin, die den Präsidenten abgelöst hatte, in stockenden Sätzen sagen, daß es einem jeden schwerfalle, sehr schwerfalle, sich im Bewußtsein eines solch schmerzlichen Verlustes den Aufgaben der Politik wieder zuzuwenden. Aber die politische Verantwortung gebiete es, diese Aufgaben nicht aus der Hand zu legen, sondern den Blick nach vorn zu richten. Sie rufe hiermit zur Wahl des Landesvorsitzenden auf. Für das Amt des Landesvorsitzenden sei aus der Mitte der Delegierten der kommissarische Landesvorsitzende Nikolaus Schweikart vorgeschlagen worden. Die Tagungspräsidentin fragte: »Gibt es weitere Vorschläge?« Dies war nicht der Fall.

Während die Kästen zum Einsammeln der Stimmen herumgetragen wurden, rief die Präsidentin zur abschließenden Beratung des Kulturprogramms auf. Meier-Flossdorf trat ans Podium. Nachdem er seine Betroffenheit und Trauer über das Hinscheiden Wiltrud Spenglers, eines so ungewöhnlich wertvollen Menschen und zugleich einer der größten Hoffnungen der Partei, zum Ausdruck gebracht hatte, referierte er über die Bemühungen der vom Parteitag eingesetzten Kommission, die mit Mehrheit verabschiedeten Anträge in das Kulturprogramm einzuarbeiten, was mit einem sehr zufriedenstellenden Ergebnis gelungen sei.

Faber stand auf, als Meier-Flossdorf die Änderungen bis hin zu den Spiegelstrichen vorzutragen begann. Er ging hinaus, zögerte eine Weile, ließ sich dann aber doch am Ausschank der Brauerei ein Pils geben. Nachdem er es in langsamen Schlucken getrunken hatte, suchte er die Eisentür, an der die Kabel hinaus in den Hof führten. Er trat auf den Hof, blieb eine Weile stehen, ließ sich schließlich hinter einem Übertragungswagen des Fernsehens auf einem Mauervorsprung nieder. Erst als ihn zu frösteln begann, ging er wieder in die Halle.

Während er das zweite Pils trank, sah er Delegierte und Journalisten in den Tagungssaal eilen. Er trank aus und trat an eine der offenen Türen des Saals. Die Präsidentin gab das Ergebnis der Wahl bekannt. Nikolaus Schweikart hatte 88,3 Prozent der Stimmen errungen. Beifall brach aus. Schweikart stand auf, hob die Hände zu dämpfenden Bewegungen in halbe Höhe, nickte und senkte den Kopf.

Faber flüsterte mit zusammengebissenen Zähnen: »Das kann doch nicht wahr sein!« Er wandte sich ab, ging ein paar Schritte weiter auf dem Flur, fuhr sich durch die Haare, ballte die Fäuste. Einige Delegierte verließen den Saal, darunter eine Frau, sie gingen miteinander redend an Faber vorbei. Er hörte sie lachen. Jäh setzte er sich in Bewegung, er ging mit langen Schritten hinter den Delegierten her, legte einem von ihnen die Hand auf den Arm.

»Entschuldigen Sie bitte, mein Name ist Alexander Faber, ich bin Journalist. Was halten Sie denn von dem Wahlergebnis für Herrn Schweikart?«

Der Delegierte runzelte die Stirn. »Wie war Ihr Name?« Die anderen waren stehengeblieben und musterten Faber. Er griff in die Innenseite seiner Jacke, zog den gelben Pappstreifen hervor. »Alexander Faber.«

Der Delegierte beugte den Kopf und las den Eintrag auf dem Streifen. Dann sagte er: »Nun... Die Partei hat in einer sehr schwierigen Situation bewiesen, daß sie zusammenstehen kann. Es hat ja, wie Sie vielleicht wissen, heute morgen unter dem Anhang von Frau Spengler noch Überlegungen gegeben, sich bei der Wahl der Stimme zu enthalten. Oder sogar eine neue Kandidatin aus dem Hut zu zaubern. Zum Glück haben sich diese... Ideen nicht durchgesetzt.« Er schüttelte den Kopf. »Nein, das hätte bestimmt kein überzeugendes Bild abgegeben. Aber mit diesem Ergebnis jetzt...«, er nickte, »damit kann sich nicht nur Herr Schweikart, damit kann sich auch die Partei sehen lassen.« Er hob den Finger und wies auf Fabers Brust. »Das können Sie so auch zitieren.«

Faber fragte: »Finden Sie nicht, daß Herr Schweikart als Vorsitzender ungeeignet ist?«

Der Delegierte nahm die Schultern zurück, runzelte die Stirn. »Was soll das denn heißen?«

Faber sagte: »Ich habe vor der Wahl eine Reihe von Stimmen gehört, die große Bedenken gegen Herrn Schweikart geäußert haben. Schließlich hat die Partei ihn doch auch nicht mehr in den Bundestag schicken wollen.«

Der Delegierte wollte Faber unterbrechen. »Hören Sie mal...«

Faber fuhr unbeirrt fort. »Ich habe das Urteil gehört, daß Herr Schweikart sich gar nicht um dieses Amt beworben hätte, wenn er nicht als Abgeordneter ausrangiert worden wäre.«

Der Delegierte sagte scharf: »Ich will Ihnen mal was sagen, mein Herr: Ihre Fragen und Unterstellungen sind ausgesprochen unverschämt! Sie glauben doch wohl nicht im Ernst, daß ich Ihnen darauf antworte?«

Er wandte sich ab und ging mit den anderen, die sich kopfschüttelnd nach Faber umblickten, weiter.

Faber ließ sich ein Pils geben und trank es in einem Zug aus. Er trat noch einmal auf den Hof hinaus, spazierte auf und ab. Dann ging er zurück in die Halle, vermied den Ausschank, wanderte um den Tagungssaal herum. Auf der Wand aus Holz und Pappe, hinter der sich in einem provisorischen Verschlag das Pressereferat der Partei eingerichtet hatte, fand er ein von Hand in großen Buchstaben geschriebenes Schild angeschlagen: *Abschluß-PK um 12.30 Uhr (nicht 13.00 Uhr!!!) im Luisen-Saal!*

Faber ging hinaus vor die Halle. Er blieb mitten auf dem Platz stehen, die Hände in den Manteltaschen, den Kragen hochgeschlagen, und verfolgte den spärlichen Sonntagsverkehr, der den Platz umkreiste. Als er um fünf vor halb eins in die Halle zurückkehrte, hörte er aus dem Tagungssaal das Deutschlandlied, a cappella gesungen.

Die Journalisten drängten sich bereits in den Luisen-Saal, einen mittelgroßen Raum mit halbrunder Fensterfront. Faber blieb an der Rückwand stehen, er suchte Deckung hinter einer hochgebockten Fernsehkamera. In den vorderen Reihen sah er Herrn Buttgereit und Herrn Großschulte, auch Herrn Knabe, den schwachbrüstigen Herrn Pfeiffer und den braungebrannten Herrn Cypanski. Als Schweikart und der Sprecher der Partei, ein dunkelhaariger Mann von Anfang Dreißig in einem hellbraunen Blazer, hinter dem Tisch mit den Mikrophonen Platz nahmen, kam Manthey eilig herein, er drängte sich durch die Journalisten, die keinen Stuhl mehr gefunden hatten und an der Tür stehengeblieben waren, ging nach vorn und ließ sich neben einer jungen Frau auf einem Stuhl nieder, den sie offenbar für ihn freigehalten hatte.

Schweikart, der seine Stimme anhaltend dämpfte, gab eine Erklärung ab, in der er zunächst noch einmal Betroffenheit und Trauer, nicht zuletzt persönliche Trauer über den Tod von Wiltrud Spengler ausdrückte. Alsdann leitete er zu einer Bewertung des Parteitages über, dem er eine vorzügliche Arbeit bescheinigte. Dies verdiene um so höhere Anerkennung nach dem unerwarteten Schicksalsschlag, der ja auch die Partei als solche getroffen habe. Schweikart beschäftigte sich eine Weile mit dem Kulturprogramm, von dem er inspirierende Wirkungen über das Land hinaus erwarte, schloß dann mit der Versicherung, er wolle als Vorsitzender die Partei zu neuen Erfolgen führen, und das werde ihm, so Gott wolle, mit der Unterstützung der Mitglieder und Anhänger der Partei auch gelingen.

Die Fragen und Antworten plätscherten dahin, die Veranstaltung schien schon ein ruhiges Ende zu nehmen, als ein junger Mann in einer Lederjacke, der am Rande des Saals stand, die Hand hob. Der Pressesprecher nickte ihm zu: »Ja, bitte?«

Der junge Mann fragte: »Ist es richtig, daß Frau Spengler Selbstmord begangen hat?«

Stimmen erhoben sich, schwollen an und ebbten wieder ab.

Der Sprecher sagte: »Ich möchte Sie dringlich bitten, nicht solche Gerüchte zu verbreiten, auch nicht in Frageform, wenn ich bitten darf. Die Todesursache ist heute morgen, wie Sie wissen sollten, vor dem Plenum bekanntgegeben worden. Frau Doktor Spengler ist einem Herzversagen erlegen.« Schweikart wandte den Blick, den er scharf auf den jungen Mann gerichtet hatte, von ihm ab.

Der Saal blieb stumm, die Sätze des Sprechers wurden auf den Notizblöcken im Wortlaut notiert. Der Sprecher blickte rundum: »Gibt es noch weitere Fragen? Das ist offenbar nicht der Fall. Ich danke Ihnen und schließe die Pressekonferenz.«

Faber verließ den Saal unverzüglich. Er rieb sich, während er mit langen Schritten den Weg zum Pressezimmer einschlug, die Stirn. In der offenstehenden Flügeltür des Zimmers, in dem nur zwei Männer in Hemdsärmeln vor ihren Schreibmaschinen hockten, blieb er stehen. Er zögerte einen Augenblick lang, während immer mehr Journalisten an ihm vorbeidrängten, dann folgte er ihnen und ließ sich auf dem erstbesten Platz, der nicht bereits durch einen Zettel belegt war, nieder. Er spannte ein Blatt in die Schreibmaschine ein, beugte sich vor und massierte sich die Schläfen.

Er schrieb einen einzigen Satz. Während rings um ihn die Typenhebel immer lauter knatterten, blieb Faber regungslos sitzen. Er starrte den Satz an, den er geschrieben hatte. Nach zehn Minuten stand er auf und verließ die Halle.

In einer Seitenstraße am Park fand er eine kleine Kneipe, die auch Schoppenwein anbot. An der Theke standen ein Dutzend Gäste, die eine lautstarke Unterhaltung führten. Faber setzte sich in das enge, von niemandem sonst beanspruchte Nebenzimmer, das durch eine kopfhohe Holzwand von der Theke abgetrennt war, und bestellte eine Literflasche von dem Schoppenwein. Als die Wirtin um halb drei zu ihm kam und sagte, er müsse leider gehen, das Lokal werde bis zum Abend geschlossen, war er stark betrunken.

Er machte sich, seine Schritte mit Mühe geradeaus richtend, auf den Weg zum Hauptbahnhof. Als er eine Telefonzelle passierte, hielt er ein. Er geriet ins Schwanken, fing sich mit einem schnellen Seitenschritt ab und blieb ein paar Sekunden lang breitbeinig und schwer atmend stehen. Dann ging er in die Telefonzelle und rief Astrid an.

Sie sagte: »Ich hab schon die ganze Zeit gewartet. Wo bist du denn? Soll ich zur Hohenzollernhalle kommen?«

»Nein, nein!« Er drehte den Kopf zur Glaswand der Zelle, um nach einem Straßenschild Ausschau zu halten, geriet aus dem Gleichgewicht und fiel mit der Schulter schwer gegen die Glaswand.

»Alex! Ist dir nicht gut?«

»Doch, doch.« Er griff nach dem Brett des Telefonbuchs, zog sich hoch, murmelte: »Alles bestens.« Nach einer Pause, in der er schwer atmete, sagte er: »Hör mal zu, Astrid...« Er schwieg.

»Alex?! Nun sag mir doch endlich, wo du bist!«

»Hör mal zu, Astrid...« Er legte den Unterarm auf den Apparat, stützte sich darauf. »Kennst du den Park?«

»Den in der Nähe der Halle?«

»Genau!« Er holte tief Luft. »Haupteingang, verstehst du?«

»Da, wo's zur Halle geht?«

»Genau! Da warte ich.«

Sie sagte: »Ich beeile mich. Und paß schön auf, Alex!«

Er ging langsam zum Park, blieb unterwegs einige Male breitbeinig stehen. Am Eingang des Parks suchte er nach einem Halt, um sich für die Wartezeit zu stabilisieren, aber es gab dort außer den von Büschen umgebenen Bäumen nur einen Laternenpfahl, an den er sich der Passanten wegen nicht lehnen mochte. Er ging ein paar Schritte in den Park hinein.

Auf der ersten Bank hinter dem Eingang saßen, durch einen leeren Platz getrennt, eine junge Frau mit einem Kinderwagen und ein älteres, dick vermummtes Paar. Faber umsteuerte den Kinderwagen, entging einem Sturz nur knapp, murmelte: »Guten Tag« und ließ sich auf den leeren Platz fallen. Das Paar wechselte einen Blick und erhob sich, die junge Frau folgte den beiden alsbald.

Er ließ den Kopf auf die Brust sinken, schloß die Augen. Nach einer Weile schlief er ein.

Er wurde wach von einer Berührung an seinem Oberarm. »Alex?« Astrid stand über ihn gebeugt, sie sah ihm besorgt in die Augen. Er lächelte. »Hallo! Hallo, mein kleines Pummelchen!« Sie faßte ihn unter den Achseln und zog ihn hoch, legte seinen Arm über ihre Schultern, ihren Arm um seinen Rücken und führte ihn aus dem Park hinaus. Sie hielt ihn fest, bis er auf dem Autositz gelandet war.

Als sie vor einer Ampel anhielt, sagte er: »Ach, Astrid!«

Sie warf ihm einen Seitenblick zu. »Hast du Kummer?«

»Ja.« Er nickte. »Großen Kummer.«

Sie schwieg eine Weile. Dann sagte sie: »Ich hab das mit der Frau im Radio gehört.« Faber nickte. Sie sah ihn an. »Hast du sie gekannt?«

»Ja. Hab sie gut gekannt.«

Bevor sie die Landstraße nach Bracklohe erreicht hatten, war Faber wieder eingeschlafen, erst auf dem Parkplatz am Waldwinkel wurde er wach. Sie schleppte ihn, in der freien Hand ihre große Tasche, den Abhang hinauf, nahm ihm den Schlüssel ab und schloß die Tür auf. Als sie ihm den Mantel ausgezogen hatte, sagte sie: »Jetzt legst du dich erst mal ins Bett. Ich bleib hier, ich werd dich wecken.«

Sie deckte Faber zu, gab ihm einen Kuß auf die Wange und verließ die Schlafkammer. Sie schloß behutsam die Tür.

Es war dunkel vor dem Fenster, als Faber aufwachte. Sie kniete vor dem Bett, hatte beide Arme auf die Matratze gestützt und lächelte ihn an. »Das hat aber lange gedauert. Ich hab dir schon zweimal einen Kuß gegeben.« Faber roch einen würzigen, warmen Duft. Sie sagte: »Das Abendessen ist fertig. Du kannst dich ja nachher wieder hinlegen. Aber jetzt solltest du erst mal was Kräftiges essen, finde ich.«

Im Wohnzimmer war der Heizofen eingeschaltet, es war angenehm warm. Sie hatte ein Lauchgemüse und Salzkartoffeln gekocht, dazu gab es einen Rinderbraten. Vor dem Hauptgang servierte sie Faber, der in Schlafanzug und Socken an dem gedeckten Tisch Platz genommen hatte, eine heiße Kraftbrühe. »Wenn du was trinken willst, ich hab auch Mineralwasser dabei.« Faber nickte. Er trank noch vor der Kraftbrühe zwei Gläser Mineralwasser.

Während des Essens, das er heißhungrig genoß, sagte sie: »Wenn du mir deinen Schlüssel und die Papiere mitgibst, könnte ich dir morgen abend dein Auto bringen. Ich kann mit dem Fahrrad hinfahren und das Rad in den Kofferraum laden.«

Faber kratzte sich die Wange.

»Oder mußt du morgen schon wieder nach Hause? Ich meine, es könnte ja sein, daß du mit dem Zug fährst und das Auto später abholst.« Sie nahm ein Stück Braten auf die Gabel. »Oder daß du jemanden bestellt hast, der dich abholt.«

Faber schüttelte den Kopf. »Nein.« Nach einer Weile sagte er: »Ich weiß noch gar nicht, was ich mache.«

Sie sah auf. »Wenn du noch länger hier bleibst, kann ich auch was für dich einkaufen und dir morgen abend mitbringen.«

Faber nickte. »Ich muß mal nachsehen, ob ich was brauche.« Er sah sie an, richtete den Blick wieder auf den Teller. »Aber vielleicht könntest mir aus dem Feinkostladen am Marktplatz einen Karton von dem Rotwein mitbringen. Ich geb dir das Geld.«

»Brauchst du nicht. Kann ich vorlegen.«

Er aß auch das Dessert, eine sahnige Bananencreme, nicht fertig gekauft, sondern selbstgeschlagen, mit großem Appetit. Als er den Löffel abgelegt hatte, lehnte er sich ächzend zurück. »Wunderbar, Astrid!«

Sie lächelte ihn an. Er schloß die Augen.

Sie sagte: »Wenn du magst, kann ich das Sofa aufklappen. Ich stör dich nicht.«

Er wollte ihr helfen, das Bett auf dem Sofa zu machen, aber sie sagte, er solle sitzen bleiben. Als sie die Decke aufgeschlagen hatte, kroch Faber darunter. Sie räumte den Tisch ab, löschte das Licht im Wohnzimmer und verschwand in der Küche. Er hörte hin und wieder noch ein leises Klappern von Geschirr, dann schlief er ein.

Es war fast Mitternacht, als er aufwachte, seine Blase drückte ihn. Aus dem Bad fiel ein Lichtstreifen, sie hatte wieder die Lampe brennen und die Tür einen Spalt offenstehen lassen. Er richtete sich vorsichtig auf. Sie lag auf der Seite, wandte ihm den nackten Rücken zu und atmete ruhig. Er ging ins Bad, kehrte zurück, nachdem er sich ein paarmal den Mund ausgespült und ein Glas kaltes Wasser getrunken hatte.

Sie lag auf dem Rücken, die runden, nackten Schultern schauten unter der Bettdecke hervor. »Geht's dir besser?«

»Viel besser.« Er streckte sich aus, wandte sich ihr zu und streichelte ihr die Schulter.

Sie fragte: »Warst du wegen dieser Frau so traurig?«

»Ich weiß nicht.« Nach einer Weile sagte er: »Ja, wahrscheinlich.«

»Hattest du was mit ihr?«

»Nein. Das war jemand anders.« Er dachte nach. »Die große Liebe hatte ihr jemand anders versprochen.«

Sie richtete sich auf, sah Faber mit weit geöffneten Augen an. »Hat sie sich etwa umgebracht?«

»Ja.«

»Ach du Scheiße! Wegen einem Kerl hat sie sich umgebracht?« Sie stützte sich auf den Ellbogen. »Und du weißt, wer das war?«

Faber schwieg wieder eine Weile, bevor er sagte: »Ich weiß, mit wem sie was hatte.«

»Hat sie dir das gesagt?«

»Nein. Ich hab's rausgefunden. Und wenn ich's schreiben würde, wäre der Kerl erledigt.«

»Warum tust du's denn nicht?« Sie kratzte sich heftig die Schulter. »Ich meine, wenn er diese Frau in den Selbstmord getrieben hat, dann hat er's doch nicht besser verdient!«

Faber legte sich auf den Rücken.

»Und wenn du der einzige bist, der das weiß! Oder hat sie einen Abschiedsbrief hinterlassen, in dem vielleicht sein Name steht?«

»Ich glaube nicht.«

Ja. Der Abschiedsbrief, den sie nach den Spielregeln doch hätte schreiben müssen. In dem Zimmer hatte kein Brief gelegen. Wo plaziert man Abschiedsbriefe? Aufrecht stehend an der Nachttischlampe. In der Mitte des Schreibtischs liegend. Nicht übersehbar. Er hatte in dem Zimmer keinen solchen Brief entdeckt. Aber vielleicht hatte sie ihn in die Briefmappe gelegt. Ein Brief in verschlossenem Umschlag, an Kohlgrüber adressiert. Die Bitte, ihr zu verzeihen. Dank für alles, was er für sie getan habe. Aber sie habe keinen Ausweg mehr gesehen. Es gebe einen Punkt in ihrem Leben, der niemanden etwas angehe. Nun habe ein Journalist ihn aufgespürt, er wolle ihn ausschlachten. Und die Vorstellung, auf diese Weise in die Öffentlichkeit gezerrt und ihr ausgeliefert zu werden, sei ihr unerträglich. Sie könne damit nicht weiterleben.

Den Namen des Journalisten hatte sie in dem Brief nicht genannt. Oder doch? Warum hatte Kohlgrüber sich veranlaßt gesehen, ausgerechnet ihn, Faber, an seine Verantwortung zu erinnern?

»Mir dämmert was.« Sie rückte ein wenig näher an Faber heran. »Ein Prominenter war's natürlich, stimmt's? Einer von denen, warum du nach Bracklohe gekommen bist. Natürlich nicht Erwin.« Sie lachte. »Wegen der Schießbudenfigur würde sich bestimmt keine Frau umbringen.« Sie legte eine kleine Pause ein. »Aber Schweikart. Ich hab noch nie gehört, daß der fremdgeht, aber zutrauen würde ich's ihm. Und ich kann mir auch vorstellen, daß eine Frau, die schon ein bißchen älter ist, auf den reinfällt. Hab ich recht?«

Faber sah sie an. »Hast du schon mal ein Kind abtreiben lassen?«

Sie stutzte, dann fragte sie mit großen Augen: »War sie schwanger von Schweikart?«

»Willst du mir nicht antworten?«

»Doch, kann ich.« Sie schüttelte den Kopf. »Hab ich noch nie gemacht. Aber ich hab's auch noch nie nötig gehabt.«

»Glaubst du, daß du so etwas schnell wieder vergessen würdest?«

»Weiß ich nicht.« Sie strich die Decke glatt. »Aber ich hab eine Freundin, die das vor einem Jahr gemacht hat. Ging nicht anders. Die wird immer noch mitten in der Nacht wach und kann nicht mehr einschlafen.«

Faber schwieg, er schloß die Augen.

Ein Trauma, das lange Zeit schmerzte und immer wieder einmal aufbrach. Eine Verletzung, die keinem Mann je zugefügt werden konnte und deren Folgen ein Mann deshalb auch psychisch nicht nachzuempfinden vermochte. Schlafstörungen. Anfälle schwerer Depressionen, zumal dann auftretend, wenn die Belastung durch äußeren Druck gesteigert wurde. Die progressive Brigade der Partei hatte sie in diese Kandidatur hineingetrieben, Kohlgrüber, ja, ein fürsorglicher Mentor, weiß Gott! Statt sich um sie zu sorgen, hatte er sie einer ständig wachsenden Anspannung der Nerven, aller Kräfte ausgesetzt. Und dann war ausgerechnet am Tag vor dem Entscheidungsgang, auf dem Höhepunkt der Anspannung, dieses Trauma wieder aufgerissen worden, durch den ehemaligen Liebhaber, der so tat, als wisse er nichts davon.

Ja. Und danach hatte er, Faber, ein zweites Mal daran gerührt.

Aber hätte er denn ahnen können, wie empfindlich diese Verletzung noch immer war? Die fatale Überreaktion, sie war doch nicht vorhersehbar gewesen, jedenfalls nicht von einem Mann. Ein spontaner Akt, der sich jeder Kontrolle durch den Verstand, jedem Argument der Vernunft entzogen hatte. Nicht einmal für einen Abschiedsbrief hatte er Zeit gelassen. Eine Kurzschlußhandlung mit tödlichem Ausgang.

Faber öffnete die Augen. Astrid legte den Arm um ihn, rückte den Kopf hin und her, bis sie an seiner Schulter eine bequeme Position gefunden hatte. Nach einer Weile sagte sie: »Du brauchst es mir ja nicht zu sagen, Alex. Aber wirst du es wenigstens schreiben?«

Faber schwieg. Sie hob den Kopf. »Du willst ihn doch nicht etwa laufen lassen? Denk doch mal an die arme Frau. Soll vielleicht dieser Angeber hier weiter herumstolzieren und den Leuten vorlabern, was gut und richtig ist?« Als Faber keine Antwort gab, sagte sie: »Die Wahrheit über solche Typen gehört doch ans Tageslicht! Findest du nicht, Alex?«

Faber sah sie an. »Und du glaubst, daß ich die Wahrheit schreiben kann?«

»Na, wer denn sonst? Du bist doch der einzige, der sie weiß!«

Nach einer langen Pause sagte Faber: »Ich bin nicht sicher, daß jemals einer die Wahrheit geschrieben hat.«

»Wie meinst du das? Du lügst doch nicht. Du machst schon mal einen Scherz, aber das ist doch was anderes.«

Faber sah sie an. »Die Welt und das, was einer darüber schreibt, das ist zweierlei, verstehst du?«

Sie dachte eine Weile nach, dann sagte sie: »Aber deshalb mußt du trotzdem den Schweikart abschießen!«

Er zog sie an sich und küßte sie.

Es war noch finster, als er am Morgen ihre Lippen auf seiner Wange spürte. Sie stand angezogen neben dem Sofa, hatte sich über ihn gebeugt und flüsterte: »Ich hab mir den Autoschlüssel und die Papiere aus deiner Jacke genommen, okay?«

Faber nickte mit geschlossenen Augen. Sie flüsterte: »Du

brauchst mir auch keine Liste zu machen. Ich hab nachgesehen, was du noch hast, ich werd dir was Schönes einkaufen. Und den Karton Wein bringe ich auch mit.«

Er murmelte: »Du bist ein Schatz.« Er hörte, wie sie die Tür von außen abschloß und den Schlüssel durch den Briefschlitz warf.

Zweimal wurde er wach. Die Dämmerung kroch durch die Vorhänge, dann stand bereits der graue Tag dahinter, aber Faber drehte sich beide Male herum und fiel wieder in tiefen Schlaf. Das helle Schnarren der Türklingel weckte ihn, er fuhr hoch. Es war Viertel nach neun.

Faber griff sich in die Haare, rieb sich übers Gesicht, als es abermals klingelte. Er rief: »Moment, nicht so hastig!« Er stand auf, zog den Mantel über, hob den Schlüssel vom Boden und schloß die Tür auf.

Vor der Tür stand Schweikart. Er wandte, ins Tal blickend, Faber den Rücken zu, der Seidenschal schaute in angemessener Höhe aus dem Kragen des dunkelblauen Mantels hervor. Schweikart drehte sich um, musterte Faber von den wirren Haaren bis zu den bloßen Füßen. Dann sagte er: »Guten Morgen. Ich muß Sie sprechen.«

»Um diese Zeit? Und dann kommen Sie auch noch unangemeldet?«

Schweikart schob den Ärmel des Mantels zurück, blickte auf die Uhr. »Es ist Viertel nach neun.« Er sah Faber an. »Ich werde Sie nicht lange in Ihrer ... Behaglichkeit stören.«

Faber zögerte, dann trat er zurück und ließ Schweikart ein.

20

Schweikart blieb, während Faber sich aufs Sofa setzte und die Socken anzog, neben dem Tisch stehen. Er sagte: »Ich kann es kurz machen.« Er räusperte sich heftig. »Wie ich höre, laufen Sie herum und verbreiten, daß ich für das Amt des Landesvorsitzenden der Allianz ganz unqualifiziert sei. Und daß ich für dieses Amt niemals kandidiert hätte, wenn ich nicht als Abgeordneter des Deutschen Bundestages... abgehalftert, so haben Sie sich ausgedrückt, abgehalftert worden wäre.«

Faber sagte: »Ausrangiert.«

»Wie bitte?«

»Ausrangiert, habe ich gesagt.« Faber streifte die zweite Socke über.

»Das macht ja wohl keinen Unterschied!« Schweikart rückte den Schal zurecht. »Ich möchte annehmen, daß Ihnen als einschlägig tätigem Journalisten bekannt ist, daß Sie mit solchen Behauptungen den Tatbestand der üblen Nachrede erfüllen. Und daß dieses Delikt mit Geldstrafe oder mit Freiheitsstrafe bis zu einem Jahr geahndet wird.«

»Irrtum.«

»Wollen Sie etwa bestreiten, daß Sie sich derartig geäußert haben?«

»Nein.« Faber stand auf. »Aber zur üblen Nachrede ist erforderlich, daß es sich um eine Tatsachenbehauptung handelt. Ein bloßes Werturteil genügt nicht. Außerdem habe ich lediglich die Werturteile anderer Leute zitiert.« Er ging zum Badezimmer, wandte sich in der Tür zurück. »Ich muß allerdings gestehen, daß ich mit diesen Werturteilen übereinstimme.« Er rieb sich das Kinn. »Genau betrachtet, glaube ich sogar, daß es sich um Tatsachenbehauptungen handelt.«

Schweikart sagte mit gepreßter Stimme: »Sie irren sich, mein Lieber, Sie irren sich gründlich, wenn Sie glauben, daß Sie mit Ihrer Unverschämtheit ungestraft davonkommen!«

»Wollen Sie mir drohen?« Faber trat ins Badezimmer. Er ließ die Tür offenstehen, stellte sich vor den Spiegel und begann, sich sorgfältig zu kämmen.

Schweikart tat einen Schritt hinter ihm her, blieb stehen.

»Sie haben allen Anlaß, sich bedroht zu fühlen, Sie... Sie Schandmaul. Und das nicht nur wegen Ihres bösartigen Geredes. Sie sind hier unter falscher Flagge aufgetreten. Sie haben sich als qualifizierten politischen Journalisten ausgegeben. Und in Wahrheit sind Sie nichts anderes als ein windiger Schwätzer, ein Feuilletonist.«

»Alle Achtung, das ist aber eine interessante Unterscheidung!« Faber prüfte seine Frisur, er kämmte sich weiter. »Die hätten Sie mal Ihrem Freund Meier-Flossdorf anhand geben sollen, der hätte sie für sein Kulturprogramm gebrauchen können.«

»Sie widern mich an.« Schweikart trat einen Schritt vor. »Sie laufen mit dem Feigenblatt des seriösen Berichterstatters herum, Sie berufen sich auf einen Auftrag der Öffentlichkeit, und dabei haben Sie nichts anderes im Sinn, als die Menschen in den Dreck zu ziehen. Sie versuchen, einen gegen den anderen auszuspielen, an mich haben Sie sich herangemacht und ebenso an Frau Spengler. Wer weiß, was Sie dieser beklagenswerten Frau alles vorgegaukelt haben, um sie auszuhorchen, sie kann es uns ja leider nicht mehr sagen!«

Faber hatte den Kamm sinken lassen. Er legte ihn ab, trat in die Tür des Badezimmers, fixierte Schweikart. »Frau Spengler, sagen Sie? Sie wagen es, von Frau Spengler zu reden, ausgerechnet Sie?«

»Mäßigen Sie Ihren Ton!« Schweikart biß die Zähne zusammen. »Ich warne Sie!«

»Ausgerechnet Sie, der Sie diese Frau in die Verzweiflung getrieben haben?«

»Das ist ja nicht zu fassen! Das ist ja unerhört!« Schweikart atmete heftig, seine heruntergehängenden Hände begannen zu zittern. »Dafür werde ich Sie vor den Kadi bringen, allein für diese infame Verleumdung werde ich das tun, verlassen Sie sich drauf!«

»Sind Sie sicher?« Faber starrte Schweikart an. »Fürchten Sie nicht, daß ich den Beweis antreten könnte?«

»Was für einen Beweis? Sie machen sich lächerlich!« Schweikart steckte die Hände in die Manteltaschen.

»So, das finden Sie lächerlich?« Faber wandte den Blick ab, dann sah er Schweikart wieder an. »Frau Spengler hat sich mir anvertraut, Herr Schweikart. Es wird Sie wahrscheinlich nicht interessieren, aber diese Frau hat noch immer an dem Abenteuer gelitten, schwer gelitten, auf das sie sich mit Ihnen eingelassen hatte. Und dann haben Sie ihr am Samstag mit Ihrer Rede einen Schlag versetzt, den sie nicht verwinden konnte.«

Schweikart zog eine Hand aus der Manteltasche, er tastete nach einer Stuhllehne. »Was wollen Sie damit sagen?«

»Sie sind ein Heuchler, Herr Schweikart. Sie verstehen zutiefst diejenigen, zutiefst, nicht wahr, verstehen Sie diejenigen, die da sagen: Abtreibung ist Mord! Habe ich Sie richtig zitiert?« Faber legte eine Pause ein. »Aber Sie selbst, Herr Schweikart, haben Ihre Geliebte Wiltrud Spengler genötigt, das Kind abtreiben zu lassen, das diese Frau von Ihnen haben wollte.«

Schweikart atmete schwer. Er öffnete den Mund, brachte einen unartikulierten Ton heraus, räusperte sich. Dann sagte er: »Würden Sie mir ein Glas Wasser geben?«

Als Faber mit dem Wasser aus der Küche kam, saß Schweikart am Tisch. Er trank mit zitternder Hand das Glas leer, stellte es ab, tastete in den Ausschnitt des Mantels, zog ein Tuch hervor und tupfte sich die Lippen. Während er das Tuch einzustecken versuchte, sagte er: »Das ist eine unsägliche Lüge.« Er sah Faber an. »Das haben Sie sich ausgedacht, um mich zu vernichten.«

»Haben Sie Angst?« Faber rückte einen Stuhl zurecht, dann erwiderte er Schweikarts Blick. »Sie sollten zumindest wissen, daß es Ihnen nicht ansteht, mir Heuchelei vorzuwerfen.«

Schweikart ordnete den Schal, strich die Aufschläge des Mantels glatt. Er erhob sich, mußte die Tischkante als Stütze zu Hilfe nehmen, richtete sich auf und straffte die Schultern. »Ich habe nichts von dem zurückzunehmen, was ich gesagt habe.« Er ging hinaus.

Faber trat ans Fenster und blickte ihm nach. Der grauhaarige Mann bewegte sich schwerfällig den Abhang hinunter, tastete sich Fuß um Fuß abwärts. Am Ende des Abhangs glitt er aus und stürzte nach hinten, blieb einen Augenblick lang wie gelähmt auf dem Rücken liegen. Faber war schon im Begriff, hinauszugehen und ihm aufzuhelfen, als Schweikart sich erhob. Er stützte sich mit der Linken auf den Boden und kam, wenn auch mühsam, auf die Beine. Der Abgeordnete betrachtete seine Hand, er zog das Tuch hervor und wischte den Schmutz ab. Nachdem er den Kopf nach hinten gedreht und seinen Mantel abzuklopfen versucht hatte, ging er zu seinem Wagen und fuhr ab.

Faber blieb noch eine Weile am Fenster stehen. Unversehens wandte er sich um und begann aufzuräumen. Er faltete das Bettzeug zusammen und brachte es in die Schlafkammer, klappte das Sofa zurück, holte den Staubsauger aus dem Spind. Dann duschte und rasierte er sich.

Nach dem Frühstück rieb er den Tisch blank, wusch das Geschirr ab. Erst als er bei einem Rundgang durchs Haus keine Ecke mehr fand, die er hätte aufräumen können, kehrte er zu seinem Platz am Tisch zurück. Er blieb eine Weile mit geschlossenen Augen sitzen, dann schlug er sein Notizbuch auf und schrieb: *Mitleid? Oder gar Erbarmen? Doch nicht mit diesem Mann. Und schon gar nicht mit Kohlgrüber. Ich kann sie beide an den Pranger stellen, und sie haben es beide verdient. Der Bericht über dieses Buch und seinen Autor wird nicht nur zur Sensation werden. Er wird auch der Gerechtigkeit dienen.*

Nach einer Weile strich er den letzten Satz durch und schrieb: *Er wird ein Stück Gerechtigkeit verwirklichen.*

Er wollte das Notizbuch schon schließen, als er noch einmal einhielt und nachdachte. Dann schrieb er: *Auch das ist geklärt: Schw. hat mir mißtr. Aber er weiß noch immer nicht, daß sein Rom. mich auf s. Spur gef. hat. Er ist nicht desh. gekommen, sond. weil ich (unbeherrschte Torheit!) ihn öffentl. angegriffen habe. Er würde gern Rache nehm., aber ich habe ihn lahmgel.: Gegen Wiltrud als meine Zeugin kann er nichts ausrichten.*

Er schlug, nach einem langen Blick auf den letzten Satz, das Notizbuch zu und holte das Manuskript des Romans aus dem Koffer. Während er versuchte sich einzulesen und hier und da bereits eine Korrektur anbrachte, hob er plötzlich den Kopf. Sein Mietvertrag mit Herrn Oldenburg war ihm eingefallen. Er sprang auf und suchte nach dem Papier, fand es in seiner Aktentasche unter den Parteitagspapieren. Seine Befürchtung traf zu: Gemäß dem Vertrag hatte er das Haus am heutigen Montag bis spätestens 12.00 Uhr mittags in ordnungsgemäßem Zustand zu räumen.

Es war Viertel nach elf. Er blieb eine Weile mit dem Papier in der Hand stehen. Ihm wurde klar, daß er den Anruf, den er seit Tagen verdrängt hatte, nicht länger aufschieben konnte. Er ließ sich auf dem Sofa nieder und wählte Kirstens Nummer im Büro.

Sie fragte: »Lebst du tatsächlich noch?«

Er sagte, es tue ihm schrecklich leid, dieser Parteitag und die Recherchen rings herum hätten ihn sehr viel Zeit gekostet, er sei meist erst spät in der Nacht nach Hause gekommen.

»Das hab ich gemerkt. Ich hab's am Freitag und am Samstag versucht, aber dann hab ich's aufgegeben.« Nach einer kleinen Pause sagte sie: »Ich hab gedacht, du hast da einen neuen Lebenskreis gefunden.«

Faber lachte. »Nein, nein, so reizvoll ist dieses Kaff nun wirklich nicht. Nein, es war wirklich kein böser Wille.«

»Und wann willst du zurückkommen?«

Er antwortete, so bald wie möglich, der Parteitag sei ja nun auch Gott sei Dank zu Ende. Allerdings gebe es da leider, nun ja, es gebe ein Problem.

Nach einem tiefen Atemzug sagte sie: »Red nicht drumherum, Alex, bitte! Bist du krank geworden? Ist dir was passiert?«

Nein, nein, antwortete Faber, er sei nicht krank geworden, er sei gesund und munter. Er legte eine Pause ein, dann raffte er sich auf. »Sie haben mir hier den Führerschein abgenommen. Ich bekomme ihn frühestens am Mittwoch zurück. Aber es kann auch länger dauern.«

Sie seufzte. »Lernst du denn niemals aus, Alex?«

Er beteuerte, er habe wirklich nicht allzuviel getrunken. Aber er sei vorher mit den Dorfpolizisten aneinandergeraten, und er vermute, daß sie ihm aufgelauert hätten. Das könne er natürlich nicht beweisen.

»Ja.« Sie holte Atem. »Und was jetzt? Willst du da bis Mittwoch warten? Oder womöglich noch länger?«

»Nein, natürlich nicht.« Faber zögerte, dann sagte er, er habe sie fragen wollen, ob sie irgendwann mit dem Zug kommen und ihn abholen könne, dann müsse er sein Auto, wenn sie es zurückfahre, nicht stehenlassen. Er bitte sie wirklich nicht gern darum, aber...

Sie unterbrach ihn: »Nun hör doch auf, Alex! Ich komme. Aber das wird allerfrühestens morgen möglich sein.«

»Danke, Kirsten.«

Er blieb, den Kopf gesenkt und sich mit beiden Händen die Stirn reibend, noch eine Weile auf dem Sofa sitzen. Dann sprang er auf. Er verschloß das Manuskript im Koffer, zog den Mantel an und verließ das Haus, stieg eilig den Abhang hinab. Er hatte die Stelle, an der Schweikart zu Fall gekommen war, schon passiert, als er stehenblieb und sich umwandte. Eine Weile musterte er den weichen Boden, das Gras, die grob behauenen Steinplatten, die als unregelmäßige Stufen in den Abhang eingebettet lagen. Er ging noch einmal einen Schritt zurück, beugte den Kopf. Neben einer der Stufen glaubte er, in der dunklen Erde den Abdruck von Schweikarts Hand zu erkennen.

Als er auf den blankpolierten Messingknopf an Herrn Oldenburgs Haustür drückte, erklang ein sanftes Glockengeläut, ein abwärtssteigender Dreiklang. Lange Zeit war kein Laut hinter der Tür aus dunkelbraunen Eichenbohlen zu vernehmen. Dann wurde das vergitterte, mit einer Tüllgardine ausgestattete Fensterchen inmitten der Tür geöffnet. Der Kopf einer Frau von Ende Fünfzig wurde sichtbar, graue, durch einen Mittelscheitel geteilte und über die Ohren nach hinten frisierte Haare, blaßblaue Augen in tiefen Höhlen, die von dünnen Falten gerändert waren. »Ja, bitte?«

Faber nannte seinen Namen, er sagte, er sei der Mieter aus dem Waldwinkel und wolle Herrn Oldenburg sprechen. Die Frau wandte sich ab und rief: »Wilhelm? Da ist jemand für dich.« Sie trat einen Schritt beiseite. Nach einer Weile erschienen im Ausschnitt des Fensterchens der Kopf und die Schultern des Mietsherrn, der eine grüne Strickjacke trug. Er sagte: »Ach ja!«, schloß das Fensterchen und öffnete die Tür. Die Frau zog sich in die Küche zurück. Oldenburg führte, auf Pantoffeln vorangehend, Faber in das Wohnzimmer, dessen Boden mit Teppichen bedeckt war. Ein Blumenfenster, zum Garten gewandt, quoll über von grünen Pflanzen. Auf dem Tisch neben einem Ohrensessel lag aufgeschlagen der *Brackloher Bote*.

Der Mietsherr blieb in der Mitte des Wohnzimmers stehen, er blickte Faber mit leicht angehobenen Brauen an. Faber sagte, er wolle gern zwei Nächte länger im Waldwinkel bleiben, vielleicht auch mehr, er sei gekommen, um Herrn Oldenburg um eine Verlängerung des Mietvertrages zu bitten.

Herr Oldenburg erwiderte, das tue er sehr ungern, er sei dabei, die Häuser renovieren zu lassen. Faber sagte, er wolle das Haus ja nur bis Mittwoch, allenfalls Donnerstag mittag behalten. Herr Oldenburg wandte den Blick ab, er schüttelte bedenklich den Kopf. Dann sah er Faber wieder an und erklärte, er müsse ihm für diese beiden Tage aber den normalen Satz für ein Wochenende berechnen, einen Kulanzpreis könne er ihm diesmal nicht machen, wahrscheinlich nämlich stünden die Handwerker schon bereit, die müsse er nun vertrösten. Wie hoch denn dieser normale Satz sei, fragte Faber. Herr Oldenburg nannte seine Forderung. Faber unterdrückte mit Mühe die Antwort, für diesen Preis könne er ein Wochenende in London verbringen. Er nickte. »Geht in Ordnung.«

Der Mietsherr ging zu einem Sekretär aus dunkelbrauner Eiche und füllte einen neuen Mietvertrag aus. Er verglich abermals den Scheck, den Faber ihm gab, in allen Einzelheiten mit der Scheckkarte.

Als Faber die Schotterstraße zum Waldwinkel hinaufging, rissen die grauen Wolken auf, ein wandernder Sonnenstreifen ließ die Tannen am Parkplatz aufleuchten. Faber widerstand dem Verlangen, sich des Abdrucks neben der Steinstufe zu vergewissern. Er stieg unverzüglich zum Haus empor, schloß die Tür ab und setzte sich, nachdem er eine Kanne Kaffee aufgegossen und die Kanne warm gestellt hatte, mit dem Manuskript an den Tisch.

Die Qualen, die er schon bei dem ersten Versuch, das Sprachgestrüpp zu beschneiden, erlitten hatte, stellten sich alsbald wieder ein. Dreimal begann er neu mit der Korrektur einer Passage, von der er ahnte, daß sie einen der verläßlichsten Schlüssel des Manuskripts enthielt, und die lautete:

Der Ministerialdirektor hatte schon vor langer Zeit, sich an ihn heranschleichend, wie es seine Art war, vermutlich schon mit der Muttermilch eingesogen, wenn nicht bereits durch den Blutstrom im Mutterleib sich ihm übertragen habend, sich in das Vertrauen des Kanzlers eingeschlichen. Vertrauensseligkeit? Wer denn sogar aus der Umgebung eines wahrhaft großen Mannes, welcher Außenstehende gar, der die Verästelungen der Politik wie einen Irrgarten anmaßend zu durchschlagen versucht, ohne sie zu kennen, hätte ein solch übermütiges Urteil sich erlauben dürfen?

Es war ein Volksfest gewesen, voller kräftiger Kost an hölzernen Tischen, schäumenden Humpen und schmetternder Blasmusik, wie die Freude des Volks am Leben sich äußert, wo dieser Mann, der geborene Intrigant, der damals schon nach einem hohen Amt lechzte, während er es noch lange nicht besaß, hier also, in dieser freundlichen und lebensfrohen Umgebung, geschah es, daß dieser von Natur aus verderbte Mensch sich an den Kanzler heranmachte. Auch der Kanzler war damals noch ein junger Mann, lebensfroh, aber noch lange nicht Kanzler, wenn freilich auch eine der größten Hoffnungen der Partei. Und dieser Intrigant, Parteifreund sich nennend, aber mit dem raffinierten Gespür des bereits in Fäulnis übergegangenen Charakters ausgestattet, hatte um das Vertrauen des aufsteigenden Sterns gebuhlt, weil er witterte, daß es ihm nützen konnte – und hatte es gewonnen! Dank eines Mangels des späteren Kanzlers an Vorsicht, an Menschenkenntnis gar? – wer wagt es, darüber ein Urteil abzugeben!

Faber blieb auch bei dem dritten Versuch, diese Passage zu lichten, im Dickicht stecken. Er zwang sich, nachdem er den Stift jäh von sich geworfen hatte, zur Ruhe, lehnte sich zurück, verschränkte die Hände im Nacken und schloß die Augen.

Was da vor ihm lag, war ohne jeden Zweifel ein Abbild der Welt, ein miserables freilich, aber im Unterschied zu den Abbildern, mit denen er sich sein halbes Leben lang auseinandergesetzt hatte, den Kunstprodukten, die die Welt in schöne Gleichnisse abstrahierten, sie überhöhten oder zumindest zu überhöhen versuchten, verfolgte dieser Roman, das Machwerk Nikolaus Schweikarts, keinen anderen Zweck, als die Welt platterdings bloßzustellen, sie dingfest zu machen in der Gestalt, in der sie vor jedermanns Nase lag, die ordinäre Welt von Menschen aus Fleisch und Blut. Womöglich war Schweikart, nachdem seine Parteifreunde ihn so erbarmungslos abgehalftert hatten, überdies von der Hoffnung angetrieben worden, er könne auf seine alten Tage sich noch als Literat beweisen, ein Talent entfalten, das er vielleicht schon lange in sich vermutet hatte. Und gewiß verkörperte die unsägliche Romanfigur des Kabinettsmitglieds Stahl, des Drachentöters, der den Kanzler und die Republik vor schwerem Schaden bewahrt, einen Traum Schweikarts, der sich nie hatte erfüllen wollen.

Diese Motive des Romans freilich waren ebenso lachhaft nebensächlich wie die moralisierenden Verdrehungen und Verfälschungen, mit denen der Autor sich selbst hatte salvieren wollen. Geschrieben war *Die Demaskierung*, wenn denn aus Rachsucht, so doch mit der Kenntnis desjenigen, der hinter die Masken hatte schauen können und wild entschlossen war, sie herunterzureißen. Und ebendieses, das zentrale Motiv des Romans, ließ sich nutzen, um wenigstens ein Stück Gerechtigkeit zu verwirklichen.

Aber dazu mußte das Machwerk nun einmal veröffentlicht werden. Die Enthüllungsstory über seine Hintergründe würde erst dann, wenn dieser Roman jedermann zugänglich war, ihre reinigende Wirkung ausüben können.

Faber stand auf, suchte den Stift und hob ihn vom Boden auf. Er vollendete den vierten Versuch, die Passage über den vermutlich bereits durch den Blutstrom im Mutterleib sich charakterlich geschädigt habenden Ministerialdirektor halbwegs lesbar zu machen, aber das Ergebnis befriedigte ihn keineswegs. Als er sich zwei Seiten weiter mit einem nicht minder schweren Unfall der Schweikartschen Stilkunst konfrontiert fand, beschloß er, zunächst einmal eine Pause einzulegen und seinen Kopf auszulüften.

Er zog den Mantel an, ging hinunter zu der Schotterstraße und stieg auf dem Weg, in den sie mündete, bergauf in den Wald hinein. Eine gute Dreiviertelstunde lang folgte er in dem starken Verlangen, auch einen räumlichen Abstand zu diesem Manuskript zu gewinnen, ohne Verzug den kleinen Holztafeln an den Bäumen, die den Weg zu einer Sehenswürdigkeit namens Adlerhorst wiesen.

Dort, wo der Herbst die dichten Wipfel schon auszudünnen begann, fiel hin und wieder ein Sonnenstreifen in den dämmrigen Tunnel des Waldwegs, die stumpfen Farbtöne der Blätter verwandelten sich unversehens in ein strahlendes Gelb, dann wieder verloren sie das Licht und verblaßten. Faber wanderte rüstig voran, sog die feuchte, würzige Luft ein. Einige Male blieb er stehen, reckte die Arme, bewegte sie auf und ab, als wolle er mit Flügeln schlagen.

Der Adlerhorst, auf der waldigen Höhe des Grafenbergs gelegen, erwies sich als ein Ausguck auf das Tal und die Stadt. Faber trat an das Balkengeländer, das die Plattform über einem steilen, dicht bewachsenen Abhang sicherte. Er suchte den Marktplatz inmitten der verschachtelten roten Dächer und fand den verschnörkelten Giebel des Rathauses. Plötzlich glaubte Faber, den steinigen Altersgeruch der Eingangshalle wahrzunehmen. Die breiten dunkelbraunen Türen im Dämmerlicht. Die Tür unter dem Treppenbogen, hinter der die Stadt-Oberinspektorin Fr. Oehmke und die Verwaltungsangestellte Frl. Koslowski an ihren Schreibtischen saßen.

Er versuchte eine Weile, die Villenstraße zu finden, in der Nikolaus Schweikart wohnte. Während er sich noch vergeblich bemühte, kam ihm ein Gedanke, der unverhofft neue Schaffenslust in ihm weckte: Die Bearbeitung des Manuskripts war zweifellos geboten, aber ebenso dringlich war es, aus der noch frischen Erinnerung die Punkte zu notieren, die seinem Bericht über den Autor, der Enthüllungsgeschichte, ja, gewiß doch, und warum nicht gar einer Sensationsstory Gestalt und Gewicht verleihen würden.

Faber begab sich unverzüglich auf den Heimweg. Er sah nicht mehr hinauf in die Wipfel, sprang und rutschte den Weg bergab, hielt nur hin und wieder an einer Gabelung ein, um sich der Richtung zu vergewissern.

Er spürte den Schweiß auf der Brust und dem Rücken, als

er im Waldwinkel ankam. Vor der Tür des Hauses erwartete ihn der Köter, heftig wedelnd und die Lefzen leckend. »Bin in Eile, Berni!« Faber fuhr dem Köter über den Kopf, hielt ihn mit dem Fuß auf Distanz, während er die Tür öffnete und eintrat. Er holte, noch im Mantel, den Rest der Hartwurst aus dem Kühlschrank und warf ihn durch den Türspalt. »Guter Hund! Aber jetzt mußt du wieder gehen!« Der Köter sah ihn, während er die Wurst verschlang, aus großen, feuchten Augen an.

Mit seinem Vorrat an Blättern ließ Faber sich am Tisch nieder. Eine Weile notierte er Stichwörter, aber unversehens schob er diese Notizen beiseite, nahm ein neues Blatt und schrieb nach kurzem Nachdenken in einem Zuge: *Daß ein schlechter Roman es wert ist, gelesen zu werden, ereignet sich nicht allzuoft. Aber zu solchen Raritäten gehört unbestreitbar der soeben erschienene Roman »Die Demaskierung« von Helmut Michelsen. Die skandalösen Vorgänge auf der höchsten Ebene der Politik, die verborgenen Durchstechereien und Straftaten, die er schildert, möchte man als läppische Phantasien beiseite schieben – wäre nicht Helmut Michelsen ein Pseudonym, hinter dem sich ein Eingeweihter der politischen Szene verbirgt.*

Nach dieser Einleitung nahm Faber sich nicht mehr die Zeit, sein Konzept abzuschließen. Er fuhr fort mit der Geschichte selbst, seiner Geschichte vom Volksvertreter, einem Mann namens Nikolaus Schweikart, der aus der Politik, weil er womöglich nichts Besseres zu tun gewußt, einen Beruf gemacht hatte und sich eines Tages jäh im Elend wiederfand, als nämlich seine eigene Partei die Grausamkeit beging, ihn aus Amt und Würden zu entlassen. Vielleicht sei es Rachsucht gewesen, vielleicht aber auch ein spätes Bedürfnis, reinen Tisch zu machen, was diesen Mann angetrieben habe, seine Kenntnisse des politischen Treibens in einem Roman zu verarbeiten, einem Schlüsselroman ganz offensichtlich. Faber gab drei, vier der skandalösesten Episoden im Abriß wieder, auch die Bestechung und Entlassung des Kanzlerberaters, zu der er in Klammern anmerkte, sie erinnere auf merkwürdige Art an die vorzeitige Pensionierung des Ministerialdirektors Traugott Kohlgrüber im August des vorvergangenen Jahres.

Hin und wieder ein Glas leerend, fühlte Faber sich mehr und mehr von der Gewißheit beflügelt, daß seine Geschichte gelingen und das Echo finden würde, um dessentwillen er die Strapazen dieser Reise auf sich genommen und durchgestanden hatte. Er schrieb unablässig. Es dämmerte schon, als er dabei war, den Bericht des Romans über eine Abtreibung, der wie die Aussage eines Augenzeugen anmute, mit dem beiläufigen Hinweis zu verknüpfen, daß Schweikart in der Öffentlichkeit als strikter Gegner des Schwangerschaftsabbruchs auftrete. Plötzlich hob er den Kopf und lauschte.

Den Abhang herauf näherte sich ein munteres Pfeifen. Faber stand auf und öffnete die Tür. Astrid, schwer beladen mit ihrer großen Tasche und einem Einkaufsbeutel, stieg die letzte Stufe empor. Sie stellte die Tasche ab und winkte Faber mit seinen Autoschlüsseln. »Alles erledigt! Nur den Wein muß ich noch raufholen.« Faber sagte, das werde er ihr abnehmen. Nein, sagte sie, den Karton werde sie tragen, aber er könne ihr Fahrrad aus dem Kofferraum holen und vor die Tür stellen.

Als sie in die Küche gingen, warf sie einen Blick auf die Blätter. »Was schreibst du denn da?«

Faber lächelte. »Die Geschichte, die du in der Zeitung lesen willst.«

Sie fiel ihm um den Hals, küßte ihn ab. »Alex, jetzt wird gefeiert!« Sie hob den Weinkarton auf die Anrichte, riß ihn auf und holte eine Flasche heraus, suchte in der Schublade nach dem Korkenzieher. Faber hielt ihre Hand fest. »Laß mich das machen.« Er lächelte. »Aber vielleicht solltest du besser jetzt noch nichts trinken.«

»Wieso denn das?«

»Damit du nicht so schnell einschläfst.«

Sie lachte, gab ihm einen Kuß. »Nur einen kleinen Augenblick, bitte! Ich will nur schnell die Sachen einräumen.« Sie packte ihre Einkäufe für Faber aus, zeigte ihm mit erwartungsvollem Blick, was sie sich hatte einfallen lassen, damit er gut versorgt sei. Faber küßte sie und bedankte sich. Er gab ihr das Geld für die Einkäufe und den Wein.

Sie hob ihr Glas und prostete ihm zu. »Sollen wir ein bißchen ins Wohnzimmer gehen?«

Sie zog die Schuhe aus, setzte sich aufs Sofa, schlug die Beine unter und klopfte auf den Platz neben sich. Faber stellte sein Glas und die Flasche ab und setzte sich zu ihr. Sie umarmte ihn, drückte ihn fest an sich, rieb mit ihren Haaren sein Gesicht. Plötzlich ließ sie ihn los, lächelte ihn mit strahlenden Augen an. »Ich habe auch eine Überraschung.«

»Was denn?«

»Wenn du bis Donnerstag bleibst, kann ich dich mit deinem Auto nach Hause fahren. Zurückfahren kann ich mit dem Zug, ich hab mich schon erkundigt. Spätestens um elf wäre ich wieder in Bracklohe.«

Faber sah sie schweigend an. Sie sagte: »Ich kann am Donnerstag einen freien Tag nehmen.«

Er küßte sie auf die Stirn, strich ihr übers Haar. Dann sagte er: »Ich werde vielleicht morgen schon abgeholt.«

Sie wandte den Blick ab, schwieg eine Weile, nestelte an ihren Jeans. »Von deiner Frau?«

»Nein.«

Sie sah ihn an. »Von deiner Freundin.«

»Ja.«

Sie nickte. Dann stand sie auf. »Ich mach mich mal ans Abendessen.«

Faber folgte ihr mit den Gläsern in die Küche. Er hielt ihr das Glas entgegen, sie schüttelte den Kopf, zog den Reißverschluß der großen Tasche auf.

Er sagte: »Es tut mir wirklich leid, Astrid. Aber irgendwann muß ich ja sowieso zurück.«

»Klar.« Sie nahm die Schürze aus der Tasche und zog sie an. »Hab ich doch auch gewußt. Ich hab nur gedacht, wir hätten noch ein bißchen Zeit.«

Die Türklingel schlug an, ein dreifaches, helles Schnarren. »Wer kann das denn sein?« Sie sah erschreckt Faber an.

Vom Vorplatz erscholl eine laute Stimme: »Mach auf, Faber, du kannst dich vor mir nicht verstecken! Ich weiß, wem das Fahrrad gehört!«

Sie schlug sich wütend auf den Schenkel. »Schneidewind! Der hat mir gerade noch gefehlt!«

Faber öffnete die Tür. Schneidewind, im langen Pullover, die Jutetasche an der Hand, grinste ihn freundlich an. »Ich hab schon gedacht, du hättest dich sang- und klanglos verpißt. Hab heute nachmittag zweimal angerufen.« Er hob die Tasche, schüttelte sie ein wenig, Flaschen klingelten leise. »Kannst du hören, was du zum Abschied bekommst? Der ist noch besser als der Wein, den ich dir weggesoffen habe.«

Faber ließ ihn ein. Schneidewind rief: »Komm raus, Astrid! Oder mußt du dir erst noch was anziehen?«

Astrid trat in die Küchentür, sie musterte Schneidewind mit einem eisigen Blick. Er grinste. »Was denn, du hast dein Schürzchen angezogen? Komm ich etwa gerade recht zum Abendessen?«

Sie sagte: »Du hast sie doch nicht alle! Glaubst du etwa, ich koche für dich?« Sie riß die Schürze herunter und ging damit in die Küche.

Schneidewind stellte lächelnd drei Flaschen Wein auf den Sofatisch, streckte sich in einem Sessel aus, kämmte mit den Fingern seinen Bart. »Wenn ich störe, mußt du es sagen. Aber eine Flasche von diesem Wein sollten wir wenigstens kosten.« Er hob Fabers Rotweinflasche an und las das Etikett. »Die hier kannst du später leermachen.«

Faber räumte die Blätter vom Eßtisch, brachte sie in die Schlafkammer und verschloß sie im Koffer, ging in die Küche, um Gläser zu holen. Astrid kramte in ihrer großen Tasche.

Faber nahm sie in den Arm und küßte sie. Sie sah ihn, als er sie losließ, mit hochgezogenen Brauen an, tuschelte in sein Ohr: »Den mußt du rausschmeißen, der geht nicht freiwillig!« Faber nickte.

Als Schneidewind zum erstenmal die Gläser mit seinem Wein nachfüllte, der in der Tat vorzüglich war, kam sie mit ihrem Glas aus der Küche. Sie füllte es aus der Rotweinflasche, ließ sich in der entfernten Ecke des Sofas nieder, schlug die Beine unter und trank einen kräftigen Schluck.

Schneidewind grinste sie an. »Na, Astrid? Ich hoffe, du hast unseren Freund hier nicht von der Arbeit abgehalten!«

»Quatsch nicht!« Sie trank das Glas leer und füllte es nach.

»Was heißt hier ›quatsch nicht‹?!« Schneidewind beugte sich vor. »Der muß was schreiben! Der muß eine wahre Geschichte schreiben und unserem heiligen Nikolaus die Hosen runterziehen!«

»Hat er ja schon!«

Schneidewind sah Faber an. »Faber, ist das wahr? Du tust endlich, was ich dir gesagt habe?!« Er stand auf, zog Faber vom Sofa und preßte ihn an die Brust. »Junge, das müssen wir begießen! Was für ein Glück, daß ich diesen Wein mitgebracht habe!«

Als Schneidewinds zweite Flasche leer war, griffen sie auf den Rotwein zurück, von dem Astrid, die Schneidewinds Wein für sauer erklärte, mittlerweile eine neue Flasche angebrochen hatte. Die Konversation gewann unaufhaltsam an Dynamik. Nachdem Schneidewind zur Illustration der Herrschaftsverhältnisse von Bracklohe die finstere Lebensgeschichte des Hauptwachtmeisters Kleinschmidt geschildert und Faber dringlich ermahnt hatte, diesen tückischen Büttel, einen Plattkopf übelster Sorte, in seiner Geschichte nicht zu vergessen, hob Faber an zu einem Referat über das Verhältnis von Kunst und Realität, welches Schneidewind immer wieder mit Zwischenrufen wie »Dünnschiß!« und

»Hühnerkacke!« unterbrach, um widersprechende Überlegungen zu entwickeln, die wiederum Faber jeweils im Keim zu ersticken versuchte.

Als Faber und Schneidewind einmal gleichzeitig eine Pause einlegten, um Atem zu schöpfen, sagte Astrid: »Menschenskind, jetzt hab ich aber Hunger!« Sie ging auf Strümpfen in die Küche. Nach einer Weile, in der Faber und Schneidewind ihren Gedankenaustausch in zunehmender Lautstärke fortsetzten, kam sie mit einer Tortenplatte voller Butterbrote zurück. In der Stille, die kurzzeitig eintrat, als sie nach den Butterbroten griffen und die ersten großen Stücke abbissen, wurde ein scharfes Kratzen an der Tür hörbar. Schneidewind sagte mit vollem Mund: »Das ist dein Freund.«

Faber stand auf und öffnete die Tür. »Komm rein, Berni, du darfst mitfeiern.« Er ließ den Köter ein, der sich dicht vor den Sofatisch hockte und die feuchten Augen von den Butterbroten zu Faber und wieder zurück wandern ließ.

Das Fest erreichte einen neuen Höhepunkt, als Astrid, die nach einem Gang ins Bad bei der Rückkehr ihren Sitz verfehlte und sich wider Willen auf den Boden setzte, den Eindruck zu verwischen versuchte, indem sie behauptete, Schneidewind sei mindestens dreimal so betrunken wie sie. Schneidewind erhob sich und machte zum Beweis des Gegenteils nach kurzer Konzentration einen Handstand, der ihm geglückt wäre, wenn er nicht das Verharren in der senkrechten Haltung übertrieben und dadurch das Gleichgewicht verloren hätte. Er stürzte schwer kopfüber, riß mit den Füßen zwei Stühle um, stand jedoch sofort wieder auf und rief: »Augenblick, das mach ich gleich noch mal!«

Astrid lachte schallend, Faber schrie: »Hör auf mit dem Scheiß, der Oldenburg läßt mich neue Möbel bezahlen!« Der Köter, der schnarchend vor dem Heizofen gelegen hatte, war aufgesprungen und bellte.

Die Klingel schlug an. Schneidewind schrie: »Nichts da, wir geben nichts an der Tür!« Faber erhob sich schwankend, er ging zur Tür, öffnete sie einen Spalt und sah hinaus. Vor ihm stand in ihrer langen Lederjacke die Mietwagenfahrerin, sie trug einen Koffer an der Hand. »Besuch für Sie.«

Faber öffnete die Tür ein wenig weiter. Im Lichtschein wurde hinter der Fahrerin Kirsten sichtbar. Sie sagte: »Hallo, Alex. Störe ich?«

21

Die Fahrerin stellte den Koffer an der Garderobe ab. Schneidewind rief: »Elsa, was suchst du hier? Willst du etwa mitfeiern?!«

Die Fahrerin antwortete: »Halt die Klappe, Hajo.« Sie nickte Faber und Kirsten zu und verschwand in der Dunkelheit. Faber schloß die Tür, nahm Kirsten den Mantel ab und ging ihr ins Wohnzimmer voran. Er hob die Hand. »Das ist Kirsten Bahlke. Und das sind Astrid Koslowski und Hajo Schneidewind.«

Der Köter näherte sich Kirsten, er wedelte freundlich.

Schneidewind sagte: »Grüß dich Gott, Kirsten! Jetzt machen wir eine neue Flasche auf! Faber, worauf wartest du noch? Steh nicht so lahm herum!«

Astrid, die ihre Schuhe bereits angezogen hatte, stand auf, ging zu Schneidewind und faßte ihn am Arm. »Du hast genug, Hajo, komm, wir müssen gehen.«

Schneidewind befreite seinen Arm. »Was ist los mit dir? Du warst doch gerade noch so bombig in Stimmung!« Er schaute, leicht schwankend, Astrid nach, die in der Küche verschwand. Dann sah er Kirsten und Faber an. Als Astrid mit ihrer Tasche aus der Küche zurückkam, sagte er: »Na ja. Vielleicht heben wir besser unseren Arsch hoch und ziehen ab.« Astrid hob die Jutetasche vom Boden auf und drückte sie ihm in die Hand. Schneidewind sagte: »Ich fahr dich nach Hause.«

»Bei dir piept's wohl!« Sie faßte ihn unter den Arm und setzte ihn in Bewegung. Als sie ihn an Kirsten und Faber vorbeizog, nickte sie. »Gute Nacht. Und vielen Dank.«

Schneidewind widersetzte sich. »Moment mal, Moment mal! Ich will Kirsten wenigstens einen Abschiedskuß geben!«

»Darauf hat sie gerade gewartet!« Astrid zog ihn weiter, öffnete die Tür und schob Schneidewind hinaus. Der Köter folgte ihnen nach einem zögernden Blick auf Kirsten.

Faber sagte: »Einen Augenblick nur, ich bringe die beiden runter zum Parkplatz.«

Kirsten sah ihn schweigend an. Faber sagte: »Der bringt es fertig und steigt ins Auto.«

Astrid hatte die Tasche auf den Gepäckständer gestellt, sie nahm das Rad mit einer Hand und Schneidewinds Arm mit der anderen. Faber nahm ihr das Rad ab. Sie half Schneidewind den dunklen Abhang hinab, der Köter lief voraus. Faber folgte ihnen, mit den Füßen nach den Stufen tastend, mit beiden Händen das Rad führend, das auf dem nassen Gras des Abhangs immer schwerer nach unten zog. Kurz vor dem Ende des Abhangs glitt er aus und stürzte auf den Rücken. Er ließ das Rad los, es torkelte zu Boden und blieb mit sich drehenden Speichen liegen. Astrid sprang zu ihm, sie beugte sich über ihn. »Hast du dir weh getan?«

»Nein, nein!« Faber stemmte eine Hand auf den weichen Boden und versuchte aufzustehen. »Hoffentlich ist in der Tasche nichts kaputtgegangen.«

»Das ist doch scheißegal!« Sie faßte Faber unter der Achsel und zog ihn hoch.

Schneidewind, der schwankend stehengeblieben war, lachte. »Ich wette, der Faber ist dreimal so besoffen wie wir beide.« Er rülpste. »Also, was ist, Astrid? Fährst du mit mir?«

»Du hast sie tatsächlich nicht mehr alle!« Sie hob das Rad auf.

Faber, der mit dem Taschentuch den Schmutz von seiner Hand abwischte, sagte: »Ich ruf ihm einen Wagen. Der kann doch nicht mehr gehen!«

»Was kann ich nicht?!« Schneidewind tat zwei schnurgerade Schritte auf die beiden zu, geriet ins Schwanken und blieb stehen.

Faber steckte das Taschentuch ein. »Komm mit mir rauf, Hajo. Du kannst oben warten, ich ruf dir einen Wagen.«

Astrid legte die Hand auf Fabers Arm. »Warte mal!« Sie schob das Rad an Schneidewind heran, sah ihm prüfend in die Augen. »Wenn du mir nicht runterfällst, kannst du dich auf den Gepäckständer setzen.«

»Ha, auf den Gepäckständer! Soll ich mir Kerben in den Arsch sitzen?!«

Sie hob die Tasche vom Gepäckständer, hängte sie an die Lenkstange. Faber sagte: »Bist du verrückt geworden, das schaffst du doch nie!«

»Klar schaffe ich das. Hab schon ganz andere Sachen geschafft. Also los, Hajo!«

Schneidewind sagte: »Wenn meinem Arsch was passiert, bist du dran!« Er trat neben den Gepäckständer, visierte ihn über die Schulter an.

Faber griff nach Astrids Arm. »Mach nicht solchen Unsinn, du mußt auf dich aufpassen!«

»Tu ich schon.«

Faber trat dicht an sie heran, er nahm ihr Gesicht in beide Hände, küßte sie auf die Stirn. »Auf Wiedersehen, Astrid.«

»Das wär schön, ja. Auf Wiedersehen, Alex.« Sie küßte ihn auf den Mund.

Schneidewind sagte: »Sagt mal, wenn ihr lieber vögeln wollt, schließ ich euch mein Auto auf!«

Sie blickte über die Schulter. »Benimm dich, Hajo, sonst kannst du zu Fuß laufen! Also los jetzt!«

Faber berührte Schneidewinds Arm. »Auf Wiedersehen, Hajo. Und danke für alles.«

»Arschloch. Laß dich mal wieder blicken.« Schneidewind setzte sich auf den Gepäckständer. Sie stieß sich ein paarmal mit dem Fuß von der Erde ab, das Rad begann in einer Schlangenlinie zu rollen, Schneidewind hob die Füße. Der Köter setzte sich in Bewegung, er lief voran, sah sich nach den beiden um. Sie schrie: »Hau ab, Berni, du fehlst mir noch!«

Das Fahrrad verschwand auf der dunklen Schotterstraße. Faber preßte beide Hände an die Wangen, lauschte mit weit geöffneten Augen. Er hörte Astrid noch einmal schreien: »Du sollst abhauen, Berni, verdammt noch mal!« Dann wurde es still.

Als er ins Haus zurückkehrte, hatte Kirsten die Stühle wieder an ihren Platz gestellt und die Reste der Feier vom Sofatisch geräumt. Sie war dabei, die Sofakissen aufzuschütteln.

Faber setzte sich an den Tisch, schloß die Augen, rieb sich die Stirn. Er spürte, daß Kirsten ihn ansah, öffnete die Augen und lächelte sie an. »Wir haben ein bißchen gefeiert.«

Sie nickte. »Wer war das?«

»Schneidewind ist Maler. Und Astrid Koslowski arbeitet bei der Stadtverwaltung. Die beiden haben mir eine Menge Informationen besorgt.«

»Und was habt ihr gefeiert?«

»Na ja.« Er lächelte. »Den Abschluß meiner Arbeit hier. Den erfolgreichen Abschluß.«

Sie nickte. Dann kam sie zu Faber, setzte sich ihm gegenüber an den Tisch. »Ich wollte dich nicht überraschen, Alex. Ich hab Schwab gefragt, ob ich morgen frei nehmen könnte, und dann hat er mich heute mittag schon gehen lassen. Ich hab dich dreimal anzurufen versucht, zuletzt noch kurz vor der Abfahrt des Zuges. Aber du hast dich nicht gemeldet.«

Faber lächelte, griff nach ihrer Hand. »Du brauchst mir das doch nicht zu erklären. Ich bin froh, daß du da bist.«

Sie schwieg, betrachtete Fabers Hand. Nach einer Weile nahm sie seine Hand in die ihre, streichelte mit den Fingerspitzen sein Handgelenk. »Vogelsang hat auch versucht, dich zu erreichen.«

Faber bewegte seine Hand ein wenig in der ihren. »Was wollte er denn?«

Sie schwieg wieder ein paar Sekunden lang, bevor sie antwortete. »Er wollte dir sagen, daß dieser Rechtsanwalt den Roman zurückgezogen hat.«

Faber starrte sie an. Sie sah auf und erwiderte den Blick. »Vogelsang hat versucht, ihm zuzureden. Aber der Rechtsanwalt hat gesagt, daß der Autor mit der Veröffentlichung nicht mehr einverstanden ist. Und daß er Vogelsang haftbar machen wird, wenn der sich darüber hinwegsetzt.« Sie hob die Schultern. »Anscheinend ist das nach dem Vertrag möglich.«

»Ja, ja.« Fabers Stimme klang plötzlich heiser, er räusperte sich. »Das wird schon möglich sein.«

Er senkte den Kopf, legte Daumen und Finger über die Augen und rieb sie. Als er endlich die Hand sinken ließ, fragte Kirsten: »War jetzt die ganze Reise umsonst?«

Faber sagte: »Ja. Sieht so aus.«

Sie faßte seine beiden Hände und drückte sie sanft. Faber hob den Kopf, lächelte. »Oder doch nicht so ganz. Sie hat immerhin einige Ergebnisse erbracht.«

Unversehens packte ihn ein Würgen. Er versuchte es zu verbergen, aber er mußte krampfhaft schlucken. Tränen traten ihm in die Augen. Er wandte das Gesicht zur Seite.

Nach einer langen Zeit, in der Kirsten seine Hände festhielt, sagte er: »Vielleicht bin ich ja ein wenig klüger geworden.«

*Bitte beachten Sie auch
die folgenden Seiten*

Hans Werner Kettenbach
im Diogenes Verlag

Minnie
oder Ein Fall von Geringfügigkeit
Roman

Es sollte eine Urlaubsreise werden. Die Geschäfte in Nashville waren abgeschlossen, nun wollte Wolfgang Lauterbach ausspannen, eine Woche lang durch den Süden der USA bummeln. Aber in dem Motel am Highway gerät er in eine rätselhafte Geschichte. Leute, die er nie zuvor gesehen hat, trachten ihm nach dem Leben, sie verfolgen ihn durch Tennessee und Georgia.

»Ein Thriller, den man nach der Lektüre nicht so leicht vergessen wird und der sich getrost mit den besten Romanen der Schweden Sjöwall/Wahlhöö, des Engländers Jack Beeching oder des rebellischen Südafrikaners Wessel Eberson vergleichen läßt.« *Plärrer, Nürnberg*

»Ein Glücksfall – Hans Werner Kettenbach auf der Höhe seiner Kunst.« *Die Zeit, Hamburg*

Hinter dem Horizont
Eine New Yorker Liebesgeschichte

In Manhattan begegnen sich die Amerikanerin Nancy Ferencz und der Deutsche Frank Wagner. Nancy fühlt sich angezogen und zugleich irritiert von diesem Europäer, der sich für New York begeistert und den Atlantik überquert hat wie einst Millionen von Einwanderern, in der Hoffnung, den Horizont der alten Welt hinter sich zu lassen und endlich das Zentrum des Lebens zu finden.

»Natürlich gibt es heute wie früher Journalisten, die sich aufs Erzählen verstehn: H.W. Kettenbach beispielsweise mit seinem Liebesroman *Hinter dem Horizont*.« *Süddeutsche Zeitung, München*

Sterbetage
Roman

»Es gilt eine Geschichte von hoher erzählerischer Qualität vorzustellen: Kettenbach entfaltet in behutsamer Weise das Ereignis einer ›unmöglichen Liebe‹ zwischen einer jungen Frau und einem alternden Mann. Alles in dieser Geschichte ist unauffällig, passiert ohne große Worte. Kettenbach erzählt in einer eigenartigen Mischung von Sprödigkeit und Zartheit, von Humor und Melancholie, aber immer auf erregende Art glaubwürdig. In diesem Buch, das sich so wenig ambitiös gebärdet, steckt viel: Es ist ein Buch über die Trauer des Alterns, ein Buch über das Sterben, aber in erster Linie doch wohl ein Buch über das Lieben in einer Zeit, die das große Gefühl verbietet, auch wenn sie von Toleranz und Freiheit spricht. Und daß Liebe Fesseln sprengt, lehrt diese Begebenheit einer ›unmöglichen Beziehung.‹« *Neue Zürcher Zeitung*

Schmatz
oder Die Sackgasse
Roman

Uli Wehmeier, Texter in einer Werbeagentur, gerät – scheinbar unaufhaltsam – in eine bedrohliche Lage, seine Existenz ist in Frage gestellt. Zu der Krise in seiner Ehe kommen Probleme bei der Arbeit: durch die Schikanen des neuen Creative Directors Nowakowski fühlt er sich immer stärker eingeengt und abgewürgt. Wehmeier, dessen Phantasie sich in der Werbung sowohl für Hundefutter wie für den Spitzenkandidaten einer politischen Partei bewährt, reagiert auf seine Art, er spielt mit dem Gedanken an einen Mord.

»Schon lange hat niemand mehr – zumindest in der deutschen Literatur – so erbarmungslos und so unterhaltsam zugleich den Zustand unserer Welt beschrieben. *Schmatz* – ein literarisches Ereignis.«
Die Zeit, Hamburg

Der Pascha
Roman

»Obwohl der Autor auch dieses Buch mit einer tatsächlich fast unerträglichen Spannung ausgestattet hat, ist es weit mehr geworden als ein geschickt gebauter Psycho-Thriller. Mir scheint der Vergleich mit Strindberg nicht aus der Luft gegriffen. Wie Martin Marquardt, unter Zuhilfenahme aller Beweise, kalte Logik über menschliche Regungen obsiegen läßt, das ist nicht nur ungemein faszinierend und trotz aller abstoßenden Überspitzung glaubhaft – es ist ja auch, weit über den Gegenstand des Romans hinaus, erhellend für unsere immer mehr dem technischen Zweckdenken verfallende Epoche.«
Stuttgarter Zeitung

»...sehr exakt, richtig bis ins letzte Detail.«
Neue Zürcher Zeitung

*Hugo Loetscher
im Diogenes Verlag*

Abwässer
Ein Gutachten

»Dieses Buch ist ein Geheimtip. Man sollte eigentlich nicht darüber schreiben, man sollte darüber flüstern zu jenen wenigen Lesern, die innere Muße aufbringen können für ein explosives, destruktives und großartiges literarisches Dokument. Man sollte es heimlich von Hand zu Hand reichen, damit der Lärm des großen Marktes es nicht berühre. Die Gesetze der literarischen Tiefenwirkung, so rätselhaft sie auch sein mögen, dokumentieren dieses Buch als einen Erstlingsroman, der sich bei den richtigen Lesern, so wenige es auch davon geben mag, durchsetzen wird. Es ist ein totales Märchen aus der Wirklichkeit, das wenig ausläßt: weder die Liebe noch die Technik, weder die Psychologie noch die Dummheit, weder die Einsamkeit noch die Gemeinheit.«
Die Welt, Hamburg

Die Kranzflechterin
Roman

»*Jeder soll zu seinem Kranze kommen*«, *pflegte Anna zu sagen; sie flocht Totenkränze.*

»Um Annas eigenes karges Leben gruppieren sich die Lebensläufe der Menschen ihrer nahen Umgebung und all jener, denen sie mit Tannenreis, Lorbeer, Nelken und Rosen den letzten Dienst erweist. Auch hier führt die Wahl des ungewöhnlichen Blickpunktes zu ungewöhnlichen Ansichten aus der Menschenwelt und Farbenspielen des Lebens, die um so mehr faszinieren, als vom Tode her ein leichter Schatten auf sie fällt.« *Nürnberger Zeitung*

Noah
Roman einer Konjunktur

Loetscher erzählt die Geschichte eines Mannes, der die Konjunktur anheizt mit seinem Plan, die Arche zu bauen. Niemand glaubt im Ernst an die kommende Flut, aber alle machen mit ihr Geschäfte. Die Wirtschaft blüht auf und überschlägt sich schließlich in Skandalen. Nicht nur im Geschäftsleben, auch im Kulturbetrieb, auf den Streiflichter fallen, zeitigt die Konjunktur ihre unerfreulichen Begleiterscheinungen. Noahs Lage verschlimmert sich aus vielen Gründen, so daß einer zuletzt sagen kann: »Jetzt kann ihn nur noch die Sintflut retten.«

Wunderwelt
Eine brasilianische Begegnung

Die Begegnung eines Europäers mit den Mythen von Leben und Tod einer fremden Kultur: eine Hymne, aber noch mehr eine Elegie, geschrieben für ein kleines Mädchen.

»Ich würde *Wunderwelt* gerade auch besonders viele junge Leser wünschen. Nicht nur weil Loetscher die Sprache fand, um die Wirklichkeit bis in Nuancen genau so darzustellen, daß man ganz in sie hineingenommen wird. Sondern auch wegen einer Geisteshaltung, ohne die dieses Buch nicht hätte geschrieben werden können... Statt ›Wunderwelt‹ könnte dieses Buch auch ›Die Fähigkeit zu trauern‹ überschrieben sein.« *Deutsches Allgemeines Sonntagsblatt*

Herbst in der Großen Orange

»Hugo Loetscher ist mit *Herbst in der Großen Orange* ein großer Wurf gelungen. Der dritte Satz schon ist der erste hintergründige, denn das ›Grün‹ ist künstlich, wie fast alles in dieser Stadt. Auf 165 Seiten enttarnt Loetscher eine Scheinwelt, reiht ein sprachliches Kabinettstückchen ans andere, ist mal lyrisch, mal satirisch. Immer aber schwingt eine heitere Melancholie mit, angesichts einer Menschheit, die nicht mehr so recht weiß, wo's langgeht.« *Stern, Hamburg*

»Loetscher begegnet den Erscheinungen der Endzeit mit jenem Sarkasmus, seit je dem Absurden gemäß ist. Auch da bewährt sich das Subjekt als die Instanz, die die ›Schnitze‹ zusammenhält und in eine geschlossene Form fügt. Der Imagination des Schriftstellers gelingt es dabei, die Künstlichkeit umzuwandeln in Kunst.« *Neue Zürcher Zeitung*

Der Waschküchenschlüssel
oder Was – wenn Gott Schweizer wäre

»Loetscher ist ein bedeutsamer Schweizer Erzähler und Romancier, der auch als Journalist arbeitet und zudem die Welt kennt. Weshalb er in hohem Maße befähigt ist, die Sonderform der menschlichen Existenz unter schweizerischen Vorzeichen aufzuspießen, wie er es in den Aufsätzen dieses Bandes tut. Er hat einen famosen Sinn fürs Anekdotische und Skurrile, einen scharfen Blick, gepaart mit einem gänzlich unhysterischen, natürlichen Ton. Zum Schluß der Lektüre meint man, den Abend mit einem Freund verbracht zu haben, dem man gern länger zugehört hätte. Wer schreibt uns so trefflich, so distanziert und aus liebevoller Nähe über die Italiener? Die Franzosen? Uns in der Bundesrepublik?« *Titel, München*

Der Immune
Roman

»Noch bevor manche jüngeren Autoren und Autorinnen Literatur als Mittel zur Erforschung und Bewältigung des eigenen Lebens entdeckten, setzte Hugo Loetschers *Der Immune* einen Maßstab, vor dem nicht gar so viele bestehen. Ein Muster und deshalb auch heute noch aktuell, weil es hier einer verstand, in der selbstkritischen Beschäftigung mit dem Ich auf geistreiche, witzige, eloquente Art den Blick freizugeben auf die Epoche, in der dieses Ich sich formte und in der es lebt.« *Tages-Anzeiger, Zürich*

Die Papiere des Immunen
Roman

»Der Immune ist in jedem Fall ein überaus witziger und intelligenter Herr, ein weitgereister, gebildeter Gesprächspartner, elegant und originell – ein durchaus passabler Gefährte für ein Buch von 500 Seiten. Ein Buch voll von schönen und abstrusen Geschichten, die einen wuchtigen Kosmos bilden; und obwohl der Immune vorgibt, seinen Wohnsitz im Kopf zu haben, sind diese Papiere alles andere als kopflastig.« *Westermann's, München*

Vom Erzählen erzählen
Über die Möglichkeit, heute Prosa zu schreiben
Münchner Poetikvorlesungen. Mit einer
Einführung von Wolfgang Frühwald

Vom Erzählen erzählen – diesen Titel wählte Hugo Loetscher für seine Münchner Poetikvorlesungen. Im Zentrum steht das Handwerk: »Poetik als Baugrube und Bücher als Boden unter den Füßen«. Indem Loetscher anhand von Beispielen aus seinem Schaffen arbeitet, entsteht zugleich ein faszinierender Kommentar zum eigenen Werk. So konkret die Ansätze seiner poetologischen Überlegungen sind, sie führen zu grundsätzlichen Fragen wie zur Ironie – die die Fiktion stets daran erinnert, Fiktion zu sein –, zur Simultaneität, Überlegungen zu einer Sprache, die nicht nur »einen Mund hat, sondern auch Ohren«, oder zum Verhältnis von Metapher und Begriff. Aber auch dort, wo Loetscher Theoretisches aufgreift, bleibt er immer zugleich Erzähler, so daß seine Vorlesungen auch ein Stück erzählender Literatur sind.

»Wenn Loetscher von sich selbst als von ›unserem Autor‹ spricht, ironisiert er noch einmal den Ironiker. So erzählt heute ein Erzähler, ohne den Kopf zu verlieren, vom Erzählen.« *Süddeutsche Zeitung, München*

Die Fliege und die Suppe
und 33 andere Tiere in 33 anderen Situationen. Fabeln

Einst hatten die Tiere Charakter, dann erging es ihnen wie den Menschen, sie fingen an, sich zu verhalten.

»Von unbeirrbarer Akribie sind die 34 Erzählungen dieses Bandes in ungewöhnliche Form gebracht: Miniaturen, kostbare drei Seiten, sorgsam und klar gestaltet in jedem Satz. Ganz ohne missionarisches ›Du sollst‹ macht Loetscher einsichtig, was der Mensch nicht soll, aber tut. Ähnliches habe ich nie gelesen. Literatur pur. Da wird nichts angemerkt, reflektiert, verdeutlicht. Wörter und Sätze als Essenz.« *Die Zeit, Hamburg*

»Ein kleines Ereignis. Loetscher weist sich in jedem einzelnen Prosastück als ein faszinierend genauer Beobachter aus – und dazu als ein überaus respekt- und liebevoller. Es ist nicht leicht zu entscheiden, ob Hugo Loetschers Einfallsreichtum, seine Kenntnisse oder seine Darstellungskunst den Hauptreiz dieses Bandes ausmachen.« *Die Presse, Wien*

Der predigende Hahn
Das literarisch-moralische Nutztier

Nicht nur für seine körperlichen Bedürfnisse nutzt der Mensch die Tiere, die angeblich doch seine Brüder und Schwestern sind: ohne die Tiere gäbe es die Literatur und Malerei so, wie wir sie kennen, nicht.

»›Von den Tieren redet viel, wer sich der Menschen schämt‹, bemerkt Elias Canetti in seinen jüngst erschienenen Aufzeichnungen ›Die Fliegenpein‹. Das wäre ein schönes Motto für Hugo Loetschers neues

Buch, das von den Tieren in Poesie und Literatur handelt. Unter dem Titel *Der predigende Hahn* nimmt er gleichsam als Arche Noah von ›Aar‹ bis ›Zukunftsgeiß‹ jenes Getier auf, das Dichtern seit alters zu literarischem und moralischem Nutzen diente. Was nebenher beweisen soll, daß kaum einer der großen Autoren ohne Tiere hat auskommen können. Register und Quellenverzeichnis zeugen von einem enormen Lese- und Sammeleifer. Die Ausbeute reicht von Abraham a Sancta Clara bis Emile Zola, vom Gilgamensch-Epos bis zu Walt Disney. Eine schöne und anregende Idee.«
Harald Hartung / Frankfurter Allgemeine Zeitung

mit Alice Vollenweider
Kulinaritäten
Ein Briefwechsel über die Kunst und
die Kultur in der Küche

Noch ein Kochbuch? Ja, aber noch viel mehr: in diesen Briefen entfaltet sich eine kleine Kulturgeschichte der Küche. Nebst höchst delikaten Rezepten erfährt der Leser, wie und wo diese Rezepte entstanden sind, wo die Quellen der heutigen Kochkunst liegen, wie es die Schriftsteller mit dem Essen hielten; auch der Stil unterscheidet dieses Buch von allen anderen Kochbüchern: die beiden Briefschreiber verstehen nicht nur etwas von der Küche, sondern auch von Humor.